KB000078

아발론 연대기

Hic jacet Arthurus

Rex quondam

Rexque futurus

아더 왕 이곳에 잠들다

일찍이 왕이었고

이후로 왕일 사람이…

—글래스턴베리 수도원, 아더 왕의 묘비에서

Le Cycle du Graal

Rex quondam rexque futurus

LE CYCLE DU GRAAL
LA FEE MORGANE tome 4

by Jean Markale
Copyright © Editions Pygmalion / Gérard Watelet, Paris, 1994
Korean Translation Copyright © BOOKSPHERE Publishing Co. Ltd., 2005
All rights reserved.

This Korean edition was published by arrangement with
Editions Pygmalion (Paris)
through Bestun Korea Agency Co., Seoul

국립중앙도서관 출판시도서목록(CIP)
아발론 연대기. 4. 요정 모르간 / 장 마르칼 지음 ; 김정란 옮김
서울 | 북스피어, 2005p. ;   cm
원서명 | Le cycle du graal
원저자명 | Markale, Jean
ISBN 89-91931-05-7 04860 : \11000
ISBN 89-91931-01-4(전8권)
863-KDC4   843,914-DDC21   CIP2005002264

Le Cycle du Graal

04

Hic jacet Arthurus
Rex quondam
Rexque futurus

요정 모르간

아발론 연대기

장 마르칼 지음 | 김정란 옮김

켈트 문화의 보물창고에서 불어오는 바람의 이야기, 『아발론 연대기』

"사막 끝에는 뭐가 있지요?" 보호트가 묻는다.

"있는 그대로의 세계가 있지요……." 모르간이 대답한다.

사막 저 너머엔 무엇이 있을까. 그저 또 하나의 세계가 있을 뿐이라고 마법사 모르간은 대답한다. 그러나 원탁의 기사들은 그 너머를 탐색하러 떠난다, 끊임없이.

젊은 그들은 '솔직한 눈길'을 갖고 있다. "아버지에게 부끄럽지 않은 사람이 되기 위해 홀로 세계를 주유하며, 한번 결심한 것은 자신과 동지들의 명예를 위해 끝까지 밀어붙인다." "세계의 위대한 신비 앞에 인간은 참으로 무지하지만" 그러나 "세상엔 언제나 무슨 일은 일어나 있고 앞으로도 일어난다". 에메랄드로 만들어진 성배가 존재하든 존재하지 않든, 세상은 언제나 무슨 일인가로 가득 차 있고, 젊은 그들의 탐색은 계속 된다.

장 마르칼은 그들의 가슴 뛰는 모험과 순수, 유치한 열정을 자신의 색깔로 그려 내었다. 김정란은 그것을 아름다운 우리말로 옮겼다. 김정란에게서는 모르간의 향기가 난다. 멀린의 반지에서 자유롭지는 못하지만, 모르간은 매혹적이고 강하다. 열정적이고 관능적이며 저항하기 힘든 매력을 지닌 검은 머리의 모르간. 란슬롯조차 그녀의 강인함을 두려워한다. 켈트의 신비로운 숲에 슬픔과 고통을 아는 깊은 눈빛으로 서 있는 모르간의 모습에 내내 김정란의 모습이 겹친다.

장 마르칼의 장엄한 서사시 『아발론 연대기』 여덟 권이 김정란의 향기 넘치는 번역과 섬세한 해설, 멋진 도판들과 함께 우리 앞에 나타난 것은 참으로 경이로운 일이다. 젊은 출판인의 용기가 없었다면 불가능한 일, 그것은 세상 저 너머를 꿈꾸는 원탁의 기사들의 열망과 맞닿아 있다.

기독교 문화와 아름답게 공존하는 켈트 문화의 보물창고, 『아발론 연대기』와 함께 며칠 밤을 꼬박 새우며 브로셀리앙드 숲에서 전해져 오는 음유 시인들의 노래를 들었다. 멀린의 슬픔과 아더의 지혜, 란슬롯의 열정, 원탁의 기사들의 용기, 기독교 문화 사이사이에 보석처럼 박혀 있는 켈트 문화의 수많은 상징들이 "망각의 먼지를 뒤집어쓴 필사본"에서 빠져나와 음유 시인들의 투명한 언어를 통해 전해지고 있다. 참으로 매혹적인, 그러나 때로는 쓸쓸한 그들의 언어.

원탁의 기사들이 찾아낸 성배가 존재하지 않는 허상인들 어떠랴. 어차피 성배란 질병과 배고픔에서 벗어나고자 했던 인간들이 만들어 낸 샴발라적 이상인 것을. 원탁의 기사들을 키운 것은 '길'이다. 위대한 신화 속의 영웅들뿐 아니라 고대의 시인들이나 역사가들도 길 떠나는 것을 두려워하지 않았다.

—

중국의 위대한 역사가 사마천도, 최고의 시인 이백도 젊은 날의 대부분을 길 위에서 보내지 않았던가. 떠남 속에서 새로운 이야기는 언제나 만들어지고 시인들은 그 이야기를 노래로 기억 속에 아로새긴다. 기억으로 이어져 내려오는 그들의 역사, 그들의 전설. 기억만을 갖고 다녔던 바람을 닮은 사람. 그들이 전해 주는 바람의 이야기, 시간의 이야기, 그리고 길의 이야기. 그것이 바로 『아발론 연대기』이다.

맑은 눈길을 잃어 가고 있다고 생각하는 그대, 아스팔트길 위에서 나른한 일상에 빠져 있는 그대, "내 가슴이 잊지 못할 얼굴" 때문에 수많은 밤을 열정으로 새워본 경험이 있는 그대, 켈트 문화의 숲속으로 난 푸르른 길을 원탁의 기사들과 함께 떠나보지 않겠는가.

2005년 11월 끝자락에

김선자(중국 신화 전문가, 『김선자의 중국 신화 이야기』의 저자)

contents

Le Cycle du Graal

주요등장인물
m a i n   c h a r a c t e r s

모르간 Morgan
'위대한 여왕' 이라는 뜻. 자주 '요정 모르간' 으로 불린다. 아더의 이복누이이자 멀린과 같은 예언자이며 마법사이기도 하다. 아더 왕 전설 전반에 걸쳐 수많은 여성으로 변신하여 등장하며 때로는 멀린 이상의 중요한 역할을 수행하기도 한다. 멀린이 건설자이며 유지하는 자라면, 모르간은 파괴자이고 변화를 일으키는 자이다. 아발론의 주인이기도 하며, 그녀의 역할에 비추어 보면 본래는 고대의 대여신이었을 가능성이 크다.

아콜론 Accolon
갈리아의 아콜론. 모르간의 연인. 모르간은 엑스칼리버를 몰래 그에게 주고 아더 왕과 결투를 벌이게 하여 왕을 죽일 계략을 꾸민다. 하지만 아더 왕은 결국 그의 검을 되찾고 아콜론을 쓰러뜨린다.

귀네비어 Guinevere
카르멜리드 레오다간의 딸. 아더는 그녀와 결혼함으로써 원탁을 새롭게 하고 비로소 정식으로 왕권을 수립한다. 귀네비어는 브리튼의 여성 가운데 가장 아름다웠을뿐더러 가장 많은 백성으로부터 사랑받은 여성이었다. 후에, 젊고 당당한 란슬롯을 만난 후 피할 수 없는 사랑에 빠지고, 그 관계는 결국 아더 왕국을 무너뜨리는 단초를 제공한다.

가웨인 Gawain
웨일즈 이름은 그왈흐마이, '오월의 매' 또는 '평원의 매' 라는 뜻의 이름이다. 로트 왕의 맏아들로 아더 왕의 조카이자 후계자로 지명된 그는, 란슬롯과 함께 원탁의 기사 가운데서도 가장 걸출한 기사이다. 그는 해가 중천에 떴을 때 가장 큰 힘을 발휘했다가 해가 지면 힘이 점점 빠지는 태양 영웅의 원초적 성격을 띠고 있다.

케이 Kay
아더의 젖형제로 원탁의 기사 일원이다. 키가 엄청나게 커서 케이 히르, '키다리 케이' 라는 별명으로 불렸다. 놀라운 힘을 가진 기사이기도 했지만 경솔한 행동으로 잦은 문제를 일으켜 궁정에 분란을 일으키는 인물이기도 하다.

이베인 Yvain
우리엔 왕의 아들. 아더를 수행하며 여러 가지 모험을 겪는다.

아리안로드 Arianrhod
'은으로 된 원' 즉, '달' 이라는 뜻의 이름. 여신 돈Don의 후손이다. 그위디온과 그의 누이 아리안로드는 함께 모르간과 숙부 마톤위의 아들 마트에서 마법을 배웠다. 그녀는 처녀인 상태에서 아들 라이 라우 구페스('확실한 손의 꼬마')를 낳는다.

그위디온 Gwydion

마톤위의 아들 마트의 조카. 본래는 멀린이 등장하기 이전에 켈트 사회 최고의 마법사로 여겨지던 인물이다.

블로다이웨드 Blodeuwedd

문자 그대로 '꽃의 모습' 이라는 뜻이다. '꽃에서 태어난 여자' 라는 뜻으로 해석할 수 있다. 모르간과 그위디온은 아리안 로드의 마법을 피해 라이 라우 구페스와 결혼할 짝으로 그녀를 창조해 낸다.

리아논 Rhiannon

말의 여신 에포나의 다른 모습이다. 디베드의 왕 프윌과 결혼한 리아논은 프루데리라는 아들을 낳지만 억울한 누명을 쓰고 벌을 받는다. 후에 타이르논의 도움으로 억울함을 벗고 자유를 찾는다.

보호트 Bohort

란슬롯의 사촌. 갈라하드, 퍼시발과 함께 사라스로 떠나 성배 탐색을 완수한 성배의 기사 가운데 한 명이다. 나중에 란슬롯에게 아그라베인과 모드레드의 음모를 경고해 준다.

모드레드 Mordred

또는 모드라우트. 그는 아더와 그의 이복누이 안나 사이에서 태어났다. 아더는 그가 왕국을 멸망시킬 자라는 멀린의 예언을 듣고 아기였을 때 죽이고자 했으나 실패했다. 그는 아그라베인과 함께 란슬롯과 귀네비어 왕비의 관계를 아더 왕에게 고하여 왕국의 분란을 일으켰고, 결국 캄란 전투에서 아더에게 치명상을 입혀 죽음에 이르게 한다.

아더 Arthur

아더 왕과 성배 전설의 중심 인물로, 브리튼의 왕이다. 마법사 멀린의 도움으로 우터 왕은 이그레인 왕비와 관계하여 아더를 낳는다. 아더는 안토르라는 가신의 손에 자라 열일곱 되는 해에 바위에 박힌 엑스칼리버를 뽑고 브리튼의 왕위에 오른다. 아더는 멀린과 함께 원탁을 설립하여 기사를 모으고 왕국을 정비하는 데 힘을 쏟는다. 아더는 원탁의 기사들을 중심으로 성배 탐색에 나서지만, 탐색의 성공 뒤로 브리튼 왕국의 불화가 앞당겨지고 결국 캄란 전투에서 죽음을 맞이한다. 그를 상징하는 동물은 곰. '과거와 미래의 왕' 으로 불린다.

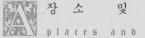 장 소 및 물 건 들
places and objects

• 성배 Graal(Saint Grail)

성배는 예수의 피를 담은 잔으로, 본래는 단순히 '그릇' 이나 '잔' 을 의미했지만, 아더 왕 전설에서는 세상의 모든 부정을 정화하는 성물聖物로 등장한다. 아리마테아 요셉이 성배를 운반할 역할을 맡게 되며 나중에는 성배 수호자인 어부왕의 손에 넘겨져 탐색을 완수할 기사들을 기다린다. 많은 기사들이 성배를 찾으려고 노력하지만 갈라하드와 보호트와 퍼시발만이 성배의 탐색에 성공한다.

• 아발론 Avalon

'사과나무 섬' 이라는 의미로, 아더 왕이 죽은 뒤 이곳으로 옮겨진다. 한편으로는 저승이면서 한편으로는 낙원인 아발론의 주인은 아더의 누이 모르간이다. 북유럽 신화의 발할라와 비교되기도 하는 아발론에서 아더 왕은 영생을 누리며 세상이 그를 다시 필요로 할 때를 기다리고 있다고도 전해진다. 아발론의 실체를 밝히려는 학자들에 의해 글래스턴베리를 아발론과 동일시하려는 노력이 있었으나 정확히 알려진 바는 없다.

• 원탁 The Round Table

멀린과 우터 펜드라곤이 함께 설립한 탁자. 그 자리에 앉는 자들은 모두 평등하다는 의미에서 둥글게 만들어졌으며 원탁에 앉은 자들은 아더 왕과 함께 '원탁의 기사' 로 불리며 많은 무훈을 세우게 된다.

• 위험한 자리 Siege Perilous

원탁의 한 자리로, 성배 탐색을 완수할 '선한 기사' 가 앉을 자리이다. 선택받지 않은 사람이 앉으면 죽임을 당한다.

• 엑스칼리버 Excalibur

'격렬한 번개' 라는 뜻. 엑스칼리버는 아더 왕의 검으로, 몬머스의 제프리는 칼리번Calibum으로 부르고 있다. 이 검에 대한 전설은 꽤 많은 편인데, 원래는 가웨인이 소유했던 검이라는 설도 있지만 가장 유명한 이야기는 역시 아더 왕에 연관된 것이다. 아더는 돌에 꽂힌 엑스칼리버를 뽑음으로써 정식으로 왕위를 획득한다. 토머스 말로리는 엑스칼리버를 바위에 박혀 있는 검으로 묘사하지 않고 호수의 여인에게서 받는 것으로 이야기한다. 마지막 전투에서 깊은 상처를 입은 아더는 거플렛 또는 베디비어의 도움으로 호수에 엑스칼리버를 던지고 죽음을 맞이한다.

- **카 멜 롯 C a m e l o t**

  카얼리온과 함께 아더 왕이 자주 머물렀던 성. 아더가 사랑하는 성 가운데 하나였다.

  ....

- **카 얼 리 온 아 르 위 스 그**
  C a e r l e o n   a r   W y s g

  '위스그 강가의 카얼리온'. 카얼리온은 웨일즈 지방의 작은 마을인데, 웨일즈어로 '군 요새' 라는 뜻을 가지고 있다.
  카멜롯과 함께 아더가 자주 머물며 궁을 여는 장소였다.

  ....

- **코 르 베 닉 C o r b e n i c**

  아리마테아 요셉이 운반한 성배가 위치한 성. 아더의 치세 동안 이 성의 주인은 펠레스였다. 코르베닉이라는 말은 '성
  체聖體' 라는 의미에서 유래했으며 많은 기사들이 성배를 찾기 위해 이 성을 방문했다.

  ....

- **틴 타 겔 T i n t a g e l**

  콘월 지방의 골레이스 공작이 다스린 성. 콘월의 북쪽 해안에 위치해 있으며, 이그레인이 우터에게 속아 아더를 잉태
  한 곳이다. 나중에 마크 왕이 콘월을 다스리면서 그의 소유로 넘어갔다.

  ....

- **브 로 셀 리 앙 드 B r o c é l i a n d e**

  온갖 모험의 무대가 된 브르타뉴의 마법의 숲. 비비안이 멀린을 속여 가둔 숲이기도 하다.

  ....

- **캄 란 C a m l a n n**

  아더의 마지막 전투가 벌어진 장소. 이 전투에서 아더는 모드레드를 죽이고 자신도 목숨을 잃는다. 이로서 아더의 긴
  치세는 막을 내린다.

  ....

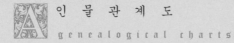

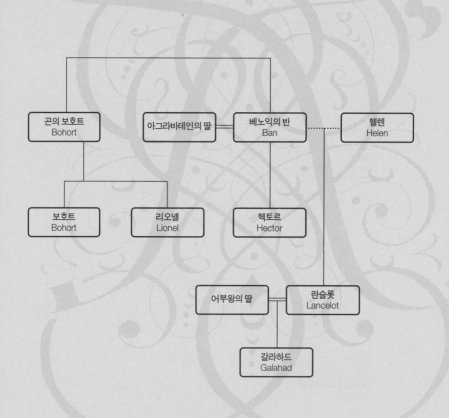

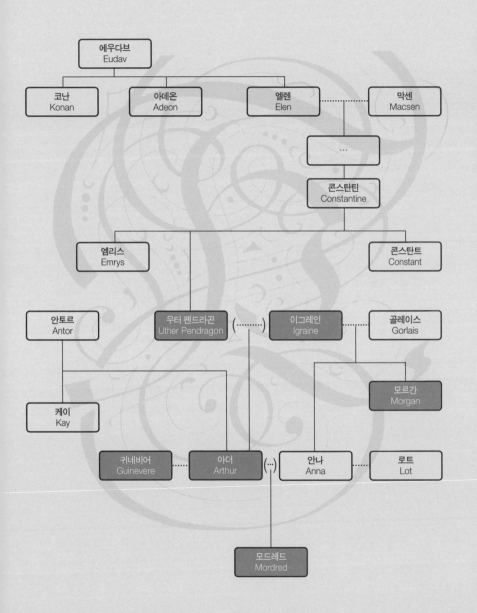

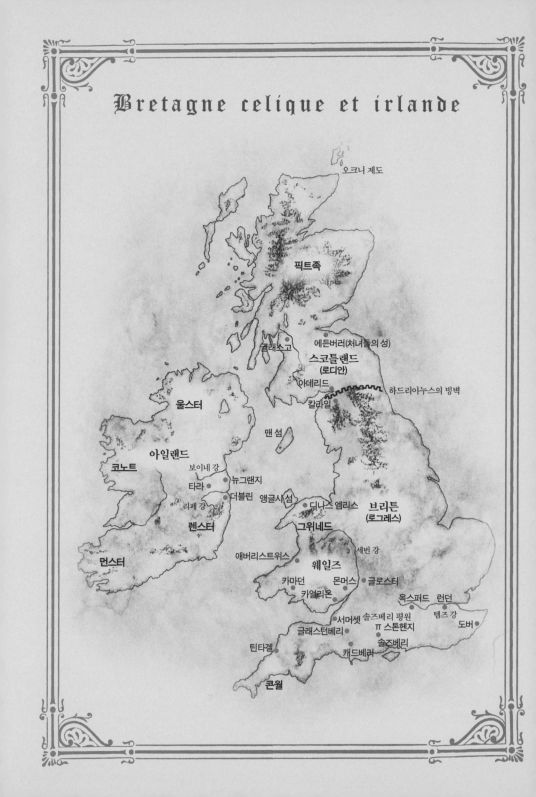

Bretagne celique et irlande

모르간은 황야를 헤매고 있었다. 그녀는 자기가 어디로 가고 있는지조차 몰랐다. 생각할수록 안에서 치미는 분노를 참을 수가 없었다. 화가 나서 눈물이 나올 것 같았지만, 모르간은 눈물을 겉으로 보이기에는 너무 자존심이 강한 여자였다. 눈물을 보이면 자신이 지니고 있는 힘과 오만을 모두 잃어버릴지도 모른다고 생각했다. 땅바닥에 끌리는 검은 망토로 몸을 휘감은 채 그녀는 구불구불한 오솔길을 걸어갔다. 그녀는 땅으로 내려온 천사처럼 거의 땅을 밟지 않고도 미끄러지듯 우아하게 앞으로 나아갔다.

남쪽 어느 해안에선가 바닷바람이 불어왔다. 이따금 바람이 모르간의 몸을 휘감았다. 그럴 때마다 그녀는 잠시 멈추어 서서 숨을 돌리고는 했다. 바람은 심술이라도 부리는 듯 소용돌이치면서 그녀의 다리까지 자란 날카로운 가시양골담초를 마구 흔들어 댔다. 바람은 마치, 네가 우리를 불러냈잖아, 하고 말하는 것처럼 보였다. 모르간은 이따금 바람을 불러일으키거나 비를 내리게 하기도 했다. 그러나 그날은 그렇게 하지 않았다. 격렬하게 솟아오르는 감정 때문에 견디기 힘들었던 그녀의 마음속에 광풍이 휘몰아치고는 있었지만……

갑자기, 그녀는 아무도 없는 텅 빈 황야에 혼자 서서 큰 소리로 외쳤다.

"왜 저 잘난 기사는 나를 거부하는 거지? 이 왕국 전체에서 가장 아름답고 제일 똑똑한 여자를 왜 마다하는 거야? 나와 함께한다면 세상에서 가장 강력한 왕이 될 수 있을 텐데."

모르간은 란슬롯이 그녀를 본 체도 하지 않던 장면을 다시 떠올렸다. 그녀는 세 여자 중에서 가장 강했다. 세 여자는 서로 합의하여 란슬롯을 수레의 성의 어두운 방에 가두어 놓았지만, 다른 여자들은 그에게 가까이 다가갈 수 없었다. 모르간이 강력한 마법을 걸어 놓았기 때문이다. 모르간이 찬성하지 않으면 란슬롯은 방에서 나올 수 없었다. 원한다면 마법의 힘으로 란슬롯을 정복하는 것 정도는 식은 죽

성에 갇힌 란슬롯

먹기였다. 그러나 모르간은 그렇게 하고 싶지 않았다. 그녀는 그를 진실로 간절히 사랑했던 것이다.

그저 한마디면 족했다. "그래, 모르간. 난 당신을 원하오. 내 여자가 되어 주오. 다른 것은 다 잊읍시다." 그렇게만 말해 줘도 충분했다. 그러나 란슬롯은 그녀의 구애를 아예 무시했다. 경멸스럽다는 듯한 미소를 입가에 띠고 모르간을 힐끗 바라보더니 담요를 둘둘 말고 잠든 체했던 것이다. 모르간은 문을 쾅 닫고 방을 나왔다. 그러고는 복도에 서서 저주의 말들을 쏟아 냈다. 복도에서 일하고 있던 몸종들이 여주인의 서슬에 놀라 꼼짝하지 못하고 서 있었다. 여주인의 마법의 능력을 알고 있었기 때문에, 혹시라도 잘못해서 그녀의 심기를 거스르게 될까 무서웠기 때문이다.

모르간은 허공에 대고 계속해서 외쳤다.

"그 저주받을 귀네비어만 없었다면 란슬롯은 내 남자가 될 수 있었을 거야. 란슬롯은 그 여자만 사랑해. 머릿속이 그 여자에 대한 생각으로 꽉 차 있어. 게다가 불행하게도 나는 귀네비어에게 아무 해도 끼칠 수 없지. 그랬다간 멀린이 나를 가만 두지 않을 테니까."

그녀는 손가락에 끼고 있는 반지를 들여다보았다. 사라지기 전에 멀린이 깊은 브로셀리앙드 숲에서 그녀에게 주었던 반지였다. 모르간은 자기가 결코 마법사의 영향력을 벗어날 수 없다는 것을 잘 알고 있었다. 그는 어디에 있을까? 멀린은 어느 곳에도 없었지만 알아차릴 수 없는 방법으로 어디에나 있었다. 모르간이 너무 멀리까지 간다 싶으면 언제나 끼어들어 제지할 것이다. 그러나 그렇다고 해서 그냥 주저앉아 있을 모르간이 아니다. 그녀는 쉽게 잊는 성격의 소유자가 아니었다. 란슬롯에게 받은 고통스러운 경멸은 그녀에게 다른 고통스러운 기억을 떠올리게 했다. 모르간은 악몽의 밤을 수없이 보낸 다음에야 그 고통을 이겨낼 수 있었다.

모르간은 왕비의 사촌 기요마크를 진심으로 사랑했었다. 그녀는 그의 아름다운 모습과 당당한 몸가짐에 매혹당했다. 두 연인은 부드러움과 강한 정념이 뒤섞인 열렬한 사랑을 나누었다. 그러나 슬프게도, 오랫동안 충만한 상태로 지속되던 사랑도 어느 한순간 거품이 꺼지듯 사라져 버렸다.

기요마크는 언제부터인가 모르간을 멀리하기 시작했다. 처음에는 만날 약속을 지키지 않으려고 있는 핑계 없는 핑계를 늘어놓았다. 모르간은 속지 않았고, 그를 붙잡아 두기 위해 마법의 힘을 사용하기도 했다. 그러다가 기요마크가 다른 여자와 진심으로 사랑에 빠지자 그녀는 자신의 마법이 무력해졌다는 사실을 인정하는 수밖에 없었다. 모르간의 사랑은 격렬한 증오로 바뀌었다. 그녀는 변심한 연인뿐 아니라 그녀에게 열렬한 구애를 해 오는 남자들을 전부 증오하게 되었다. 그러던 그녀가 란슬롯에게 마음을 빼앗긴 것이다. 그녀, 당당하고 강하고 아름다운 모르간이……. 아니, 이런 상태로 계속할 수는 없었다.

어느새 날이 저물고 태양이 지평선을 붉게 물들였다. 이제 곧 밤새들이 여주인에게 인사하러 올 것이다. 새들은 곧 날아왔다. 그런데 무슨 말을 하고 싶은 것처럼 머리 위에서 빙빙 맴도는 것이었다. 모르간은 새들의 움직임을 유심히 바라보았다. 새들은 황야 끝에 있는 어떤 곳을 향해 천천히 날아가고 있는 것 같았다. 모르간은 새들이

가리키는 방향으로 발걸음을 옮겼다. 따라가다 보니 붉은 보랏빛이 도는 바위들이 있는 곳에 이르게 되었다. 깊은 땅속에서 나온 듯한 바위들은 좁고 꼬불꼬불한 계곡 위로 우뚝 솟아 있었다. 계곡의 맨 아래쪽에 있는 연못이 저물어 가는 태양빛을 받아 반짝였다.

모르간이 잘 아는 장소였다. 가벼운 아침 안개가 계곡을 덮을 때면, 친구들과 함께 이곳에 와서 고요한 물에 자기 모습을 비추어 보곤 했다. 바람조차 고요를 깨뜨리기 무섭다는 듯 조용히 침묵하고 있었다. 그녀는 물속에 비친 자기 자신을 보면서, 세월이 지나갔는데도 전혀 늙지 않았을 뿐 아니라 아름다움도 망가지지 않았다는 것을 확인하고는 했다. 그 때문에 그녀는 연못을 요정들의 거울이라고 불렀다. 까마귀들은 다른 곳으로 날아가지 않고 한 곳에서 계속 맴돌았다.

모르간은 새들의 몸짓을 한참 지켜보다가 웃음을 터뜨리면서 소리쳤다.

"나의 친구 까마귀들아, 너희들이 무엇을 원하는지 알겠다. 나를 이곳으로 데려와 줘서 고맙구나. 이제 어떻게 해야 할지 알았다!"

모르간이 그렇게 말하자 까마귀 떼는 일렬로 정렬하더니 울음소리조차 내지 않고 조용히 저무는 태양을 향해 날아가 하늘을 온통 뒤덮고 있는 붉은빛을 향해 천천히 사라져 갔다. 모르간은 새처럼 날아 바위 꼭대기로 올라갔다. 그녀는 망토를 벗은 뒤 겉옷과 속옷까지 전부 벗고 알몸이 되었다. 몸 전체가 바람에 떨렸다. 석양빛에 물든 몸은 길게 늘어난 바위의 일부처럼 보였다. 하늘을 찌르는 뾰족한 바늘 같기도 했다.

모르간은 허공을 향해 팔을 뻗으며 크고 위엄 있는 목소리로 외쳤다.

"하늘과 땅, 태양의 운행, 별들의 움직임, 우리의 옛 신들이여. 아득한 옛날로부터 물려받은 힘으로 나는 이 계곡에 마법을 건다. 선언하노니, 이후로 이 계곡에 들어온 자는 그가 군왕이라 하여도, 사랑한다고 말했던 여자와의 약속을 단 한 번이라도 저버린 적이 있다면 다시는 이 계곡에서 나갈 수 없을 것이다. 사랑을 배반한 남자가 이곳에 들어온다면, 성실한 가슴을 가진 누군가가 사랑의 힘으로 내 마법을 걷어내지 않는 한 영원히 이 계곡에 머물러야 할 것이다. 이제 이 계곡은 불귀不歸의 계곡, 위험한 계곡, 거짓 연인들의 계곡이라 불릴 것이다! 나는 맹세한다. 내가 건 조건이 충족되지 않는 한 나의 무서운 맹세는 지켜질 것이다!"

모르간의 목소리가 계곡 안에 윙윙 울려 퍼졌다. 말을 마친 그녀는 다시 옷을 입었다.

그녀는 미소를 지으며 중얼거렸다.

"남자들의 불성실함에 복수할 거야. 언젠가 나를 사랑하게 될 남자는 나를 배반하지 않을 거야. 나는 그 남자와 함께 세상을 지배할 테니까."

그녀는 바위를 내려와 다시 오솔길을 걸었다. 남동생 아더의 궁으로 갈 생각이었다.

그녀는 곧 카멜롯에 도착했다. 귀네비어 왕비가 그녀를 정중하게 맞이했다. 아더 왕은 그녀를 찾아와 혹시 란슬롯의 소식을 듣지 못했느냐고 물었다. 모르간은 그에 대한 소식은 전혀 듣지 못했으며, 오히려 란슬롯이 궁에 없다는 사실에 자기가 더 놀랐다고 말했다.

아더 왕이 말했다.

"누이, 멀린이 우리를 떠난 뒤 모든 것이 쉽지 않구려. 그러나 누이는 그의 지혜를 물려받았으니 란슬롯에 대해 알고 있는 것이 있으면 일러 주시오."

"지나친 걱정 아닌가요. 란슬롯은 종종 아무 설명도 없이 오랫동안 자리를 비우곤 하지 않았나요. 우리는 몇 번이나 그가 죽었다고 생각했잖아요. 하지만 돌아왔을 땐 언제나 멋지고 건강한 모습이었어요. 어디 머나먼 성에서 피곤한 몸을 쉬고 있을 거예요. 아마 그가 피로를 이겨낼 수 있도록 정성을 다해 돌보아 주는 여자들에게 둘러싸여 있을걸요."

그렇게 말하면서 모르간은 귀네비어를 힐끗 쳐다보았다. 귀네비어는 모르간의 말에 속지 않았다. 그녀는 모르간이 란슬롯에 대해 지금 말하고 있는 것이 사실이 아니라고 생각했다. 틀림없이 무언가 알고 있으면서도 시치미를 떼는 거야.

귀네비어는 절망에 빠져 있었다. 그녀가 믿을 수 있는 두 사람, 란슬롯의 사촌 리오넬과 보호트는 멀리 편력 여행을 떠났다. 터놓고 란슬롯에 관해 의논할 수 있는 사람이 없었다. 게다가 그녀는 자신의 마음을 들킬까 봐 마음을 졸여야 했다. 모르간에게는 절대로 란슬롯의 이야기를 할 수 없었다. 귀네비어는 모르간을 믿지 않았고, 그녀가 자신과 란슬롯의 관계를 잘 알고 있으리라 생각하고 있었다. 말르오 부인의 품 안에 안겨 울었던 일, 그녀가 사랑하고 있는 사람을 찾아다 달라고 게일호트를 보냈던 일이 언젯적 일인지 아득하게 느껴졌다. 게일호트도 말르오 부인도 모두 세상을 떠났다. 이제 다시는 그녀가 베노익 반 왕의 아들에게 품고 있는 미친 사랑을 이해해 주는 다정한 친구들을 만날 수 없을 것이다.

저녁이 되면 귀네비어의 절망은 더욱더 깊어졌다. 잠자리에 들어야 할 시간이면 방에 숨어서 오랫동안 혼자 울고는 했다. 엘리벨이라는 사촌이 유일한 친구였다. 귀네비어는 엘리벨과 속내 이야기를 나누었지만 그녀에게조차 자신의 마음을 괴롭히고 있는 비밀을 털어놓지 못했다. 잠자리에 들어도 눈물에 젖어 잠을 이루지 못했다. 귀네비어는 오래전부터 음식을 제대로 먹지 못해서 몸이 많이 허약해져 있었다. 며칠 전부터는 아예 음식을 입에 대지 못했다.

그날 밤 그녀는 꿈에서 란슬롯을 보았다. 생시처럼 생생한 모습이었다. 그는 어느 때보다 아름다운 옷차림을 하고 있었다. 그런데 완벽하게 아름다운 여자가 란슬롯의 뒤를 따라왔다. 아더 왕이 그녀를 기쁘게 맞이하더니 옆자리에 앉혔다. 귀네비어도 세심하게 보살펴 주었다. 저녁이 되어 란슬롯이 왕비의 침실에서 잠이 들었는데, 왕비가 침대에 다가가 보니 놀랍게도 아까 보았던 젊은 여자가 이미 침대에 들어 있는 것이었다. 왕비는 고통과 분노에 가득 차 란슬롯에게 달려갔다. 란슬롯은 벌떡 일어나 소리치며 용서를 빌었다. 그는 맹세코 아가씨가 옆에 누워 있는 것을 알지 못했다고 말했다. 귀네비어는 란슬롯이 변명을 하는데도 다시는 자기 앞에 모습을 나타내지 말라고, 이제 다시는 당신을 사랑하지 않겠다고 말했다. 깊은 상처를 받은 란슬롯은 속옷 차림으로 도망쳤다. 미친 사람처럼 울부짖으며 벌판을 달리는 그의 모습이 보였다.

잠에서 깬 귀네비어는 큰 혼란에 빠졌다. 고통스러워서 자리에서 일어나 앉을 힘조차 없었다. 그녀는 누운 채로 이마에 성호를 그었다. 그래도 내장을 쥐어뜯는 듯한 고통은 사라지지 않았다. 결국 그녀는 울음을 터뜨리고 말았다.

"아, 다정한 내 연인 란슬롯, 당신은 아름다워요. 이름 모를 여자와 함께 누워 있더라도 당신이 지금 이곳에 건강한 모습으로 있으면 좋겠어요. 내가 바라는 건 그것뿐이에요. 세상의 모든 부를 준다고 해도 싫어요."

귀네비어는 란슬롯이 죽기라도 한 것처럼 절망에 빠졌다. 그렇게 오랫동안 슬퍼하다가 깊은 생각에 빠져 들었다. 어느 순간, 갑자기 머릿속이 하얗게 텅 비어 버리는 듯한 느낌이 엄습했다. 그녀는 멍한 표정으로 주위를 둘러보았다. 그녀의 시선이 어떤 조각 위에 멎었다. 나무를 정교하게 깎아 만든 기사의 조각이었다. 조각 발치에 환한 빛을 내뿜는 촛불이 두 자루 켜져 있었다. 왕비는 조각을 한참 바라보았다. 그러다가 그것이 란슬롯이라고 착각하게 되었다.

그녀는 침대에서 빠져나와 조각을 향해 팔을 뻗으며 말했다.

"다정한 친구여, 이리 가까이 오세요. 왜 그렇게 오랫동안 나를 찾아오지 않았나요? 다가와서 나를 안아 주세요. 당신이 곁에 없으니 죽을 것만 같아요. 나를 이 고통에서 구해주세요. 세상에서 가장 고결한 기사를 사랑하면서도 이 세상 어떤 여자보다 더 큰 고통을 겪는 나를 구해주세요."

상대가 꼼짝도 않고 아무 말도 없는 것을 보고 왕비는 고통스러운 목소리로 외쳤다.

"아, 란슬롯! 당신은 내 앞에서 한번도 이런 오만한 모습을 보인 적이 없어요! 왜 나의 애원에 대답하지 않는 건가요?"

왕비의 침실 옆방에서 자고 있던 엘리벨은 왕비의 방에서 들리는 소리에 잠이 깨었다. 달려가 보니 왕비가 조각 앞에서 계속 뭐라고 중얼거리며 울고 있었다. 엘리벨은 누군가가 왕비에게 마법을 걸었다는 것을 바로 알아차렸다.

그녀는 뛰어나가서 성수를 찾다 왕비의 얼굴에 끼얹으며 소리쳤다.

"왕비님, 정신 차리세요. 지금 뭐 하고 계시는 거예요?"

왕비는 즉시 정신을 차리고 자신이 무엇엔가 홀렸었다는 것을 깨달았다. 엘리벨이 걱정스러운 표정으로 말했다.

"헛것을 보셨나 봐요. 몸이 허하셔서 그래요. 며칠 전부터 아무것도 드시지 않았잖아요."

귀네비어는 얼른 침대에 돌아가 누웠다. 부끄럽기도 하고 무섭기도 했다. 심신이 지쳐 있었던 그녀는 까무룩 잠에 빠져 들었다.

다음 날 아침, 귀네비어는 오랜만에 기분이 나아졌다는 것을 느꼈다. 이상한 꿈이었지만 란슬롯을 꿈에서 보았기 때문일까. 그가 살아 있다는 강한 확신이 생겼다. 식욕도 조금 돌아온 듯했다. 그녀는 먹을 것을 가져오라고 말한 뒤, 오랜만에 맛있게 먹었다. 기력을 조금 회복하고 나자 어젯밤 일어났던 일에 무언가 이상한 점이 있다는 데 생각이 미쳤다. 누군가 나와 란슬롯에게 마법을 걸고 있다. 그 마법은 예사 힘으로 피할 수 있는 것이 아니다. 초능력을 가진 누군가에게 도움을 청해야 한다.

귀네비어는 엘리벨에게 말했다.

"엘리벨, 내 전갈을 가지고 떠나 주겠니? 지혜롭고 신중하게 행동

해야 한다. 일이 잘못되면 너나 나나 어려운 처지에 빠진다. 너 말고는 이 일을 부탁할 사람이 없구나. 이 일은 내게 아주 중요하다."

"알겠습니다. 분부하신 일을 어김없이 수행할게요. 왕비님 일에 대해서 저만큼 입이 무거운 사람은 없어요. 당연한 일이지요. 저는 왕비님의 제일 가까운 친척이고, 왕비님이 잘되시는 것 외에는 바라는 것이 없으니까요. 왕비님이 저를 버리신다면 저는 가족도 없이 혼자 남아요. 베풀어 주신 사랑과 은혜에 보답하기 위해서라도 힘껏 왕비님을 섬길 거예요."

"그래, 신의를 보인다면 보답을 얻을 것이다. 왕국의 어떤 귀족 아가씨보다 더 많은 은혜를 베풀어 주마."

귀네비어는 곰곰 생각하고 나서 조용히 입을 열었다.

"내일 바다를 건너가거라. 가서 트레브 성을 찾도록 해라. 그 성 옆에 무티에라는 수도원이 있다. 무티에는 그곳에서 죽은 베노익의 반 왕을 기념해서 언덕바지에 지었단다. 그 아래에 계곡이 있는데 그곳에 호수가 있지. 호숫가에 도착하거든 무서워하지 말고 물속으로 걸어 들어가거라. 확신을 가지고 앞으로 걸어가기만 하면 돼. 호수는 마법에 불과하단다. 정히 무섭거든 기다렸다가 누군가 안으로 들어갈 때 뒤를 따라가렴. 호수 안에 들어가면 아름다운 집들이 많이 있단다. 그곳에 살고 있는 사람들은 예의 바르고 현명하지. 사람들에게 그곳을 다스리는 귀부인을 만나 뵙고 싶다고 말하여라. 비비안이라는 분인데 사람들은 '호수의 부인'이라고 부른단다. 그분에게 내 친척이라고 말하고, 그분이 사랑으로 기르신 분의 이름으로 도움을 청하기 위해 내가 보냈다고 하렴. 란슬롯 경이 사라져서 내가 절망하고 있고 모르간의 마법을 두려워하고 있다는 것도 말씀드려 다오."

왕비는 호수까지 가는 길을 자세히 일러 주었다. 그녀는 호수 부인의 나라에 가 본 적은 없었지만 란슬롯을 통해서 이야기를 많이 들었다. 란슬롯은 눈앞에 보이는 것처럼 생생하게 그 나라에 대한 이야기를 들려주곤 했다.

"왕비님의 분부를 성심껏 이행하겠습니다. 걱정하지 마십시오."

"고맙구나. 내 말대로 하면 큰 상을 내리겠다."

왕비와 엘리벨이 이야기를 나누는 동안 왕이 들어왔다. 왕비가 몸이 아프다는 것을 알고 있었던 왕은 그녀가 일어나 앉아 있는 것을 보고 매우 기뻐했다.

"왕비, 몸이 좀 나은 모양이구려."

"예, 아주 좋아졌습니다. 몸이 훨씬 가벼워졌어요."

"오늘 아침엔 뭘 좀 드시었소?"

"예, 조금. 그 때문인지 기운이 좀 나는군요."

왕은 조금 망설이다가 말했다.

"뛰어난 동지들을 보내어 란슬롯 경을 찾아오게 할 생각이오. 경에게 필시 우리의 도움이 필요할 거라는 생각이 드오. 그토록 오랫동안 돌아오지 않는 것을 보면 멀리 떨어진 어떤 성에 갇혀 있는 건 아닌지 걱정이 되오. 가웨인 경이 반드시 란슬롯 경을 찾아 오겠다고 맹세했다오. 이베인, 사그레모르, 도디넬, 가헤리에트 경도 같은 맹세를 했소. 얼마 전에 원탁에 합류한 클라렌스 공까지 나섰다오. 란슬롯 경을 만난 적은 없지만 명성을 통해 그가 우리에게 얼마나 중요한 사람인지 잘 알고 있기 때문이오. 나는 그들이 반드시 란슬롯 경을 찾아 돌아올 거라고 생각하오."

"그래요. 저 역시 경의 부재가 길어져서 걱정스럽습니다. 그를 찾아오라는 지시를 내리셔서 마음이 기뻐요."

대답은 그렇게 했지만 왕비는 내심으로는 왕의 말을 믿지 않았다. 귀네비어는 아더 왕의 기사들이 제 아무리 용감하다고 해도 란슬롯을 찾지 못할 것이라고 생각했다. 그들이 해결할 수 있을 정도의 상황에 처해 있다면 란슬롯이 지금까지 돌아오지 않았을 리 없다. 그래서 그녀는 호수 부인의 도움을 받으려고 했던 것이다. 그녀는 란슬롯을 구할 수 있는 사람은 호수 부인뿐이라고 생각했다.

왕이 다시 입을 열었다.

"몸이 조금 나아졌으니 방에서 나와 기사들을 만나 보지 않겠소?"

"아직 몸이 온전치 못합니다. 조금 더 있다가 나가겠습니다. 왕비답지 못한 얼굴을 보이는 것이 두렵습니다."

"잘 알겠소이다. 그럼 쉬시구려."

왕은 왕비에게 인사하고 동지들을 만나기 위해 방을 나갔다.

왕비의 시녀들이 방에 들어왔다. 시녀들은 왕비가 건강해진 것을 보고 즐거워했다. 왕비를 세심하게 보살피면서 기운을 차릴 수 있도록 따뜻하게 위안해 주었다. 왕비는 여전히 불안했다. 알 수 없는 확신이 란슬롯이 살아 있다고 말해 주었지만, 때로 다시 불안이 고개를 드는 것을 어쩔 수 없었다. 그러나 젊은 시녀들이 왕비를 즐겁게 하려고 명랑하게 재잘대는 것을 듣고 있자니 조금씩 희망이 생겨나는 듯한 느낌이 들기도 했다.

그날 하루 귀네비어는 평소보다 명랑한 모습이었다. 엘리벨의 출발을 준비해야 하므로 애써 기운을 차려야 했다. 그녀는 빠르고 튼튼한 준마를 준비시키고 훌륭한 안장과 고삐를 갖추게 했다.

다음 날 아침 첫 햇살이 방을 비추자마자 귀네비어는 자리에서 일어나 사촌 누이에게 길 떠날 시간이 되었다고 말했다. 왕비는 붉은 비단으로 만든 새 옷과 여행용 겉옷과 망토를 주고, 상자 안에는 호수 부인의 궁전에 도착해서 입을 더 좋은 옷들을 넣어 주었다. 호수 부인에게 보낼 선물도 잊지 않았다. 그녀는 사촌 누이의 안전을 위해서 여러 나라 말을 유창하게 할 줄 아는 난쟁이 한 사람과 용감하고 무술이 뛰어난 종자 한 사람을 딸려 보낼 생각이었다. 왕비는 엘리벨에게 호수에 들어갈 때는 난쟁이와 종자를 무티에 왕실 수도원에서 기다리게 하라고 일렀다.

엘리벨은 왕비에게 작별 인사를 했다. 귀네비어는 그녀에게 입을 맞추면서 자신의 지시를 잊지 말라고 다시 한번 당부했다. 왕비의 사촌 누이는 곧 떠났다. 왕비는 성의 가장 높은 탑에 올라가 사촌 누이 일행이 멀어지는 모습을 바라보았다. 사촌 누이의 모습이 시야에서 사라지자 마음이 휑하니 비어 버린 느낌이 들었다. 갑자기 온몸에서 기운이 빠져 그대로 서 있을 수 없었다. 그녀는 쪼그리고 앉아서 두 손으로 얼굴을 감싸고 한참 울었다.

왕비의 손에는 란슬롯이 준 금반지가 끼워져 있었다. 란슬롯의 말에 따르면 그 반지는 호수 부인이 그를 기사로 만들기 위해 아더 왕의 궁전에 왔을 때 그의 손에 끼워 주었던 것이라고 했다. 귀네비어는 반지를 들여다보며 자기에게 그토록 큰 고통을 안겨 주는 사람을 생각했다.

그녀는 반지를 빼서 입 맞추며 작은 소리로 속삭였다.

"사랑하는 나의 친구, 부드러운 내 연인 란슬롯. 당신 소식을 들을 수 없으니 당신이 귀하게 간직했던 이 반지를 위안으로 삼아요. 당신이 이 반지를 그토록 사랑했으니 이걸 바라보고 있으면 그나마 당신 없는 고통을 이겨낼 수 있답니다. 신께서 나를 가엾이 여기셔서 건강한 당신의 팔에 안길 때까지 살게 해 주시기를 빌게요."

왕비가 그렇게 속삭이고 있는 동안 어디서 날아왔는지 알 수 없는 새들이 성 위에서 맴돌았다. 귀네비어는 그것이 무슨 징조인지 알지 못했지만, 새들을 바라보고 있자니 호수의 부인이 결코 란슬롯을 포기하지 않을 거라는 확신 같은 것이 들었다.

여러 날 여러 주가 지나갔다. 아더의 명을 받고 떠났던 기사 가운데 돌아온 사람은 없었다. 그들의 말을 전하는 전령도 오지 않았다. 왕은 초조해지기 시작했다. 그는 다시 모르간을 찾아가 혹시 알고 있는 것이 있으면 말해 달라고 부탁했다.

모르간은 여전히 시치미를 떼고, 평소의 똑 부러지는 말투로 대답했다.

"아뇨, 아무것도 몰라요. 저도 많이 애썼답니다. 사람들에게 물어보기도 했고 마법의 힘으로 조상님들께 여쭈어 보기도 했지요. 하지만 아무 대답도 듣지 못했어요."

아더 왕과 헤어진 모르간은 성의 복도를 배회하면서 회심의 미소를 지었다. 아더가 안절부절못하는 모습을 보니 기분이 아주 좋았다.

란슬롯은 수레의 성에 갇혀 있다. 그녀의 두 공범 시빌 여왕과 소레스탄 여왕이 그를 잘 감시하고 있을 것이다. 란슬롯이 탈출할 염려는 없다. 란슬롯을 에워싼 마법은 그의 힘으로 걷어낼 수 있는 것이 아니다. 모르간은 왕비와 란슬롯의 비밀스러운 사랑을 왕에게 고자질할 생각이 없었다. 그랬다가는 오히려 란슬롯을 잃을 수도 있다. 서서히 조여야 한다. 그녀는 란슬롯을 찾기 위해 모험에 뛰어든 기사들이 어찌 되었는지도 알고 있었다. 그녀가 불귀의 계곡에 걸어 놓은 마법은 한치도 어긋나지 않고 작동했다. 그 계곡에 들어가 빠져나가지 못하는 기사의 숫자는 점점 더 늘어났다. 일단 계곡으로 들어간 뒤에는 도저히 빠져나갈 수 없었다. 그녀가 걸어 놓은 마법은 딱딱한 마법이 아니라 부드러운 마법이었다. 희생자들은 자기들이 지금 사치와 즐거움 속에서 살고 있다고 착각하고 있었다. 그들은 화려한 침대와 정교하게 장식한 가구, 아름다운 양탄자를 갖춘 편안한 정자에서 살고 있다고 여겼다. 여기저기에서 나타난 시종들이 맛있는 음식과 술을 차려내고, 나무 그늘 아래에서는 악사들이 감미로운 음악을 연주했다. 풀밭에서는 아름다운 무희들이 원무를 추면서 기사들의 눈을 매혹했다. 기사들은 체스를 두거나 트릭트랙 놀이를 하기도 했다. 심지어 미사를 드려 줄 사제가 기거하는 성당까지 있었다. 그러나 마법 안에서 사제는 하루 종일 코를 골며 잠만 잤다. 잡혀 온 기사들은 세상 재미를 좇느라고 바빴다. 사제에게 미사를 드려 달라고 부탁하는 기사는 한 사람도 없었다.

아더 왕의 거의 모든 기사들이 마법의 희생자가 되었다. 사그레모르, 이베인뿐만 아니라 다른 많은 기사들이 있었다. 모두들 한 번씩은 연인을 배신했던 것이다. 기사도의 아름다운 꽃이라고 불리던 가웨인까지 그곳에 잡혀 있었다. 그는 만나는 여자마다 평생 그녀만 사랑하겠다고 거짓말을 밥 먹듯 했던 것이다.✝

모르간은 들키지 않기 위해 얼굴을 베일로 가리고 이따금 계곡에 들러 기사들의 모습을 훔쳐보았다. 볼 만한 광경이었다. 그들은 유령처럼 꿈속에서 흐느적대고 있었다.

"저 아름다운 무사들의 꼴을 보라지! 내가 저들을 게으름뱅이, 겁쟁이, 멍청이로 만들었어. 어쩌면 사실 저들은 원래 저것밖에 안되는 사람들인지도 모르지. 세상의 모든 것은 환상에 불과해. 그들은 지금 자기들이 보고 느끼는 것들이 아더 왕의 궁에서 보았던 것만큼 중요하다고 생각하고 있을 거야. 제일 용감한 자가 실은 제일 비겁한 자라는 것을 나는 알고 있어. 그걸 가르쳐준 사람은 멀린이야. 난 그의 조언을 따르는 것뿐이야. 언제나 사람들이 자신의 현실이라고 느끼는 것 앞에 그들을 데려다 놓아야 해. 그 현실 안에서야

✝ 가웨인은 아더 왕 전설에 등장하는 영웅들 중에서 가장 오래된 켈트 기원을 가진 인물 가운데 한 사람이며 아더의 가장 오랜 동지들의 목록에 등장한다. 그의 바람둥이 기질은 켈트의 성적 분방함(남녀 모두 마찬가지였다)을 증명하며, 동시에 성적 능력이 전사적 능력과 밀접한 관련을 맺고 있는 고대 켈트 전설의 흔적을 보여 준다. 이 고대적 특성은 중세기 궁정 문화의 맥락에서 여성에게 친절한(courtois—원래의 의미는 '궁정적인') 특질로 유지된다. 신화의 원시 관본에서 가장 뛰어난 기사였던 가웨인은 란슬롯의 뒤늦은 등장으로 그 지위를 란슬롯에게 양보해야 했는데(왕비의 연인 역할을 포함하여), 이 영웅의 여성과의 친연성은 정치적 여성성(분쟁보다는 대화를 통한 외교적 해결)으로도 드러난다. —역주

모르간이 '불귀의 계곡'에 걸어 놓은 환상에 빠진 원탁의 기사들

비로소 사람들은 자기 영혼이 어떻게 생겼는지 알아차리니까. 이 계곡을 더 많은 기사들로 채워야 해. 다른 기사들이 더 기다려지는걸. 케이나 베디비어, 그리고 우리엔 왕조차 언젠가는 사는 것보다 꿈꾸는 걸 더 좋아하는 이 건달패에 합류하게 될 거야."

불귀의 계곡에 잡혀 있는 기사들이 모두 똑같은 정도로 환상적 열락에 빠져 있던 것은 아니었다. 그들이 걸려든 운명에 순응하지 않고 저항하는 기사도 있었다. 특히 새로 도착한 기사들이 그러했는데, 그들은 출구를 찾기 위해 용감하게 언덕을 기어 올라가기도 했다. 그러나 그들이 모험을 감행할 때마다 사방에서 무시무시한 불꽃이 치솟았고 땅속에서 솟아 나오는 듯한 끔찍한 귀신들의 비명이 들렸다. 가장 용감한 자도 그 공포를 이겨내지 못했다. 눈에 보이지 않는 지옥의 적이 그들을 에워싸고 지옥의 번개를 때리는 것 같은 느낌이 들었다.

그들의 모습을 보면서 모르간은 깔깔대며 웃었다.

"이 남자들, 생각했던 것보다 순진하네. 태양빛을 용이 토하는 화염이라고 생각하는가 하면 바위는 넘을 수 없는 성벽이라고 생각해. 가시양골담초는 괴물이 되고 새들이 우는 소리는 지옥의 악마들이 내지르는 괴성으로 들리지. 한순간이라도 눈에 보이고 귀에 들리는 것을 진지하게 살펴보면 바람이 윙윙 부는 계곡 안에 있다는 걸 알게 될 텐데 말이야. 눈만 뜨면 될 텐데……. 하지만 그들은 그걸 원하지 않지. 뭐 안됐지만 어쩌겠어. 그사이에 자기가 세상에서 제일 강하다고 생각하고 있는 내 동생 아더는 기사가 하나둘 사라지는 걸 보겠지. 왕국의 통일을 유지하려고 그렇게 힘들게 주위에 모아들였는데 말야. 사실 대단한 업적이었지. 하지만 나 모르간이 아더보다 더 강해. 나는 그들 사이에 있는 존재들을 이어 주는 비밀스러운 끈을 알고 있으니까."

그녀가 말을 마치기 무섭게 손에 끼고 있던 반지가 옥죄이는 것이 느껴졌다. 모르간은 아픔을 참을 수 없어 비명을 질렀다. 그녀는 얼른 반지를 돌렸다.

숲속 깊은 곳에서 말을 하는 듯한 멀린의 목소리가 들렸다.

"모르간, 모르간! 너무 멀리 가지 마시오. 신의 인내에는 한계가 있소! 그대가 아더 왕의 동지들에게 겪게 하는 시련은 그 자체로는 나쁘지 않소. 있는 그대로의 그들 자신을 드러내게 해 주니 말이오. 그러나 아더와 대적하지는 마시오. 그대는 유능하지만 운명을 바꿀 수 있을 정도의 능력을 가지고 있지는 않소."

모르간이 외쳤다.

"운명이라구요! 난 운명에 도전할 뿐이에요. 어떻게 될지 두고 보면 알겠지요."

모르간은 화난 태도로 다시 반지를 돌려 버렸다. 그러고는 발아래에 펼쳐진 어둠 속으로 달려 내려갔다.

다음 날 정오 무렵에 아더 왕은 귀네비어 왕비와 모르간, 몇 명의 종자를 거느리고 성 앞에 있는 풀밭에서 산책하고 있었다. 그때 빠른 속도로 달려오는 기사가 보였다. 그는 왕이 있는 곳까지 오더니 말을 세우고 땅으로 뛰어내렸다. 투구를 벗자 클라렌스 공 게일신의 얼굴이 나타났다. 그는 란슬롯을 찾는 모험에 뛰어들겠다고 자청했던 사람이었다.

왕이 다급한 목소리로 물었다.

"게일신, 소식이 있소? 란슬롯 경이 어디 있는지 알아내었소?"

"아니오, 알아내지 못했습니다. 그러나 드릴 말씀이 너무 많습니다."

사람들은 궁 안으로 들어갔다. 게일신은 급히 달려오느라고 그때까지도 숨을 가쁘게 몰아쉬고 있었다.

호흡이 좀 가라앉고 난 다음, 그는 그의 긴 모험 이야기를 털어놓았다.

"폐하, 궁을 나간 다음 저는 우연히 숲에 접어들었습니다. 저는 나무꾼, 목동, 종자 등 만나는 사람마다 붙잡고 혹시 근처에서 부상을 당했거나 포로가 된 기사를 보지 못했느냐고 물어보았지요. 그러나 아무 대답도 듣지 못했습니다. 그렇게 성령 강림절⁺ 전날까지 사흘 낮 사흘 밤을 헤맸습니다. 성령 강림절에 저는 강물이 흘러가고 있는 넓은 평야에 도착했지요. 그곳에서 멀리 않은 곳에 어쩐지 으스스해 보이는 성이 있었습니다.

가까이 다가가 보니 기사들이 격렬하게 싸우고 있었습니다. 갑옷과 무기를 보고 저는 그 기사들이 가웨인 경과 이베인 경이라는 것을 알 수 있었지요. 그들은 검은 갑옷을 입은 기사들 한 무리와 싸우고 있었는데, 나중에 알게 된 것이지만, 붉은 머리 카라도그의 병사였습니다. 카라도그가 그 음산한 성의 주인이었습니다. 성은 넓고 깊은 해자에 둘러싸여 있어서 접근이 불가능해 보였습니다. 저는 망설이지 않고 싸움에 뛰어들어 이베인 경, 가웨인 경과 함께 싸웠습니다. 전투는 밤이 내릴 때까지 계속되었지요. 상대방의 숫자가 우리보다 많았기 때문에 우리는 휴식을 취하고 다음 날 다시 싸울 요량으로 일단 후퇴하기로 했습니다.

그런데 어찌된 일인지 숲속의 빈터에 도착했을 때에는 제 옆에 이베인 경밖에 없더군요. 가웨인 경은 어디 갔는지 보이지 않았습니다. 우리는 오랫동안 그의 이름을 불렀어요. 그러나 아무 대답도 없었습니다. 우리는 가웨인 경

✝ 기독교 판본에서 원탁의 기사들의 모험이 성령 강림절(오순절, 예수 부활 이후 50일째 되는 날 성령이 제자들을 찾아온 사건을 기념하는 날. 절기로는 부활절 이후 일곱 번째 되는 주 일요일)에 종종 일어나는 것을 알 수 있는데, 여기에는 두 가지 신화적 이유가 있다. 첫째는 그날 제자들이 모두 모였다는 것(공동체 전체와 연관된 사건의 도래), 둘째로는 그날이 언어의 사건이 일어난 날이라는 것. 제자들은 성령의 도래로 인하여 온 세계의 말로 신의 계시를 받는다. 사람들은 모두 그 말을 이해한다. 즉, 바벨의 분열이 극복된 날이다. 따라서 성령 강림절은 총체성과 계시성을 동시에 함축하고 있다. 아더 왕 전설에서 이날은 원탁 공동체 전체에게 지대한 중요성을 가지는 사건이 '계시' 되는 날이며, 이날 가장 중요한 모험이 발생하는 것은 이 신화의 궁극이 정신적이거나 영적인 무엇을 지향하고 있다는 것을 드러낸다. ─역주

이 부상을 당했거나 적에게 붙잡혔다는 결론을 내릴 수밖에 없었지요. 이베인 경이 붉은 머리 카라도그는 지위 고하를 막론하고 자기 영토 근방을 지나가는 모든 기사들과 싸워 가두고는 몸값을 요구하는 관습을 가지고 있다고 설명해 주더군요.

우리는 돌아가서 찾아보기로 했습니다. 그러나 가웨인 경의 흔적은 어디에도 없었습니다. 날이 어두워져 도저히 수색을 계속할 수 없었기 때문에 우리는 나무 아래에서 밤을 보내며 날이 밝기를 기다리기로 했습니다. 잠에서 깨었을 때는 사방에 안개가 자욱했습니다. 가는 길에 만난 농부들 말로는 그 성이 '고통의 탑'이라고 불리며, 성주는 포악하고 잔인한 자라 하더군요. 또 그자는 포로를 잡으면 해자에 둘러싸인 감옥에 처넣고는 독사를 집어넣는다는 말도 했습니다. 우리 머릿속에는 빨리 고통의 탑으로 가서 가웨인 경을 끔찍한 감옥에서 구해야 한다는 생각밖에 없었습니다.

한낮이 되자 안개가 걷히기 시작했습니다. 우리는 옳은 길로 접어들었다는 것을 알 수 있었지요. 바로 눈앞에 고통의 탑이 보이더군요. 하지만 어떻게 해야 안으로 들어갈 수 있을지 알 수 없었습니다. 장소를 살펴본 뒤 우리는 헤어져서 따로따로 방법을 찾아 보기로 했습니다. 이베인은 강 쪽으로 갔고, 저는 성 뒤쪽으로 돌아가 비탈길을 덮고 있는 숲에 몸을 숨기고 성을 향해 접근하기로 했습니다. 숲이 끝나자 이제 어떻게 해야 하나 생각했지요. 말을 가지고 갈 수는 없었습니다. 검 하나만 들고 걸어가는 수밖에 없었지요. 갑옷과 투구를 벗고 헤엄쳐서 해자를 건널 생각이었습니다. 그런 생각을 하고 있는데 말발굽 소리가 들리더군요.

기사 한 사람이 저를 향해 달려오더니 도전의 말도 던지지 않고 다짜고짜 어깨를 창으로 푹 찔렀습니다. 저는 정신을 잃고 쓰러졌습니다. 정신을 차리고 보니 놀랍게도 부드러운 침대 안에 누워 있는 것이 아니겠습니까. 어떤 여자가 고개를 숙이고 저를 들여다보고 있었습니다. 몸을 일으키려고 했더니 어깨가 찢어지는 것처럼 아프더군요. 어깨에 붕대가 감겨 있었습니다. 여자가 제게 말하더군요.

'게일신 경, 움직이지 말아요. 상처가 다 나으려면 아직 멀었어요. 저는 경의 사촌 누이인 블랑 샤스텔 부인이랍니다. 시녀들과 함께 아더 왕의 궁에 갔다 돌아오는 길에 풀밭에 쓰러져 있는 경을 발견했지요. 피를 많이 흘리셨더군요. 들것에 태워 조심스럽게 모시고 와서 최고의 의사가 치료하게 했습니다. 이제 위험한 고비는 넘겼어요. 제 성에 계시면 안전합니다. 부탁이니 움직이지 마세요. 아무 걱정 하지 말고 쉬시면 됩니다.'

사실 저는 그런 충고를 듣고 말고 할 처지가 아니었습니다. 너무 지쳐 있었으니까요. 아마 며칠 동안 그렇게 잠만 잤던 것 같습니다.

성의 여주인은 매일 저를 찾아와 건강을 살피고 이야기를 나누기도 했지요. 저는 가웨인 경이나 이베인 경, 그리고 란슬롯 경에 대한 소식을 아는 것이 있는지 물어보았지요. 그녀는 아무것도 모른다고 대답하더군요. 사방으로 사람들을 보내어 알아보겠다고 말했습니다. 며칠 후 몸이 많이 좋아졌을 때 그녀가 다시 저를 찾아와 말하더군요.

'이베인 경과 가웨인 경의 소식을 들었어요. 이베인 경은 어떤 시녀의 도움으로 성안에 들어가 가웨인 경을 탈출시키는 데 성공했다고 하더군요. 두 사람은 성을 빠져나와 미리 준비한 말을 타고 아더 왕의 궁으로 떠났다고 합니다. 가증스러운 카라도그의 목을 따기 위해서 아더 왕에게 지원군을 요청하겠다고 말했답니다.'

저는 란슬롯 경의 소식은 듣지 못했느냐고 물었지요.

'바로 그 때문에 문제가 복잡해졌답니다. 가웨인 경은 감옥에 있을 때 그 일을 알게 된 것 같은데, 란슬롯 경이 브로셀리앙드 숲에 있는 어떤 성에 갇혀 있다는 말을 들었다는군요. 그래서 궁으로 돌아가기 전에 란슬롯 경을 구하려고 숲으로 돌아가기로 결심했던 것 같아요.'

'그래서요? 그를 구했답니까?'

블랑 샤스텔 부인은 혼란스러워하며 많이 망설였습니다. 그러더니 그 이후로 두 사람이 어찌 되었는지 아무도 모른다고 솔직하게 털어놓더군요. 저는 무슨 수를 쓰든 좀더 자세히 알아다 달라고 말했지요. 부인은 그러마고 약속했습니다. 그녀는 브로셀리앙드 숲으로 전령들을 보냈습니다. 며칠 뒤에 그녀가 다시 저를 찾아와 말했습니다.

'자세한 소식은 아무것도 없어요. 그 지역에 퍼져 있는 소문뿐이에요. 그 숲에 마법에 걸린 계곡이 있는데, 그곳에 들어간 기사들이 다시는 나오지 못한다는 소문이 파다하다는군요.'

아더 폐하, 이것이 제가 가져온 소식의 전부입니다. 슬프게도 저는 란슬롯 경이 어디 있는지 모릅니다. 가웨인 경과 이베인 경에게 어떤 일이 생겼는지, 그 불귀의 계곡이라는 곳이 어디에 있는지도 모릅니다."

게일신의 이야기를 들은 아더 왕은 한참 동안 생각에 잠겨 아무 말도 하지 않았다. 그러더니 모르간을 향해 물었다.

"누이의 생각은 어떻소?"

모르간은 아더 왕을 가만히 바라보다가 입을 열었다.

"왜 제 생각을 물으시는 거죠? 저는 멀린 같은 투시력을 가지고 있지 못해요. 넓은 숲속에는 때로 놀라운 일들이 일어나기도 한다는 얘기를 할 수 있을 뿐이에요. 특히 안개가 낄 때는 더욱 그렇지요. 저는 가웨인 경이 어디 있는지 몰라요. 또 이베인 경이 어디에 갔는지도 알지 못해요. 란슬롯 경에 대해서는, 그가 이렇게 아무 소식도 없이 오랫동안 모습을 감춘 게 어디 이번뿐인가 하는 말을 다시 드릴 수밖에 없겠네요."

귀네비어가 끼어들었다.

"모든 일이 비정상적이에요. 어쩐지 악마의 술책 같은 게 느껴진다구요!"

모르간이 왕비를 노려보며 말했다.

"왕비님, 정상적인 것과 비정상적인 것 사이에 어떤 차이점이 있는지 그것부터 생각해 보셔야 할 것 같은데요."

귀네비어는 입을 다물었다. 그녀는 모르간의 증오에 가득 찬 눈길을 피하느라 다른 곳을 바라보며 생각했다. 이 여자가 설사 무엇인가를 알고 있다 해도 그걸 얘기할 리는 만무해.

아더가 벌떡 일어나더니 진노한 음성으로 말했다.

"이대로 내버려둘 수는 없다! 동지들이 매일 한 명씩 사라지고 있다. 이러다간 내 곁에는 경험 없는 종자 몇 명만 남을 것이다. 기사 없는 왕이 무엇을 할 수 있다는 말인가!"

비웃음을 들키지 않으려고 노력하면서 모르간이 혼잣말로 중얼거렸다.

"오호, 알긴 아네!"

아더가 말을 이었다.

"자, 그러면 이제 남은 기사는 한 사람, 나뿐이로군. 말과 무기를 준비하라!"

"그거 좋은 생각이야!"

모르간이 조그만 소리로 중얼거렸다. 그 말을 들은 사람은 아무도 없었다.

게일신이 소리쳤다.

"안 됩니다! 아더 폐하, 몸소 떠나시는 건 안 됩니다. 폐하가 계셔야할 곳은 이곳입니다. 홀로 모험을 떠나시는 건 여러모로 좋은 생각이 아닙니다. 폐하에게 문제가 생길 경우 왕국이 위험해집니다. 제가 가 겠습니다. 이제는 상처도 다 나았으니 어떤 위험이라도 맞설 준비가 되어 있습니다. 란슬롯 경과 그 이상한 계곡에 대해 알아오겠습니다."

아더가 말했다.

"좋소, 그리하시오. 반드시 무사히 돌아와야 하오."

"이분은 반드시 승리하여 무사히 돌아오실 거예요."

그렇게 말한 사람은 모르간이었다. 그녀는 게일신을 껴안고 입을 맞추며 덧붙였다.

"용감한 분, 승리자가 되고도 남지요. 이분이 우리가 잃은 사람들을 찾아 줄 거예요."

모르간은 불귀의 계곡에 포로가 또 하나 늘었다고 속으로 좋아하고 있었다. 그녀는 호수 부인의 동지이자 제자인 사라이드가 수레의 성 근처에 도착했다는 사실을 모르고 있었던 것이다. 그녀는 하얀 옷을 입고, 그 위에 붉은 황금으로 장식한 망토를 걸치고, 하얀 말을 타고 있었다. 그녀는 언덕바지에 올라가 말을 멈추고 성을 보며 낮은 소리로 말했다.

　"그러니까 저곳이 그 성이로군."

　그녀는 땅 위에 내려선 다음, 오른손을 들어 올리고 큰 소리로 외쳤다.

　"하늘과 땅, 태양과 바람의 힘을 빌어, 그리고 여주인이신 호수 부인의 이름으로 명하노니, 정의가 이루어지기를! 나는 이 성에 있는 모든 사람이 깊은 잠에 빠지기를 원한다!"

　그녀는 두 번 주문을 외운 뒤 다시 말 위에 올라타지 않고 말고삐를 끌어 성문으로 다가갔다. 문을 밀자 아무 저항도 없이 스르르 열렸다. 시녀들과 종자들이 땅바닥에 드러누워 쿨쿨 자고 있었다. 그녀는 복도를 뛰어다니며 이 방 저 방의 문을 열었다가 다시 닫았다. 마침내 지하실로 통하는 계단을 달려 내려갔다.

　오래전부터 방에 갇혀 고통스러워하고 있던 란슬롯도 침대에서 잠에 빠져 있었다. 그는 꿈을 꾸고 있었다. 하얀 새 한 마리가 숲 위를 선회하면서 방금 지평선 위로 솟아오른 까만 새를 쫓았다. 그는 꿈에서 본 두 마리 새의 운명이 어떻게 되었는지 더 이상 알 수 없었다. 어떤 손 하나가 그의 팔을 잡고 흔들어 댔기 때문이다. 그는 또 모르간이 와서 괴롭히는 줄 알고 몸을 획 돌려 머리에 담요를 뒤집어썼다.

　부드러운 목소리가 말했다.

"란슬롯, 일어나렴!"

그는 펄쩍 뛰어 일어나 침대 바깥으로 튀어나왔다. 빛이 잘 들어오지 않는 방이어서 어두컴컴했지만 그는 곧 목소리의 주인공을 알아보았다.

"사라이드!"

"그래, 찾아낸 미남아, 나다. 호수 부인의 궁에서 네가 자라나는 걸 지켜보았던 사라이드다. 내가 너를 구하러 왔다. 나를 따라오너라."

란슬롯은 아무 말도 하지 않고 그녀를 따라 복도로 나섰다. 오래전부터 운동을 하지 못했기 때문에 그는 잘 걷지 못했다. 사라이드가 손을 잡고 이끌어 주어야 했다. 그녀는 마당에서 가장 튼튼해 보이는 말을 고른 뒤, 무기들이 쌓여 있는 방으로 가서 손수 란슬롯에게 갑옷을 입히고 무기를 골라 주었다. 두 사람은 성을 빠져나왔다. 그때까지도 성안에 있는 사람들은 세상모르고 자고 있었다. 두 사람은 말을 탔다.

란슬롯이 말했다.

"부인과 당신에게 진 빚을 어찌 다 갚지요? 호수의 부인은 늘 제게 베푸시기만 해요. 그리고 사라이드 당신에게도 어찌 감사해야 할지……. 제가 절망에 빠져 있을 때마다 늘 나타나 도와주시니……."

사라이드가 미소를 지었다.

"그런 얘기 할 필요 없단다. 네 아름다운 눈을 보고 싶어서 온 게 아니다. 호수의 부인께서 귀네비어 왕비 편에 이상한 전갈을 받으셨단다. 귀네비어 왕비는 네가 어떤 감옥에 갇혀 있는지 알아봐 달라고 부탁하면서, 얼마 전부터 아더 왕의 기사들이 하나둘 사라졌는데 그들이 어찌 되었는지 몰라 근심하고 있다는 말을 전하더란다. 네가 그들을 찾아다 드리려무나. 그러면 부인과 나뿐만 아니라 왕과 왕비에게도 신세를 갚는 게 된다. 알겠니?"

호수 부인에게 자기의 실종 사실을 알린 사람이 귀네비어 왕비라는 것을 알고 란슬롯은 감동하여 눈물을 글썽거렸다. 귀네비어의 영상이 성에 붙잡혀 있었던 지난 시간보다 더 뚜렷하게 눈앞에 떠올랐다. 갇혀 있는 동안 란슬롯은 사랑하는 여자의 모습에 정신을 집중하면서 겨우 고통을 이겨낼 수 있었다. 그 영상만이 그가 살아 있다는 증거였다. 란슬롯이 작은 소리로 속삭였다.

"귀네비어 왕비에게 은총이 있기를. 사라이드, 맹세할게요. 호수 부인께 말씀하셔도 좋아요. 아더 왕의 동지를 찾기 위해 내가 할 수 있는 일을 다 할 거라구요."

"어떻게 할 생각이냐?"

"왕국 전체를 돌아다니겠어요. 숲을 뒤지고 모든 도성과 성들을 찾아다니겠어요. 그래서 기어코 그들을 찾아내겠어요!"

란슬롯이 어린아이처럼 소리를 꽥꽥 지르는 것을 보고 사라이드는 웃음을 터뜨렸다.

"찾아낸 미남아, 하나도 변하지 않았구나. 여전히 열정적이고 혈기왕성하고 한번 결심하면 끈질기게 물고 늘어지니……. 너는 진정 왕의 아들이다. 명성을 누릴 자격이 있어. 하지만 그렇게 하면 시간도 많이 걸리고 너무 힘들다. 그들이 있는 곳으로 내가 안내해 주마."

란슬롯이 놀라며 물었다.

"그곳이 어디인지 아세요?"

"알다마다. 호수의 부인께선 세상에서 일어나는 일들을 전부 알고 계시지. 멀린에게 투시력을 물려받으셨잖니. 나는 멀린처럼 현명하고 사려 깊은 분은 만나 보지 못했다."

그녀는 황야로 말을 몰았다. 란슬롯이 뒤를 따랐다. 두 사람은 빽빽하고 어두운 숲속을 달리다가 강가를 따라갔다. 이윽고 붉은 바위들이 여기저기 우뚝우뚝 선 언덕에 이르렀다. 바위들은 땅의 깊은 곳에서 바로 바로 솟아오른 듯했다. 사라이드가 멈춰 섰다.

"자, 네가 가야 할 곳이 이곳이다. 너를 두고 떠나기 전에 임무를 완수할 수 있도록 한 가지 얘기해 줄 것이 있다. 저기 깊고 어두운 계곡이 보이느냐? 저 계곡은 마법에 걸려 있다. 한 번이라도 사랑하는 여자에게 거짓 맹세를 한 적이 있는 남자들은 저곳에 들어가면 나오지 못한다. 저곳에 아더 왕의 기사들이 갇혀 있단다. 일생 동안 변치 않겠노라 맹세하고는 그 맹세를 배반하는 건 남자들의 특징인 것 같구나. 사랑하는 여자를 한번도 배반하지 않은 남자만이 마법을 풀 수 있단다."

란슬롯의 얼굴이 갑자기 어두워졌다.

"저는 어떤 시련 앞에서도 뒤로 물러선 적이 없어요. 하지만 저는 그 마법을 풀 수 없습니다. 저는 귀네비어 왕비에게 큰 잘못을 저질렀어요. 결코 잊을 수 없는 무거운 죄를 지었어요."

"얘야, 네가 무슨 말을 하는지 나는 알고 있다. 스스로 죄인이라고 생각하지 마라. 너는 그 일에 아무 잘못도 없다. 이그레인 왕비가 아더 왕을 잉태했을 때 그분은 함께 있던 남자가 남편이 아니라 우터 펜드라곤이라는 사실을 몰랐다. 그건 멀린이 원했던 거야. 그분이 알아차리지 못하도록 마법을 걸었던 것도 멀린이었지. 아더 왕이 그 결합에서 태어나야 했기 때문이란다. 네가 코르베닉에서 어부왕의 딸과 함께 있었을 때, 너는 마법에 걸렸던 거야. 너는 그 공주가 귀네비어 왕비라고 정말로 믿었던 거지. 그 사건 역시 너의 가문과 어부왕의 딸 사이에서 아들이 태어나게 하기 위해서였다. 멀린은 이미 그 사실을 예언했다. 모든 것은 그의 의지대로 이루어진 거야."

란슬롯이 한숨을 내쉬었다.

"그 말이 맞는지도 몰라요. 하지만 마음은 무거운걸요."

"모든 것을 다 잊고 아더 왕의 기사들을 계곡에서 구해 내렴. 이제 가거라. 너를 길러 주신 분이 자랑스러워할 사람이 되어라."

사라이드는 그렇게 말한 다음, 말을 달려 사라졌다.

어느새 저녁이 되었다. 그림자가 길어지기 시작했다. 란슬롯은 눈앞에 펼쳐진 풍경을 자세히 살펴보았다. 숲이 갑자기 열리는 곳에서 서쪽으로 끝없는 황야가 펼쳐져 있었다. 지평선 끝에서 붉은빛과 노란빛이 마치 긴 띠처럼 출렁였다. 발아래에는 까마득한 계곡이 짙은 초록색 안에 잠겨 있었다. 대지의 내장에서 솟아오르는 것은 아무것도 없었다. 모든 것이 완벽한 침묵에 잠겨 있었다. 새소리도, 나뭇잎 사이를 지나가는 바람 소리도 들리지 않았다. 란슬롯은 말에서 뛰어내려 손에 검을 들고 계곡의 비탈을 따라 내려갔다.

그때였다. 갑자기 잠들어 있던 마법이 깨어났다. 눈앞에서 나무와 돌덩어리로 이루어진 벽이 일어섰다. 한가운데 철문이 있었다. 란슬롯은 문으로 다가가 빗장을 향해 손을 뻗었다. 그러나 문 가까이 가자, 문이 갑자기 꽹음을 내며 부서지더니 한 무더기의 부서진 나뭇가지로 변하는 것이었다. 란슬롯은 벌어진 틈 사이로 들어갔다. 뒤돌아보니 조금 전만 해도 계곡으로 들어오지 못하도록 막고 있던 벽이 어디로 사라졌는지 보이지 않았다. 란슬롯은 계속해서 앞으로 나아갔다. 아까처럼 철문이 달린 벽이 또 하나 나타났고 앞서와 똑같은 일이 되풀이되었다. 란슬롯은 그렇게 일곱 개의 문을 통과했다.

이윽고 높은 쇠말뚝 울타리가 나타났다. 말뚝 하나하나에 사람 머리가 하나씩 꿰어져 있었다. 검으로 말뚝을 후려치자 말뚝도 사람 머리도 어디론가 사라졌다. 란슬롯은 아주 좁은 오솔길을 따라 내려가다가 제자리에 우뚝 멈추어 섰다. 발밑의 땅이 갑자기 꺼졌기 때문이다. 그는 구덩이 가장자리에 섰다. 구덩이 바닥에서 불타는 혓바닥을 가진 뱀 일곱 마리가 쉭쉭 소리를 내며 란슬롯에게 덤벼들었다. 란슬롯은 검을 일곱 번 휘둘렀다. 대가리 일곱 개가 구덩이 안으로 떨어졌다. 란슬롯은 구덩이를 건너뛰어 계속 좁은 오솔길을 따라 내려갔다. 구덩이가 또 하나 나타났다. 거대한 두꺼비들이 새빨간 석류석 같은 눈알을 번들거리며 땅에서 기어올라 왔다. 징그러운 놈들이 란슬롯의 온몸에 엉겨 붙었다. 그의 심장을 먹어 치우려는 듯 혀를 널름거리며 우글우글 가슴을 향해 움직였다. 란슬롯은 있는 힘을 다해 두꺼비들을 털어 버리고 정신없이 발로 밟아 으깼다. 어느 틈에 두꺼비들은 사라지고 그 자리에 군데군데 흩어져 있는 풀의 잔재만 남아 있었다.

란슬롯은 계속 비탈을 내려갔다. 이번에는 날카로운 발톱을 가진 개들이 관목 더미에서 튀어나와 피가 뚝뚝 흐르는 아가리를 벌리고 덤벼들었다. 란슬롯은 정신없이 검을 휘둘렀다. 잠시 후 다시 괴괴한 침묵이 찾아왔다. 그 침묵은 세계의 모든 숲 위로 불어가는 폭풍전야의 고요처럼 불길했다.

란슬롯은 숲속의 빈터에 도달했다. 한가운데에 풍차만큼이나 키가 크고 뚱뚱한 거인이 길고 날카로운 검을 든 채 떡 버티고 서 있었다. 거인이 비웃음을 흘리며 무시무시한 검을 공중에서 빙빙 돌렸다. 주위에 있는 나무들 위로 무수한 불꽃이 번쩍번쩍 튀며 날아다녔다. 란슬롯은 이것저것 따질 형편이 아니었으므로 거인이 휘두르는 검에 맞아 죽을 각오로 거인에게 내달았다. 거인이 그의 정수리를 빠개려는 찰나, 란슬롯이 검을 거인의 몸에 푹 찔러 넣었다. 그러자 무서운 비명 소리가 들리면서 나뭇가지들이 우지끈 부서지고, 사나운 바람이 불어와 나무 꼭대기에서 몸을 비틀었다. 거인의 몸은 어디로 사라졌는지 흔적조차 보이지 않았다.

란슬롯은 다시 앞으로 내달았다. 집채보다 더 높은 화염의 벽이 불쑥 눈앞에 일어섰다. 오른쪽과 왼쪽, 앞과 뒤, 사방에서 불이 활활 타고 있었다. 불은 탁탁 음산한 소리를 내고 견딜 수 없이 뜨거운 열기를 내뿜으면서 몸을 뒤틀었다. 란슬롯은 무서움을 참고 검을 앞으로 내민 채 한 걸음 불 앞으로 다가갔다. 첫 번째 불이 꺼졌다. 단 몇 초 만에 화염의 벽이 스러져 버렸다.

이제는 먼 별에서 오는 것 같은 어슴푸레한 빛만이 골짜기에서 빛나고 있었다. 화려하게 장식한 아름다운 집, 퐁퐁 즐거운 소리를 내며 솟는 샘물이 보였다. 풀밭에는 식탁이 차려져 있고, 남자들은 붉은 빌로드 옷을 입은 술시중 하인이 따르는 술을 마시면서 체스를 두고 있었다. 조금 떨어진 곳에는 술

취한 기사들이 땅바닥에 널브러져 자고 있었다.

란슬롯은 케이와 베디비어의 모습을 알아보았지만, 두 사람은 란슬롯을 지나가는 동네 강아지인 양 본 척도 하지 않았다. 다른 기사들은 검을 뽑아 들고 상대방을 위협하는 욕지거리를 퍼부으며 싸우는 중이었다. 가웨인과 이베인도 그 가운데 끼어 있었다. 란슬롯은 그들의 이름을 불렀다. 그러나 란슬롯의 존재를 알아차리는 사람은 없었다. 란슬롯은 여기저기 모여 있는 기사들 사이를 돌아다녔다. 마치 유령들 사이를 돌아다니는 것 같았다. 대체 이 씩씩한 원탁의 기사들에게 무슨 일이 일어난 걸까? 어떤 저주를 받았기에 내 모습도 못 알아보는 걸까? 란슬롯은 어릿광대의 유희 앞에서 박장대소하는 기사들과, 감미로운 음악에 맞추어 춤추고 있는 아름다운 무희들을 헤 하고 입을 벌린 채 구경하는 기사들을 지나쳤다.

그는 오랫동안 헤맨 끝에 다른 집보다 화려하고 아름다운 집을 발견했다. 지붕은 반암으로 되어 있었고, 창문은 수정으로, 벽은 자수정 같은 광채를 내는 반짝이는 검은 돌로 지어져 있었다. 그 화려한 집 문턱에, 금실로 수놓은 아름다운 옷을 입고 머리를 풀어헤친 여자가 꼼짝도 하지 않고 꼿꼿하게 서 있었다. 누군가를 기다리는 모습이었다. 란슬롯은 그녀에게 다가갔다.

란슬롯이 다가오는 것을 보고 여자가 말했다.

"아, 호수의 기사 란슬롯, 기사도의 가장 아름다운 꽃봉오리여, 우리와 쾌락을 함께하러 오셨군요?"

란슬롯이 그녀 앞에 멈추어 섰다. 여자는 미소를 짓고 있었지만 눈에서는 이상한 불꽃이 번쩍였다.

란슬롯이 대답했다.

"그대가 누구인지는 모르겠으나 나는 마법을 풀기 위해 이곳에 왔소이다. 미친 꿈속에 잠들어 있는 자들에게 의식을 되찾아 주기 위해 내가 왔다는 것을 명심하시오."

그 말을 들은 여자의 얼굴이 갑자기 일그러졌다. 여자는 비웃는 듯한 소리로 웃기 시작했다. 어느 순간 웃음소리는 고통의 비명으로 바뀌었다. 란슬롯은 놀란 눈으로 여자가 서 있던 자리에 모습을 드러낸 죽은 나무를 보았다. 썩고 벌레 먹은 줄기에서 솟아난 나뭇가지들이 흉측한 모습으로 늘어져 있었다. 아름답던 집도 어느새 사라져 보이지 않았다. 집이 있던 자리에는 관목숲과 가시덤불만이 있을 뿐이었다. 란슬롯은 뒤를 돌아보았다. 어둠이 곧 들이닥칠 것 같았다. 놀랍도록 아름다웠던 비현실적인 빛은 사라져 버렸다. 아름다운 집도, 무희도, 악사도 어디로 갔는지 보이지 않았다. 계곡에는 사람을 호리는 듯한 단조로운 음악을 연주하며 바람이 뒤흔들고 지나가는 무성한 나무들만 있을 뿐이었다.

악몽에서 깨어난 남자들이 여기저기에서 서로의 이름을 부르며 한시라도 빨리 저주받은 장소를 벗어나려고 언덕을 향해 달려 올라가고 있었다. 긴 행렬이었다. 그들은 자유를 되찾은 기쁨을 만끽하며 소리를 질렀다. 말들도 덩달아 히히힝 하고 울며 황야와 숲을 향해 달려갔다. 그들이 계곡을 빠져나가자 완전한 침묵이 찾아왔다. 란슬롯 혼자만 같은 자리에 기둥처럼 우뚝 서 있었을 뿐이다.

조금 뒤 란슬롯은 비탈길 꼭대기에 두고 온 말에게 돌아가야겠다고 생각했다. 이제 말의 모습은 희미하게 윤곽만 보일 뿐이었다. 그는 천천히 비탈을 올라갔다. 내려올 때와는 달리 이따금 잘 자라지 못한 관목 숲과 가시양골담초 무더기를 만났을 뿐이다. 꼭대기에 올라간 란슬롯은 마법을 걷어낸 계곡을 마지막으로 보려고 몸을 돌렸다. 고요하고 평온했다. 몇 마리 밤새들의 날갯짓 소리만이 완전한 침묵을 깨고 있었을 뿐이다. 날갯짓 소리가 갑자기 크게 들려오기 시작했다. 란슬롯은 무엇인가 다가온다는 것을 직감적으로 느끼고 검을 뽑아 들었다.

"설마 여자를 베지는 않겠지요!"

아주 가까운 곳에 있는 바위 뒤에서 나는 목소리였다.

란슬롯은 목소리가 들려온 곳으로 다가갔다. 하얀 말을 타고 길게

란슬롯에게 접근하는 모르간

늘어진 검은 망토를 두른 여자의 실루엣이 나타났다.✛ 란슬롯은 그녀가 누구인지 대번에 알아보았다. 모르간이었다.

그가 소리쳤다.

"마법의 주인공이 당신일 거라고 생각했소!"

모르간이 대답했다.

"나는 당신이 내 일을 망칠 유일한 남자라는 걸 예상했죠!"

두 사람은 아무 말도 하지 않고 오만한 표정으로 서로를 노려보았다. 모르간의 눈빛은 정오의 태양 같아서 란슬롯이 감당하기 힘들었다. 그러나 그는

✛ 모르간은 대표적으로 모호한 여자이다. 그녀는 극단적인 악녀인 동시에 극단적인 선녀이다. 그녀는 최상급의 아름다움과 최상급의 추악함을 동시에 지니고 있는 여자이다. 아더 왕 전설 안에서 가장 들쭉날쭉한 성격을 드러내는 인물이 바로 모르간(판본에 따라 이름들도 천차만별이다)이다. 그것은 모르간의 탓이 아니라 여성과 타자성을 바라보는 인류의 심리적 특성 탓이다. 모르간은 인류가 타자성에 대해 얼마나 매혹을 느끼며 동시에 공포감을 느끼고 있는가를 증명한다. 일반적으로 '나쁜 년'과 '착한 여자'로 찢긴 여성 인물은 켈트 전승 안에서는 완벽하게 통합된 모습을 보이는데, 이 원형은 기독교화한 중세의 가부장제 안에서는 통용되기 힘들었던 것으로 보인다.

그녀는 많이 악마화된다. 그렇지만 민중적 상상력은 이 매혹적인 여성에게서 원형적 힘을 완전히 빼앗지는 않았다. 그것은 그녀의 옷차림에서도 드러난다. 모르간은 거의 언제나 검은 옷을 입은 모습으로 등장하지만, 반면에 언제나 눈부시게 흰 말을 타고 있다. 상상력은 그녀에게서 치유자의 흰빛을 빼앗지 않은 것이다.

켈트 문명 고유의 '일원론적 종합'의 노력은 도처에서 나타난다. 빛의 여자인 '호수의 부인'조차(좀더 약화된 형태로) 흰 바탕에 검은 반점이 있는 말(cheval pie)을 타고 다니는 것을 알 수 있다. 흰색이 특히 강조될 때조차 그녀는 흰 바탕에 회색 무늬가 있는 말을 타고 있다(『아발론 연대기』 3권 「하얀 기사」 참조). 멀린의 복장 역시 이따금 흰색과 검은색이 섞여 있다. 악녀 모르간은 흰빛을 유지했기 때문에 죽은 아더 왕을 신비의 섬 아발론으로 데려가는 역할을 맡을 수 있었다. —역주

눈을 돌리고 싶지 않았다. 그는 그녀의 눈 속에서 증오와 오만이 아닌 다른 것을 보았다. 고통, 많은 고통이 그녀의 눈 속에 있었다.

모르간이 입을 열었다.

"란슬롯, 나는 당신이 한 여자에게 성실하기 위해서 스스로의 목숨이라도 끊을 수 있는 유일한 남자라는 걸 알아요. 불행히도 당신이 사랑하는 여자는 내가 아니지요. 호수의 기사 란슬롯, 왜 나를 마다하는 거지요? 내가 늙고 못생겼나요?"

"그렇지 않소. 당신은 아주 아름답고 눈부시도록 젊소. 시간은 당신에게 아무 힘도 행사하지 못했소."

"그렇다면 왜 나를 물리치는 거죠? 우리 두 사람이 힘을 합치면 세상에서 가장 완벽한 짝이 될 텐데……. 우린 세상의 주인이 될 거예요."

"모르간, 그게 불가능하다는 것을 알고 있지 않소. 나는 한 여자를 사랑하고 있소. 그 여자는 당신이 아니오."

모르간이 몸을 떨었다.

그녀는 지친 듯한 쉰 목소리로 말했다.

"란슬롯, 나는 패배를 인정할 수 없어요. 앞으로도 그럴 거예요. 자, 지금은 당신의 귀네비어를 만나러 가세요! 그러나 우리는 다시 만날 거예요. 그걸 명심하세요!"

그녀가 말의 옆구리를 세게 찼다. 그녀의 흰말이 히히힝 하고 크게 울었다. 모르간은 황야를 거쳐 달려갔다. 란슬롯은 불귀의 계곡을 굽어보고 있는 붉은 바위 위에 오랫동안 가만히 서 있었다.

02 밤의 노트르담

옛날 브리튼 섬에 프월*이라는 이름을 가진 왕이 살고 있었다. 그는 디베드**라고 불리는 나라를 다스렸는데, 그 나라는 일곱 개의 주***로 나뉘어져 있었다. 왕은 정의를 베풀 줄 알고 전통을 잘 보존해 온 덕이 높은 봉신들에게 그 일곱 개의 주를 맡겨 통치하게 했다. 디베드 왕 프월은 아침에 귀 기울

✤ 프월이라는 웨일즈어 이름은 코르베닉의 성주이며 성배의 수호자인 부유한 어부왕의 기원이 되었다.

✤✤ 디베드는 웨일즈 지방 남서쪽. 로마 정복 당시에 그 지역에서 살고 있었던 켈트족 데메타에족의 이름에서 유래한 이름이다. 어떤 판본에 따르면 멀린의 어머니는 데메타에 족장의 딸이다. 중세기 웨일즈 시인들은 디베드를 브로 이르 후드Bro yr Hud, 즉 '마법의 나라' 라고 불렀다.

✤✤✤ 프랑스어 '캉통' canton(州)은 프랑스 대혁명 이후에 공식화된 어휘이다. '백' (100)을 의미하는 고대 갈리아어를 어원으로 가진 말이다. 이 문헌에서 사용된 웨일즈어 용어 cantref의 문자 그대로의 의미는 '백 채의 집' 이라는 뜻이다.

이지 않는 청렴결백한 사람이었으며 신께서 자신에게 맡기신 이 세상의 백성이 행복하게 살아갈 수 있도록 애쓰는 좋은 군주였다.

오래전부터 그는 자진해서 아더 왕을 브리튼 섬의 대왕으로 인정하고 있었지만 궁에는 한번도 모습을 드러내지 않았다. 프윌은 원탁의 기사가 되고 싶다는 생각을 한 적이 없었다. 그는 자기가 다스리는 땅이 더 부강한 나라가 될 수 있도록 잘 다스리기 위해 자신의 영토에 머물러 있기를 더 좋아했다.

프윌이 가장 많이 머무는 아버트 성에 체류하던 어느 날의 일이었다. 그는 자신이 아주 좋아하는 붉은 계곡으로 사냥을 갈 계획을 세웠다. 그 계곡은 물고기가 많은 아름답고 넓은 강의 하구에 자리했는데, 온갖 종류의 사냥감이 풍족한 넓은 숲 가까운 곳에 있었다.

다음 날 날이 밝자 프윌은 자리에서 일어나 옷을 입고 사냥 무기를 세심하게 챙겼다. 붉은 계곡으로 떠나 숲의 나무들 아래에 사냥개들을 풀어 놓았다. 시종 하나가 사냥에 참여한 사람들을 모두 모으기 위해 뿔나팔을 불었다. 사냥개들은 컹컹 짖으면서 관목 숲을 가로질

사냥개를 몰아 사슴을 쫓는 프윌

러 달렸고, 왕은 그 뒤를 쫓았다. 그런데 개들이 너무나 멀리까지 사냥꾼들을 끌고 가는 바람에 프윌은 동료들을 놓치고 말았다.[+] 관목 숲에서 개들이 짖는 소리에 귀를 기울이며 말을 달리고 있자니 자신의 사냥개가 아닌 다른 사냥개들이 짖는 소리가 들렸다. 짖는 소리가 전혀 달랐다. 프윌은 그 소리가 자신을 향해 오고 있다는 것을 알아차렸다.

눈앞에 숲속의 빈터가 펼쳐졌다. 그의 사냥개들이 그곳에 들어섰을 때 다른 사냥개에게 쫓겨 도망치는 사슴 한 마리가 나타났다. 곧 다른 사냥개들이 사슴에게 덤벼들어 땅에 쓰러뜨렸다. 사슴은 숲속의 빈터 한중간에 있었다. 프윌은 개들의 모습을 보고 감탄해서 사슴은 눈에 들어오지도 않았다. 그렇게 아름다운 사냥개는 처음이었다. 놈들은 빛나는 흰색 털을 가지고 있었는데 귀만 빨갰다. 흰색처럼 찬란하게 빛나는 빨간색이었다. 프윌은 그 개들을 쫓고 자기 사냥개들을 불러 모아 사슴 고기를 먹게 했다. 그때 커다란 잿빛 말을 탄 기사[++]가 나타나 다가왔다. 그 사람은 목에 뿔나팔을 걸고 잿빛 모직으로 만든 사냥복을 입고 있었다.

[+] 동료들을 놓치고 숲에 혼자 남아 결정적인 계시에 접하는 왕의 이야기는 켈트 원형을 가지는 전설에 무수히 나타난다. 그때 왕은 대개 사슴(많은 경우 흰 사슴)과 관련된 모험 속으로 끌려 들어가게 되는데, 사슴이 왕권(자연신으로서의 사슴. 갈리아의 케르누노스 참고. 미야자키 하야오의 〈모노노케 히메〉에서도 사슴 신은 완전히 같은 상징적 의미를 가지고 있다)을 상징한다는 것을 염두에 두면, 이것은 가장 고양된 의미의 자아를 상징하는 왕이 자신의 무의식(숲의 어둠)과 홀로 대면하는 경험이라고 해석할 수 있다. 자신의 깊은 영혼을 들여다보지 못하는 자는 왕이 될 수 없다. ─역주

[++] 저승의 어두운 면모를 보이고 있다. 즉 자아의 내용으로 통합되지 않은 낯설고 섬뜩한 영혼의 내용. ─역주

기사는 프월 앞에 서서 말했다.

"나는 그대가 누구인지 모르고, 그대에게 인사할 생각도 없소!"

프월이 대답했다.

"지위가 대단히 높은 분인 모양이구려."

낯선 사람이 대답했다.

"물론 그 때문은 아니오."

"그렇다면 무엇 때문에 저를 모욕하시는지요?"

"맹세코 다른 이유는 없소이다. 그대가 무례하게 행동했기 때문이오."

프월은 그 대답에 놀라서 상대방에게 질문을 던졌다.

"이해할 수 없군요. 제가 무슨 무례함을 저질렀다는 것인지……."

"다른 사람의 사냥개들이 잡은 사슴을 자기 사냥개들에게 먹으라고 내주는 사람은 본 적이 없소. 참으로 무례한 행동이오. 이런 모욕을 당하고도 설욕할 수 없다면, 백 마리 사슴만큼의 수치를 당하게 해 주겠소!"

프월은 갑자기 기분이 언짢아졌다.

"그대의 말대로 내가 그렇게 큰 잘못을 저지른 것이라면 잘못을 보상하겠소이다."

"어떻게 보상하겠다는 거요?"

"이 나라의 관습에 따라, 또 그대의 지위에 따라 적절한 보상을 하겠소. 그러나 나는 그대가 누군지 모르오."

"나는 왕이오."

"폐하와 폐하의 백성에게 축복이 있기를! 어느 나라의 왕이신지요?"

"아눈*이라 불리는 곳이오. 나는 아눈의 왕 아라운이오."

"어찌 하면 폐하에게 용서받고 우정을 얻을 수 있는지요?"

"말해 주겠소. 내 왕국의 맞은편에 있는 영토를 장악하고 있는 자가 있소이다. 그자가 나에게 끊임없이 전쟁을 걸어온다오. 하프간이라는 자인데, 아눈을 전부 차지하겠다고 떠들고 있소. 이 골칫덩어리를 제거해 준다면, 그대가 저지른 잘못을 용서받고 아울러 내 우정도 얻을 수 있을 것이외다."

"기꺼이 그리하겠습니다. 그곳에 가는 방법만 일러 주시지요."

스스로 아눈의 왕이라 칭한 아라운이 대답했다.

"말하리다. 나는 그대와 '제한 없는 우정' **을 맺을 것이오. 나는 그대를 아눈의 내 자리에 앉게 할 생각이오. 매일 밤 그대가 한번도 본 적이 없는 아름다운 여자를 보내겠소. 그대를 내 모습으로 바꾸어 주겠소. 그러면 종자, 관리, 시종 등 나를 섬기던 사람들이 사람이 바뀌었다는 것을 알아채지 못할거요. 기간은 내일부터 올해 말까지요. 오늘 우리가 있는 바로 이 자리에서 그날 다시 만납시다."

✦ 웨일즈 전승에서 아눈Annwfn은 켈트인의 저승을 나타낸다. 민간 신앙은 이 장소를 거석 문화적인 케른(원추형 돌무덤)의 세계, 즉 고대 아일랜드의 투아하 데 다난 신들이 살고 있는 시이('평화')의 세계 안에 위치시키고 있다.

✦✦ '제한 없는 우정' 또는 '흠 없는 우정' 은 아일랜드 서사시에서 확인할 수 있는 이상한 켈트 관습이다. 두 사람의 계약 당사자들은 완전하고 절대적인 교환 법칙에 의해 그것이 무엇이든 결코 거절하지 않겠다는 약속을 한다. 이 관습은 『몬간 이야기』에서처럼 여러 가지 불쾌한 일의 원인이 되기도 한다.

"좋습니다. 말씀하신 그 남자를 언제 어디에서 싸워 물리쳐야 합니까?"

"결투는 정확하게 일곱 달 뒤 어둠이 내리는 시간에 벌어질 거요. 내 아랫사람들이 그대를 여울목으로 데려갈 거외다. 내 모습을 하고 있을 테니 그자는 전혀 눈치 채지 못할 거요. 그자를 창으로 찌르시오. 딱 한 번만 찔러야 하오.✝ 잊지 마시오. 그자는 한 번만 더 찔러 달라고 애걸할 거요. 단호하게 거절해야 하오. 내가 그를 치는 건 소용없소.✝✝ 다음 날 다시 싸움을 걸어오기 때문이오. 더 교만하고 힘도 더 좋아져서 말이오."

"좋습니다. 하지만 폐하의 왕국에 가 있는 동안 제 영토는 누가 돌봅니까?"

"걱정하지 마시오. 내가 그대의 모습을 하고 그대의 나라로 갈 테니 아무도 의심하지 않을 것이오. 그대와 똑같이 말하고 행동하겠소."

"그렇다면 폐하의 제한 없는 우정을 받아들이지요. 지금 당장 떠

✝ 같은 금기가 퍼시발에게도 부과된다. 검으로 상대를 연속해서 두 번 쳐서는 안 된다는 금기를 어겼기 때문에 퍼시발의 검은 부러진다. 마법의 절제된 사용(마법을 사용할 수 있는 영웅의 하이브리스hybris['힘의 과시']를 경고)을 명하는 상징적 제도라고 볼 수 있다. —역주

✝✝ 이승에 속한 자는 저승을, 저승에 속한 자는 이승을 구한다. '이방의 땅' 에서 온 영웅만이 문제를 해결할 수 있다. 켈트의 이승-저승이 얼마나 존재론적 연속성을 확보하고 있었는지 보여 주는 또 하나의 증거. —역주

날 준비가 되어 있습니다."

"여행은 오래 걸리지도 않을 것이고 고통스럽지도 않을 거요. 영토에 도착할 때까지 내가 안내하리다."

아라운은 프윌을 큰 평야로 데리고 갔다. 강들이 흐르고 있는 평야에는 많은 가축 떼가 지나고 있었고, 과수원이 딸린 아름다운 성들이 여기저기 우뚝우뚝 서 있었다.

프윌이 그중 하나를 가리키며 말했다.

"저곳에 내 궁전이 있소. 내 궁전과 영토를 그대에게 맡기오. 이제 나는 그만 가 보리다. 이 길을 계속 따라가 성안으로 들어가시오. 그대를 보고 내가 아니라고 생각할 사람은 아무도 없을 것이오. 시종들이 그대를 섬기는 방식을 잘 눈여겨보면 궁중 예법은 곧 배울 수 있을 것이외다."

아라운은 프윌을 낯선 땅에 내버려두고 갔다. 프윌은 아라운이 가리킨 성으로 다가갔다. 성안에 들어가니 화려하게 장식한 방들이 많이 보였다. 종자들과 젊은 시종들이 달려와 그의 무기를 받았다. 마주치는 사람마다 그에게 머리를 조아렸다. 두 명의 기사가 다가와 사냥복을 벗기고 비단옷을 입혀 주었다. 큰 홀 안에는 이미 모든 것이 준비되어 있었다. 잘 차려 입은 왕의 가족과 신하들이 들어왔다. 그들과 함께 아름다운 왕비도 들어왔다. 사람들은 손을 씻고 식탁에 앉았다.

프윌의 오른쪽에는 왕비가, 왼쪽에는 백작인 듯한 남자가 자리 잡고 앉았다. 프윌은 왕비와 이야기를 나누기 시작했는데, 말하는 것으로 미루어 보아 왕비는 매우 사려 깊고 고결한 성품의 소유자가 틀림없었다. 어찌나 말을 예쁘게 잘 하는지 프윌이 만나 본 여자 중에 최고의 말솜씨였다. 모인 사람들은 배불리 먹고 마신 뒤 음악과 시 낭송을 들었다. 프월이 지금까지 방문했던 어느 궁정보다 뛰어난 궁정이었다. 음식은 맛있었고 술은 그윽했으며 금과 은으로 만든 그릇들은 아름다웠다. 귀족들이 걸치고 있는 장신구도 세련된 취향이었다. 잠자리에 들어야 할 시간이 되어 왕과 왕비는 침실로 갔다

아주 난감한 순간이었다. 제한 없는 우정을 약속한 남자의 뛰어나게 아름답고 고귀하고 사랑스러운 아내에게 어떤 태도를 취하는 것이 마땅할까? 프월은 한번 한 약속은 반드시 지키는 신의 있는 사람이었을 뿐 아니라 지혜로운 사람이기도 했다. 침대에 들어간 그는 왕비에게 등을 돌리고 누워 침대 가장자리만 쳐다보았다. 그는 아침이 될 때까지 한마디도 하지 않았다.

다음 날 프월은 다시 왕비와 다정하게 즐거운 대화를 나누었다. 그러나 낮에는 더할 나위 없이 다정하게 지내다가도 잠자리에 들면 첫날 밤과 똑같이 행동했다. 그는 사냥을 떠나기도 하고 축제를 열어 노래를 부르거나 춤을 추면서 시간을 보냈다. 사람들과 다정한 관계를 맺고 우아하고 섬세한 대화를 나누었다. 나라 전체를 차지하겠다고 주장하는 자와 대결할 날이 가까워지고 있었다. 왕국의 백성은 아무리 외딴곳에 살고 있는 사람이라 해도 그 대결에 대해 모두 알고 있었다. 프월은 왕국의 귀족 몇 사람과 함께 결투 장소를 향해 갔다.

그들이 결투 장소로 정해진 여울목에 도착했을 때 기사 한 사람이 일어나 말했다.

"고귀한 동지들이여, 내 말을 잘 들으시오. 이 결투는 양 진영의 대

결이 아니라 왕들 사이의 일대일 결투입니다. 다른 사람들은 어떤 경우에도 끼어들 권리가 없습니다. 두 명의 왕은 모두 상대방의 땅과 영토를 요구하고 있습니다. 여러분은 누구의 편도 들어서는 안 됩니다. 그런 조건으로 결투에 입회하실 수 있습니다."

두 명의 왕은 여울목 한가운데로 들어서자마자 공격을 시작했다. 아라운의 모습을 하고 있는 프윌이 휘두른 창에 맞아 첫 번째 격돌부터 이미 상대방의 방패는 둘로 갈라지고 갑옷도 부서졌다. 그 충격으로 하프간은 말에서 돌위로 떨어져 크게 상처를 입었다.

하프간이 외쳤다.

"아, 왕이여. 당신은 나를 죽일 권리가 없소. 또 내가 알기로 당신에게는 나를 죽여야 할 어떤 동기도 없소. 하지만 나는 아무것도 요구하지 않겠소. 신의 이름으로 청컨대, 시작했으니 끝장내시오!"

아라운의 얼굴을 한 프윌이 말했다.

"당신을 공격한 것을 후회하게 될지도 모르겠소. 나는 당신을 죽이지는 않을 것이오. 정 죽고 싶거든 죽여 줄 사람을 찾아보구려. 부상당해 땅바닥에 쓰러진 사람을 공격하는 일은 비겁하고 불명예스러운 일이오."

하프간은 같이 온 사람들을 향해 말했다.

"나의 충신들이여, 이 저주받은 장소에서 나를 멀리 데려다 다오. 난 이제 가망이 없다. 여러분의 안전도 보장할 수 없다."

하프간을 수행했던 귀족들은 즉시 주인을 여울목에서 끌어내 들것에 태운 뒤 먼 곳으로 데리고 갔다.

프윌은 자기 사람들에게 돌아갔다.

"동지들이여, 나의 신하가 되기 위해 어떤 자가 되어야 할지 명심해 두라."

"폐하, 이 나라의 모든 사람들이 폐하의 신하이옵니다. 그것은 분명한 사실입니다. 아눈에는 오로지 한 분의 왕이 있을 뿐이며, 그 왕은 바로 폐하이십니다."

"그러하다. 충성스러운 신하임을 보이는 자들을 환영하는 것은 옳은 일이다. 충성을 맹세할 생각이 없는 자들에게는 무기의 힘으로 강제할 수밖에 없다."

프월은 곧 봉신들의 경배를 받으며 나라 전체를 장악하기 시작했다. 다음 날 정오 무렵에는 왕국의 두 부분이 모두 그의 수중에 들어왔다.

한 해가 지난 날 아침, 프월은 아무에게도 들키지 않고 몰래 성을 빠져나왔다. 아침나절 내내 말을 달려 붉은 계곡으로 갔다. 아라운은 이미 와서 기다리고 있었다. 두 사람은 다정한 인사를 주고받았다.

아라운이 말했다.

"그대가 진실한 친구로 행동하였으니 신께서 기쁨과 복을 주시기를 바라오. 나는 그대가 어떻게 왕국을 통일하였는지 알고 있소. 그대의 나라로 돌아가면 내가 그대를 위해 어떤 일을 했는지 알게 될 것이외다."

"신께서 그 축복을 폐하에게 돌려주시기를!"

아라운은 프월을 본디 모습으로 돌려놓았다. 그리고 자신도 본래의 모습으로 돌아갔다. 그는 디베드의 왕 프월에게 작별 인사를 한 뒤 아눈으로 돌아갔다. 아라운은 다시 가족과 신하들과 같이 있을 수 있어 매우 행복했다. 다른 사람들은 그가 궁을 비웠다고 생각했던 적이 없으므로 평소와 다를 것이 아무것도 없었다. 아라운은 온종일 싱글벙글하며 아내며 궁정 인사들과 즐겁게 대화를 나누었다. 저녁 식사를 마친 뒤 그는 술을 마시는 대신 일찍 잠자리에 들었다. 아라운은 왕비와 잠깐 이야기를 나누다가 사랑의 유희에 탐닉했다.

왕비는 왕이 너무 오랫동안 그 유희를 멀리 했기 때문에 많이 놀라서 속으로 혼자 생각했다.

'갑자기 전과 다른 태도를 보이네. 어찌 된 일이지?'

그녀는 왕의 품을 빠져 나와 등을 돌리고 누웠다. 왕의 태도가 갑자기 변한 것을 이해할 수 없어서 괴로웠다. 왕이 잠에서 깨었다. 아내의 태도가 심상치 않다는 것을 깨닫고 왜 그러느냐고 물었다. 왕비는 계속 등을 보인 채 아무 대답도 하지 않았다. 왕은 다시 물었다. 여전히 대답이 없자, 세 번째로 또 물었다. 왕비는 여전히 입을 다물고 있었다.

왕이 초조해지기 시작했다. 그의 언성이 조금 높아졌다.

"왜 대답하지 않는 거요?"

왕비가 화가 난 목소리로 대답했다.

"무슨 대답을 하라는 것인지요? 거의 일 년 전부터 제가 침실에서 하는 질문에 전하께서 대답이나 하셨던가요?"

"무슨 얘기요? 우리는 많은 대화를 나누었잖소."

왕비의 분노가 폭발했다.

"거의 일 년 전 어느 날인가부터 전하께서는 침대 속에 들어와 이불만 덮으면 저를 거들떠보지도 않으셨잖아요. 사랑은 고사하고 아예 고개를 돌리고 얘기조차 하시지 않았지요. 중요한 문제에 대해 의논하려고 해도 들은 체도 하지 않으셨잖아요!"

이번에는 아라운이 생각에 잠겼다.

그는 감탄하며 생각했다.

'그 친구의 우정은 정말로 진실하고 한결같은 것이었구나!'

그는 왕비에게 말했다.

"왕비, 나를 비난하지 마시오. 전능하신 신의 이름에 걸고 말하거니와, 나는 거의 일 년 전부터 당신과 잠자리를 함께한 적도 없고 당신 곁에 누웠던 적도 없다오."

그러고 나서 왕비에게 자신의 모험담을 들려주었다.

왕의 얘기를 듣고 나서 왕비가 말했다.

"정말이지 전하께서는 결투나 육체의 시련에 있어서 진실한 친구를 얻으셨군요. 그분이 보여 준 충성스러움에 경의를 보내야 합니다."

"물론이오. 정말로 잊을 수 없는 일이오."

한편 프윌은 디베드로 돌아갔다. 그의 나라 사람들 역시 그가 돌아왔다는 사실을 알아차리지 못했다. 그는 봉신들에게 지난해 자신의 통치가 다른 해에 비해 어땠는지 물었다.

"어느 때보다도 정중하시며 자애로우셨고, 많은 선행을 베푸셨습니다. 어느 해보다 더 훌륭하게 다스리셨습니다."

프윌이 감탄하며 외쳤다.

"지난해 여러분과 함께 있었던 사람에게 고마움을 표하는 것은 참으로 마땅하다!"

그러고는 자신이 겪은 모험 이야기를 들려주었다. 신하들이 그 말을 듣고 이구동성으로 답하였다.

"폐하에게 그러한 우정을 베푸신 신께 영광이 있기를! 지난해에 베풀어 주셨던 모든 것을 거두어 가시지는 않겠지요?"

"물론, 내가 왕으로 다스리는 동안 그런 일은 없을 것이다."

그 이후로 프윌과 아라운은 더욱 깊은 우정을 쌓아갔다. 그들은 서로 말, 사냥개, 매 등 상대방을 기쁘게 할 선물들을 주고받았다. 프윌이 아눈에 머물면서 선정을 베풀고 두 개의 왕국을 통일했기 때문에 사람들은 그 이래로 프윌을 디베드의 왕이라고 부르지 않고, '아눈의 주인'이라고 부르게 되었다. 그처럼 유능하고 진실한 왕을 가졌다는 사실을 누구나 기뻐했다.

어느 날 프윌은 아버트에 머물고 있었다. 많은 신하들이 모여들어 잔치를 벌이는 중이었다. 아침 식사를 끝낸 프윌은 신하들을 거느리고 성 앞에 있는 초원으로 산책을 나갔다. 초원 끝에는 '젊음의 언덕'✛이라고 불리는 곳이 있었다. 그는 그쪽으로 발걸음을 옮겼다. 신하 한 사람이 말했다.

✛ 켈트 전통에서 '젊은'이라는 형용사는 단지 '나이가 적은'이라는 의미가 아니라 비시간성을 나타낸다. 즉, 시간의 지배를 받지 않는 영역에 붙는 형용사이다. 이 언덕은 따라서 저승의 문턱 같은 역할을 하고 있는 것이다. 켈트의 천국을 나타내는 이름은 티르 나 노그Tir na Nog 인데, '젊음의 땅'이라는 뜻을 가지고 있다. ―역주

"저 언덕은 이상한 곳이랍니다. 그곳에 고귀한 신분의 사람이 앉으면 얻어맞아서 부상을 당하거나 신비한 일을 목격하게 된다고 합니다."

"얻어맞아 부상당한다? 많은 사람들이 나를 에워싸고 있으니 그건 걱정할 거 없고……. 신비한 일을 보게 된다면 기분이 나쁠 것 같지 않군. 한번 가 보겠다. 무슨 일이 일어나는지 보자."

그는 언덕 위로 올라갔다. 그가 신하들에 둘러싸여 언덕바지에 앉았을 때 큰길을 따라서 말을 타고 가는 여자의 모습이 보였다. 말은 창백할 정도로 흰색이었고 뚱뚱한데다 아주 컸다. 여자는 황금빛으로 번쩍이는 옷 위에 커다란 검은 망토를 두르고 있었다. 말은 고른 걸음걸이로 느릿느릿 앞으로 걷는 것처럼 보였다. 말이 언덕이 있는 곳에 도착했다.

프윌이 사람들을 돌아보며 물었다.

"말을 타고 있는 저 여자를 아는 사람 없는가?"

그들은 서로 얼굴을 마주 보았다. 대답하는 사람이 없었다.

프윌이 다시 말했다.

"누군가 저 여자에게 가서 누구인지 알아오도록 하라."

봉신 한 사람이 일어나 급히 여자를 만나러 갔다. 그녀는 그를 지나쳤다. 그는 있는 힘을 다해 뛰었다. 그러나 도저히 따라갈 수가 없었다. 그가 빨리 달리면 달릴수록 여자와의 거리는 점점 더 멀어졌다.

아무리 애써도 소용이 없다는 결론을 내린 그는 프윌에게 돌아가 말했다.

"폐하, 아무리 날쌘 사람이라도 뛰어서 저 여자를 따라잡는 건 불가능합니다."

"그렇다면 성에 가서 제일 튼튼한 말을 타고 여자를 따라가 데려오도록 하라."

봉신은 성으로 가서 말을 타고 여자를 뒤쫓아 갔다. 그는 전속력으로 말을 달렸다. 역시 말에 박차를 가할수록 여자는 점점 더 멀어졌다. 여자가 타고 있는 말은 그저 같은 보폭으로 가고 있는 것 같은데도 도저히 따라 잡을 수가 없었다. 봉신이 탄 말은 곧 지쳐서 헐떡거리기 시작했다. 말이 비틀거렸다. 봉신은 안 되겠다 싶어 프뮐에게 돌아갔다.

"폐하, 누가 되었든 저 여자를 따라잡는 건 불가능합니다. 이 말은 왕국 전체에서 제일 빠른 말입니다. 그런데도 여자를 따라잡지 못했습니다."

"그것 참 이상한 일이로다. 마법 같은 이야기로군. 궁으로 돌아가자."

다음 날 아침 식사를 한 뒤 프뮐이 말했다.

"다시 언덕으로 가 보자."

왕은 종자를 불러 지시했다.

"제일 빠른 말을 언덕 근처 풀밭으로 끌고 오너라."

종자가 말을 끌고 오는 동안 왕과 신하들은 언덕바지로 올라갔다. 그들이 언덕에 앉기가 무섭게 어제의 그 여자가 똑같은 말을 타고 똑같은 길로 가는 것이 보였다. 프뮐이 종자에게 말했다.

"저 여자를 따라가서 누구인지 물어보고 오라."

"분부대로 시행하겠습니다."

종자는 말에 올라탔다. 그가 미처 안장 위에 앉기도 전에 여자가 그 옆을 지나쳐 갔는데, 눈 깜짝할 사이에 벌써 저만치 가 있었다. 역시 어제처럼 서두는 기색은 전혀 없었다. 종자는 아무리 천천히 간다고 해도 여자 하나 못 따라잡겠나 하는 생각에 처음에는 구보로 말을 달렸다. 점점 더 거리가 멀어지자 안 되겠다 싶어 전속력으로 말을 몰았다. 그래도 여자와의 거리는 엄지손가락만큼도 줄어들지 않았다. 말에게 채찍질을 할수록 여자는 더욱더 멀어졌다. 그렇다고 여자가 더 빨리 달리고 있는 것처럼 보이지는 않았다. 도저히 추격이 불가능하다는 것을 깨달은 종자는 말을 돌려 프뤨에게 돌아왔다.

"폐하께서 지켜보신 대로 실패했습니다."

"봐서 알고 있다. 여자를 따라가는 건 불가능하다. 그녀가 이 평야의 누구에겐가 어떤 메시지를 전하려고 한다는 생각이 든다. 이만 궁으로 돌아가자."

그들은 성으로 돌아가 음악을 듣거나 술을 마시면서 조용하게 저녁 시간을 보냈다.

다음 날 아침, 식사를 마친 프뤨이 말했다.

"어제 언덕바지에 나와 함께 갔던 사람들은 어디 있느냐?"

"폐하, 여기 있습니다."

"다시 한번 가 보자. 무슨 일이 일어날지 보도록 하자."

그리고 종자를 불러 지시했다.

"가서 내 말을 찾아오너라. 제일 좋은 안장을 채워라. 말을 데리고 길이 있는 곳에 가 있거라. 내 박차를 가져오는 것도 잊지 말고……."

종자는 서둘러서 왕의 명령을 수행했다. 사람들은 모두 언덕으로 올라갔다. 그들이 언덕 위에 앉기가 무섭게 그 여자가 똑같은 옷을 입고 똑같은 말을 타고 똑같은 길 위에 나타났다. 그녀는 어제나 그제와 똑같이 천천히 말을 달렸다.

프윌이 종자에게 말했다.

"내 말을 데려오너라. 오늘은 내가 뒤쫓아 가겠다!"

그가 말안장 위에 앉기도 전에 여자가 지나쳐 갔다. 그는 혈기왕성하고 힘센 말의 고삐를 느슨하게 잡고 출발했다. 두 달음이나 세 달음이면 여자를 충분히 따라잡을 것이라고 생각했기 때문이다. 그러나 여자와의 거리는 좁혀지지 않았다. 그는 하는 수 없이 말을 전속력으로 몰았다. 그는 곧 여자를 결코 따라잡을 수 없다는 것을 깨달았다. 그래서 뒤쫓아 가며 소리쳤다.

"여자여, 그대가 세상에서 가장 사랑하는 남자의 이름으로 부탁하오. 좀 기다려 주시오!"

그 말을 들은 여자가 그 자리에 우뚝 섰다.

"좋아요. 진작 그렇게 부탁하셨더라면 당신 말이 고생을 덜했을 텐데……."

프윌이 그녀에게 다가갔다. 여자가 얼굴을 가렸던 베일을 들어 올리고 반짝이는 눈동자로 프윌을 바라보면서 그가 입을 열기를 기다렸다. 프윌이 여자에게 말했다.

"어느 나라에서 오셨습니까? 이렇게 여행하시는 목적은 무엇인지요?"

여자가 대답했다.

"할 일이 있어서요."

두 사람은 마주 보았다. 잠시 어색한 침묵이 흘렀다. 이윽고 여자가 입을 열었다.

"프월 왕이여, 이렇게 만나 뵈어 영광입니다."

"우리 나라에 오신 걸 환영합니다."

여자의 얼굴은 프월이 지금까지 만나 보았던 모든 여자들의 매력이 아무것도 아니라고 느껴질 정도로 아주 독특한 매력을 지니고 있었다. 하지만 한편으로는 너무 강렬한 눈빛 때문에 조금 불안하게 느껴지기도 했다.

프월이 덧붙여 말했다.

"하실 일이 어떤 일인지 말해 주실 수 있습니까?"

"가장 중요한 일은 폐하를 만나는 것이지요. 사람들에게 아주 많은 이야기를 들었습니다. 약속을 지키기 위해서는 목숨이라도 내놓을 만큼 충성스러운 분이라 하더군요."

"누군지 제대로 전해 주었군요. 나는 무슨 약속이든 한번 한 약속은 반드시 지킵니다. 그런데 당신은 누구십니까?"

"사람들은 저를 때로 늙은 헤베이드의 딸 리아논이라고 부른답니다."

"헤베이드라는 분은 알지 못하오만, 안심하시오. 궁으로 오시면 환영받으실 것이외다. 그런데 왜 나를 만나고 싶어 하셨소?"

"말씀드리지요. 아버님이 저를 사랑하지도 않는 사람과 결혼시키려고 해요. 저는 폐하와 결혼하기로 결심했거든요. 지혜로운 왕이며 진실한 남자니까요. 저를 지겹게 쫓아다니는 그 남자에게서 도망칠 수도 있지요. 물론 폐하께서 저를 물리치지 않으신다면 말이에요."

"당신을 물리친다구요! 그럴 리가 있소! 세상 모든 여자들 중에서 고르라 한다면 나는 당신을 선택할 것이오."

"좋아요. 그렇게 마음먹으셨다면 아버님이 저를 다른 남자에게 주기 전에 만날 날짜를 잡으세요."

"가능한 한 빨리 합시다. 시간과 장소를 정하시오."

"오늘부터 열나흘 째 되는 날 저녁으로 하지요. 늙은 헤베이드의 궁에서 폐하를 맞이하는 잔치가 열릴 거예요."

"헤베이드 궁이 어디에 있소?"

"이 길을 죽 따라가다가 국경을 넘으면 돼요. 황야가 끝나는 곳에 호수가 있는데, 그 옆에 튼튼한 성이 서 있답니다. 그곳이 제가 살고 있는 곳이지요."

"가겠소이다. 약속하오."

"알겠습니다. 그때까지 건강하세요. 약속 잊지 마시구요."

두 사람은 그렇게 말하고 헤어졌다. 프윌은 아버트 궁으로 가는 길로 접어들었다. 여자는 서 있던 자리에 환한 얼굴로 그대로 있었다. 일이 잘 풀려서 기분이 아주 좋은 듯했다.

프윌이 저만치 멀어지자 여자는 손에 끼고 있던 반지를 돌리며 속삭였다.

"어때요, 멀린? 이 일에 대해서 어떻게 생각하시나요?"✝

나뭇잎 사이로 멀린의 목소리가 들려왔다. 아주 가까운 곳에서 들리는 듯한 목소리였다.

"내가 무슨 생각을 했으면 하는 거요? 그건 그대의 일이오. 나와는 상관없는 일이오. 더불어 아더 왕과도 아무 상관이 없소. 대체 무슨 음모를 꾸미고 있는지 들어 봅시다."

"간단해요. 프월이 정말 그렇게 사람들 말처럼 진실한 사람인지 시험해 보려는 거예요. 내가 누구인지 빠른 시일 내에 밝히지는 않을 거예요."

"아, 모르간! 조금도 변하지 않았구려. 여전히 무슨 일인가 꾸미고 있군. 내가 언제나 그대를 '밤의 노트르담'**이라고 부르고 싶어 했던 걸 아시오? 그대에게 아주 잘 어울리는 별명이오. 그대는 무언가 수상한 일을 꾸며야 직성이 풀리지. 조심하시오. 그 음모가 그대의 발목을 잡을 수도 있소. 진실한 남자라고 장점만 가진 건 아니라오. 참을 수 없는 결점을 가지고 있기도 하다오!"

멀린은 입을 다물었다. 모르간이 소리쳤다.

"멀린! 어디 간 거예요! 무슨 생각을 하고 있는지 말해 줘요!"

✚ 리아논을 '밤의 노트르담'으로 명명하며 모르간의 이미지에 덧붙인 것은 장 마르칼의 독특한 해석이다. 기원을 따라 거슬러 올라가면 리아논이나 모르간 모두 태초의 어머니신의 변형이므로, 무리한 해석은 아니다. 마르칼은 특히 리아논이 지닌 이중적 성격(사나운 공격성과 따뜻한 모성)을 모르간의 모호한 특성의 켈트 원형으로 파악하고 있다. ―역주

✚✚ 노트르담Notre Dame은 고유 명사가 아니라, '우리의 부인'이라는 뜻으로서 최상급으로 격상된 여성을 나타낸다. 즉, 기독교 전통의 성모 마리아를 의미한다. 이때 '우리'는 소유가 아니라 존칭을 나타낸다. '나의 부인'(Ma Dame, 일반적으로 결혼한 여성을 지칭하는 마담―영어의 미시즈―의 어원)이 격상된 경우이다. ―역주

모르간은 반지를 몇 번씩 돌렸다. 그러나 아무 대답도 들리지 않았다. 그녀는 베일을 드리우고 사흘 전부터 보여 주었던 그 차분한 속도로 말을 달려 길을 따라갔다.

프윌은 신하들 곁으로 돌아왔다. 사람들은 여자에 대해 그에게 물었지만 그럴 때마다 딴전을 피우거나 아예 못 들은 체했다. 사람들은 소용이 없다고 생각하고 포기해 버렸다. 전과 다름없이 즐거움 속에서 날들이 흘러갔다. 프윌은 이제 젊음의 언덕에 가지 않았다. 리아논과 약속한 날짜가 다가오자 그는 출발 준비를 하고 충성스러운 시종 몇 명과 함께 늙은 헤베이드의 성을 향해 떠났다.

리아논이라는 여자에게 들은 설명 덕택에 프윌은 성을 쉽게 찾았다. 그는 열렬한 환영을 받았다. 모르간이 단단히 일러두었기 때문에 그녀에게 잘 보이려는 사람들이나 또는 그녀가 화를 낼까 봐 무서워하는 사람 모두 앞 다투어 프윌에게 친절을 베풀었기 때문이다. 많은 사람들이 모여 즐거움을 나누고 있었다. 홀에 식사가 차려지고, 사람들은 모두 자리를 잡았다. 늙은 헤베이드는 프윌 왼쪽에, 리아논은 오른쪽에 앉았다. 각자 자신의 지위에 따라 자리를 잡고 앉았다. 저녁 식사가 끝난 뒤에 키가 큰 갈색 머리 젊은이 한 사람이 홀 안으로 들어왔다. 수놓은 비단옷을 입은 왕자 같은 풍모의 젊은이였다. 홀의 입구에 서서 그는 프윌과 그곳에 있는 모든 사람들에게 인사말을 건넸다.

프윌이 젊은이에게 말했다.

"신의 축복을 받으라. 이리 와서 앉으시게."

젊은이가 대답했다.

"아닙니다. 저는 단지 청이 한 가지 있어 왔을 따름입니다. 제 청을 말씀드릴까 합니다."

"좋다. 무엇을 원하는지 말해 보라."

"사실은 프월 폐하와 관련된 일입니다. 폐하께 드릴 청이 있어 이렇게 온 것입니다."

"소원이 무엇인지 말해 보라. 내가 해 줄 수 있는 것이면 무엇이든 들어주겠다."

리아논이 프월에게 몸을 기울이고 작은 소리로 말했다.

"오 하느님! 어쩌자고 그런 대답을 하신 거예요?"

낯선 젊은이는 앞으로 나서며 말했다.

"프월 폐하께서는 이미 약속을 하셨습니다. 왕국의 모든 신사들이 지켜보는 앞에서 하신 약속입니다."

프월이 말했다.

"말을 바꾸지 않겠다. 그대의 청이 무엇인지 말해 보라."

"폐하는 오늘 밤 제가 세상에서 가장 사랑하는 여인과 동침할 예정이셨지요. 안됐지만 저는 그 여인과 결혼식에 필요한 혼수품을 요구합니다. 그것을 청하기 위해 온 것입니다."

프월은 당황해서 할 말을 잊고 멍하니 앉아 있었다. 리아논이 화가 나서 큰 소리로 외쳤다.

"언제까지 입을 다물고 있을 건가요! 보다 보다 당신처럼 미련한 사람은 처음 봅니다!"

프월이 대답했다.

"나는 지금 말할 수 없이 혼란스럽소. 나는 저 사람이 누군지 몰랐소이다."

"알려 드리지요. 저 남자가 바로 아버님이 나와 결혼시키려는 가울이라는 사람이라구요. 클루트라고 하는 교만하기 짝이 없는 큰 부자의 아들이에요. 당신이 덜컥 약속을 해 버렸으니 포기하는 수밖에 없군요. 치욕을 면하기 위해서는 저를 저 남자에게 넘기세요."

"잔인하군요. 당신이 진심으로 어떻게 생각하고 있는지는 알 수 없으나 결코 그럴 수는 없소이다."

리아논은 프월을 따로 불러내어 말했다.

"저를 저 남자에게 주겠다고 하세요. 지금은 다른 방법이 없어요. 하지만 제가 말하는 대로만 하시면 저 남자가 절대로 저를 소유하지 못하도록 할게요."

프월이 놀란 음성으로 말했다.

"어떻게 그렇게 할 수 있단 말이오?"

리아논이 나지막한 목소리로 말했다.

"조그만 자루 하나를 드릴게요. 그걸 소중하게 간직하세요. 가울은 결혼식 혼수품과 잔치 음식도 요구할 거예요. 그것들은 제 소유지 당신 것은 아니지요. 저는 그걸 가족들에게 나누어 줄 거예요. 그렇게 대답하시면 돼요. 저는 오늘 저녁부터 열나흘 뒤로 약속 날짜를 잡을 거예요. 보름째 되는 날 바로 이곳에서 큰 잔치를 열 거예요. 당신은 충성스러운 병사들을 데리고 과수원으로 오세요. 잔치가 한창일 때 혼자 몰래 홀 안으로 들어오세요. 아무도 알아보지 못하도록 걸인의 옷을 입고 얼굴에는 진흙을 바르세요. 옷 안에다가 나팔을 하나 숨겨 두세요. 병사들에게는 과수원에서 기다리고 있다가 당신이 나팔을 불면 달려 들어오라고 일러두세요. 손에 자루를 들고 오셔야 해요. 사람들에게 자루에다 먹을 것을 좀 넣어 달라고 하세요. 당연히 사람들은 거절하지 않겠지요. 그 자루는 세상의 모든 음식과 술을 다 넣어도 차지 않는 자루랍니다. 제가 자루에 마법을 걸 테니까요. 넣어도 넣어도 자루가 차지 않는 걸 보면 가울이 궁금해서 물어볼 거예요. 그러면 지위가 높은 귀족이 자루 안에 두 발을 집어넣고 꽉꽉 밟으면서 '이제 충분히 넣었다' 고 말하지 않으면 절대로 차지 않는다고 대답하세요. 제가 그 사람에게 음식을 밟아 달라고 요구할 거예요. 그가 자루에 발을 집어넣으면 즉시 접혀 있는 자루 주둥이를 그의 머리가 있는 곳까지 잡아당겨서 재빨리 가죽 끈으로 묶으세요. 그런 다음에 나팔을 불어 병사들을 부르세요. 자, 제가 말한 걸 잊지 마세요. 방금 제가 말한 대로 해야 합니다."

두 사람이 그런 이야기를 나누는 동안 가울이 프윌을 재촉했다.

"프윌 왕이여, 대답을 듣고 싶습니다. 이미 하신 약속을 지키시지 않을 정도로 비겁하신 분은 아니겠지요?"

프윌이 대답했다.

"그대가 요구한 것 중에서 내 소유인 것은 다 가져가도 좋다."

가울은 기쁨을 숨기지 못하는 얼굴로 프윌에게 소리쳤다.

"그럼 이제 폐하께서는 이곳을 떠나시는 일 말고는 남은 일이 없군요."

리아논이 그 말을 받았다.

"물론 가실 거예요. 그러나 당신이 모르는 것이 있어요. 잔치 음식

요정 모르간

78
–
79

밤의 노트르담

은 내 것이기 때문에 프월 왕께서는 그걸 당신에게 줄 수 없답니다. 나는 그것을 디베드 사람들, 내 가족, 이곳에 함께하신 분들과 나누고 싶어요. 그것이 내 뜻이니 당신은 거절할 수 없습니다. 대신 다른 방법으로 보상할게요. 오늘부터 보름 뒤에 바로 이곳에서 다시 잔치를 열겠어요. 그때까지 나는 혼자 있고 싶어요. 잔치에 오시면 그때 당신과 함께 있을게요."

가을은 그 제안을 받아들이고 집으로 돌아갔다. 프월도 디베드로 돌아가서 보름을 지냈다. 클루트의 아들 가을은 그를 위해 준비된 잔치에 때맞추어 왔다. 그는 시종들과 기사들, 그리고 리아논의 환영을 받았다. 프월은 같은 시각에 리아논이 준 자루를 들고 백 명 정도의 병사들과 함께 과수원으로 숨어들었다. 그는 구질구질한 넝마를 걸치고 커다란 신발을 신었다. 식사가 끝나고 막 주연이 시작되려고 할 때쯤 그는 홀을 향해 갔다. 그는 입구에 서서 가을과 그의 동료들에게 인사했다.

가을이 말했다.

"신의 축복을 받으라. 즐거운 날이니 거지인들 물리치겠느냐. 들어와서 주린 배를 채우도록 하라."

거지가 대답했다.

"나리, 청이 하나 있습니다."

"적절한 청이라면 들어주겠다."

"제가 가져온 이 작은 자루에다 먹을 걸 넣어 주셨으면 합니다. 그뿐입니다."

"그 정도야 못 들어주겠느냐. 여봐라, 저 거지의 자루를 꽉꽉 채워 주도록 하라."

많은 사람들이 일어나 거지의 자루에 음식을 넣기 시작했다. 그런데 어찌 된 연유인지 아무리 넣어도 자루는 채워지지 않았다. 가울이 놀란 표정으로 물었다.

"어떻게 해야 이 자루를 채울 수 있느냐?"

거지가 대답했다.

"어렵지 않습니다. 기름진 땅과 좋은 가축 떼를 소유한 고귀하신 분이 두 발로 꽉꽉 밟으면서 '이제 충분히 넣었다'라고 말씀하시기만 하면 됩니다."

그러자 리아논이 끼어들었다.

"가울 님, 당신은 부자이고 힘센 분이시니 이 일을 하기에 가장 적합한 분이십니다."

"알겠소. 내가 해 보리다."

그는 자리에서 일어나 자루 속에 두 발을 집어넣었다. 프윌은 재빨리 자루를 잡아당겨 가울의 머리까지 끌어올린 다음 가죽 끈으로 꽉 묶었다. 그러고는 나팔을 꺼내 불었다. 프윌의 병사들이 달려들어 가울을 들쳐 업었다. 그 사이에 프윌은 넝마를 벗어던지고 젖은 수건으로 얼굴을 닦았다.

리아논이 말했다.

"아주 잘 하셨어요. 하지만 일이 다 끝난 건 아니지요."

가울이 들어 있는 자루는 홀의 입구에 놓여 있었다. 지나가는 사람들마다 그 자루를 한 대씩 걷어차면서 얘기를 주고받았다.

"이 안에 뭐가 들었지?"

"오소리가 들었지."

그렇게 말을 주고받으면서 그들은 '자루 속의 오소리' 놀이*를 했다. 그 놀이는 오늘날까지도 이어지고 있다.

가울은 자루 속에서 버둥대고 있었다.

"나처럼 지위가 높은 사람을 이따위로 대접하는 데가 어디 있소이까!"

리아논이 큰 소리로 말했다.

"당신이 자청한 일이에요. 덕택에 우린 아주 즐거운걸요."

모르간은 전에 가울 때문에 무척 화가 났던 적이 있었다. 그래서 언제 한 번 단단히 혼내 주겠다고 벼르고 있던 참이었다. 가울은 계속해서 불평을 늘어놓았다.

"난 완전히 지쳤소. 하도 걷어차여서 여기저기 멍이 들었단 말이오. 목욕도 해야 하고 약도 발라야 해요."

프윌이 대답했다.

"좋으실 대로. 자루에서 나오고 싶다면 리아논을 포기하라."

가울이 즉시 대답했다.

"좋습니다. 포기하지요. 전능하신 하느님 앞에서 맹세합니다."

"좋다. 여봐라, 이자를 풀어주어라."

사람들이 자루를 풀어주었다. 가울은 비참한 모습으로 자루에서 나왔다. 그는 수치심으로 얼굴이 벌겋게 달아올라 있었다. 그는 데리고 왔던 자기 사

✠ 중세기에 했던 놀이로 상대편을 자루에 넣어 보쌈을 한다. 그러나 때리지는 않는다.

람들을 데리고 도망치듯 떠났다.

사람들은 프윌과 그의 병사들을 맞을 준비를 하기 시작했다. 모두들 보름 전과 똑같은 자리에 가서 앉았다. 그들은 즐겁게 먹고 마셨다. 밤이 깊어지자 프윌은 리아논과 함께 침실에 들었다. 밤은 즐겁고 만족스러웠다.

다음 날 아침이 되자 리아논이 말했다.

"일어나세요. 이제 예인들을 불러서 대접하셔야 해요. 오늘은 누가 무얼 요구하든 거절하지 않으셔도 괜찮아요."

"알겠소. 오늘뿐 아니라 다른 날에도 이 잔치가 계속되는 동안에는 그리하겠소."

프윌은 청원자들과 예인들을 부르라고 일렀다. 어떤 소원이든 다 들어주겠다고 말했다. 곡예사, 시인, 하프 연주자와 나팔수 들이 늙은 헤베이드의 성으로 모여들었다. 모두 상을 받아 갔다. 잔치는 사흘 밤낮 계속되었으며, 그동안 청을 거절당한 사람은 아무도 없었다.

잔치가 끝났을 때 프윌이 늙은 헤베이드에게 말했다.

"허락해 주시면 디베드로 돌아갈까 합니다."

"가시는 길을 신께서 평탄케 해 주시기를! 리아논이 언제 그대를 만나러 가면 될지 날짜를 정해 주시구려."

"함께 떠날까 합니다."

"두 사람이 그렇게 하기로 했다면 내가 뭐라 하겠소이까. 두 사람 생각대로 하시오."

길을 떠난 두 사람은 다음 날 디베드에 도착해서 곧 아버트 궁으로 갔다. 궁에는 두 사람을 환영하는 잔치를 이미 준비하고 있었다. 모든 땅과 나라에서 고귀한 사람들이 와서 두 사람의 결혼을 축하했다. 리아논은 손님들에게 빠짐없이 귀한 선물을 했다. 어떤 사람에게는 귀한 목걸이를, 또 어떤 사람에게는 금반지와 보석을 선물했다. 프윌과 리아논은 나라를 지혜롭게 다스리려고 노력했다. 리아논은 곧 아기를 가졌다.

예정일보다 일찍 사내아이가 태어났다. 아이가 태어나던 날 밤, 아이와 어머니를 돌보기 위해 여자들이 왔다. 여자들은 여섯 명이었다. 여자들은 처음에는 아이와 산모를 잘 돌보았지만 자정 무렵 잠을 이기지 못하고 곯아떨어졌다.

여자들은 다음 날 아침이 되어서야 자리에서 일어났다. 눈을 뜨자마자 여자들은 요람부터 살폈다. 그런데 아기가 감쪽같이 사라진 것이다! 이곳저곳 살펴보았지만 아기는 하늘로 솟았는지 땅으로 꺼졌는지 흔적조차 보이지 않았다.

여자 하나가 비명을 질렀다.

"이게 어떻게 된 일이지? 아기가 없어졌어! 이제 우린 어떻게 될까?"

다른 여자가 대답했다.

"우리를 화형시킬 거야!"

첫 번째 여자가 다시 말했다.

"무슨 수를 쓰지 않으면 안 돼. 어떻게 하면 좋을까? 생각 좀 해 봐."

세 번째 여자가 나섰다.

"나에게 좋은 생각이 있어. 이곳에 강아지와 함께 있는 암캐 한 마리가 있는데, 강아지 몇 마리를 죽여서 피를 리아논의 얼굴과 손에 바르는 거야. 그리고 침대 머리맡에 뼈를 던져 놓자구. 리아논이 아들을 잡아먹었다고 하는 거야. 우리 여섯 명이 똑같이 증언하면 이 여자 혼자 결백을 주장해 보아야 사람들이 그 말을 믿어 주겠어?"✚

여자들은 세 번째 여자의 계획대로 했다. 조금 뒤에 리아논이 눈을 떴다. 아무 일도 모르는 그녀는 요람이 빈 것을 발견하고 여자들에게 물었다.

"내 아들이 어디 갔느냐?"

"왕비 마마, 왜 그걸 우리에게 물어보시나요? 우리는 왕비님과 싸우느라고 여기저기 멍들고 얻어맞아 상처투성이인데요. 왕비님처럼 힘센 여자는 처음 봤습니다. 우리 여섯 사람이 함께 덤벼들었는데도 그 끔찍한 범죄를 막지 못했으니까요. 왕비님 자신이 왕자님을 갈가리 찢어 죽이셨잖아요. 왕비님이 제일 잘 아실 텐데요. 그래 놓고 왕자님을 내놓으라니 어지간히 뻔뻔스러우시군요."

리아논은 그제야 뭔가 잘못되었다는 사실을 깨달았다.

"불쌍한 여자들 같으니! 모든 것을 보고 계시는 신의 이름에 걸고

✚ 이 신화에서 리아논에게 덮어씌워진 누명으로 묘사되는 어린 아들의 죽음은 원형적 의미에서는 리아논의 행위가 맞다. 고대적 모신은 인도의 칼리 여신에서 가장 극적으로 나타나는 바, 죽음의 여신이며 동시에 생명의 여신이다. 리아논은 적극적으로 항변하지 않은 채 누명을 담담하게 받아들이고 속죄한다. 그녀가 말(지옥의 인도령)이 되어 지냈던 7년간의 속죄는 죽음을 담당하는 고대적 여신의 면모를 드러낸다. 리아논의 신화는 『마비노기』에 들어 있는 것인데, 마르칼이 인용하지 않은 뒷부분에서 리아논의 죽음과 생명의 여신의 모습은 분명하게 확인된다. —역주

말하건대, 나에게 그런 끔찍한 죄를 뒤집어씌울 수 없을 것이다. 너희는 너희가 거짓을 말한다는 것을 잘 알고 있다. 우리는 마법에 당한 거야. 벌 받는 게 무서워서 그러는 거라면 걱정할 것 없다. 내가 보호해 주겠다."

"우린 사람들 앞에 나서지 않을 거예요. 아무 말도 안 할 거구요."

"우리는 모두 잠들어 있었고, 우리가 자고 있는 사이에 불행한 일이 생겼다고 진실을 말하기만 하면 된다. 그건 어려운 일이 아니잖느냐."

여자들은 아무 대답도 하지 않았다. 프윌이 자리에서 일어났을 때쯤엔 이미 나라 안에 소문이 다 퍼진 뒤였다. 그 소식을 들은 귀족들은 모여서 의논을 한 뒤 왕에게 전령을 보내어 자신들의 의견을 전하는 문서를 전달했다. 그들은 그렇게 끔찍한 일을 저지른 여자가 왕비 자리에 앉아 있는 것은 상상할 수 없는 일이므로 내쫓든지 처형하든지 하라고 요구했다.

프윌은 그들에게 다음과 같이 답하였다.

"나는 내가 사랑했던 여자를 죽일 수 없다. 왕비가 잘못을 행하였다면 벌을 받는 것이 마땅하다. 공명정대한 방식을 통하여 처벌의 내용을 결정해야 할 것이다. 경들이 왕비의 운명을 결정해 주면 그대로 따르도록 하겠다."

귀족들이 아버트 성에 모였다. 그들은 왕 주위에 자리 잡고 앉아 리아논을 소환했다. 그녀는 산파와 의사를 불러 자신의 입장을 변호했지만 결국은 자신의 처지를 받아들이기로 결심했다. 그녀를 고발한 여자들과 말다툼을 하는 것보다는 묵묵하게 속죄를 받아들이는 것이 더 위엄 있는 태도라고 생각했기 때문이다. 귀족들이 내린 판결은 다음과 같았다.

리아논은 칠 년 동안 매일 아버트 성 입구에 있는 돌로 만들어진 승마용 발판 옆에 앉아 있어야 한다. 그녀가 저지른 끔찍한 죄악을 모르는 사람들에게

창을 들고 말을 탄 모습의 에포나 여신(오른쪽)

그 이야기를 들려주어야 한다. 성을 찾아오는 손님이나 이방인에게, 그들이 그렇게 해 달라고 한다면 접견실까지 업어다 주겠다고 제안해야 한다.✛

　리아논은 매일 성 입구에 있는 승마용 발판 옆에 앉아 있었다. 업어 달라는 사람은 많지 않았다. 대부분의 사람들은 그녀가 들려주는 이야기뿐만 아니라 그녀의 아름다운 모습을 보고 놀라워했다. 그런

✛ 이 이상한 속죄는 분명한 신화적 근거를 가지고 있다. 리아논은 갈리아–로마의 말[馬]의 여신 에포나(갈리아어로 에포스는 '말'을 의미한다)의 면모를 가지고 있기 때문이다. 에포나는 로마 왕국 전체의 마구간의 수호 여신이었으며 말을 타고 있는 어머니신 또는 암말 여신의 상징적 신화가 현재화된 모습이었다. 그녀의 아들(또는 망아지)은 납치된다. 모험의 뒷부분에 이 주제와 동일시한 이야기 형태가 나타나 있다.

다고 해서 그녀의 고통이 사라지는 것은 아니었다. 그녀는 자신에게 일어난 일을 이해해 보려고 노력했다. 그러나 아무리 애써도 가혹한 운명을 받아들일 수 없었다. 리아논은 매일 멀린에게 질문을 던졌다. 멀린은 아무 대답도 하지 않았다.

어느 날 혼자 앉아 눈물을 펑펑 흘리고 있을 때 마치 벽에서 솟아나온 듯한 멀린의 목소리가 들렸다.

"오만한 모르간이여, 이제는 이해하였소? 그대는 가장 강한 여자라고 자신해 왔으나 이제 가장 약한 여자가 되어 비웃음과 동정의 대상이 되었구려. 그대의 운명은 그대 자신이 선택했다는 것을 잊지 마시오. 나는 진실한 남자가 꼭 장점만을 가지고 있는 것은 아니라고 분명히 경고했소. 프윌은 그대에게 분명히 잔인하게 행동했소. 주위에 있던 여자들의 주장을 곧이곧대로 받아들여 진실이 무엇인지 알아보려는 노력조차 하지 않았소. 그것은 사랑하는 사람의 태도라고 생각할 수 없소. 이 말이 위안이 될지는 모르겠소만 그대의 아들은 죽지 않았소. 그대에게 언젠가 모욕당한 적이 있는 마녀가 납치해 갔다오. 어쨌든 언제까지나 그 처지에 빠져 있지는 않을 거외다. 진실이 곧 드러날 것이오."

성 주위에 큰 바람이 불고, 하늘에는 검은 새들이 빙빙 맴돌았다.

당시 숲 아래에 있는 그웬트 땅을 다스리고 있던 사람은 타이르논이라는 현명하고 생각이 깊은 사람이었다. 그는 세상에서 가장 착한 사람이었다. 그에게는 암말이 있었는데 그 아름다움과 우아함이 왕국에 있는 모든 암말과 수말의 추종을 불허했다. 매년 오월 첫째날 밤이면 그 암말은 새끼를 낳았다.

이상한 일은, 태어나자마자 그 망아지가 어디론가 사라져 행방을 알 수 없다는 것이었다.

그해 오월 첫날 밤* 타이르논이 아내에게 말했다.

"부인, 우리는 정말 태평스러운 사람들이오. 매년 암말이 망아지를 낳는데, 한 마리도 수중에 없으니 말이오."

"그러게 말이에요. 어떻게 해야 하지요?"

"오늘 밤에는 매년 망아지가 사라지는 이유를 기어코 알아내겠소. 알아내지 못한다면 신의 저주를 받아 죽어도 좋소."

그는 암말을 마구간에 집어넣은 뒤 무기를 들고 망을 보았다.

밤이 시작될 즈음 암말이 크고 잘생긴 망아지를 낳았다. 망아지는 태어나자마자 네 다리로 일어섰다. 타이르논은 망아지의 생김새를 이모저모 뜯어보고 있었다. 그때 어디에선가 쿵 하는 소리가 들리더니 기다란 손톱이 달린 커다란 손이 창문으로 쑥 들어와 망아지 갈기를 움켜쥐었다. 타이르논은 즉시 검을 꺼내어 팔의 팔꿈치 부분을 댕강 잘랐다.** 그 괴상한 팔은 망아지와 함께 마구간 안에 떨어졌다. 그 순간 밖에서 찢어지는 듯한 비명이 들려왔다. 타이르논은 문을 열고 소리가 나는 방향으로 달려갔다. 어둠이 짙어서 누가 소리를 지르

✚ 켈트의 벨타인 축제(게르만 민족의 발푸르기스 밤)에 상응하는 5월 1일 밤은 아주 이상한 일들이 벌어지는 대표적인 마술적인 밤이다. 이 사실은 앞서의 이야기에서는 지적되지 않았던 사실을 알게 해 준다. 즉, 리아논의 아들도 같은 5월 1일 밤에 태어났던 것이다.

는지 알 수 없었다. 그는 무조건 소리 나는 방향으로 달려갔다. 그러다 마구간 문을 열어 두었다는 것이 떠올라 서둘러 되돌아 뛰어왔다.

마구간 문턱 위에는 강보에 싸인 어린아이가 놓여 있었다. 타이르논은 아이를 팔에 안고 마구간 문을 닫은 다음 아내가 잠들어 있는 방으로 갔다.

"부인, 깨었소?"

"자고 있었는데 나리 목소리가 들려서 깼습니다."

"옛소, 여기 당신에게 줄 아들이 있소. 아이를 못 낳아서 늘 속을 태우더니 이제 당신 근심도 사라지게 되었구려."

"나리, 이게 무슨 일이랍니까?"

타이르논은 방금 일어났던 일들을 이야기해 주었다. 그 말을 들은 아내는 크게 놀라며 물었다.

"아기가 어떤 옷을 입고 있나요?"

"금빛 비단으로 된 망토를 두르고 있구려."

"그렇다면 귀족 집안의 아이가 틀림없어요. 나리만 괜찮다면 기르고 싶어요. 이 아기는 우리에게 기쁨과 위안이 될 거예요. 오늘 밤 일어난 일은 아무

✢✢ 이 인상적인 이미지는 성배 전설에서 여러 차례 되풀이된다. 괴물의 얼굴 모습은 보이지 않고 손만 등장한다. 이는 신성함(긍정적인 면모든 부정적인 면모든)의 비인격적 실체를 재현하는 이미지로서, 명백하게 강력하고 두려운 힘으로 작용하지만(신화 안에서 몸과 분리된 채 등장하는 손은 작용하는 비인격적 힘의 상징. 소설가 김승옥이 보았다는 흰 손의 의미도 이 맥락에서 멀지 않다), 그 실체가 범인凡人에게는 인지되지 않는 존재의 현현을 상징한다. 한국의 민담 가운데, 변소에서 "빨간 손 줄까, 파란 손 줄까?" 하는 손의 이야기도 이 얼굴 없는 손의 상징적 의미를 보여 주고 있다. —역주

에게도 말하지 말고 아기를 숨겨 놓고 길러요. 여자들을 불러서 아기를 가졌다고 말할게요. 그러면 모두들 우리 아기라고 생각할 거예요."

"당신 말대로 합시다. 나도 찬성이오."

타이르논 부부는 아이에게 세례를 받게 하고 '금발의 구리' 라는 세례명을 주었다. 아이의 머리카락이 진짜 금처럼 반짝였기 때문이다. 아이는 어느새 한 살이 되었다. 한 살이 되자 걸음마를 시작했는데 벌써 세 살배기 아기만큼 똘방똘방했다. 마음대로 놀게 내버려두면 꼭 마구간을 찾아갔다.

아기가 유난스럽게 말을 좋아하는 것을 보고 타이르논의 아내는 어느 날 남편에게 물었다.

"우리 아기를 찾아냈던 날 나리가 구하셨던 망아지는 어디 있나요?"

"말들을 돌보는 종자에게 맡겼다오. 특별히 돌보아 주라고 일러두었소."

"그놈을 잘 길러서 아기에게 주면 어떨까요? 아기를 찾아낸 날 태어났으니 인연치고는 묘한 인연 아닌가요?" ✚

✚ 많은 켈트 신화 안에는 영웅과 신비한 동물 사이에 일종의 '형제애' 가 존재한다. 그런 경우 영웅과 동물의 운명이 나란히 함께 간다. '피아나' (특별한 훈련을 받은 무사들의 비밀 결사로서 기사도의 고대적 원형—역주)에 관한 아일랜드 전설에서 디아메이드의 운명은 멧돼지와 연관돼 있다. 일련의 상황에 의하여 디아메이드는 멧돼지를 죽이지 않을 수 없었는데, 멧돼지가 죽고 난 뒤 자신도 곧 죽는다.

✤ 마구간에서 태어난 영웅

가난한 자들의 왕으로 여겨지는 예수의 경우, 그가 마구간에서 태어났다는 사실도 프루데리 전설의 신화적 장치와 무관하지 않은 것으로 보인다. 예수의 '말구유'는 가난한 자의 겸손의 상징이기 이전에 샤만 기원을 가지고 있는 오랜 신화 전통과 연관되어 있다. 그것이 '가난'과 '겸손'의 상징이 된 것은 종교가 원형과 많이 떨어진 정치사회학적 맥락 안으로 떠밀려들어 간 이후의 해석으로 보아야 한다(예수의 경우는 다른 예언자들보다 특히 더 정치사회적 맥락이 강하게 작동하고 있다). 예수의 원형적 상징성은 영원한 어머니신과 연관되어 있다. 원형 심상에 있어서 그는 야훼의 아들이 아니라 위대한 모신의 아들이다. 성모 마리아가 가톨릭에서 정식 위치를 부여받은 것은 아주 최근의 일이다. 성모 숭배가 가지고 있는 이교적 근원을 씻어내기 위해 아주 오랜 시간이 필요했기 때문이다.

프루데리의 일화에서 흥미로운 것은, 박해당하는 자가 아들이 아니라 어머니라는 사실이다. 이러한 특징은 이 신화가 신성한 어머니의 절대 권력이 가부장제에 의하여 이미 훼손된 시점에 형성되었기 때문에 나타나는 것으로 보인다. 동시에 리아논의 '인도령引導靈' psychopompe의 역할도 눈여겨볼 만하다. 여자 기수騎手로서의 면모가 강조되어 있거나 말처럼 사람들을 업어 나른다는 것, 그리고 밤이 되면 사람들을 호리러 돌아다닌다는 것 등은 그녀의 인도령의 역할과 연관이 있다. ─역주

"부인 말이 맞소. 망아지를 길들여서 아기에게 주리다."

부인은 마구간을 찾아갔다. 망아지를 잘 기르고 길들여서 아기가 말을 탈 수 있는 나이가 되면 아기에게 줄 수 있도록 해 달라고 하인과 종자에게 특별히 당부했다.

몇 년 뒤 타이르논이 사는 곳까지 리아논에 관한 소문이 들려왔다. 타이르논은 리아논이 어떤 죄로 고발당했는지, 그 때문에 어떤 고통스러운 속죄를 치르고 있는지 모두 알게 되었다. 타이르논 자신이 업둥이를 하나 기르고 있으므로 그 이야기에 특별한 관심을 가지지 않을 수가 없었다. 그는 아버트 궁에 드나들 기회가 있는 사람들에게 그 일에 대해 자세히 물어보았다. 그들은 리아논의 슬픈 운명 때문에 그녀를 가엾게 생각하고 있었다. 타이르논은 그들의 이야기를 듣고 깊은 생각에 잠겼다. 아이를 자세히 뜯어보니 프월을 쏙 빼닮은 것이었다. 그는 예전에 프월과 가깝게 지냈던 적이 있기 때문에 프월의 특징을 잘 알고 있었다. 아기가 누구의 자식인지 알면서 아기를 붙잡고 있을 경우 어떤 어려운 일들이 생겨날지 생각해 보니 너무나 슬펐다.

그는 아내에게 이 사실을 이야기했다. 금발의 구리는 디베드의 왕 프월의 아들이 틀림없다. 그 아이 때문에 리아논 같은 귀부인이 부당하게 고발당하여 고생하는 것을 알면서 아이를 계속 붙잡고 있는 것은 옳은 일이 아니다. 타이르논의 아내도 결국은 프월에게 아기를 돌려보내는 데 찬성할 수밖에 없었다.

그녀는 섭섭한 마음을 달래면서 남편에게 말했다.

"아이를 돌려주면 세 가지 이익이 생겨요. 우선 리아논의 고통이 끝나게 될 테니 감사와 칭송을 들을 거예요. 잘 길러 주었으니 프윌도 고마워할 거구요. 또 이다음에 우리 양아들이 크면 은혜에 보답하지 않겠어요.”

다음 날 타이르논은 여행 준비를 하여 기사들과 아이를 데리고 길을 떠났다. 아이는 망아지를 타고 아버지를 따라갔다. 그들은 쉬지 않고 아버트까지 달렸다. 성에 도착하니 리아논이 승마용 발판 옆에 앉아 있었다.

타이르논의 일행이 멈추자 리아논이 그들에게 말했다.

“거기 서 보세요. 여러분을 궁까지 업어 드릴게요. 저는 아들을 갈가리 찢어 죽였기 때문에 이렇게 속죄하는 거랍니다.”

타이르논이 대답했다.

“우리 중에서 왕비님 등에 업혀 가려 할 사람은 아무도 없습니다.”

그러자 아이가 말을 받았다.

“그럼요! 나도 업어 달라고 하지 않을 거예요.”

일행은 성안으로 들어갔다. 사람들은 크게 기뻐하며 그들을 맞아들였다. 마침 프윌이 왕국을 한 바퀴 돌아보고 막 돌아온 참이었으므로 바야흐로 잔치가 시작되려 하고 있었다. 일행은 프윌에게 정중하게 예를 표했고 프윌은 타이르논에게 환영 인사를 했다. 타이르논은 프윌과 리아논 사이에 앉았고 프윌 옆에 타이르논의 동료 두 사람이 앉았는데, 아이는 이 두 사람 사이에 앉았다. 식사가 끝나고 술이 나오자 자연스럽게 담소를 시작했다.

타이르논은 그가 겪었던 이상한 일을 자세히 털어놓았다. 어떻게 아이가 그들 부부의 아이로 여겨지게 되었는지, 아이를 어떻게 길렀는지 모두 말했다. 그리고 나서는 아이를 가리키며 리아논을 향해 말했다.

“이 아이가 왕비님의 아들입니다. 왕비님을 살인자로 몰다니 그렇게 한 자들은 천벌을 받을 것입니다. 저는 이 아이를 진정으로 사랑합니다. 하지만 왕비님께서 겪고 계시는 고통을 알고 나서 도저히 모르는 체할 수 없었습니다. 그래서 아이를 돌려드리겠다고 결심했습니다. 아이가 프월 폐하의 아이라는 것은 아무도 의심하지 않을 것입니다."

그 자리에 있는 사람들이 이구동성으로 말했다.

"아무도 부인하지 못할 겁니다. 폐하를 빼다 박았습니다그려."

리아논이 입을 열었다.

"오, 지금 말씀하신 것이 모두 사실이라면, 내 마음은 이제 근심*에서 놓여나겠군요."

그때 프월의 가장 충성스러운 신하 중의 한 사람이었던 펜다란이 자리에서 일어나 리아논에게 말했다.

"왕비 마마께서는 방금 몸소 아드님의 이름을 지어 주셨습니다. 프루데리라는 이름은 왕자님에게 딱 맞는 이름입니다."

"하지만 세례를 받았을 테니 세례명이 있을 것 같은데요. 어쩌면 그 이름이 더 어울릴지도 모르잖아요."

펜다란이 타이르논에게 물었다.

"왕자님께 어떤 이름을 지어 주셨소?"

타이르논이 대답했다.

✤ 웨일즈어로 '근심'은 프루데리pryderi이다. 리아논–모르간은 이 문장을 말하여 그녀의 아들이 앞으로 가질 이름을 상징적으로 의인화한 것이다

"금발의 구리라는 이름입니다."

그때 프윌이 거들고 나섰다.

"아이의 어머니가 아이에 대한 기쁜 소식을 들었을 때 떠올린 이름을 아이에게 주는 것이 마땅할 것이다."

사람들은 아이를 프윌의 아들 프루데리라고 부르기 위해서 그 이유면 충분하다는 데 모두 찬성했다.

프윌이 타이르논을 향해 말했다.

"오늘까지 이 아이를 잘 길러 주었으니 신께서 상을 주실 것이다. 이 아이역시 진실로 고결한 마음의 소유자라면 자라서 그대에게 보답할 것이다."

타이르논이 말했다.

"폐하, 왕자님을 정성을 다해 기른 제 아내는 세상 어떤 여인보다 더 큰 슬픔을 느끼고 있습니다. 왕자님께서 저희 부부가 보여 드린 사랑을 잊지 않으셨으면 합니다."

"전능하신 신의 이름으로, 내가 살아 있는 한 그대와 그대의 가족을 내 가족처럼 돌보아 주어야 마땅할 것이다. 이곳에 있는 모든 귀한 분들이 찬성한다면 아이를 펜다란에게 맡겨 기를까 하노라. 두 사람 모두 아이의 양부가 되어 주었으면 한다."✛

✛ 켈트의 유명한 관습인 fosterage('양육') 안에서, 입양아는 그가 성장한 집안의 아이들이 생가와 맺는 관계와 똑같은 관계를 가족과 맺고 그들과 똑같은 권리를 누린다. 따라서 프루데리에게는 가족이 셋이나 되는 것이다(자신의 가족, 타이르논의 가족, 펜다란의 가족).

그 자리에 있던 모든 사람들이 말했다.

"그리하소서. 좋은 생각이십니다."

펜다란은 아이를 맡았다. 펜다란은 곧 차비를 갖추어 자기 땅으로 떠났다. 타이르논과 일행도 사랑과 우정을 듬뿍 받으며 집으로 향했다. 왕은 그에게 귀한 보석, 종자가 우수한 말, 뛰어난 사냥개 등을 잔뜩 선물했다. 타이르논은 한사코 사양했다.

리아논이 프월에게 말했다.

"이제 우리 아들도 찾았고 저는 누명을 벗고 명예를 되찾았어요. 이제 당신 옆에서 무얼 해야 할지 모르겠어요."

"그렇소. 우리는 너무 슬픈 일을 겪었소."

"저는 자유를 되찾았어요. 이제 우리 아들은 아무 걱정도 없어요."

리아논은 시종에게 말을 준비하라고 지시했다. 그러고는 젊음의 언덕 가까이 있는 길 위에 처음으로 모습을 나타냈던 날 입었던 옷을 입고 말을 타고 떠났다. 그녀는 한번도 뒤돌아보지 않고 숲을 거쳐 사라졌다.

03 샘물의 부인

아더 왕은 카얼리온 아르 위스그에 있었다. 그는 동료들과 한담을 나누는 중이었다. 호수의 란슬롯, 오카니의 로트 왕의 아들 가웨인, 케이와 베디비어, 우리엔 레그헤드와 이베인, 사그레모르, 돈의 아들 거플렛, 어번의 아들 에렉, 클라렌스 공 게일신 등이 있었다. 게일신은 불귀의 계곡에 가장 마지막으로 갇혀 있던 기사였다. 귀네비어 왕비도 시녀 세 사람에게 둘러싸여 그들과 함께 있었다. 모르간이 들어왔다. 기사들은 모두 그녀에게 밝게 웃어 보이며 다정하게 인사했다.

아더 왕이 말했다.

"누이여, 정말 오랜만에 보는구려. 이리 와서 함께 앉으시오. 보이지 않는 동안 어디서 무얼 했는지 얘기나 들려주시오."

모르간은 우리엔 왕 옆에 앉았다.

"폐하, 제가 무엇을 했든 그건 저와 관계되는 일뿐이죠. 폐하의 동지 중에는 아주 재미있는 모험 이야기를 들려줄 만한 사람이 있을걸요."

"슬프게도 새로운 이야기를 들려줄 사람이 아무도 없다는 거요. 누이도 알다시피 우리는 식탁에 둘러앉기 전에 여러 가지 신비한 이야기를 듣는 것이 관습이잖소."

"여러분이 들려줄 이야기가 없는 건 제 잘못이 아니에요. 전 말하지 않겠어요. 알고 있는 이야기가 너무 많아서 제가 입을 열면 기분 나빠할 사람이 틀림없이 있을 테니까요."

귀네비어 왕비가 불안한 눈빛으로 모르간을 바라보았다. 모르간이 자신을 겨냥하고 한 말이라는 것이 분명했기 때문이다. 반면에 란슬롯은 무심해 보였다. 그는 모르간이 자신과 귀네비어에 관해서 아무 말도 하지 않으리라는 것을 알고 있었다. 왜냐하면 그 자신도 불귀의 계곡에서 일어났던 일에 대해서 아무 말도 하지 않을 것이기 때문이었다.

케이가 소리쳤다.

"자, 자, 우리 중에 모험 이야기를 할 사람이 있다지 않소. 누군지 모르지만 당장 입을 여시오!"

아더 왕의 궁에는 완력의 글레울위트라는 사람이 문지기 역할을 하고 있었다. 그는 손님들과 외국에서 온 사람들을 받아들이고 왕궁의 관습과 구조 등을 안내하는 역할을 했다. 그는 왕궁에 들어올 권리를 가진 사람들에게 방과 침실, 숙소를 알려 주었다. 아더 왕은 금실로 수놓은 비단이 덮인 등나무 의자에 앉아 있었다. 팔꿈치 아래에는 붉은색의 허리받이를 고이고 있었다.

왕이 말했다.

"동지들, 모험이 찾아오기를 기다리도록 합시다. 나는 식사 준비가 되는 걸 기다리면서 눈을 좀 붙일 터이니 괘념치 마시오. 여러분은 밀주도 마시고 케이 경이 가져오는 고기도 드시면서 계속 이야기를 나누도록 하시오."

왕은 곧 잠이 들었다. 그때 완력의 글레울위트가 기사 한 사람을 들여보냈는데, 사슬 갑옷은 다 망가져 있고 얼굴에는 여기저기 얻어맞은 자국이 나 있었다.

글레울위트가 말했다.

"여기 모험 이야기를 들려줄 사람이 왔습니다. 하지만 나는 이자의 이야기는 한마디도 안 믿습니다."

케이가 말했다.

"가까이 오시오. 어디에서 온 누구인지 말하시오."

그 기사가 대답했다.

"저는 칼로그레난트라고 합니다. 여러분에게 들려드릴 놀라운 모험 이야기가 있습니다."

케이가 반색하며 소리쳤다.

"드디어 모험 얘기를 듣게 되었군! 지루해서 몸이 비비 꼬이기 시작하던 참이었소. 이리 가까이 와서 앉으시오. 왕은 주무시고 계시오만 형씨 얘기가 재미있으면 틀림없이 깨어나실 거요."

칼로그레난트는 아더 왕의 동지들 사이에 와서 앉더니 이야기를 시작했다.

"저는 외동아들로 언제나 혈기왕성하고 거만했지요. 저는 제가 세상에서 제일가는 무공의 소유자라고 자만했답니다. 저를 당할 자는 아무도 없다고 생각했으니까요. 우리 나라에서 세울 수 있는 무훈은 다 세웠다고 생각했기 때문에 저는 세상 끝까지 가 보기로 결심했습니다. 어느 날 깊은 숲속에 들어갔어요. 길이 있기는 했는데 가시덤불에 덮인 아주 고약한 길이었죠. 저와 말은 길을 헤쳐 가느라고 어지간히 애를 먹었습니다. 그렇게 하루 종일 헤맨 끝에 사람들이 브로셀리앙드라고 부르는 숲을 겨우 빠져 나왔답니다. 넓은 황야가 펼쳐지더군요. 야생 동물을 돌보는 어떤 시골 사람에게 물어보았더니 숲속의 빈터에 가면 모험이 기다리고 있을 거라 하더군요. 그곳에 가면 샘이 있는데 거기서 물을 떠서 샘물가에 있는 돌층계에 부어야 한다는 것이었습니다.

그 사람이 얘기한 대로 했지요. 그랬더니 엄청난 비바람이 갑자기 몰아치는 겁니다. 하늘에 구름 한점 없는 화창한 날씨였기 때문에 정말로 폭풍우는 난데없었습니다. 굉장한 바람이었어요. 나무에서 떨어진 나뭇잎들이 미친 듯이 소용돌이치고 있었어요. 그러더니 언제 그랬느냐는 듯이 갑자기 날씨가 다시 갰습니다. 커다란 소나무 위에 새들이 앉아서 노래를 부르는데 어찌나 아름답던지 저는 그만 황홀경에 빠졌답니다. 그때 온통 검게 차려입은 기사가 나타나더니 자기 영토를 망가뜨렸다면서 싸움을 걸어오는 겁니다. 죽어라고 싸웠죠. 부끄러운 이야기입니다만, 저는 상처를 입고 풀밭에 떨어졌습니다. 검은 기사는 홀연히 사라졌지요. 뭔가 마법의 저주 같은 거예요. 틀림없습니다. 여러분은 어떻게 생각하십니까?"

우리엔이 실망했다는 듯한 표정으로 말했다.

"뭐 시시하구먼. 난 그 얘기를 알고 있소. 벌써 오래전 이야기인데, 우터 펜드라곤 폐하 시절에 클리드노의 키논이라는 기사가 똑같은 모험 이야기를 들려준 적이 있지. 그가 그 얘기를 할 때 나도 자리에 있었소. 우터 폐하께서는 그 모험은 멀린이 기사들에게 부과한 시련이라 하시었소."

모르간이 눈을 반짝이며 물었다.

"그래서 그때 어떻게 하셨는데요?"

"아무것도 못했지요. 우리는 저 저주받은 색슨족을 상대로 왕국을 지키느라 바빴기 때문에 모험을 마무리할 여력이 없었다오."

"그것 참 유감이군요. 그 일이 어떻게 마무리될지 참 궁금하거든요. 우리엔 경께서는 용맹으로 유명한 분이시니 당시에 바로 떠나서서 여러분의 동지 키논이 겪은 모욕을 복수하셨어야 했어요. 결국 그 모욕은 원탁의 기사 전체가 받은 것이니 말이에요."

케이가 심술궂은 음성으로 끼어들었다.

"맞습니다. 우리엔 경께서는 클리드노의 아들 키논의 우정을 배반하신 겁니다. 그 자리에서 길을 떠나 키논이 당한 모욕을 복수했어야 했소."

모르간이 방글방글 웃으면서 말했다.

"지금이라도 늦은 건 아닐 거예요. 우리엔 경이 지금이라도 모험에 도전하신다면 명성이 헛되지 않았다는 걸 증명하실 수 있지요."

우리엔이 불쾌하다는 듯한 표정으로 벌떡 일어났다.

"모르간, 나를 도발하는구려. 좋소이다. 지금이라도 떠나서 옛날에 끝내지 못했던 모험을 마무리하겠소이다."

그때 우리엔의 아들 이베인이 일어났다.

"아버님, 앉으십시오. 아버님께서는 모르간의 도발에 걸려드신 겁니다. 제가 가겠습니다. 아버님의 아들로서 모험에 도전하겠습니다. 우리 가문이 겁쟁이 가문이 아니라는 걸 증명하도록 하겠습니다."

나서기 좋아하는 케이가 다시 끼어들었다.

"하하, 그대의 혀가 약속한 것을 그대의 팔이 이루지 못한 것은 이번이 처음은 아니지!"

화가 치민 이베인의 얼굴이 붉으락푸르락했다. 당장이라도 케이에게 덤벼들 기세였기 때문에 귀네비어가 나섰다.

"케이 경, 자제하세요. 어떻게 이베인 경 같은 분을 그리 모욕하실 수 있지요? 말로만 허풍 떠는 건 오히려 케이 경이 아닌가요? 적의 목에 칼끝을 겨누려는 노력을 얼마나 하셨나요?"

케이가 으르렁댔다.

"이베인 경에 대한 칭송이라면 내가 왕비님보다 더 했으면 했지 모자라지 않소이다."

케이가 큰 소리로 떠드는 바람에 아더 왕이 잠에서 깨어났다. 그는 자기가 오래 잤느냐고 물어보았다. 이베인이 대답했다.

"예, 폐하. 꽤 오래 주무셨습니다."

"이제 저녁 식사를 하러 갈까요?"

아더는 시종들에게 손 씻을 물을 가져오라고 지시했다. 모두들 식탁 앞에 앉았다. 식사가 끝나고 난 뒤, 이베인은 칼로그레난트와 오랫동안 이야기를 나누었다. 그리고 숙소로 돌아가 말과 무기를 챙겼다.

이베인은 다음 날 아침이 밝기 무섭게 갑옷을 입고 말을 탔다. 성문을 막 넘으려고 하는데 춥다는 듯이 몸을 망토로 감싸고 있는 모르간의 모습이 눈에 띄었다. 이베인은 그녀 앞에 멈추어 서서 무엇을 원하느냐고 차갑게 물어보았다.

"왜 샘물의 모험을 떠나시도록 내가 경의 아버님을 도발했는지 이유를 설명하고 싶었어요. 경이 그 도전을 받아들이기를 원했기 때문이지요. 나는 경이 이 모험을 성공적으로 끝낼 거라는 걸 잘 알아요. 경을 믿거든요. 나는 결말이 궁금하답니다. 이베인 경, 안심하고 떠나세요. 마법의 힘은 경에게 미치지 못할 거예요. 경이 없는 동안 아버님은 잘 돌보아 드릴게요. 그분은 이제 늙으셨지만 명성은 빛이 바래지 않았지요. 그분에게 마음 써 드리는 건 당연한 거예요."

"고맙소, 모르간. 그러나 그대가 무슨 생각을 하고 있는지 잘 모르겠소."

모르간은 불타는 듯한 눈빛으로 이베인을 뚫어져라 바라보았다.

"가세요, 우리엔 왕의 아들이여. 승리와 성공을 약속할게요."

이베인은 모르간과 더 이상 말다툼하고 싶은 마음이 없었다. 그는 곧 성을 떠났다. 산과 계곡을 넘고 넓은 숲을 가로질러 이상하고 야생적인 풍경을 지나 계속 말을 달렸다. 여울목을 건너고 위험한 협로를 통과하여 힘들게 겨우 브로셀리앙드 숲에 도착했다. 이윽고 가시덤불이 뒤덮여 있는 어두운 오솔길에 도착했다. 이베인은 길을 제대로 찾았으니, 이제 길을 잃을 염려는 없다고 생각했다.

지금부터는 무슨 수를 써서라도 샘물에 그늘을 드리운 소나무가 서 있고 폭풍우를 불러일으키는 돌계단이 있는 숲속의 빈터를 찾아야 했다. 오솔길

끝에 도착하자 칼로그레난트가 이야기했던 나무가 우거진 골짜기가 보였다. 이베인은 골짜기 아래에서 구불구불 흘러가는 강물을 따라가다가 강을 건너 평야가 나올 때까지 천천히 말을 몰았다. 멀리 성이 한 채 보였다. 이베인은 성으로 다가갔다.

　성의 마당에서는 칼로그레난트가 말해 준 것처럼 젊은이들이 칼 던지기 놀이를 하고 있었고 옆에 성주인 금발 남자가 있었다. 이베인이 인사하려 하자 그가 먼저 이베인에게 인사하고는 앞장서서 이베인을 성으로 안내했다. 어떤 방에 들어가 보니 금칠한 의자에 앉아서 비단으로 바느질을 하는 젊은 여자들이 있었다. 칼로그레난트가 묘사했던 것보다 더 아름답고 우아했다. 여자들이 자리에서 일어나 이베인의 시중을 들었다. 칼로그레난트에게 해 주었다는 것과 똑같았다. 어쩌면 클리드노의 아들 키논에게도 똑같이 해 주었는지 모른다. 식사 도중에 금발 남자가 이베인에게 여행 목적을 물었다.

샘물의 모험을 겪는 이베인

이베인은 솔직하게 대답했다.

"저는 대리석보다 차가우면서도 부글부글 끓고 있는 샘물을 지키는 기사와 겨루기 위해 왔습니다."

금발의 남자가 미소를 지었다. 칼로그레난트에게 그랬듯이 그 샘물에 관한 것을 가르쳐 주는 것을 꺼리는 표정이었다. 그러나 그는 결국 모든 것을 알려 주었다. 이베인이라면 어쩐지 실패할 것 같지 않다는 느낌이 들었기 때문이다.

다음 날 아침 이베인이 마당으로 내려가자 젊은 여자들이 말을 끌고 왔다. 말에는 이미 안장이 올려져 있었다. 그는 넓은 초원에 이를 때까지 말을 달렸다. 그곳에 야생 동물을 돌보고 있는 검은 남자가 있었다. 어쩌면 사람들이 이야기해 주었듯이 그 사람이 바로 멀린인지도 모른다.

남자는 엄청나게 키가 크고 못생겼으며 촌스러운 모습이었다. 이베인은 그런 외양에 마음 쓰지 않고 공손하게 길을 물었다. 검은 남자는 이베인이 따라가야 할 길을 매우 정확하게 일러 주었다. 그가 가르쳐 준 길을 따라가니 곧 푸른 나무와 샘물이 나타났다. 샘물 옆에는 물을 푸는 데 쓰는 바가지도 놓여 있었다. 이베인은 공연히 주위를 둘러보느라 시간을 허비하지 않고 곧장 부글부글 끓고 있는 샘물을 퍼서 돌계단 위에 부었다.✛

✛ 이때 샘물을 떠내는 바가지는 대우주인 샘물─달(기상 변화를 주도하는)을 자기화하는 소우주의 상징이다. 샘물을 대지에 붓는 행위는 따라서 대우주와 소우주의 통합을 상징한다. 무서운 폭풍우(두 세계의 경계의 무너짐)가 지나간 뒤, 새의 노래로 상징되는 절대 조화가 찾아오는 것을 눈여겨보라. ─역주

물을 붓기가 무섭게 천둥이 치고 하늘은 검은 구름으로 가득 찼다. 비와 우박이 주위 나무들을 후려갈기기 시작했다. 일진광풍이 일어나 숲을 뒤흔들어 놓았다. 세상의 종말이 다가온 것만 같았다. 그러더니 어느 순간 폭풍우가 가라앉았다. 하늘은 다시 푸른빛을 되찾고 햇살은 나뭇잎이 다 떨어져 버린 나뭇가지 사이로 비추기 시작했다. 어디선가 새들이 날아와 신비한 노래를 불렀다.

이베인은 나른한 몽상에 빠져 들었다. 자기가 어디에 있는지 이곳에 왜 왔는지 모두 잊었다. 새들의 노랫소리에 넋을 잃고 있는데 그의 앞으로 달려오는 기사가 보였다. 온통 검은색으로 휘감은 모습이었다. 이베인은 정신을 차리고 기사 앞에 섰다. 두 남자는 아주 오래전부터 서로 죽도록 증오해 왔던 사람들처럼 사력을 다해 격돌했다. 두 사람 모두 단단한 창을 들고 있었다. 첫 대결부터 벌써 두 사람의 방패에 구멍이 뚫리고 사슬 갑옷도 찢어졌다. 창도 부서졌다. 두 사람은 검으로 겨루기 시작했다. 한 사람이 유리하다 싶으면 어느새 상황이 반전되었다. 두 사람은 남은 방패 조각을 들고 허점이 드러난 상대방의 팔이나 허리 등을 공격했다. 아직까지는 두 사람 모두 끄떡없이 말 위에 버티고 앉아 있었다. 그러나 두 사람의 투구는 갈라진 데다 찌그러지고, 사슬 갑옷은 다 떨어져서 다시는 사용할 수 없게 되어 버렸다. 우열을 가릴 수 없도록 팽팽한 접전이었다.

그렇게 몇 시간을 싸운 끝에 이베인은 상대방의 투구를 벗기는 데 성공했다. 검은 기사는 생전 처음 경험해 보는 일이라 너무 놀라 순간 크게 당황했다. 때를 놓치지 않고 이베인의 검이 검은 기사의 정수리를 내리쳤다. 시뻘건 피가 솟구쳐 오르더니 머리카락을 지나 사슬 갑옷 위로 줄줄 흘러내렸다. 검은 기사는 자신이 치명상을 입었다는 것을 깨닫고 모든 저항을 포기했다. 그는 말을 돌려 그곳에서 멀지 않은 숲 한가운데 있는 성으로 도망쳤다. 이베인이 그 뒤를 쫓았다.

성의 다리는 내려져 있고 문은 활짝 열려 있었다. 이베인은 도망자가 문을 넘기 전에 잡으려고 있는 힘을 다해 말을 몰았다. 검은 기사는 훨씬 앞서 있었다. 두 사람 모두 성안으로 들어섰다. 거리는 텅 비어 있었다. 성의 중심지를 보호하고 있는 벽이 또 나타났다. 문은 크고 높았지만 입구가 좁아서 두 사람이 말을 타고 들어갈 수 없었다. 문턱에는 잘 담금질한 쇠로 만들어 내리닫이문을 붙잡고 있는 두 개의 덫이 있었다. 사람이나 동물이 덫 위에 올라서면 쇠문이 내리꽂혀 두 동강 내 버리는 것이다. 두 개의 덫 딱 한가운데에 산속의 오솔길만큼이나 좁은 통로가 있었다. 검은 기사는 그 기계 장치를 잘못 건드리면 어떻게 되는지 알고 있었으므로 조심조심 통로로 들어섰다. 그것을 알 리 없는 이베인은 검은 기사를 잡기 위해서 전속력으로 그곳에 뛰어들었다.

이베인은 적을 거의 따라잡았다. 손만 뻗으면 상대방의 안장 뒤쪽을 움켜쥘 수 있을 정도까지 다가갔다. 이베인은 정말 운이 좋았다. 상대방을 붙잡으려고 몸을 숙였기에 망정이지 그렇지 않았더라면 요란한 소리를 내며 아래로 떨어지는 쇠문에 몸이 두 동강 나고 말았을 것이다. 말은 그 운명을 피하지 못했다. 안장 뒤쪽으로 말의 몸뚱이가 잘렸다. 두 개의 박차도 잘려 나갔다. 문이 이베인의 발뒤꿈치를 아슬아슬하게 스치면서 떨어져 내렸던 것이다. 이베인은 앞으로 굴러 떨어졌다. 혼이 쑥 빠져 버릴 정도로 놀랐다. 덕택에 검은 기사는 도망칠 수 있었다. 첫 번째 문과 비슷한 두 번째 문이 또 있었는데 검은 기사가 빠져나가기가 무섭게 아래로 내리꽂혔다.

이베인은 아주 난감한 처지에 빠졌다. 못이 삐죽삐죽 솟은 두 개의 철문 사이에 갇힌 것이다. 문틈으로 내다보니 집들이 나란히 서 있는 거리가 보였다. 조금 뒤 쪽문이 열리는 소리가 들리더니 노란색 비단 옷✚을 입고 얼룩무늬가 있는 코르도바(중세 에스파냐의 수도–역주) 가죽 신발을 신은 금발 고수머리 여자가 쪽문 밖에 나타났다. 그녀는 이베인을 빤히 쳐다보다가 쇠문 앞에 서서 큰 소리로 문을 열어 달라고 소리쳤다.

이베인이 아가씨에게 말을 건넸다.

"아가씨가 이 문을 열게 만드는 건 나를 이곳에서 꺼내 주는 것만큼이나 불가능해 보이는군요."

"뭘 안다고 그래요? 당신은 이 성에서는 보호받을 수가 없어요. 당신을 보면 찢어 죽이려고 할 거예요. 이 성의 주인이 죽을 정도로 다쳤는데 나는 당신이 그렇게 했다는 걸 알거든요. 제 여주인께서는 슬픔에 빠져 계시고, 그분의 사람들은 슬픔으로 정신을 잃고 큰 소리로

✚ 이 여성이 달의 여신과 연관이 있다는 것을 나타내는 옷차림. 그녀의 이름인 루네드는 프랑스어 륀(lune('달')에서 파생된 것이 분명하다. 이 신화에서 기상 현상을 촉발시키는 샘물의 달–여성의 상징성은 뚜렷하다. 어린이들에게 입히는 노란 비옷은 반드시 실용적인 의미만 가지고 있지는 않은 것 같다. 노란 비옷은 달–습기와 연관된 인류학적인 선택일 수도 있다. 무라카미 하루키의 『상실의 시대』에서 달 여신의 면모를 가진 여주인공은 노란 비옷을 즐겨 입는다. —역주

통곡하고 있어요. 꼬투리라도 잡히면 절망 때문에 서로 죽일지도 몰라요. 그들은 당신이 여기 있다는 걸 알아요. 지금은 슬픔이 너무 커서 당신을 잊고 있는 것뿐이라구요. 언제든 그들이 원할 때 잡아다가 죽여 버릴 거라는 걸 잊지 마세요."

"신의 뜻이라면, 그들은 나를 잡아가지도 못할 거고 죽이지도 못할 거요. 내가 먼저 싸움을 건 게 아니오. 나는 단지 방어했을 뿐이오! 어쨌든 나는 절대로 그들의 죄수가 되지 않을 것이오."

"당신을 풀어줄 수 없는 건 정말 유감이에요. 당신은 젊고 훌륭한 남자인데……. 난 알아요. 언젠가 마님의 전갈을 가지고 아더 왕의 궁전에 갔던 적이 있어요. 아무도 내 청에 귀 기울이지 않고 말도 붙이지 않았어요. 그날 내 말에 귀 기울여 주었던 사람은 딱 한 사람, 이베인 경, 당신뿐이었지요. 당신은 내 말을 귀 기울여 들어주고 아더 왕에게 청해서 제 여주인의 입장을 지지하게 만들어 주었어요. 그날 내게 베풀었던 은혜를 갚으려고 해요. 당신에게 연인이 있다면 당신은 세상에서 제일 멋진 연인이 될 거예요. 그렇기 때문에 어떻게 해서든 당신을 구하려는 거예요."

"아가씨는 누구시오?"

"나는 루네드라고 해요. 이 성의 여주인이신 라우디네 부인의 신임을 받고 있는 시녀랍니다. 그분의 남편, 그러니까 당신이 치명상을 입힌 기사는 빨간 머리 에스클라도스라고 한답니다. 당신은 이런 사실을 몰랐겠지요. 그분은 대리석보다 차갑지만 부글부글 끓고 있는 샘의 파수꾼이에요. 누군가 와서 폭풍우를 일으키면 그 사람과 싸우러 나가요. 대개는 그 상대를 다치게 하거나 죽였는데 이번엔 그분보다 더 힘센 상대를 만났던 모양이군요."

"나는 그런 사실을 알지 못했소. 단지 모험이 있다는 얘기를 들었고 모험에 도전해 보고 싶었을 뿐이오."

"그 점이 바로 당신의 대담함과 용기를 증명해 주는 것이지요. 어쨌든 지금은 이 위험한 상황에서 빠져나가야 해요. 내 말을 잘 들으세요. 이 반지를 끼세요. 보석이 달린 쪽을 손바닥 안쪽으로 돌리고 주먹을 꼭 쥐세요. 그렇게 반지를 감추고 있으면 당신의 모습도 보이지 않아요. 아무도 당신의 존재를 알아차릴 수 없어요.

빨간 머리 에스클라도스의 사람들은 정신을 차리고 나면 이곳으로 달려올 거예요. 당신이 여기 갇혀 있다는 걸 알고 있으니까요. 당신이 여기 없다는 것을 알면 놀라겠지요. 그들이 문을 열면 밖으로 빠져나오세요. 나는 저기 보이는 승마용 발판 위에 있을게요. 나는 당신을 볼 수 없으니까 당신이 내 어깨에 손을 얹어서 표시를 해 주세요. 그런 다음에 나를 따라오면 돼요."

그녀는 자기 집으로 돌아갔다.

이베인은 반지를 손에 꼭 쥐고 구석 자리에 앉아 있었다. 이윽고 문 저쪽에서 사람들이 시끄럽게 몰려오는 소리가 들렸다. 문이 열리고 무기를 든 한 무리의 사람들이 몰려들어 왔다. 이베인을 잡아가려고 온 것이 틀림없었다. 이베인의 모습은 보이지 않았다. 반 동강이 난 말과 부서진 안장과 박차뿐이었다. 그들은 놀라서 바깥으로 난 문을 열어 보았다. 여전히 아무것도 없었다. 그들이 화가 나서 소리를 고래고래 지르면서 날뛰는 동안 이베인은 살짝 성안으로 들어가 승마용 발판이 있는 곳으로 다가갔다. 아가씨의 어깨 위에 손을 얹자

아가씨는 곧 걷기 시작했다.

　두 사람은 크고 아름다운 방으로 들어갔다. 아가씨는 조심스럽게 문을 닫았다. 이베인은 방을 둘러보았다. 못 하나까지도 그냥 내버려두지 않고 화려하게 치장한 방이었다. 벽에는 화려한 형상들을 묘사한 그림들이 걸려 있었다. 루네드는 하얗고 얇은 감으로 만든 수건을 어깨에 올리고 은 대야에 물을 가득 담아 들고 왔다. 세수를 하고 나자 이베인의 기분이 한결 나아졌다. 빨간 머리 에스클라도스와 싸우고, 두 개의 쇠문 사이에 갇혀 떠느라고 많이 지쳐 있었기 때문이다.

　루네드는 도금한 은 탁자를 앞으로 가져와 하늘하늘한 노란 옷감*으로 만든 식탁보를 덮었다. 저녁 식사가 차려졌다. 모두 처음 먹어 보는 맛있는 음식이었다. 식기는 전부 금이나 은으로 된 것들이었다. 이베인은 아주 늦은 시간까지 먹고 마셨다. 그사이 몸을 너무 혹사했기 때문에 돌보아 주어야 할 필요가 있었다. 그때 성에서 커다란 비명이 들려 왔다. 이베인이 루네드에게 이게 무슨 소리냐고 물어보았다.

　루네드가 조용히 대답했다.

　"주인님의 종부 성사를 올리는 거예요."

　이베인은 그 말을 듣고 침실로 갔다. 루네드가 준비한 침대는 아더 왕의 침대가 부럽지 않을 정도로 훌륭했다. 부드럽고 폭신폭신하고 화려한 수를 놓은 하늘하늘한 빨간색 천이 덮여 있었다.

✚ 다시 노란색. 은 탁자 역시 달의 상징성과 연관이 있다. —역주

이베인은 한밤중에 들려오는 찢어지는 듯한 비명 소리에 놀라 깨어났다. 이베인이 루네드에게 물었다.

"이건 또 무슨 일이오?"

루네드는 그때까지 잠들지 않고 창가에서 밖을 내다보고 있었다.

"주인님께서 방금 돌아가셨어요."

이베인은 다시 잠자리에 들어 아침이 될 때까지 잤다. 소름 끼칠 정도로 격하게 통곡하는 소리가 사방을 뒤흔드는 바람에 잠에서 깨어났다. 이베인이 루네드에게 이건 또 무슨 소리냐고 물었다.

"주인님의 몸을 땅에 묻으러 가는 거랍니다."

이베인은 자리에서 일어나 옷을 입고 사람들의 눈에 띄지 않기 위해서 반지를 손바닥 안쪽으로 돌렸다. 창을 열고 안뜰을 내려다보았다. 헤아릴 수 없이 많은 사람들이 한없이 긴 행렬을 이루며 행진하고 있었다. 모두 무장한 사람들이었다. 말을 타고 있거나 걸어가는 여자들도 여럿 있었고, 많은 성직자들도 시편을 노래하며 행렬을 뒤따라갔다. 통곡하는 사람들의 울음소리, 날카로운 나팔 소리, 성가를 부르는 소리 등으로 정신없이 왁자지껄했다. 하늘까지 그 소리로 웅웅 울릴 지경이었다. 행렬 한가운데에서 지체 높아 보이는 사람들이 흰 천에 덮인 관을 운반하고 있었다.

행렬은 이베인이 서 있는 창문 아래로 지나갔다. 갑자기 노랫소리가 뚝 그치더니 군중이 관 주위로 밀려들었다. 붉은 피가 관을 덮어 놓은 흰 헝겊 위로 흘러나오기 시작했기 때문이다. 죽은 자의 상처가 다시 벌어졌던 것이다. 이것은 살인자가 가까운 곳에 있다는 분명한 증거였다.✝ 무장한 군인들이 그 근방을 샅샅이 뒤졌지만 아무도 찾아내지 못했다. 군중은 이 이상한 일을 보고 놀라서 점점 더 흥분했다.

그들은 큰 소리로 떠들었다.

"살인자가 가까운 곳에 있다. 그런데 그의 모습이 보이지 않는다. 이건 악마의 장난이야!"

살인자를 찾아낼 수 없었으므로 그들은 다시 천천히 묘지를 향해 움직이기 시작했다. 행렬의 맨 끝에는 어깨 위로 금발을 늘어뜨린 여자가 따라오고 있었다. 그녀의 아름다운 금발 끝 부분은 죽은 자의 상처에 닿아 묻은 것인 듯 붉은 피로 얼룩져 있었다. 그녀는 갈가리 찢어진 비단옷을 입고 발에는 얼룩무늬 가죽 구두를 신고 있었다. 그녀는 계속해서 있는 힘을 다해 두 손을 마주쳤다. 손바닥이 까지지 않은 것이 신기할 지경이었다.

그토록 아름다운 여자가 처참한 고통에 빠져 있는 것을 보는 것은 힘든 일이었다. 평소였다면 백배는 더 아름다운 여자였을 것이라고 이베인은 생각했다. 여자가 처절하게 울부짖는 소리는 다른 사람들의 통곡과 나팔 소리보다 더 크게 울렸다. 여자의 모습을 바라보면서 이베인의 마음속에 자신의 의지와 상관없이 그를 잡고 뒤흔드는 이상한 혼란이 느닷없이 생겨났다. 그는 갑자기 사랑의 불꽃 속으로 던져졌던 것이다. 그는 충동에 저항할 수 없었다.

✝ 이 일화는 크레티엥 드 트르와의 『이뱅』에만 나온다. 이 장후의 기초 문헌으로 사용하고 있는 웨일즈 이야기에는 나타나지 않는다. 이것은 중세기 유럽 전역에 널리 퍼져 있었던 켈트 기원을 가진 믿음이었다. 사람들은 살해당한(또는 전사한) 사람의 상처는 그를 죽인 사람 앞에서 다시 벌어져 피를 흘린다고 믿었다.

그는 루네드에게 저 여자가 누구냐고 물어보았다.

"이 나라에서 가장 아름답고 가장 관대하고 가장 현명하고 가장 고결한 분, 나의 여주인이시랍니다. 이름은 라우디네, 사람들은 '샘물의 부인'이라고 부르기를 더 좋아하지요. 당신이 어제 죽인 빨간머리 에스클라도스 님의 아내랍니다."

이베인이 비명인지 절규인지 알 수 없는 목소리로 외쳤다.

"오 하느님, 저 부인은 또한 내가 세상에서 가장 사랑하는 사람이기도 하오."

"부인은 당신을 사랑하지 않지요. 부인의 절규를 들어 보세요."

부인은 고통에 사로잡혀 남편을 죽인 자를 향해 저주를 퍼붓고 있었다.

"오! 하느님, 으뜸가는 자들 중에서도 으뜸이었던 사람, 누구보다 용감한 내 남편을 죽인 자를 찾아낼 수 없다는 말인가요? 진실하신 하느님, 그자가 도망치도록 내버려두신다면 그건 당신의 잘못입니다. 그를 내 눈에서 감추시고 내 복수를 모면하게 하신다면 나는 당신을 원망할 수밖에 없습니다. 내 옆에 가까이 있는 자를 찾아내지 못하게 하시다니 이러실 수는 없습니다! 유령이나 악마가 우리 사이로 숨어든 것입니까? 숨어 있는 것을 보니 그자는 비겁한 자입니다. 아니면 제가 무서워서 복수를 피하기 위해 숨어 있는 걸까요?

아, 유령이여, 비겁한 피조물이여. 내 주인에게는 그토록 대담했으면서 왜 비겁하게 나는 피하는 거냐? 너는 귀신이 틀림없다. 내 주인의 용맹은 따를 자가 없었으니, 만일 그분이 너를 마주 대하여 보았더라면 패배했을 리가 없다. 만일 네가 귀신이 아니라 사람이라면 어떻게 감히 그 비할 나위 없이 훌륭한 기사의 목숨을 앗아갈 생각을 했다는 말이냐?"

부인이 통곡하며 고통과 증오의 말을 쏟아내는 동안 그녀의 백성은 고통에 빠진 여주인 주위에 모여 동정의 눈물을 흘렸다. 루네드가 이베인에게 말했다.

"마님께서 당신을 어떻게 생각하고 있는지 아셨지요? 마님이 당신을 잡으러 오면 오래 살려 두지 않을 거예요. 여자의 복수는 잔인하니까요. 내가 당신을 탈출시킬 방도를 강구하기 전에는 꼼짝하지 말고 이곳에 숨어 있어요."

그녀는 벽난로로 다가가 다시 불을 지피고 냄비를 꺼내서 물을 가득 담아 따뜻하게 데웠다. 하얀 수건을 이베인의 목에 둘러 주고 코끼리 뼈로 만든 물병과 은 대야를 가져와서 정성스럽게 머리를 감겨 주었다. 그 다음에는 나무 상자를 열고 상아 손잡이가 달린 면도칼을 꺼내어 깨끗하게 면도도 해 주었다. 면도가 끝나자 사용한 물건을 정돈하고 이베인 앞에 있는 식탁에 맛있는 저녁 식사를 차려 주었다. 이베인은 식사는 물론이고 그렇게 완벽한 시중을 받아 본 적이 없었다.

식사가 끝난 뒤에 아가씨는 잠자리를 돌보아 주면서 말했다.

"아무 생각하지 말고 푹 주무세요. 당신을 어떻게 이 난관에서 구해 낼지 궁리해 볼게요."

그녀는 조용히 문을 닫고 나갔다.

이베인은 잠자리에 들었지만 잠이 오지 않았다. 눈앞에 계속해서 샘물의 부인의 이미지가 떠올랐다. 피 묻은 머리카락, 손을 비틀기도 하고 두 손을 마주치기도 하면서 고통스러워하던 모습. 절망에 빠진 모습조차도 얼마나 아름다운지!

그는 혼자 중얼거렸다.

"내가 미친놈이야. 그녀의 남편을 죽였는데 이제 와서 그녀와 화해할 생각을 해? 게다가 언감생심 그 이상까지 생각하다니……. 그녀는 이 세상 누구보다도 나를 증오해. 그렇지만 지금은 증오할지 몰라도 혹시 나중에 나를 보는 눈이 달라질 수도 있지 않을까? 이제 나의 모든 생각은 그녀에 대한 절대적인 사랑에 포위당해 있으니 나는 그의 원수가 될 수 없지 않은가. 그녀가 고통스러워하는 것을 보니 가슴이 터질 것만 같다. 두 뺨으로 눈물이 흘러내리고 있었지만 그녀의 두 눈은 세상에서 가장 아름다운 눈이다. 그녀의 고통, 그녀의 고뇌가 가슴을 후벼 파는구나. 내 잘못 때문에 그 아름다운 얼굴이 상하다니. 그토록 아름답고 투명하고 순수한 얼굴이! 고통으로 숨막혀하는 그녀를 보는 일은 너무 슬프다. 어떤 수정도 그렇게 맑지는 않을 것이다. 왜 그녀가 부드러운 손을 쥐어뜯고 가슴을 쳐야 한다는 말인가? 고통 속에서도 그토록 아름다운데, 기쁘고 행복할 때는 얼마나 아름다울까? 그녀의 아름다움은 무엇에도 비할 수 없다. 그러니 그 아름다움에 굴복할밖에!"

이베인이 열에 들떠 중얼거리고 있을 때, 루네드는 샘물의 부인을 만나러 갔다. 부인은 혼란스러워 주위를 모두 물리치고 자기 방 안에 숨어 있었다. 그녀는 혼자 있고 싶었다. 루네드는 조심조심 여주인의 방으로 들어가 인사말을 건넸다. 부인은 아무 대답도 하지 않았다.

루네드는 부인과 아주 친밀한 관계였기 때문에 부인의 반응에 겁을 집어먹지 않았다.

그녀는 짐짓 화가 난 듯한 목소리로 말했다.

"마님, 그렇게 분별력 없는 행동을 하시다니 놀랍습니다. 오늘은 누구와도 말하지 않기로 하셨나요? 왜요? 우신다고 돌아가신 분이 다시 살아오나요?"

부인이 입을 열었다.

"루네드, 너는 명예도 모르고 동정심은 더더욱 없구나. 너는 오늘 내게 와서 슬픔을 나누지도 않았다. 고통스러워하는 나를 위로하러 오지도 않다니 정말 나쁘구나. 내가 죽고 싶다는 걸 알기나 하는 거냐?"

"왜요, 마님?"

"그이를 만나러 가려고!"

"그분을 만나러 가신다구요? 아이구, 하느님 맙소사! 돌아가신 분만큼 훌륭하고 유능한 분을 보내 달라고 기도하시는 게 더 낫지요."

"어떻게 감히 그렇게 가증스러운 말을 할 수 있느냐! 신께서는 한없이 은혜로우시지만 그이만큼 좋은 남편을 보내 주시지 못한다는 걸 너도 알고 있지 않느냐!"

"마님이 남편을 맞이하실 생각이 있으시다면 신은 더 나은 분을 보내 주실 거예요."

부인의 얼굴이 분노로 빨갛게 달아올랐다. 그녀가 벌떡 일어나 소리쳤다.

"멍청한 소리는 그만두어라! 내가 깊은 사랑으로 곁에 두고 길렀건만 참으로 방자하기 이를 데 없구나. 내 앞에서 그토록 어리석은 소리를 지껄이다니 네가 죄를 버는구나! 죽을 때까지 맞아야 사악한 입을 다물겠느냐? 여기서 썩 나가지 못할까! 다시는 너를 만나지 않겠다!"

"예, 나가라고 하시니 나가겠습니다. 하지만 다른 기사는 분명히 존재한다구요. 언제까지 이렇게 슬픔 속에 빠져 지내실 건가요? 누가 이 나라의 생명력을 보장해 주는 샘물을 지켜 주지요? 마님이 슬픔에 빠져만 계시면 백성은 어찌 되겠습니까?"

루네드는 문을 쾅 닫고 나가 버렸다.

그녀는 이베인 곁으로 돌아가 필요한 것이 없느냐고 물었다.

"하느님, 내게 필요한 것은 딱 하나밖에 없다오. 그대는 그것을 구해 줄 수 없소! 그대의 여주인을 본 이후로 내 마음이 그녀를 떠나지 못하는구려."

루네드가 미소를 지었다.

"내가 하는 대로 가만히 지켜만 보세요. 절대로 후회하지 않으실 테니까……."

"그대는 대체 누구요? 마법사요, 요정이요, 아니면 모사꾼이오? 투명 인간이 되는 반지를 준 걸 보면 마법사인 것 같기도 하고……."

"쓸데없는 질문은 던지지 않는 게 좋아요. 그럴 필요가 없으니까요. 내가 오랫동안 아더 왕의 누이 모르간 님과 함께 있었다는 것만 알아 두세요. 그분에게서 위험에 대처하는 방법을 배웠답니다. 나를 믿으세요. 내가 모시고 나가기 전에는 절대로 이 방에서 나가서는 안 됩니다."

그렇게 말한 다음 루네드는 샘물의 부인이 오지 말라고 했는데도 다시 여주인을 만나러 갔다.

그녀가 방으로 들어오자마자 부인이 소리쳤다.

"또 왔느냐! 이제는 감히 내 명령까지 멋대로 무시하는구나!"

"마님, 저는 알고 있답니다. 말씀은 그렇게 하셔도 속으로는 제가 이렇게 온 것을 기쁘게 생각하고 계시지요."

"그럴지도 모르지. 하지만 넌 정말 못된 성격을 가지고 있더구나. 내 방에서 나가면서 그렇게 문을 쾅 하고 닫다니!"

"그것뿐이라면 다음부터는 그러지 않겠습니다. 제가 행복해지길 원하신다면 제발 제 말을 들어주셔요."

"알겠다. 말하렴. 무슨 얘길 하고 싶은 거냐?"

"돌아가신 주인마님과 함께 이 세상의 모든 뛰어난 기사가 사라졌다고 생각하시나요? 저는 그렇지 않다고 생각해요. 이 세상에 그분만 한 무공의 소유자가 백 명은 된다는 걸 증명할 수 있어요. 어쩌면 그분보다 더 나은 기사들도 있을지 모르지요."

"루네드, 지금 제정신이냐? 나에게 할 말이 그것뿐이란 말이냐? 당장 이곳에서 나가거라!"

"마님, 제 이야기는 아직 다 끝나지 않았습니다. 솔직하게 대답해 주셔야 해요. 두 명의 기사가 일대일 결투를 할 때, 이긴 자와 진 자 중에서 누가 더 뛰어나다고 생각하시나요?"

"나를 함정에 빠뜨릴 심산이로구나!"

"마님, 어떤 대답이 옳은지 알고 계시잖아요. 제 대답은 분명해요. 저는 이긴 자에게 점수를 주겠어요. 마님께서는요?"

"넌 정말 악마 같은 계집애로구나! 더 듣고 싶지 않다. 당장 나가거라!"

루네드는 나가며 문을 조용히 닫는 것을 잊지 않았다. 그녀는 문간에 오랫동안 가만히 서서 귀를 기울였다. 부인이 울면서 한숨 쉬는 소리가 들렸다. 가여운 양반. 하지만 당신이 산 채로 죽은 자의 구덩이 안으로 자꾸 기어들어 가는 건 못 보겠어. 그 구덩이 안에 나와 백성들까지 끌고 들어가는 건 더더욱 막아야겠어. 루네드는 자신이 샘물의 부인의 마음을 흔들어 놓는 데 일단 성공했다는 것을 알게 되었다. 그녀는 만족스러운 미소를 띠고 왕비의 처소를 떠나 자기 방으로 돌아갔다. 이베인은 진작에 잠들어 있었다.

라우디네는 밤새 큰 고통에 시달렸다. 그녀는 루네드의 말이 맞다는 것을 알았다. 일대일 결투에서 이긴 자가 진 자보다 뛰어난 것은 자명한 일이다. 더욱이 그녀는 자신의 영토가 걱정되었다. 침입자가 들어와 숲과 벌판을 휩쓸어 버리는 폭풍우를 불러일으키면 나가 싸워야 한다. 그렇지 못하면 샘물을 지킬 수 없고, 샘물이 안전하지 않으면 그녀가 다스리는 영토는 위험에 처하게 된다. 지금까지는 빨간 머리 에스클라도스가 샘물과 영토를 지켰다. 이제 그가 죽었으니 누가 그 임무를 수행할 수 있다는 말인가? 창과 검을 들고 있는 자라 해서 누구나 다 낯선 기사를 맞아 싸울 수 없다는 것은 당연하다. 지금까지 성공적으로 지켜 왔던 이 땅의 운명은 이제 어찌 될까?

그녀는 루네드를 쫓아 버린 것을 벌써 후회하고 있었다. 이따금 버릇없이 굴기는 했지만 루네드는 언제나 훌륭한 조언을 해 주는 똑똑한 시녀였다. 부인은 그녀를 친구처럼 의지해 왔다. 부인은 루네드가 돌아와 주었으면 좋겠다고 생각했다.

루네드는 부인이 오라고 말하지 않았는데도 다음 날 다시 왔다. 그러곤 어제 하다가 중단했던 얘기를 끄집어냈다. 부인은 그녀를 모욕했던 것을 뉘우치던 참이었으므로 그녀가 하는 얘기를 끝까지 들으리라 마음먹고 있었다.

부인은 겸손하게 말했다.

"용서해 주겠니? 어제는 너에게 심한 말을 했다. 나는 남편과 싸워 이긴 기사가 그보다 더 뛰어난 기사라는 걸 알고 있다."

"그 사람은 언제나 으뜸이에요!"

"그가 누구인지 어떤 왕궁 소속인지 이야기해 다오. 그가 나와 어울리는 지위의 사람이라면 그를 내 남편이자 내 땅의 주군으로 삼을 수 있다. 그러나 한 가지 조건이 있다. 내가 자기 남편을 죽인 자를 새 남편으로 삼았다는 말이 밖으로 나가지 않아야 한다."

"제 생각도 그래요. 어쨌든 마님은 이제 아담의 혈통에서 나온 남자 중에서 가장 고결하고 솔직하고 잘생긴 사람을 남편으로 맞이하시게 될 거예요."

"그가 누구냐?"

"우리엔 레그헤드 왕의 아들 이베인이라고 합니다."

"평민은 아니로구나. 좋은 가문 출신이고. 그의 명성도 익히 들어 알고 있다. 언제 만날 수 있니?"

"적어도 닷새는 걸리겠지요. 지금 당장 떠난다고 해도 아더 왕의 궁까지 갔다 오려면 닷새는 잡아야 하거든요."

"알겠다. 가능한 한 빨리 떠나서 모시고 오너라."

루네드는 마치 이제부터 긴 여행을 떠나는 체하고 부인에게 작별 인사를 고했다. 그녀는 이베인이 숨어 있는 자기 방으로 달려갔다.

닷새 뒤에 루네드는 이베인에게 황금실로 짠 스캘럽(깃이나 소매의 부채꼴 장식—역주)이 달린 노란색 비단 두루마기를 입히고 얼룩무늬 가죽 구두를 신겼다. 신발에는 사자 모양의 금단추가 달려 있었다. 이베인은 부인의 방 문간에서 푸대접을 당할까 봐 떨면서 서 있었다. 그를 본 부인은 입을 꼭 다물고 있었다. 그 때문에 이베인은 더더욱 겁을 집어먹었다. 그러자 루네드가 큰 소리로 말했다.

"아름다운 여인의 방까지 와서 안으로 들어갈 용기도 없고, 자신이 어떤 사람인지 알릴 수 있는 혀도 마음도 없는 사람은 오백 마리 악마에게 던져 줘야 해! 들어가요! 마님이 잡아먹지 않을 테니까. 들어가서 화해를 구하세요! 나도 당신과 함께 빨간 머리 에스클라도스 님의 죽음을 용서하시라고 마님께 빌게요."

이베인은 두 손을 모으고 꿇어앉아 떨면서 작은 소리로 말했다.

"부인, 자비를 구하지는 않겠습니다. 처분만 기다리겠습니다. 어떤 처분이든 달게 받겠습니다."

라우디네가 대답했다.

"진심인가요? 내가 처형을 명하면 어쩌실 건데요?"

"달게 받겠습니다."

샘물의 부인은 이베인을 유심히 살펴보고 나서 루네드에게 말했다. 비꼬는 듯한 말투였다.

"루네드, 이분은 어쩐지 오랫동안 여행한 분처럼 보이지 않는구나."

"뭐가 문제지요? 진흙과 먼지가 잔뜩 묻은 모습으로 마님 앞에 서는 걸 원하셨나요?"

"네 말이 맞다. 그건 중요한 게 아니지. 그러니까 이 사람이 바로 내 남편의 몸에서 영혼을 뽑아낸 자란 말이지?"

"그건 이미 과거의 일이잖아요. 우린 이미 일어난 일에 대해서는 아무것도 할 수 없답니다."

부인은 이베인에게 일어나라고 말했다.

"그러니까, 어떤 처분이든 달게 받겠다는 말이지요."

"그렇습니다. 진심으로 드리는 말씀입니다. 어떤 강한 힘이 부인의 의지를 온전히 따르라고 제게 명령하고 있습니다. 부인이 무슨 명령을 내리시든 두렵지 않습니다. 아울러 제가 제 의지와 상관없이 저지른 살인을 보상할 방법이 있다면 지금 당장 시행하겠습니다."

"당신 의지와 상관없이? 그렇다면, 내 남편을 죽인 것이 정당방위였다는 건가요?"

"맹세코 그렇습니다. 저는 그에게 공격받았던 겁니다. 저를 방어하는 것 외에 무슨 일을 할 수 있었을까요?"

"그가 당신을 죽였더라면 그가 죄인이 되었겠군요. 그가 먼저 당신을 공격했으니까요. 하지만 그렇게 전적으로 나에게 복종하라고 명령하는 그 힘은 어디에서 오는 건가요? 난 그게 알고 싶어요. 그 체념이 무엇인지 설명해 준다는 조건으로 당신을 받아들이겠어요."

이베인은 크게 당황한 모습이었다. 그는 한참 동안 침묵을 지키다가 더듬더듬 말하기 시작했다.

"그건…… 부인…… 저를 강제하는 그 힘은…… 부인이 빼앗아 가신 제 가슴에서 나온 것입니다. 제 가슴이 그렇게 하라고 명령합니다.”

“무엇이 당신의 가슴을 그렇게 만들었나요?”

“제 두 눈입니다, 부인.”

“무엇이 당신의 두 눈을 혼란에 빠뜨렸나요?”

“당신의 아름다움입니다.”

“그 아름다움이 어떻게 했나요?”

“저를 사랑에 빠지게 했습니다.”

“누구에 대한 사랑이지요?”

“부인에 대한 사랑입니다, 부인. 영원히……..”

“어떤 사랑인가요?”

“제 사랑보다 더 큰 사랑은 생각할 수도 없는 그런 사랑입니다. 제 가슴이 당신을 떠날 수 없게 만드는 사랑, 당신을 나 자신보다도 더 사랑하게 하는 사랑, 당신을 위해서 살거나 죽고 싶게 만드는 그런 사랑입니다.”

“누가 당신에게 죽으라고 했나요? 그보다 나은 일이 있을 텐데요. 당신은 돌아가신 분께서 하셨던 것처럼 나의 샘물을 지켜 줄 수 있을 만큼 용감한가요?”

“그렇습니다, 부인. 샘물을 모욕하는 자가 누구든, 그와 맞서 싸우겠습니다.”

부인은 잠깐 동안 입을 다물었다.

“이제 당신과 나는 화해한 거예요. 이제 루네드와 함께 물러가세요. 봉신들의 의견을 물어야 하니까요.”

부인은 자기 영토의 봉신들을 소환했다. 그들은 곧 모였다. 부인은 샘물을 지킬 사람이 필요하다고 말하면서, 그는 무공과 덕을 겸비한 기사여야 한다고 말했다.

"두 가지 제안을 할게요. 여러분 중 한 사람이 나를 아내로 맞이하든지, 많은 적에 맞서 우리를 지켜 줄 수 있는 이방의 기사 중에서 내가 선택할 수 있게 해 주세요."

그들은 서로 의논하여 자신들 중에는 그 임무를 수행할 만한 사람이 없으므로 이방인 중에서 한 사람을 부인이 선택할 수 있게 하자는 결론을 내렸다. 단, 좋은 가문 출신의 용감한 기사여야 한다는 단서를 달았다.

부인이 말했다.

"그렇다면 여러분은 만족하실 것입니다. 왜냐하면 이 세상에서 가장 용감한 기사를 이미 선택했거든요. 더욱이 원탁의 기사랍니다. 그는 우리엔 왕의 아들 이베인입니다."

봉신들은 모두 크게 기뻐하며 박수를 쳤다.

이렇게 해서 라우두넷 공작의 딸 란둑의 라우디네와 우리엔 레그헤드 왕의 아들 이베인이 맺어졌다.

죽은 사람은 곧 잊혀졌다. 살인자는 남편을 잃은 여인의 남편이 되었다. 백성은 죽은 사람을 존경했지만 살아 있는 사람을 더 좋아했다. 그들은 검과 창으로 샘물을 지켜 주는 이베인을 공경했다. 샘물의 모험에 뛰어드는 사람은 전부 패배하여 지위에 따라 몸값을 지불해야 했다. 몸값은 제후들과 기사들이 나누었다. 모두 크게 기뻐했다.✦

한편 아더 왕은 어느 날 가웨인과 베디비어, 그리고 케이와 함께 카얼리온에서 산책하고 있었다. 가웨인은 왕이 슬픈 표정을 짓고 있는 것을 보았다. 그는 왕이 그런 상태에 빠져 있는 것이 무척 걱정스러워서 이유를 물었다.

"이베인 경이 걱정스럽구나. 칼로그레난트와 키논과 우리엔의 명예를 지키기 위해 떠난 지 벌써 몇 주가 지났는데 그사이 아무 소식도 듣지 못했으니…….. 폭풍우를 불러일으킨다는 샘물의 모험에서 어려운 일이 없었으면 좋으련만……."

"이베인은 용감하고 관대한 사람입니다. 모험을 끝내고 승리자가 되어 돌아올 겁니다. 하지만 폐하께서 원하신다면 칼로그레난트의 안내를 받아 샘물에 가서 알아볼 수도 있습니다. 그가 승리했다면 축하하면 될 것이고, 포로가 되었다면 구해주면 될 것이고, 불행하게도 죽었다면 복수를 하면 되지요."

"네 말이 맞다. 지금부터 말과 무기를 준비하도록 하라."

다음 날 아침 아더는 기사들을 데리고 떠났다. 아더 왕의 조카 가웨인, 돈의 아들 거플렛, 케이와 베디비어, 더불어 많은 종자와 시종이 동행했다. 그들은 칼로그레난트가 들렀던 성에 도착했다. 젊은이

✠ 이 모든 것은 당시의 관습과 일치한다. 많은 기사들은 일대일 결투에서 죽인 사람의 과부와 결혼했다. 그것은 그가 불러일으킨 손해를 보상하는 방법이었지만, 재산을 모으는 방법이기도 했다. 이 방식은 역사적으로 확인할 수 있다. 우터 펜드라곤과 이그레인의 결혼도 콘월 공작의 죽음을 보상하기 위해 이루어진 것이다(『아발론 연대기』 1권 참조).

들은 칼 던지기를 하고 있었다. 옆에는 금발 남자도 있었다. 성주는 아더 왕을 보고는 인사한 뒤 성에서 묵어가라고 초대했다. 아더는 흔쾌히 초대를 받아들였다. 일행은 모두 성으로 들어갔다. 손님들의 숫자가 그렇게 많은데도 성에 있는 사람들은 조금도 소홀함이 없었다. 젊은 여자들은 더할 나위 없이 정중하게 일행을 돌보아 주었다.

날이 밝자 아더 일행은 다시 길을 떠났다. 그들은 검은 남자를 만났다. 덩치가 어마어마했다. 아더 왕은 듣던 것보다 더 크다고 생각했다. 아더는 그가 정말로 멀린인지 아니면 고대 사회의 드루이드의 지혜를 물려받은 사람인지 감히 묻지 못했다. 그들은 언덕을 올라간 다음 골짜기를 따라 내려갔다. 드디어 초록색 나무와 샘물, 돌층계 위에 놓인 바가지를 발견했다. 이번에도 제일 먼저 나선 사람은 케이였다.

"폐하, 저는 이 원정의 목적을 분명히 알고 있습니다. 그래서 청이 한 가지 있사옵니다. 돌 위에 물을 붓고 그 후에 닥쳐오는 모험을 제일 먼저 대면하게 해 주십시오."

왕이 허락했다. 케이가 돌 위에 물을 부었다. 콰콰쾅 하고 천둥이 울리더니 폭우와 우박이 퍼붓기 시작했다. 생전 처음 만나는 엄청난 소나기였다. 아더 왕 일행의 많은 종자와 시종은 우박을 맞고 죽었다. 갑옷을 입고 있지 않았기 때문이다. 갑옷을 입고 있었던 왕과 기사들은 무사했다. 폭풍우가 갑자기 멎고 하늘이 다시 고요해졌다. 눈을 들어 보니 나뭇잎이란 나뭇잎은 모두 떨어져 버렸다. 소나무 위로 새들이 내려와 앉아 이 세상의 것 같지 않은 아름다운 음악을 연주했다.

그때 검은 말 위에 올라탄 검은 기사가 그들을 향해 전속력으로 달려왔다.

케이가 앞으로 나섰다. 그러나 케이는 곧 말에서 떨어졌다. 기사는 아무 말도 없이 조금 떨어진 곳에 막사를 쳤다. 아더 왕의 일행도 밤을 보내기 위해 막사를 쳤다.

다음 날 아침에 일어나 보니 검은 기사의 창 위에 전투를 알리는 깃발이 매여 펄럭이고 있는 것이 보였다. 케이는 다시 아더 왕을 찾아갔다.

"폐하, 어제는 조건이 나빠서 제가 졌습니다. 오늘은 건방지게도 승리를 확신하고 있는 저 기사를 반드시 거꾸러뜨리겠습니다."

왕이 대답했다.

"허락하오. 그에게 교훈을 주시구려."

케이는 씩씩하게 검은 기사 앞으로 나아가 겨루었지만 결투는 어제보다 더 일찍 끝났다. 검은 기사는 경멸감을 나타내기 위해서인 듯 창끝으로 쓰러져 있는 상대방의 투구와 갑옷을 죽죽 긁어내렸다. 케이는 겨우 몸을 일으켜 동료들이 있는 곳으로 돌아왔다. 아더 왕의 동료들이 차례차례 검은 기사와 대결했다. 결과는 참패였다. 아무도 그를 이기지 못했다. 이제 남은 사람은 아더와 가웨인뿐이었다.

아더 왕이 말했다.

"좋다. 내가 나서서 우리가 겪은 모욕을 갚아 주겠다."

그가 무기를 챙기고 있을 때 가웨인이 말했다.

"숙부님, 제가 먼저 맞서 싸우겠습니다. 제가 지거든 그때 폐하께서 나서십시오."

"알겠다. 그리하도록 하자. 반드시 이겨야 한다."

"반드시 이기겠습니다. 제가 이런 모험에서 패배한 적이 없다는 것을 잘 아시지 않습니까."

가웨인이 앞으로 나섰다. 그는 앙주 백작이 보내 준 금색 비단으로 만든 커다란 케이프로 몸을 두르고 있었기 때문에 아무도 그의 모습을 알아볼 수 없었다. 두 명의 전사는 마주 서서 잠시 노려보다가 결투를 시작했다. 두 사람은 저녁이 될 때까지 싸웠지만 승패가 나지 않았다. 어둠이 내리자 검은 기사는 자기 막사로 돌아갔다. 일행은 거친 식사를 한 뒤에 곯아떨어졌다.

다음 날 아침 원기를 회복한 가웨인과 검은 기사는 다시 맞붙었다. 두 사람은 무거운 창을 들고 무수한 공격을 주고받았다. 승부는 여전히 갈리지 않았다. 밤이 되자 다시 결투를 중단하고 각자 자기 진영으로 돌아갔다. 다음 날 두 맞수는 더 단단하고 더 큰 창을 들고 상대를 향해 돌진했다. 분노로 활활 타오르며 한낮이 될 때까지 공격을 주고받았다. 거친 공격에 두 마리 말의 뱃대끈이 모두 끊어졌다. 둘 다 땅으로 굴러 떨어졌다. 두 사람은 얼른 일어나 검으로 더욱더 격렬하게 맞붙었다. 둘러선 사람들 모두 감탄을 연발했다. 두 사람 모두 용기와 힘과 끈기에 있어 나무랄 데가 없었기 때문이다. 오늘은 무슨 일이 있든 승패를 가려야 한다는 생각 때문인지 벌써 날이 어둑어둑해졌는데도 두 사람은 결투를 중단하지 않았다. 어스름 속에서 두 사람의 검이 부딪쳐 나는 불꽃만이 번쩍이고 있었다. 어느 순간, 검은 기사가 가웨인의 투구를 세게 치자 투구가 벗겨지고 가웨인의 얼굴이 드러났다.

그때 검은 기사가 갑자기 "가웨인 경!" 하고 소리쳤다. 그러고는 영문을 몰라 어리둥절해하는 가웨인과 아더 왕 일행이 지켜보는 가운데 투구를 벗었다. 이베인의 얼굴이 드러났다. 가웨인이 소리쳤다.

"아니, 경이 검은 기사였다는 말이오?"

"그렇소. 경이 케이프로 몸을 휘감고 있어서 알아보지 못했소. 자, 여기 내 검이 있소이다. 받으시오."

이베인이 대답했다.

"아니오, 승리자는 경이오. 경이 이겼으니, 경이 내 검을 가지는 것이 마땅하오."

상황을 알아차린 아더 왕이 두 사람에게 다가갔다. 가웨인이 먼저 왕 앞으로 나섰다.

"폐하, 소식이 없어 그렇게 폐하를 걱정시켰던 이베인 경이 여기 있습니다. 보십시오. 전보다 더 건강하고 씩씩한 모습입니다. 이 결투의 승리자는 이베인 경입니다. 그런데도 제가 스스로 넘겨주는 검을 받지 않겠다고 합니다."

이번에는 이베인이 나섰다.

"아닙니다, 폐하. 가웨인 경이 승리자입니다. 자신의 권리인 제 검을 한사코 사양하고 있습니다. 원컨대, 경이 제 검을 받도록 해 주소서."

왕은 빙긋이 웃으며 잠깐 생각해 보더니 입을 열었다.

"좋은 방법이 있다. 두 사람 모두 나에게 검을 달라. 그리하면 승리자도 패배자도 없게 되는 것이다."

이베인이 두 팔로 아더 왕의 목덜미를 끌어안았다. 마치 어린 아들이 아버지에게 응석을 부리는 것 같은 모습이었다. 지엄한 국왕과 굴종하는 신하의 모습이 아니라 다정한 친구의 모습이었다. 이베인의 어깨를 붙잡고 툭툭 두드리는 아더 왕의 얼굴에는 장한 아들을 대하는 듯한 자랑스러움이 흘러넘쳤다. 모두 두 사람 주위로 몰려들었다. 저마다 이베인을 먼저 안아 보겠다고 어찌나 수선을 피워 대는지 자칫 하면 깔려 죽는 사람이 생겨날 판이었다. 날이 이미 어두웠기 때문에 그날 밤도 그들은 막사에서 밤을 보냈다.

다음 날 아더 왕은 카얼리온으로 돌아가겠다는 생각을 밝혔다. 이베인이 깜짝 놀란 얼굴로 말했다.

"안 됩니다, 폐하. 칼로그레난트와 키논이 당한 모욕을 설욕하기 위해 제가 폐하 곁을 떠난 지 몇 주가 지났습니다. 이제 저는 두 사람이 받은 모욕을 갚았을 뿐만 아니라 이 땅을 소유하게 되었습니다. 폐하를 제 성에 모시지도 않고 이대로 떠나시게 한다면 저는 명예를 잃습니다. 이 나라의 주인이 된 이래로 저는 폐하와 동지들을 위한 잔치를 준비해 왔습니다. 언제든 폐하께서 저를 찾아오시리라고 생각했으니까요. 저와 함께 성으로 가서서 피로를 푸소서. 맛있는 음식과 훌륭한 포도주를 준비해 두었습니다."

"경의 초대를 즐겁게 받아들이겠다."

모두 말을 타고 란둑 성으로 떠났다. 이베인은 손 위에 매를 올려 놓은 종자를 앞장세워 보냈다. 아더 왕을 맞이할 준비를 하게 하기 위해서였다. 샘물의 부인은 왕이 오고 있다는 소식을 듣고 기뻐했다. 그녀의 신하들도 모두 즐거워했다. 부인은 그들에게 왕을 맞이하러 나가라고 지시했다. 그들은 서둘러 왕을 맞이하러 나갔다. 일행이 도착하자 그들은 성대한 환영식을 베풀었다. 사람들은 환호성을 지르며 성까지 왕의 일행을 호위했다.

도성 전체가 기쁨에 들떠 있었다. 사람들은 벽 위에 비단 장식 천을 드리우고 포장된 길 위에 양탄자를 깔았다. 종소리, 뿔피리 소리, 나팔 소리가 도성 전체에 울려 퍼졌다. 왕 앞에서는 젊은 무희들이 춤을 추었고 왕의 일행의 행진에 맞추어 북소리가 둥둥 울렸다. 재주 좋은 곡예사들은 여러 가지 재주를 선보였다. 모두들 아더 왕을 맞이하느라고 즐거워 어쩔 줄 모르는 모습이었다.

온통 루비로 장식된 관을 쓰고 화려한 옷을 입은 샘물의 부인이 밖으로 나왔다. 즐거움으로 가득 찬 그녀의 얼굴은 태양처럼 찬란했다. 고대의 여신도 그녀만큼 아름답지는 않았으리라. 사람들이 그녀 주위로 몰려들었다. 사람들은 서로 앞을 다투어 소리쳤다.

"왕이여, 어서 오소서. 세계의 주인, 왕들의 왕이시여!"✛

샘물의 부인이 왕에게 정중하게 예를 표했다.

"어서 오십시오, 나의 주인이신 아더 왕이여! 또한 폐하의 조카 용감한 가웨인 경도 신의 축복을 받으시기를!"

왕이 답례 인사를 하였다.

"아름다운 샘물의 부인이여, 그대의 고결한 인품이 행복을 누리시기를!"

왕은 부인의 뺨에 입을 맞추었다. 잔치가 벌어지는 동안 루네드에게서 눈을 떼지 못하는 기사 한 사람이 있었다. 그 기사는 바로 아더

✛ '세계의 왕'에 대한 신화는 아주 오랜 기원을 가지고 있다. 모든 민족의 가장 오래된 신화에까지 거슬러 올라간다.

왕이 자신의 후계자로 지정한 가장 용감한 원탁의 기사, 기사도의 아름다운 꽃이라고 불리는 가웨인이었다.

가웨인은 무훈을 통하여 기사도를 아침 해처럼 빛나는 것으로 만들었다. 그는 사방으로 빛을 발하며 모든 장소를 밝은 곳으로 바꾸었다. 가웨인이 태양*이라면, 달도 있어야 했다. 달은 라우디네의 시녀인 루네드**였다. 그녀는 모르간의 제자로서 마법과 강신술에 능했다. 예쁘장한 얼굴을 가진 명랑하고 상냥한 갈색 머리 아가씨였다. 게다가 그녀는 난마처럼 얽혀 있는 문제를 푸는 데 탁월한 능력을 발휘했다.

가웨인은 그녀에 대한 호감을 솔직하게 드러냈다. 두 사람은 아주 빨리 친해졌다. 가웨인은 자신의 동료이자 사촌인 이베인을 구해 주었기 때문에 루네드를 친구라고 부르며 좋아했지만, 아마 그런 일이 아니었어도 바람둥이 가웨인은 그녀를 좋아할 핑계를 천 가지는 만들어 낼 수 있었을 것이다.

✤ 가웨인의 원래 이름은 웨일즈어 문헌에서 그왈흐마이로 불린다. 그는 태양 영웅의 전형이다. 어떤 이야기들에 따르면, 그의 힘은 태양이 하늘 위로 올라올수록 점점 더 커져서 정오에 절정에 이르렀다가 점점 더 약해지기 시작한다. 우리는 이러한 특징에서 태양의 이미지를 쉽게 찾아볼 수 있다.

✤✤ 프랑스어 륀June('달')이나 웨일즈어 룬llun으로 보면 언어유희가 분명하다. 한편으로 룬은 '이미지' 또는 '초상'을 의미하기도 한다. 따라서 융의 분석심리학적 관점의 남성적 '아니무스'의 대척점에 있는 여성적 '아니마'라고 생각할 수 있다. 그러나 켈트어와 게르만어에서 '달'이 남성 명사이며 '태양'이 여성 명사라는 것을 알아 둘 필요가 있다. 크레티엥 드 트르와는 유머러스하게 '뤼네트lunette'(-ette는 조그만 것을 나타내는 접미사. 따라서 '조그만 달'이라는 의미. 현대어에서는 '렌즈'라는 뜻—역주)라는 이름을 사용한다. 나중에 기독교로 개종한 트로이의 유대인 크레티엥(크레티엥은 '기독교도'라는 뜻—역주)은 전통적인 카발라에 능통한 작가였다. 루네드는 모르간의 분신이라고 할 수 있다.

가웨인 경과 모르간의 제자 루네드

가웨인이 루네드에게 말했다.

"나는 이제 그대의 기사가 될 것이오. 그대가 도움이 필요할 때면 언제나 모습을 나타내는 나를 보게 될 것이오." ✙

가웨인과 샘물의 부인의 시녀이자 모르간의 옛 제자인 루네드는 우정으로 맺어졌다.

이베인은 왕이 성에 머물게 되어 기뻤다. 란둑의 라우디네는 왕을 수행한 기사들을 정중하고 세심하게 보살펴 주었다. 그녀가 누구에게나 다정하게 웃어 보이자, 어떤 기사들은 그 미소를 사랑의 증거라고 멋대로 지레짐작했다. 그러나 그녀는 그들이 정신을 차리게 하는

✙ 모든 아더 왕 로망 안에서 가웨인은 만나는 여자마다 쫓아다닌다. 그 때문에 여러 차례 난처한 지경에 빠지게 된다. 그래도 그의 무훈이나 용맹에 금이 가지는 않는다.

방법도 알고 있었다. 기사들은 이베인과 함께 그 나라를 살펴보았다. 란둑 주위에 있는 성들은 모두 아름다웠고, 식량과 술을 충분히 비축하고 있었다. 즐거운 체류였지만 아더 왕은 더 이상 지체할 수 없다고 판단했다. 얼른 자신의 영토로 돌아가 질서와 평화를 유지하는 일에 매진해야 했다.

왕은 출발 준비를 명했다. 왕의 동료들은 이베인에게 같이 가자고 설득하는 중이었다. 그중에서도 가웨인이 제일 강하게 요구했다. 이베인은 동료들의 강권에 못 이겨 라우디네 부인에게 친구들과 석 달만 같이 있게 허락해 달라고 부탁했다.

라우디네가 대답했다.

"기사가 왕의 궁에서 일정 기간 시간을 보내는 것은 좋은 일이에요. 그가 원탁의 일원이라면 더더욱 그렇지요. 떠나는 걸 기꺼이 허락할게요. 그러나 내가 정한 기간만이에요. 석 달이에요. 피치 못할 일이 발생할지 모르니까 일주일 더 여유를 드리지요. 이 기간이 지나면 당신에 대한 내 사랑은 증오로 바뀔 거예요. 명심하세요. 당신이 약속을 지키지 않으면 나는 이 맹세를 지킬 거예요. 내 사랑을 잃고 싶지 않다면 아무리 늦어도 성 요한 축일이 지난 뒤 일주일 안에 돌아오세요. 내가 정한 기간을 지키지 못하면 당신은 정말로 내 마음을 잃게 돼요."

"알았소, 부인. 고맙소이다. 당신이 말한 기간이 되기 전에 돌아오리다."

"그러기를 바라요. 그렇지 않다면 당신은 나를 잃게 돼요. 그건 돌이킬 수 없어요."

그렇게 말하면서 라우디네는 슬프고 막막한 표정을 지었다.

이베인은 아더 왕과 동료들에게 갔다. 왕은 즉각 출발 명령을 내렸다. 시종들이 안장을 올려놓고, 재갈을 채운 말들을 끌고 왔다. 그들은 카얼리온 아르 위스그로 돌아가는 장도長途에 올랐다.

04 꽃의 여자

돈의 아들 거플렛은 가장 충성스러운 원탁의 기사 중 한 사람이었다. 그는 아더 왕을 위하여 많은 공을 세웠으며, 그의 무공은 모든 사람들의 인정을 받았다. 모험이 없을 때는 궁을 떠나 그의 고향 그위네드에 있는 삼촌 마트 곁으로 돌아갔다.

마트는 거플렛과 그의 형제 고바논, 그위디온⁺, 아름다운 누이 아리안로드를 길렀다. 아리안로드는 '은으로 된 원圓'이라는 뜻이었다. 그위디온과 아리안로드는 모르간과 친했다. 그들은 모르간에게서 많은 비밀 지식을 배

⁺ 멀린이 등장하기 이전에 켈트 사회 최고의 마법사로 여겨지던 인물. 지은이인 장 마르칼은 이 책에서 아리안로드를 모르간과 연결시키기 위해서 그를 늦은 시대에 등장시키고 있지만, 실은 그는 청동기와 철기 시대 사이에 걸쳐 있는 고대의 인물이다. 그위디온이 프윌을 추방한 일은 웨일즈의 유명한 시 「나무들의 전쟁」에서 켈트의 크로노스라고 할 수 있는 까마귀 신 브란(『아발론 연대기』 1권 「경이의 시대」 참고)의 정복과 연관되어 있다. 따라서 돼지 뺏기는 저승 여행으로 보아야 한다. ─역주

웠다. 모르간은 자기 계획대로 그 지식을 활용할 것이라고 확신하는 사람들에게만 그 지식을 가르쳐 주었다. 그러나 그위디온과 아리안 로드에게는 또 한 사람의 마법의 스승이 있었다. 숙부 마트였다. 마트는 마법의 지팡이를 이용하여 생명체와 사물의 모양을 마음대로 바꿀 수 있었다.

마톤위의 아들 마트는 그위네드의 영주였다. 그 시대에 그는 전쟁이 발발하여 군대를 이끌고 출정해야 할 때를 제외하면 두 발을 젊은 처녀의 품에 넣고 있어야 했다.⁺ 그렇게 하지 않으면 생명을 유지할 수 없었다.⁺⁺ 당시에 그와 함께 살고 있는 여자는 돌 페빈의 딸 고에윈이었다. 마트는 언제나 아르본 강가에 있는 카어 다틸에 살았다. 그런 형편이었기 때문에 그는 나라를 돌아볼 수 없었다. 대신 그의 조카들이 나라를 돌아본 후 왕에게 보고했다. 아리안로드는 언제나 그의 곁에 머물러야 했다.

어느 해, 거플렛은 동생 그위디온과 함께 나라를 돌아보았다. 그런데 카어 다틸에 돌아와 젊은 고에윈을 보고는 사랑에 빠졌다. 그녀의

⁺ 이 이상한 관습에서 '발'은 명백하게 '성기'의 완곡한 표현이다. 발과 성기의 상징적 연관성은 뚜렷하다. 이 장, 「꽃의 여자」에 나오는 아리안로드의 신발 만들기도 이와 무관하지 않으며, 「신데렐라」와 「콩쥐팥쥐」의 맞는 신발 찾기 역시 성적인 의미를 가지고 있다. 사도-마조히즘적 환상에서 신발이 애용되는 소품이 된 이유는 아주 오래된 인류학적 사실 위에 심리적 근거를 두고 있다. —역주

⁺⁺ 다윗 왕도 같은 경우였다. 그는 젊은 처녀와의 접촉으로 몸을 따뜻하게 해야 살아 있을 수 있었다. 그 처녀가 그 유명한 술라미드 처녀이다.

✤ 아리안로드

켈트의 저승인 '빙빙 도는 섬' (『아발론 연대기』 1권 「성배의 진정한 역사」 참고)에 살고 있다고 하는 고대
의 위대한 어머니 여신. 그녀가 가모장 시대의 대모신大母神의 흔적을 지녔다는 사실은 그녀가 아들 라이
라우에게 이름을 줄 수 있는 유일한 존재라는 사실로 확인된다. 여신으로서의 권위는 이미 남성들에게 박
탈당한 상태이지만, 그위디온은 어쨌든 그녀를 속여 넘기는 방식으로라도 그녀에게서 라이 라우의 정체성
을 끌어내는 수밖에 없는 것이다.

그녀는 아름답고 사악한 여신의 모호성을 가장 잘 보여 주고 있는 신화적 인물 중 한 사람이다. 그녀는 '처
녀' 인 상태에서 아기를 만들어 저절로 '떨어뜨리는' 자기 복제 능력을 가진 자연의 의인화이다. 그녀는 고
대적 의미의 '처녀' , 남성에게 종속되지 않은 독립적인 자족적 여성이다. ─역주

영상이 그를 밤낮으로 쫓아다녔다. 지독한 사랑이었다. 밥도 먹을 수 없어서 나날이 야위어 갔다. 말을 잃은 채 늘 우울한 표정을 짓고 있었다. 그위디온은 형이 심상치 않다는 것을 알아차리고 이유를 물었다. 거플렛은 아무 대답도 하지 않았다. 그위디온은 걱정이 되어 계속 물었다.

거플렛이 마지못해 입을 열었다.

"왜 그런 질문을 하는 거냐?"

"몰골이 말이 아냐. 안색도 창백하고. 뭔가 이상해. 대체 무슨 일이야?"

"아우야, 나는 내게 일어난 일을 말할 수 없다. 누구에게도 말할 수 없어."

"이유가 뭐야?"

"마트 숙부의 능력을 알고 있잖느냐. 아무리 조그만 소리로 속삭여도 그는 바람결에 실려 오는 소리까지 다 분간해 내는 분이시다."

"알았어. 더 이상 말 안 해도 알겠어. 형은 사랑에 빠진 거야. 형이 누굴 사랑하는지도 알겠어. 그러니 아무 말도 하지 마."

동생이 자기 마음을 알아차린 것을 보고 거플렛은 세상에서 가장 가엾은 남자처럼 한숨을 내쉬었다. 아무리 마음이 모진 사람이라도 그 한숨 소리를 들었다면 동정심이 생길 정도로 가엾은 한숨이었다.

그위디온이 말했다.

"이제 탄식은 그만해. 한숨이나 쉬고 앉아 있다고 문제가 해결되냐구. 내가 어떻게 해 볼게. 형이 그렇게 불행 속에서 야위어 가는 꼴을 볼 수가 없어. 우선 제일 먼저 해야 할 일은 숙부님을 전쟁에 나가게 하는 거야. 어렵지 않게 해낼 수 있을 거야. 형은 소원이 이루어질 거라는 희망을 가지고 그냥 즐겁게 지내면 돼."

두 사람은 마트를 찾아갔다. 그위디온이 입을 열었다.

"숙부님, 이상한 소식을 들었기에 알려 드리러 왔습니다. 디베드에 처음 보는 동물이 나타났다고 합니다."

"그 동물을 무엇이라 부르더냐?"

"돼지*라고 부르더이다."

"그 돼지란 어떤 동물이라 하더냐?"

"크기는 조그마한데 고기 맛은 쇠고기보다 낫다 하더이다. 생김새는 우리가 숲에서 사냥하는 멧돼지와 비슷하다고 합니다."

"네가 말하는 그 동물의 주인이 누구냐?"

✛ 켈트 신화에서 돼지는 일반적인 동물이 아니라 신성한 동물이다. 이 동물을 저승의 왕 아라운이 프월에게 선물로 보냈다는 것을 상기할 것. 따라서 그위디온의 돼지 훔치기는 단순히 재산을 강탈하는 행위가 아니라, 신성함의 가치를 자기화하는 행위로 이해해야 한다. 돼지는 켈트 사회의 중요한 부의 수단이기도 했지만 단지 그것만은 아니다. 돼지의 신성한 성격은 이집트 사회까지 거슬러 올라간다. 돼지를 둘러싸고 온갖 금기들이 발달한 것은 그 때문이다. 켈트 신화 안에서 '돼지치기'는 성서의 '탕자의 비유'에 나오는 영적으로 비참해진 죄인의 분위기를 전혀 가지고 있지 않다. 트리스탄이 브리튼의 '가장 위대한 돼지치기'라고 불렸다는 것을 상기할 것(『아발론 연대기』 1권 「엑스칼리버」 참조). —역주

"그놈들은 아눈의 왕 아라운이 우정의 표시로 디베드의 왕 프윌에게 보낸 선물이라 합니다."

"그거 아주 흥미롭구나. 나도 가지고 싶다. 그놈들을 얻으려면 어떻게 해야 하느냐?"

"시인으로 변장하고 열한 명의 동료들과 함께 디베드로 가서 프윌에게 돼지를 나누어 달라 청해 보겠습니다. 반드시 돼지를 얻어서 숙부님께 가지고 오겠습니다."

"네가 네 입으로 그리 말하면서 당장 떠나지 않고 무엇 하느냐. 열두 명의 기사들을 선택하여 디베드로 떠나거라."

그위디온은 그날 저녁으로 거플렛과 열 명의 다른 동료들과 함께 프윌이 머물고 있는 카르디간 성을 향해 떠났다. 그들은 어깨에 하프를 걸친 시인의 복장을 하고 궁 안으로 들어갔다. 사람들은 그들을 정중하게 맞아들인 뒤, 그때 마침 열리고 있던 잔치에 초대했다. 그위디온은 프윌의 옆자리에 앉았다.

프윌이 말했다.

"그대와 함께 온 젊은이들이 들려주는 이야기를 듣고 싶구려."

그위디온이 대답했다.

"높은 분이 살고 계시는 곳을 방문한 첫날 저녁에는 수석 시인이 이야기를 들려드리는 것이 우리의 관습입니다. 제가 이들의 우두머리이니 이야기를 들려드리지요."

그위디온은 당대의 손꼽히는 이야기꾼이었다. 그날 저녁 궁에 모인 사람들은 모두 그위디온의 이야기에 반해 버렸다. 때로는 슬프고 때로는 배꼽을 잡아 뺄 정도로 웃기기도 하는 영감에 가득 찬 그의 이야기를 들으며 사람들은 아주 즐거워했다. 프윌도 예외가 아니었다. 그는 그위디온과 즐겁게 대화를 나누었다. 잠자리에 들어야 할 시간이 되었을 때 그위디온이 프윌에게 말했다.

"제가 맡은 임무를 저보다 더 잘 해낼 사람이 있다고 생각하시나요?"

"아니, 결단코 없소. 그야말로 재능이 넘치는 이야기였소. 그대처럼 훌륭한 시인은 처음이외다."

"감사합니다. 하지만 이제 제 진짜 임무를 말해야 될 시간이 되었군요. 전하, 저는 아라운 왕이 선물로 보내신 동물을 얻어가려고 왔습니다."

"그것이 무엇이든 당신의 청을 거절할 생각은 없소. 그대는 보상받아 마땅한 재능을 지녔소. 게다가 그대의 요구를 들어주는 일은 조금도 어려운 일이 아니외다. 그러나 불행히도 나와 나라 사이에 맺은 협약이 있는데……. 돼지 숫자가 두 배로 늘어나기 전에는 그것을 내놓을 수 없도록 되어 있소이다."

"제게 그 협약을 피할 수 있는 묘책이 있습니다. 오늘 저녁에 저에게 돼지를 주지 마십시오. 그러나 거절하지도 마십시오. 내일, 돼지들과 맞바꿀 물건을 제시하겠습니다. 지금 당장 제안하지 못하는 이유는 상황을 살펴보아야 하기 때문입니다."

그위디온이 동료들을 모아놓고 말했다.

"동지들, 말로 요구해서는 돼지를 얻지 못할 것 같소."

거플렛이 그위디온의 말을 받았다.

"물론이오. 주고 싶어도 맹세로 묶여 있기 때문에 프윌이 그렇게 할 수 없을 것이오. 다른 방법을 찾아야 합니다."

일단 그들은 잠자리에 들었다.

다음 날 아침, 그위디온은 아침 일찍 일어나 마구간이 있는 곳으로 갔다. 그는 마법을 이용하여 열두 마리 종마와 까만 사냥개 열두 마리를 만들었다. 말들은 모두 하얀색 가슴받이를 했고, 사냥개들은 금처럼 보이는 목걸이를 찼다. 목걸이에는 금줄이 달려 있었다. 말 등에는 안장이 올려져 있고, 황금 마구들이 채워져 있었다. 그위디온은 또, 버섯을 가지고 금도금이 되어 있는 방패 열두 개도 만들었다. 적당한 순간이 되었다는 생각이 들었을 때 그위디온은 말 열두 마리와 사냥개 열두 마리를 끌고 프윌을 찾아갔다.

"폐하, 간밤에는 편히 주무셨습니까?"

"어서 오시오. 평안이 그대와 함께하기를……."

"돼지들과 관련하여 폐하께서 백성들에게 하신 약속으로부터 자유로워지실 수 있는 방법을 가지고 왔습니다. 폐하께서는 돼지 숫자가 배로 늘어나기 전에는 선물도 하지 않고 팔지도 않겠다는 약속을 하셨다고 말씀하셨습니다. 그러나 늘어난 돼지 수보다 더 값어치 있는 것과 맞바꾸실 수 있다면 상관없지 않겠습니까. 제가 제안을 한 가지 하겠습니다. 안장과 재갈을 갖춘 말 열두 마리와, 목걸이와 줄을 갖춘 사냥개 열두 마리, 금도금한 방패 열두 개를 돼지 대신 드리겠습니다."

프윌은 그위디온의 제안에 귀가 솔깃해졌다. 말 열두 마리와 사냥개 열두 마리, 방패 열두 개는 아라운이 선물한 돼지보다 훨씬 더 값어치 있는 물건이었다.

"한번 생각해 볼 만하겠소이다."

프월은 조언자들을 불러 그위디온의 제안에 대해 의논했다. 그들은 말과 사냥개와 방패와 돼지들을 맞바꾸는 데 동의했다. 북쪽 사람들은 프월에게 작별 인사를 하고 돼지 떼를 몰아 길을 떠났다.

그위디온이 일행에게 말했다.

"동지들이여, 우리는 중간에 쉬지 말고 계속 길을 가야 합니다. 내가 사용한 마법의 효력은 하룻밤에 지속되지 않기 때문입니다."

그들은 밤새 달려 카르디간을 둘러싸고 있는 산맥 가장 높은 곳에 도착했다. 그곳은 오늘날에도 모흐트레프라고 불리는데, 그 말은 '돼지집'이라는 뜻이다. 그 후에 그들은 골짜기를 따라 북쪽으로 다시 내려갔다. 그들은 식사도 하지 않고 휴식도 취하지 않은 채 쉴새없이 말을 달렸다. 그러는 사이 프월은 아침에 일어나 돼지 떼와 맞바꾼 말과 개와 방패를 보러 갔다. 그가 발견한 것은 말라비틀어진 버섯, 녹슨 사슬, 꼬아 놓은 골풀이 전부였다. 프월은 수석 시인이라는 자에게 속았다는 것을 알고 분노가 폭발했다. 그는 이 사악한 행동을 사주한 사람들이 그위네드 사람들이 틀림없다고 생각하고 그위네드를 상대로 전쟁을 일으키기 위해 무사를 소집했다.

그위디온 일행이 카어 다틸에 도착해서 마트를 찾아갔더니 그는 자리에서 일어나 무기를 챙기는 중이었다. 그위디온이 물었다.

"무슨 일이 생겼습니까?"

마트가 대답했다.

"디베드의 왕 프월이 우리와 싸우기 위해 병사들을 모으는 중이라고 한다. 데려온 동물은 어디에 두었느냐?"

"마구간에 안전하게 넣어 두었습니다."

"잘했다. 지금은 디베드 사람들과 싸워야 한다."

전쟁이 시작되었음을 알리는 나팔 소리가 울려 퍼졌다. 마트는 군대의 선두에 서서 남쪽을 향해 떠났다. 그위디온과 거플렛은 군대를 따라가는 체하다가 슬쩍 뒤로 빠져 카어 다틸로 돌아갔다.

두 사람은 고에윈과 그녀의 몸종들이 기거하는 곳으로 들어갔다. 그위디온이 거플렛에게 말했다.

"봤지? 상황을 만드는 게 얼마나 쉬운 일인지를. 이제 형은 욕망의 끝까지 갈 수 있게 되었으니, 그 때문에 몸 상하지 말라구. 숙부는 먼 곳에 있으니까 형은 사랑하는 여자와 함께 있을 수 있어."

그위디온은 몸종들을 쫓아내고 처녀의 방으로 들어갔다. 그날 밤 거플렛은 고에윈의 의사를 무시하고 그녀와 동침했다. 다음 날 동이 트기가 무섭게 두 사람은 전속력으로 달려가 마트의 군대에 합류했다. 그들이 자리를 비웠다는 것을 알고 있는 사람은 아무도 없었다. 그들은 곧 회의를 열어 어디에서 프윌의 군대를 맞을 것인지 의논한 끝에 그위네드 한복판에서 맞아 싸우기로 결정했다.

두 나라의 군대는 카어나본에서 격돌했다. 양쪽 진영 모두 많은 병사들을 잃었다. 남쪽 나라 사람들은 강 건너편까지 물러났다. 그러나 그위네드 군대는 강을 건너 적진 깊숙이 치고 들어갔다. 이루 형언할 수 없는 잔인한 학살이 있었다. 프윌의 군사들은 다시 한번 돌 페르마인까지 물러나야 했다. 마트의 군사들은 여세를 몰아 적을 포위했다. 프윌은 화친을 요구했다. 그는 볼모를 제안했다. 볼모 중에는 프월이 사랑하는 용감한 기사 구르기 그와스트라와 족장들의 아들 스물세 명이 포함되어 있었다. 프월의 군사는 해안을 따라서 카르디간으로 가는 남쪽 길로 떠났다. 그러나 그들은 한 무리의 궁사들을 만나 또 다시 많은 군사를 잃어야 했다. 프월은 두 나라 사이에 맺은 조약을 파기하는 부당한 행동에 항의하기 위하여 마트에게 사람을 보내어 자신과 그위디온의 일대일 결투로 상황을 종결하자는 제안을 전달했다. 이 어리석은 유혈 전쟁이 그위디온의 술수와 파렴치함으로 야기된 것인 만큼 자신과 그의 결투로 일을 마무리하고 더 이상 피를 흘리지 말자는 제안이었다.

마트는 프월의 전갈을 듣고 나서 말했다.

"내 누이의 아들 그위디온이 이 제안에 찬성한다면, 기꺼이 받아들이겠다."

전령들이 대답했다.

"프월 폐하께서는 자신에게 그토록 많은 고통을 안겨 준 사람과 일대일로 마주 서는 것이 좋겠다고 생각하십니다."

사람들은 그위디온에게 그 제안을 전달했다.

"맹세코, 나는 그위네드 사람들이 나를 위해 대신 싸워 주기를 원치 않는다. 나는 프월과 혼자 싸워 이길 수 있을 만큼 건장하다. 내가 이 전쟁에 책임이 있는 것은 사실이다. 따라서 나는 프월이 원할 때, 그가 원하는 장소에서 그와 마주 설 것이다."

전령들이 그 대답을 프월에게 가져갔다.

"나 역시 나와 돈의 아들 그위디온에게만 관계되어 있는 이 싸움을 다른 사람에게 넘기고 싶지 않다."

두 사람은 다른 사람들을 멀찌감치 떨어뜨려 놓고 일대일로 대결하게 되었다. 그들은 무기를 챙겨 들고 싸우기 시작했다. 그위디온 쪽이 더 젊고 힘도 세고 공격적이었다. 게다가 그는 마법을 사용할 줄 알았다. 프윌은 그위디온에게 패하여 죽었다. 사람들은 프윌이 죽은 장소에 비석을 세웠다.

디베드의 병사들은 슬픈 노래를 부르면서 남쪽으로 떠났다. 그들은 왕과 훌륭한 기사들, 수많은 말과 무기를 잃었다. 그위네드의 병사들은 쳐들어온 적을 물리치고 전쟁에 승리했으니 슬퍼할 이유가 없었다. 그들은 즐거움에 가득 차 그들의 나라로 돌아갔다.

그위디온이 마트에게 말했다.

"폐하, 남쪽 나라 사람들이 우리에게 볼모로 남긴 우두머리를 놓아 주는 것이 어떻겠습니까? 이는 두 나라가 화평하기 위해서입니다. 그를 포로로 잡아 둘 이유가 없습니다."

마트가 대답했다.

"네 말이 맞다. 이제 디베드의 왕이 죽었으니, 우리가 관용을 베풀어야 한다."

그들은 구르기와 다른 볼모들을 풀어주었다. 마트는 카어 다틸 성으로 돌아갔다. 그사이에 거플렛과 그의 일행은 그위네드를 돌아보기 위해 여행을 시작했다. 마트는 방으로 가서 젊은 처녀의 품에 발을 집어넣기 위해 준비하라고 지시했다. 그러자 고에윈이 대답했다.

"폐하의 발을 품고 있을 처녀를 구하시옵소서. 저는 이제 처녀가 아닙니다."

"무슨 소리를 하는 게냐?"

"폐하께서 출전을 위해 자리를 비우셨을 때, 폐하께서 그토록 사랑하고 존중해 주셨던 조카 거플렛과 그위디온이 왔습니다. 저는 소리치며 저항했지만 궁에는 아무도 없었습니다."

마트의 얼굴이 분노로 벌겋게 달아올랐다. 그는 시종들에게 조카들이 어디 있느냐고 물어보았다.

시종들이 대답했다.

"나라를 돌아보고 계십니다."

"알겠다. 두 사람이 돌아올 때까지 기다리겠다. 고에원, 그대가 당한 모욕을 내가 있는 힘껏 갚아 주겠소. 우선 그대를 욕보인 자들에게서 보상을 받게 될 것이며, 나 또한 내가 당한 모욕의 대가를 받아 내겠소. 사람들이 그대에 대해 아무 말도 하지 않도록 그대를 내 아내로 삼고 내 나라의 소유권을 물려 주겠소."

그사이에 돈의 두 아들은 서둘러 궁으로 돌아오지 않고 나라를 계속 빙빙 돌아다니고 있었다. 카어 다틸에서 멀리 떨어져 있기에는 아주 좋은 기회였다. 그런데 어느 날인가 그들에게 먹을 것도 마실 것도 주지 말라는 명령이 떨어졌다. 그제야 그들은 하는 수 없이 마트 곁으로 돌아갔다. 그들은 삼촌을 보자 큰 소리로 말했다.

"폐하, 그새 평안하셨습니까? 신의 축복이 폐하의 땅 위에 내리시기를 바랍니다!"

"그 소원을 받아들이마. 두 사람은 나를 기쁘게 하려고 여기까지 오셨는가?"

"우리는 폐하께서 명령하시는 것은 무엇이든 따를 준비가 되어 있습니다."

"진작 그리했더라면 쓸데없는 전쟁에 휩쓸려 그렇게 많은 사람과 말을 잃지 않았으련만……. 개인적으로 아무 원한도 없는 프윌을 죽게 만들었으니 그 또한 나의 치욕이로다. 너희들이 내 처분에 따른다 하였으니 내가 너희를 벌하는 것은 당연한 것이다!"

마트는 말을 끝내자마자 마법의 지팡이를 거플렛과 그위디온을 향해 휘둘렀다. 그 순간 거플렛이 커다란 암사슴으로 변했다. 곧이어 그위디온이 거대한 뿔이 달린 수사슴으로 변했다. 마트는 두 마리 사슴을 향해 말했다.

"이제 너희 두 사람은 하나의 운명으로 묶였다. 너희들은 짝을 이루어 둘이 숲속으로 함께 헤매고 다니게 될 것이다. 너희들은 사슴의 본능을 가질 것이다. 때가 되면 둘이 결합하여 새끼를 낳을 것이다. 여섯 달 뒤에 너희는 내 곁으로 돌아오게 될 것이다."

여섯 달이 지난 어느 날, 사람들은 벽을 흔드는 큰 소리를 들었다. 개들이 컹컹 짖어 대기 시작했다. 마트가 시종들에게 말했다.

"여봐라, 밖이 왜 이리 소란스러운 게냐?"

시종들이 달려 나갔다. 그중 하나가 돌아와 말했다.

"수사슴과 암사슴, 새끼 사슴이 와 있습니다."

마트가 벌떡 일어나 달려 나갔다. 정말로 세 마리 동물이 와 있었다. 새끼 사슴은 어린 나이인데도 아주 튼튼해 보였다. 마트가 마술 지팡이를 들어 올리더니 암사슴을 가리키며 말했다.

"너희 중에서 여섯 달 동안 암사슴이었던 놈은 오늘부터 수멧돼지가 되고, 수사슴이었던 놈은 암멧돼지가 되어라."

마트가 동물들을 마법의 지팡이로 때리자 사슴 두 마리는 암수 멧돼지가 되었다. 마트가 이어 말했다.

"어린 것은 내가 맡아서 돌보아 주마. 세례를 받게 한 다음 기르겠다."

사람들은 어린 사슴에게 히둔이라는 이름을 주었다. 그것은 '작은 사슴' 이라는 뜻이다. 마트가 두 마리 돼지에게 말했다.

"이제 너희는 암수 멧돼지이다. 너희가 낳은 어린 것을 데리고 여섯 달 뒤에 이 집의 벽 아래로 오너라."

여섯 달이 지난 어느 날, 마트가 있는 방의 벽 아래에서 개 짖는 소리가 들려왔다. 마트가 밖으로 나갔다. 밖에는 세 마리 동물이 있었다. 수멧돼지와 암멧돼지가 나이에 비해 아주 튼튼해 보이는 새끼 돼지를 데리고 와 있었다.

마트가 말했다.

"이 새끼 돼지는 내가 돌보겠다. 세례를 받게 하겠다."

그가 마법의 지팡이를 휘두르자 새끼 돼지는 튼튼한 갈색 머리 소년으로 변했다. 그의 이름은 히흐툰이라 하였는데, 이는 '새끼 돼지'라는 뜻이다. 마트는 다시 지팡이를 들어올리며 말했다.

"전에 수멧돼지였던 놈은 오늘부터 암늑대가 되고, 암멧돼지였던 놈은 수늑대가 되어라."

지팡이를 휘두르자 두 마리 돼지는 두 마리 늑대가 되었다.

"너희는 너희가 그 모양을 입은 동물의 본능을 지니게 될 것이다. 여섯 달 뒤에 다시 이 벽 아래로 오너라."

두 마리 늑대는 비명을 지르는 사람들 사이로 사라졌다. 여섯 달 뒤에 마트는 벽 아래에서 개들이 정신없이 짖어 대는 소리를 들었다. 그는 벌떡 일어나 밖으로 나갔다. 밖에는 수컷 늑대와 암컷 늑대, 그리고 커다란 새끼 늑대가 있었다.

"이놈은 내가 거두어 세례를 받게 하겠다. 이름은 이미 정해 두었다. 블레이둔이라고 부를 것인데, '이리 같은 사람'이라는 뜻이다."

그리고 다시 마법의 지팡이를 휘둘러 늑대를 변신시켰다. 이번에 동물들은 자기의 본 모습을 되찾았다.

"너희들이 나에게 큰 잘못을 저질렀지만, 이제 그만 하면 충분히 고통당했으니, 벌을 거두어도 될 듯하다. 너희 둘 사이에서 아이들이 태어났다는 사실을 부끄러워해야 할 것이다."

마트가 이번에는 시종들에게 말했다.

"이 두 사람의 몸을 씻기고 머리를 감겨 준 뒤, 옷을 가져다주어라. 그 다음에는 푹 쉬게 하고 의관을 정제하여 데리고 오너라."

그위디온과 거플렛은 피곤이 풀리자 마트에게 돌아갔다.

마트가 그들에게 말했다.

"조카들, 이제 우리 사이에 셈은 끝났다. 지난 일은 이제 더 이상 얘기하지 말도록 하자. 나는 너희들을 사랑했고, 지금도 여전히 사랑한다. 또 너희들의 도움이 필요하기도 하다. 열여덟 달 전부터 나는 마음에 드는 처녀를 찾지 못하고 있다. 이 점에 대해 너희들의 의견을 듣고 싶구나. 어떤 처녀를 내가 선택해야 하겠느냐?"

그위디온이 대답했다.

그위디온과 아리안로드

"폐하, 그보다 더 쉬운 일은 없습니다. 숙부님께 딱 어울리는 여자가 있습니다. 그녀는 아름답고 똑똑하며 세련된 여자입니다."

마트가 물었다.

"그런 여자가 누구인고?"

"바로 우리의 누이, 폐하의 조카, 돈의 딸 아리안로드입니다. 아리안로드만큼 사랑스러운 여자는 없습니다. 그녀가 하는 이야기는 매력으로 가득 차 있습니다."

"아리안로드를 데려오너라."

사람들은 아리안로드를 데리러 갔다. 아가씨가 방으로 들어왔다.

마트가 물었다.

"아리안로드, 너는 처녀이냐?"

"제가 아는 한은 그렇습니다."

마트는 마법의 지팡이를 둥글게 구부린 다음 말했다.

"이 위로 지나가 보아라. 네가 처녀인지 아닌지 곧 알게 될 것이다."

아리안로드는 마법의 막대기 위로 한 걸음 내디뎠다. 그러자 그녀의 몸에서 튼튼한 사내아이 하나가 빠져나왔다. 아이의 울음소리를 듣고 그녀는 문으로 도망치려 했다. 그러나 도망치는 중에 어린아이 같은 것이 또 하나 그녀에게서 빠져나왔다. 그위디온은 아무도 알아차리지 못하게 달려가 아이를 주워 비단 망토 속에 감춘 다음, 침대 발치에 있는 상자 속에 숨겼다.

마트가 말했다.

"아리안로드는 자신이 주장하는 것처럼 처녀가 아니다. 상관없지. 다른 여자를 찾으면 되니까."

그는 금발의 사내아이에게 몸을 돌렸다.

"이 아이가 세례를 받게 한 다음, 딜란이라는 이름을 주겠다."

전해 오는 말에 따르면, 아이는 세례를 받자마자 방에서 나가 바다로 갔다고 한다. 그러고는 바다 속으로 들어가더니, 해안으로 밀려오는 거센 파도 안에서 물고기처럼 헤엄을 쳤다고 한다. 그래서 그 이후로 그는 '파도의 아들' 딜란이라고 불리게 되었다. 거플렛은 삼촌과 동생에게 작별 인사를 했다. 그동안 겪어야 했던 시련 때문에 성격이 바뀌었다. 그는 아더 왕의 궁으로 돌아가고 싶어 했다. 그위디온은 형을 마구간으로 데리고 가서 아주 유연하고 빠른 말을 하나 골라 주었다. 거플렛은 카어 다틸을 떠났다. 지난 열여덟 달 동안 겪어야 했던 부끄러움이 너무 커서 다시는 돌아오지 않을 생각이었다.

그위디온은 형처럼 소심하지 않았다. 그는 마트 주위에 있는 사람들과 잘 어울려 지낼 생각이었다. 그러나 그는 상자 속에 아이를 넣어 두었다는 것을 잊지 않았다. 그는 사람들이 아무도 없는 틈을 타서 방으로 들어갔다. 아이가 빽빽대고 우는 소리가 들렸지만, 가까이 있는 사람이 아니면 들을 수 없을 만큼 약한 소리였다. 그위디온이 상자 뚜껑을 열자 망토 안에서 두 팔을 휘젓고 있는 아이가 보였다. 그는 즉시 아이를 안고 마을로 가서 아이에게 젖을 먹여 줄 여자를 찾았다. 여자를 찾아낸 그위디온은 일 년 동안 아기에게 젖을 먹여 기른다는 조건으로 돈을 지불했다. 일 년이 지나자 아이는 두 살배기만큼 튼튼해졌다. 두 살이 되었을 때는 혼자서 궁전을 찾아갈 수 있을 정도로 큰 소년이 되어 있었다. 아이가 궁을 찾아오자, 그위디온은 온 정성을 다해 아이를 가르치며 열심히 돌보았다. 아이는 그위디온을 마치 친아버지처럼 따르며 사랑했다.[+] 아이는 네 살이 될 때까지 궁에서 성장했다. 그 무렵 아이는 여덟 살 먹은 아이 같았다.

어느 날 소년은 그위디온과 함께 바닷가로 산책하러 갔다가 곶 위에 있는 카어 아리안로드로 가게 되었다. 그곳은 그위디온의 누이 아리안로드가 사는 곳이었다. 오라버니가 들어오는 것을 본 아리안로드는 그를 맞으러 나왔다. 그녀는 환영 인사를 하면서 근황을 물었다.

[+] 사실 그위디온과 아리안로드가 처해 있는 신화적 맥락은 이 아이가 파도의 아들 딜란처럼 두 사람이 근친상간으로 낳은 아이라는 것을 증명한다.

그위디온이 말했다.

"신께서 누이에게 복과 부를 내려 주시기를!"

아리안로드는 소년을 유심하게 살펴보면서 물었다.

"오라버니를 따라온 이 아이는 누구예요? 오라버니를 무척 따르는 것 같은데……."

"이 아이는 네 아들이다."

아리안로드는 그 말을 듣더니 벌컥 화를 내며 소리쳤다.

"뭐라구요! 여기까지 와서 나를 모욕하는 이유가 뭐예요? 무엇 때문에 내 불명예를 연장시키고 싶어 하는 거죠?"

"이렇게 잘생긴 아이가 훌륭하게 성장했다는 걸 보는 것이 너의 불명예라면, 그것은 문제라고도 할 수 없지 않느냐."

"아이 이름이 뭐예요?"

"아직 이름이 없다."

"잘됐네! 내가 이름을 지어 주기 전에는 이 아이는 이름을 가질 수 없어요. 그것이 이 애의 운명이에요!"

"아리안로드, 너는 정말 나쁜 여자로구나. 이 아이가 누구인지 인정하려 들지도 않다니. 나는 네가 훼방을 놓더라도 아이가 반드시 이름을 가질 수 있게 해 줄 것이다."

그는 화를 내며 성을 나와 카어 다틸로 돌아갔다.

다음 날 대양과 아버 메나이 사이에 있는 바닷가로 아이를 데리고 나간 그는 마법을 이용하여 해초로 배를 한 척 만들었다. 또 해초를 가지고 많은 양의 가죽도 만들어, 아주 섬세하게 가공된 색색의 가죽으로 보이게 했다. 그러고 난 다음 배에 아이를 태우고 아리안로드 성이 보이는 곳으로 갔다. 그는 곶의 입구에 있는 해안에 배를 대고 구두를 만들기 시작했다. 성에서는 곧 그 사실을 알게 되었다. 성에서 내려다본다는 것을 눈치 챈 그위디온은 사람들이 알아보지 못하도록 자신과 아이의 모습을 바꾸어 버렸다. 그는 다시 배에 올라탔다.

아리안로드가 시종들에게 물었다.

"저 배에는 어떤 사람들이 타고 있느냐?"

"구두공들입니다."

"가서 어떤 가죽을 사용하는지, 구두 만드는 솜씨는 어떤지 알아보고 오너라."

시종들은 배를 찾아가 보았다. 그위디온은 가죽에 염색을 하고 굽을 박아 넣는 중이었다. 시종은 아리안로드에게 돌아가 자기가 본 것을 보고했다.

아리안로드가 말했다.

"알았다. 내 발 치수를 재서 구두공에게 내 신발을 만들어 달라고 해라. 값은 후하게 쳐주겠다고 하렴."

그위디온은 주문을 받고 신발을 만들었다. 그러나 시종이 재어 온 치수대로 만들지 않고, 더 크게 만들었다. 시종이 아리안로드에게 신발을 가져갔다. 신발을 신어 본 아리안로드가 말했다.

"너무 크다. 구두공에게 가서 내가 값을 넉넉히 쳐줄 테니, 이것과 똑같이 만들되 더 작게 만들라고 해라."

시종은 그위디온을 다시 찾아갔다. 그위디온은 이번에는 치수보다 훨씬 더 작은 신발을 만들어 보냈다.

아리안로드가 말했다.

"가서 이 신발도 맞지 않는다고 일러라."

시종이 그위디온에게 아리안로드의 말을 전하자, 그위디온이 화를 벌컥 내며 말했다.

"당신 여주인께서 발에 꼭 맞는 신발을 원하신다면 직접 이리 오시라고 하쇼. 발의 치수를 내 손으로 직접 재기 전에는 발에 맞는 신발을 만들어 올릴 수가 없소이다."

그 말을 전해 들은 아리안로드가 말했다.

"알았다. 내가 직접 가마. 이번에도 제대로 만들지 못하면, 혼을 내주겠다."

성을 나온 그녀는 바닷가를 걸어가 배 위로 올라갔다. 그위디온은 가죽으로 마름질을 하고 소년은 구두를 깁는 중이었다. 그위디온이 아리안로드에게 말했다.

"공주님, 제 배에 오신 걸 환영합니다."

"신께서 그대에게 복을 주시기를 바랍니다. 하지만 치수에 맞추어 신발을 만들지 못하다니 놀랍군요."

"그러게 말입니다. 저도 놀랐습니다. 이렇게 직접 오셨으니, 이제는 꼭 맞는 신발을 만들어 드릴 수 있을 겁니다."

그때 어디선가 굴뚝새 한 마리가 갑판을 스치듯이 날아 돛대 위로 올라갔다. 소년이 돌을 던져 새 발의 뼈와 신경 사이를 맞추었다. 그것을 보고 아리안로드가 웃으면서 말했다.

"저런! 꼬마가 확실한 손으로 새를 잡았군요!"

그 말을 듣고 그위디온이 말했다.

"완벽하군. 이제 이 아이에게는 이름이 생겼다. 아리안로드, 너 자신이 이 아이에게 이름을 주었다. 게다가 썩 좋은 이름이다. 이제부터 아이는 라이 라우 구페스('확실한 손의 꼬마')라는 이름으로 불릴 것이다."

그가 그 말을 마치기가 무섭게 마법이 모두 사라졌다. 가죽과 배는 모두 해초로 변했고, 그위디온과 아이도 본래의 모습으로 돌아왔다. 아리안로드는 오라버니의 모습을 알아보고 분노에 가득 차 외쳤다.

"정말, 못하는 짓이 없군요! 왜 날 이렇게 괴롭히는 거죠!"

"난 널 괴롭힌 적이 없다. 네가 하라는 대로 하지 않았니. 너는 네가 아이에게 이름을 주지 않으면 아이는 이름을 가지지 못할 것이라고 말했다. 그런데 너는 방금 이 아이에게 이름을 주었다. 그러니 우리는 여기에서 더 이상 할 일이 없다."

아리안로드가 울부짖었다.

"그렇게 빠져나갈 수는 없을걸! 이왕 일이 이렇게 되었으니, 다른 마법을 걸 테야. 이 아이는 내가 입혀 주기 전에는 절대로 갑옷을 입을 수 없어!"

그위디온이 대답했다.

"제가 낳은 아이를 인정하지 않다니, 너는 정말 나쁜 여자로구나. 진정하렴. 마음껏 못되게 굴어라. 어쨌든 이 아이는 갑옷이 필요한 나이가 되면 갑옷을 가지게 될 테니까!"

그위디온과, 이제 막 라이라는 이름을 얻은 아이는 카어나본 근처에 있는 어떤 성으로 갔다. 그곳에서 그위디온은 아이의 몸이 완전히 성장하여 아무 말이나 탈 수 있는 나이가 될 때까지 아이를 교육했다. 라이는 늘 우울하고 말이 없었다. 그위디온은 그것이 아이가 말도 무기도 가질 수 없기 때문이라는 것을 알고 있었다.

그는 아이를 불러 말했다.

"얘야, 우리 내일 여행을 떠나자꾸나. 자, 마음을 가볍게하고 즐거운 기분으로 떠나자."

아이는 온순하게 대답했다.

"그럴게요."

다음 날 두 사람은 아침 일찍 일어나 해안가를 따라갔다. 언덕바지에 이르자, 그위디온이 마법의 힘으로 두 사람의 모습을 바꾸었다. 두 사람 모두 젊은이의 모습이었는데, 그위디온의 모습이 더 진지했다. 두 사람은 아리안로드 성문 앞에 섰다.

그위디온이 문지기에게 말했다.

"가서 글래모건의 시인 두 명이 왔다고 아뢰게."

문지기가 아리안로드를 찾아가 말했다. 아리안로드는 시인들을 좋아했으므로 반색하며 대답했다.

"어서 모시어라. 내 방으로 드시게 하여라."

두 가짜 시인은 정중한 환영을 받았다. 방에는 이미 식사가 차려져 있었으므로, 그들은 식탁 앞에 자리 잡고 앉았다. 식사를 끝낸 다음, 아리안로드는 그위디온과 대화를 나누기 시작했다. 그위디온은 여러 가지 이야기를 들려주었다. 아리안로드는 그위디온의 이야기를 재미있게 들었다. 주연을 마칠 시간이 되자, 하인들이 잠잘 준비를 해 주었다. 그위디온은 다음 날 새벽에 일어나 마법의 힘을 불러냈다. 그러자 어디선가 커다란 나팔 소리가 울려 퍼지고, 성 주위의 벌판에서 그 소리에 화답하는 고함 소리들이 들려왔다. 곧 성 앞에 있는 바다 위에 무수한 배들이 모습을 드러냈다.

그위디온은 잠자리에 누워 잠든 체했다. 조금 뒤 누군가 다급하게 문을 두드리는 소리가 들렸다. 아리안로드가 시녀와 함께 방 안으로 들어왔다.

"신사 분들, 제 이야기를 들어 보세요. 우리는 지금 어려운 지경에 처해 있습니다."

그위디온이 말했다.

"예, 저도 짐작했습니다. 나팔 소리와 고함 소리를 들었거든요. 무슨 일입니까?"

"배들이 어찌나 많이 몰려왔는지 모른답니다. 서로 다닥다닥 붙어 있어서 바닷물이 보이지 않을 지경이랍니다. 배들은 지금 전속력으로 육지를 향해 다가오고 있답니다. 어찌 해야 좋을지 모르겠어요."

"공주님, 성문을 닫아걸고 최대한 방어하는 수밖에 없을 것 같습니다."✚

"신의 축복을 받으시기를. 성을 지켜 주세요. 이곳에는 무기가 아주 많답니다."

✚ 켈트의 시인들은 유약한 존재들이 아니었다. 그들은 예술가이면서 동시에 전사였다. 고대 켈트 전통에서 시인은 아일랜드어로 필리fili, 웨일즈어로는 데르위드derwydd(이 말에서 드루이드라는 말이 유래한 듯하다)라고 불렸는데 이들은 지위가 높은 정치인이었다. 전쟁이 나면 두 진영의 시인들 사이에서 맨 먼저 전쟁에 관한 논의가 이루어졌다. 『고고딘』이라는 작품은 "세계의 시인들이 용사들을 배분한다"라고 쓰고 있다. ─역주

아리안로드는 무기를 찾으러 나갔다. 조금 뒤에 젊은 여자들에게 갑옷과 무기를 들려서 방으로 돌아왔다.

"공주님, 이 젊은이에게 갑옷을 입혀 주시지요. 그동안 저는 이 여자분의 도움을 받아 갑옷을 입도록 하겠습니다. 서두릅시다. 적의 소리가 점점 더 가까워지고 있군요."

"알겠습니다."

아리안로드는 서둘러 젊은이에게 갑옷을 입혀 완전 무장을 시켜 주었다. 그위디온이 물었다.

"그 젊은이를 완전히 무장시켜 주셨나요?"

"예, 끝났습니다."

"저 역시 끝났습니다. 좋습니다. 이제 이 갑옷을 벗겠습니다. 더 이상 필요하지 않으니까요."

아리안로드가 깜짝 놀라 물었다.

"그게 무슨 소리죠? 성채 주위를 둘러싸고 있는 적의 배를 보란 말예요."

그위디온이 큰 소리로 웃음을 터뜨렸다.

"아니오, 주위에 배라곤 그림자 하나 없습니다."

아리안로드는 귀를 기울여 보았다. 아무 소리도 들리지 않았다. 그녀는 창가로 달려가 바깥을 내다보았다. 바닷가로 조용히 밀려오는 파도 외에는 아무것도 보이지 않았다.

"이게 어떻게 된 거지요? 배들이 전부 어디로 가 버렸나요?"

그위디온은 웃음을 참을 수 없었다.

"그건 그대가 이 젊은이에게 걸었던 마법을 걷어 내기 위한 것이었다오. 그대의 손으로 갑옷을 입혀 주기 전에는 젊은이가 갑옷을 얻지 못할 것이라고 맹세하지 않았소?"

그 말이 끝나기가 무섭게 두 젊은이는 본래의 모습으로 돌아왔다. 아리안 로드는 화가 나서 숨도 제대로 쉬지 못했다. 그녀가 헐떡이면서 외쳤다.

"오라버니는 어떻게 하든 나를 모욕하고 파멸시킬 생각뿐이군요. 오라버니가 오늘 이 나라에 걸었다가 푼 마법 때문에 많은 젊은이들이 죽게 될지도 몰라요. 어쨌든 나는 다른 마법을 걸겠어요. 이 젊은이는 지금 이 시대에 땅에 살고 있는 어떤 종족의 여자도 아내로 맞이할 수 없는 운명이 될 거예요!"

"너는 정말이지 어떤 사람도 감당할 수도 없고 보호할 수도 없는 나쁜 여자로구나. 네가 아이에게 마법을 걸었지만 이 아이는 아내를 얻을 것이다. 내가 맹세한다!"

그위디온과 라이는 마트 곁으로 돌아왔다. 그위디온은 어떻게 아이에게 이름을 얻어 주고, 갑옷을 입혀 주었는지 그간의 일을 보고했다. 그리고 아리안로드가 끝까지 어떤 저주를 퍼부었는지도 이야기했다. 지금까지는 잘 헤쳐 나왔지만, 마지막 마법은 어떻게 걷어 낼 수 있을지 모르겠다고 솔직하게 털어놓았다.

마트가 생각에 잠긴 얼굴로 말했다.

"그것 참 일이 곤란하게 되었구나. 아리안로드의 마법은 피할 수가 없다. 이제 이 젊은이가 인간 여자를 아내로 삼는 건 불가능해졌다. 물론, 아직 마법을 사용할 수는 있다. 그러나 너도 알다시피 우리의 마법은 오래가지 않는다. 여자를 만들어 내는 건 어려운 일이 아니다. 하지만 며칠만 지나면 태양빛에 안개가 사라져 버리듯이 스르르 없어져 버리고 말 것이다. 아리 안로드를 상대로 술수를 사용할 수도 없다. 두 번은 속아 넘어갔지만 세 번째는 속지 않을 것이다."

그위디온이 소리쳤다.

"하지만 내 아들이 아내를 얻지 못하도록 내버려둘 수는 없습니다."

마트는 한참 동안 곰곰 생각해 보고 난 뒤에 입을 열었다.

"내 이야기를 잘 들어라. 아리안로드는 아더 왕의 누이 모르간에게 서 대부분의 마법을 배웠다. 네 누이의 마법을 물리칠 수 있는 방법을 아는 사람은 모르간뿐이다. 모르간을 찾아가 조언을 구해 보아라."

그위디온과 라이는 서둘러 차비를 하고 마트의 성을 떠났다. 두 사람은 숲을 가로질러 오래 말을 달렸다. 때로는 길을 잃고 헤매기도 했다. 모르간이 어디 있는지 알아내기가 쉽지 않았기 때문이다. 그러 다가 무성하고 험한 숲속에 있는 어떤 골짜기로 들어가게 되었다. 숲 끝에는 이상하게 생긴 성이 있었다. 지나가는 사람들에게 물어보니, 그 성이 바로 모르간의 성이라 하였다. 그러나 무서워서 가까이 가 본 사람은 아무도 없다고 하였다. 두 사람은 성문 앞으로 가서 안으 로 들어가기를 청하였다. 모르간은 그위디온이 왔다는 것을 알고 몸 소 문 앞으로 마중 나왔다. 그위디온은 한때 모르간의 제자였기 때문 에 모르간은 그를 잘 알고 있었다. 그위디온의 마술이 모르간의 마법 만큼 강력하지는 않지만, 그래도 상당한 수준이어서 때로는 무서운 힘을 발휘한다는 것도 알고 있었다. 그래서 그위디온이 '확실한 손의 라이'가 아리안로드의 마법 때문에 어떤 상황에 빠지게 되었는지 설명하자 주의 깊게 들었다.

이야기를 듣고 난 모르간이 말했다.

"나와 상관없는 일이니까 나는 이 일에 끼어들지 않는 게 옳겠지. 하지만 아리안로드가 했다는 짓을 들으니 화가 나서 견딜 수가 없다. 이 젊은이를 위해서 몇 가지 일을 할 수 있다. 우리 둘이 힘을 합쳐 마법의 힘을 이용하여 꽃으로 여자를 만드는 방법을 찾아보자."

모르간과 그위디온은 라이를 성안에 남겨 두고 숲으로 갔다. 떠나기 전에 시녀들에게 라이를 잘 돌보아 주라고 일렀다. 두 사람은 햇빛이 거의 들지 않는 숲속의 빈터에다가 떡갈나무 꽃, 금작화, 흰꽃조팝나무 등을 따 모았다. 그리고 마법의 힘으로 세상에서 가장 아름답고 가장 완벽한 여자를 만들었다.✝

모르간이 말했다.

"이 여자는 블로다이웨드✝✝라고 불릴 것이다."

✝ 이 요정 같은 존재의 탄생은 수수께끼 같은 유명한 작품 『카드 고다이Cad Goddeu』('나무들의 전쟁')에 나와 있다. 이 시의 저자는 시인 탈리에신이라고 알려져 있지만 사실은 웨일즈의 신화적인 시 여러 편을 '짜깁기'한 것이다. 이러한 대목이 나온다. "내가 태어났을 때 / 나의 창조주께서 과일 중의 과일로 / 태초 신의 과일로 / 접시꽃과 언덕 위에 피어 있는 꽃으로 / 나무에 핀 꽃들로 / 땅과 땅의 운행으로 / 가시나무 꽃으로 나를 만드셨도다……."

✝✝ 문자 그대로는 '꽃의 모습'이라는 뜻이다. '꽃에서 태어난 여자'라는 뜻으로 해석할 수 있다. 쿠홀린에 관한 아일랜드 전설에 나오는 블라트네이트라는 여성도 블로다이웨드와 같은 운명을 겪는다.

두 사람은 성으로 돌아왔다. 모르간은 블로다이웨드에게 예쁜 옷을 입혀 주라고 지시했다. 시녀들은 블로다이웨드를 예쁘게 꾸며 라이에게 데리고 갔다. 라이는 블로다이웨드를 보자마자 그녀의 신선한 아름다움에 완전히 반해 버렸다. 모르간은 큰 잔치를 열고 손님들을 융숭하게 대접했다. 라이와 블로다이웨드는 그날 밤 한몸이 되었다. 그 다음 날 그위디온과 라이와 블로다이웨드는 모르간에게 작별을 고하고 곧장 카어 다틸로 돌아갔다. 마트는 라이가 아내를 얻은 것을 보고 매우 기뻐했다.

그위디온이 마트에게 말했다.

"정말 잘된 일이지요. 하지만 영토가 없으니 어찌 해 나갈 수 있을지……."

"그래서 라이에게 가장 좋은 땅을 주려고 한다."

"어떤 땅인지요?"

"디노딩 주州이다. 내 왕국에서 제일 부유하고 쾌적한 곳이지."

그렇게 해서 확실한 손의 라이는 디노딩 주를 소유하게 되었다. 라이는 '성의 벽'이라고 불리는, 그 지역에서 가장 가파른 곳에 아름다운 성을 한 채 지었다. 그 지역의 백성들은 모두 기쁘게 라이를 새로운 영주로 맞아들였다.

어느 날 라이는 마트에게 경의를 표하기 위하여 카어 다틸로 떠나게 되었다. 블로다이웨드는 성에 남아 안마당을 산책하고 있었다. 그런데 어디에선가 뿔나팔 소리가 들려오더니 사냥개들과 사냥꾼들에게 쫓겨 지친 사슴 한 마리가 나타났다. 그 뒤로 말을 하지 않는 사람

들이 한 무리 따라왔다.✝

블로다이웨드가 시종에게 말했다.

"종자를 보내어 저 사람들이 누군지 알아오너라."

종자가 성 밖으로 나가 물었다. 그들은 '펜린의 영주이신 힘센 그론의 사람들' 이라고 대답했다. 종자는 블로다이웨드에게 그 사실을 알렸다. 그론은 계속해서 사슴을 추격하여 킨바일 강가에서 잡는 데 성공했다. 그는 사슴을 죽여 껍질을 벗긴 뒤, 사냥개들에게 먹으라고 던져 주었다. 해가 저물고 어둠이 내릴 때쯤 그는 성문 앞을 지나게 되었다.

블로다이웨드가 시종들에게 말했다.

"이러한 시간에 성으로 들어오시라고 권하지도 않고 그냥 길을 가게 한다면, 저분은 틀림없이 우리를 나쁘게 생각할 것이다. 가서 모셔오너라."

시종들이 그론에게 가서 성의 안주인의 초대를 전했다. 그는 기쁘게 초대에 응하여 성안으로 들어왔다. 블로다이웨드가 그를 맞으며 환영 인사를 했다.

"이렇게 맞아 주시니 참으로 감사합니다."

그론은 정중하게 인사하고 난 뒤 갑옷을 벗은 다음 식탁 앞에 앉았다. 블

✝ '말을 하지 않는다' 는 특성은 켈트 신화 안에서 '죽은 사람' 이라는 것을 의미한다. 그론은 저승에서 온 사람이다. 그론과 블로다이웨드의 사악한 결합은 단순히 간부姦夫와 간부姦婦의 간통이 아니라, 라이가 처러야 할 죽음의 입문을 의미하고 있다. 『아발론 연대기』 1권 「경이의 시대」에 나오는 신비한 부활의 솥을 상기할 것. 죽은 전사는 그 솥에 몸을 담고 있으면 다음 날 살아나지만, 부활한 다음에도 말은 하지 못한다. —역주

로다이웨드는 그의 행동 하나하나를 유심히 지켜보았다. 그러는 동안, 어떤 기이하고 이상한 감정이 그녀의 몸 전체를 훑고 지나갔다. 라이에게서는 느껴 보지 못한 낯선 느낌이었다. 그론 역시 그녀를 바라보면서 같은 감정을 느끼고 있었다. 두 사람은 오랫동안 이야기를 나누었다. 그론은 자기가 미칠 듯한 열정으로 블로다이웨드를 사랑하게 되었다는 것을 고백했다. 블로다이웨드는 그 말을 듣고 기뻐서 어쩔 줄 몰랐다. 그날 저녁 두 사람은 자신들을 덮친 그 이상한 정념에 대해서 계속 이야기를 나누었다. 마침내 욕망의 끝까지 가지 못하도록 막는 것이 전혀 없다고 확신한 두 사람은, 그날 밤 미친 듯이 서로를 탐했다.

다음 날 그론은 블로다이웨드에게 작별 인사를 하려고 했다. 그러나 블로다이웨드가 그를 붙잡았다.

"안 돼요. 허락해 드리지 않을 거예요. 오늘 밤엔 제 곁에 계셔야 해요."

두 사람은 두 번째 밤을 함께 보냈다. 그리고 어떻게 하면 둘이 같이 살 수 있는지 궁리하기 시작했다. 그론이 말했다.

"방법은 하나요. 당신 남편은 마법의 도움을 받고 있어요. 따라서 그를 죽이기는 쉽지 않을 거요. 어떻게 해야 죽일 수 있는지 당신이 알아내야 하오. 그를 걱정하는 체하면서 알아내요."

다음 날 그론이 떠나려 하자, 블로다이웨드가 또 붙잡았다.

"안 돼요. 오늘 밤 제 곁을 떠나시면 안 돼요."

그론이 대답했다.

"당신 생각이 그렇다면 떠나지 않겠소. 하지만 이 성의 주인이 돌아오면 어쩌려고 그러오?"

"내일, 내일은 보내 드릴게요."

그론이 다음 날 떠나겠다고 말했을 때, 블로다이웨드는 붙잡지 않았다. 그론이 말했다.

"내가 말한 것을 잊지 말아요. 남편이 어떻게 하면 죽게 되는지 그걸 알아내요. 농담을 하는 것처럼 부드럽게 자꾸 물어봐요. 가능하면 자세하게 알아내야 하오."

그렇게 말하고 나서 힘센 그론은 자기 성으로 돌아갔다.

확실한 손의 라이는 그날 저녁 성으로 돌아왔다. 라이와 블로다이웨드는 이야기를 나누고 음악을 듣고 저녁 식사를 하면서 시간을 보냈다. 잠자리에 들었을 때 라이는 블로다이웨드가 우울해 보인다고 생각했다. 말을 붙여 보았지만 대답이 없었다. 다시 한번 말을 걸었지만 역시 아무 대답도 없었다. 라이는 걱정이 되기 시작했다.

"무슨 일이요? 어디 안 좋은 데라도 있소?"

"지금 뭔가 생각중인데, 당신은 아마 나에 대해 한번도 그런 생각을 해 보지 않았을 거예요. 만일 당신이 나보다 먼저 죽으면 어떡하지 하고 생각해 보니 걱정이 되어 죽겠는 거예요."

"나를 그렇게 생각해 주다니 고맙구려. 신께서 끼어드신다면 모를까, 나를 죽이는 건 쉬운 일이 아니라오."

블로다이웨드는 잠깐 입을 다물고 있더니 이윽고 입을 열었다.

"신과 나에 대한 사랑으로 말해 줄 수 없나요? 어떻게 해야 당신이 죽게

되나요? 알아 두어야 그런 일이 생기지 않도록 조심할 수 있잖아요. 난 기억력이 좋거든요."⁺

"기꺼이 말해 주리다. 나를 창으로 찌르는 건 쉬운 일이 아니오. 일 년 동안 일요일 날 미사 시간에만 벼리어 만든 창을 사용해야 하니까."

"그게 사실인가요?"

"그럼, 사실이고말고. 게다가 집 안에서만 죽일 수 있다오. 밖에서는 나를 해칠 수 있는 게 아무것도 없거든. 내가 말을 타고 있으면 나를 죽일 수 없다오. 내가 걷고 있을 때도 죽일 수 없어요."

"그럼 어떻게 해야 죽는데요?"

"그건 아주 어려운 일이지. 나를 기르신 분께서 내가 어떤 전쟁에

⁺ 구약 성서에 나오는 삼손의 연인 델릴라가 가장 유명한 경우일 이 악한 아내의 신화적 주제는 끈질기게 되풀이된다. 그 원형은 실은 공동체의 영속성을 보장하기 위해 남편을 바꾸는 풍요의 여신의 '필연적 배신'과 연관되어 있다. 여신은 그 위치를 박탈당하면서 점점 더 아름답고(동시에 추악하고) 점점 더 사악한 존재로 변모한다. 블로다이웨드 역시 몰락한 여신의 면모를 가지고 있는데, 그것은 이 신화의 여러 곳에서 확인되지만, 특히 라이의 썩은 살을 먹고 있는 암멧돼지의 모습으로 드러난다. 켈트 신화 안에서 많은 여신이 흰 멧돼지로 나타난다.
『아발론 연대기』 2권의 「쿨루흐 공의 기마 여행」에서 암멧돼지 투르흐 트르위트와 싸우는 아더 왕을 상기할 것. 그것이 원시성을 상징하는 '털'과의 싸움의 양태(면도칼이 탐색의 중요한 목표 중 하나이다)로 나타난다는 것, 마지막에 껍질을 모두 벗기는 '면도'로 죽는 거인 펜카우르는 결국 여신의 지배의 종말을 의미하고 있다 (적극적으로 영웅에게 투항한 미녀 올웬은 가부장제가 순치시킨 '아름다운' 여성의 이미지로 변형되어 있다). 탈리에신을 낳은 케리드웬 역시 흰 멧돼지이다. 두 마리 새 독수리(빛)와 올빼미(어둠)의 대결도 상징적으로 중요한 요소이다. ─역주

나가건, 또 어떤 함정에 걸려들건 죽지 않도록 그렇게 만들어 놓으신 것이라오."

"난 정말 행복해요. 하지만 당신을 안전하게 지키려면 그보다 더 자세히 알아야 돼요."

"당신이 나를 그렇게 깊이 생각해 주다니 정말 감동했소. 내 비밀을 말해 주리다. 강가에 목욕통을 하나 마련해 놓고 그 위에다 둥근 진흙 지붕을 만들어 올린 다음, 숫염소를 목욕통 옆에 데려다 놓는 거요. 내가 한 발은 숫염소 등 위에 또 다른 한 발은 목욕통 위에 올려놓고 있을 때 일 년 전부터 준비해 온 투창을 던지면 나는 죽게 되오."

"오, 하느님 감사합니다. 그렇게 복잡한 일이라면 피하는 것이 어렵지 않겠네요. 어쨌든 내일 당장 당신을 빼앗길 일은 없겠어요."

다음 날 아침, 그녀는 힘센 그론에게 심부름꾼을 보내서 그녀가 들은 이야기를 모두 일러바쳤다. 전갈을 받자마자 그론은 일요일 미사 시간에만 창을 벼리어, 일 년 뒤에는 무기를 준비할 수 있었다. 그는 바로 그날로 블로다이웨드에게 알렸다.

블로다이웨드가 라이에게 말했다.

"당신이 얘기해 주신 상황에 대해 아무리 생각해 보아도, 그것이 정말 가능한가 하는 의문이 들어요. 생각해 볼수록 불가능할 것 같거든요. 당신이 말한 자세를 하고 있을 때 적이 와서 당신을 공격하려면 무슨 요술이라도 부려야 할 것 같아요. 한쪽 발을 목욕통 위에 또 다른 발은 숫염소 위에 올려놓고 서 있는 게 가능할까요? 난 당신이 정말 그런 자세를 취할 수 있는지 알고 싶어요. 내가 목욕을 준비하면, 그런 자세를 취할 수 있는지 보여 주실래요?"

"보여 주리다."

블로다이웨드는 당장 그론에게 심부름꾼을 보내어, 킨바일 강가에 있는, 오늘날 '만남의 언덕'이라고 불리는 언덕 위에 매복하고 있으라고 일렀다. 그런 다음 나라 안에 있는 염소란 염소는 몽땅 모아서 언덕 맞은편에 있는 강가에 풀어놓았다.

다음 날 그녀는 라이에게 말했다.

"진흙 지붕과 목욕통을 준비했어요."

"잘했소, 가 봅시다."

두 사람은 목욕통을 향해 다가갔다.

"목욕통 안에 들어가실래요?"

"그럽시다."

라이가 목욕통 안으로 들어가 목욕했다.

"저기 당신이 말한 동물들이 있네요."

"한 마리 잡아서 이곳으로 데려오시오."

시종들이 숫염소 한 마리를 목욕통 옆으로 데리고 왔다. 라이는 목욕통에서 나와 바지를 입은 다음, 발 하나는 목욕통 위에 올려놓고 다른 발 하나는 숫염소의 등 위에 올려놓았다.[*]

블로다이웨드가 외쳤다.

"정말, 별로 어려운 일이 아니네요."

그 순간, 만남의 언덕에 숨어 있던 그론이 일어났다. 그는 무릎 하나를 땅에 대고 앉아 일 년 동안 준비해 왔던 투창을 날렸다. 투창은 라이의 옆구리에 세게 박혔다. 얼마나 센 일격이었는지 창대는 부러지고, 창날만 몸에 박혀 부르르 떨었다. 갑자기 라이의 몸이 새로 변하기 시작했다. 새는 끔찍하고 날카로운 비명을 지르며 하늘을 향해 날아올랐다. 그이후로 사람들은 라이의 모습을 보지 못했다.

확실한 손의 라이가 사라지자, 블로다이웨드와 힘센 그론은 성으로 돌아와 큰 잔치를 열었다. 다음 날 그론은 자신이 라이가 다스리던 영토의 주인임을 천명했다. 백성들은 수군거렸지만 감히 새 영주를 거역하지는 못했다. 블로다이웨드와 그론은 운명에 의해 그들에게 주어진 성에서 행복하게 지냈다. 그들은 뻔뻔스러웠고 뉘우침 같은 것은 손톱만큼도 드러내지 않았다. 확실한 손의 라이의 죽음에 대해 그들이 죄책감을 느낀다는 흔적은 조금도 없었다.

✚ 이 괴상한 자세는, 어떤 연구자들에 의하면 신성한 왕의 인신 공희를 기억하는 것이라고 한다. 켈트 문명은 잔인한 인신 공희 관습을 오래 유지했던 것처럼 보인다. 라이가 한 발을 그 위에 올려놓은 숫염소는 희생 제의에 쓰이는 대표적인 동물이다. 일 년 내내 미사 시간 동안에 벼린 검으로 죽여야 한다는 대목은 이 신화가 분명히 신성한 제의(일 년의 터울을 두고 반복되는)와 연관이 있다는 것을 증명하고 있다. 그러나 공동체의 영속성을 보장하기 위한 왕의 인신 공희는 켈트 사회만의 특징은 아니었다. 심지어 다윗에게 반란을 일으켰던 압살롬이 나뭇가지에 아름다운 머리카락이 걸려 죽는 장면도 이 인신 공희의 장면으로 해석하는 학자도 있다.

그리스-로마 작가들은 여러 차례 켈트족의 잔인한 인신 공희를 묘사한다. 그러나 이러한 문명사적 해석이 아니더라도, 우리는 이 괴상한 장면을 철학적으로 해석할 수 있다. 라이는 땅과 물(그 물을 진흙 지붕으로 덮어 놓은, 즉 비규정성을 규정성으로 고정하는 신화적 상상력의 절묘함!), 즉 규정성과 비규정성 사이에 처해 있는 인물이다. 그는 그이며 그가 아니다. 그것은 모든 신화의 자리이다.

그는 죽음을 통과한다. 간부姦婦의 음모가 아니어도 그는 죽음에 던져질 수밖에 없는 것이다. 물론, 부활하기 위해서. 신화는 이미지로 표현된 철학이다. 또는 물질이 된 말이다. 라이의 괴상한 죽음의 자세는 고대인들이 이해했던 신화적 존재에 관한 철학이다. ─역주 그 이야기가 마트의 귀에 들어갔다. 그는 그 일로 인하여 깊이 상심하였다. 그위디온이 느끼는 고통은 마트의 슬픔에 비할 바가 아니었다. 그위디온이 마트에게 말했다.

"폐하, 그토록 비열하게 살해된 라이의 소식을 듣기 전에는 결코 잠을 잘 수 없습니다."

"네 마음을 이해한다. 최선을 다해 찾아보도록 하여라. 신의 가호를 빈다."

그위디온은 성을 떠나 나라를 뒤지고 다니기 시작했다. 그는 그위네드 전역을 헤매고, 포위스의 깊은 골짜기까지 가 보았다. 그는 유숙하게 되는 성마다 라이가 어떻게 되었는지 물었다. 그러나 라이의 소식을 알려 주는 사람은 아무도 없었다. 그가 알아낼 수 있었던 것은, 라이가 그론의 창에 맞고 난 뒤에 새로 변하여 하늘 높이 날아갔고, 그 후에는 그의 모습을 본 사람이 없다는 사실뿐이었다.

어느 날 그는 아르본에 있게 되었다. 그는 페나르드 가까운 곳에 살고 있는 어떤 농부의 집을 향해 내려갔다. 그 집 안주인이 그를 정중하게 맞이하면서 자기 집에서 밤을 지내고 가라고 권유하였다. 집주인과 가족이 돌아올 시간이 되었다. 돼지치기가 맨 마지막에 돌아왔다.

주인이 돼지치기에게 물었다.

"네 암퇘지가 오늘 밤에는 돌아왔더냐?"

"예, 돌아와서 다른 돼지들과 함께 있습니다."

그위디온이 물었다.

"그 암퇘지에게 무슨 일이 있습니까?"

돼지치기가 대답했다.

"어떤 날 밤에는 돌아오지 않는답니다. 숲속으로 들어가서 길을 찾지 못하고 헤매는 것 같아요. 게다가 언제나 이상하게 행동합니다. 무슨 일인지 우리도 잘 모릅니다."

"그 암퇘지가 어디로 가던가요?"

"매일 아침 돼지우리 문을 열자마자 나와서 어디론가 가는데, 도무지 어디로 가는지 알 수가 없답니다. 땅속으로 꺼지기라도 하는 건지, 원!"

그위디온이 말했다.

"괜찮으시다면 제 부탁을 좀 들어주시겠습니까? 그렇다고 형씨의 일을 방해하겠다는 건 아닙니다. 내일 아침, 제가 형씨 옆에 갈 때까지 돼지우리 문을 열지 마셨으면 합니다."

"그거야 뭐 어려운 일이겠소."

다음 날 동이 트자마자 돼지치기는 자리에서 일어나 그위디온을 깨웠다. 그위디온은 서둘러 옷을 입고 무기를 챙겨 든 다음 돼지치기를 따라갔다. 돼지치기가 문을 열자, 암퇘지는 즉시 튀어나와 어딘가로 정신없이 달려갔다. 그위디온은 즉시 돼지를 뒤쫓았다. 돼지는 오늘날 '라이의 골짜기'라고 불리는 강을 거슬러 올라갔다. 그러더니 강물을 굽어보고 있는 높은 언덕에서 멈추어 섰다. 그곳에 있는 나무 아래에서 암퇘지는 조용히 풀을 뜯어먹는 것처럼 보였다. 그위디온은 돼지의 행동이 궁금했다. 그는 돼지가 있는 곳으로 올라가 돼지가 무엇을 먹고 있는지 보았다. 그것은 썩은 살과 구더기였다. 무심코 눈을 들어 보니 나무 꼭대기에 독수리 한 마리가 앉아 있는 게 보였다.

독수리가 몸을 흔들 때마다 썩은 살과 구더기가 떨어져 내렸다. 돼지는 그것을 먹고 있었던 것이다. 그위디온은 그 독수리가 바로 라이라고 생각했다. 그는 시를 지어 노래를 불렀다.

"두 개의 언덕 사이에서 자라는 떡갈나무여,

골짜기의 공기는 어둡고 혼란스럽구나!

내 생각이 틀리지 않았다면

그 썩은 살 조각은 라이의 육신일 터!"

그위디온의 노래를 들은 독수리는 나무 중간쯤까지 내려왔다. 그위디온이 두 번째 시를 노래했다.

"이 높은 언덕에서 자라온 떡갈나무여,

비가 와도 너는 젖지 않겠구나, 그토록 무성하니!

백팔십 번의 폭풍우가 불어온들 꿈쩍도 않겠구나,

그 꼭대기에 확실한 손의 라이가 앉아 있으니!"

그 노래를 듣고 독수리는 제일 낮은 나뭇가지까지 내려왔다. 그위

이상한 방법으로 그위디온에 의해 재생된 '확실한 손의 라이'

디온은 세 번째 시를 노래했다.

"언덕 위에서 자라는 떡갈나무여,

내 생각이 틀리지 않았다면

라이는 내 어깨 위에 내려와 앉을 것이다."

그위디온이 미처 노래를 끝내기도 전에 독수리는 그의 어깨에 내려와 앉았다. 그위디온은 얼른 마법의 지팡이를 휘둘러 그를 본래의 모습으로 바꾸어 놓았다. 그렇게 처참한 모습의 인간은 일찍이 없었다. 라이는 뼈와 가죽만 남은 모습이었다.✚

그위디온은 라이를 데리고 서둘러 카어 다틸로 돌아갔다. 그는 라이를 돌보아 주기 위해서 그위네드에서 가장 훌륭한 의사들을 불렀다. 해가 다 가기 전에 라이는 완전히 회복되었다. 몸이 회복되자, 라이가 마트에게 말했다.

"폐하, 이제 저에게 끔찍한 고통을 안겨 준 자에게 복수할 시간이 되었습니다."

"당연히 그래야지. 너에게 그런 죄를 저지른 자에게 보상을 요구하지 않을 수는 없다."

"가능한 한 빨리 그에게 죄를 묻고 싶습니다. 제 삶이 고통을 겪게 된 이후

✚ 확실한 손의 라이의 이 이상한 '재생'은 아주 오래된 샤만 제의와 관련되어 있다. 어떤 연구자들은 이 장면을 일종의 영혼 윤회에 대한 켈트인의 믿음의 증거라고 여기고 싶어 한다. 고대 켈트인뿐 아니라 고대 기독교 시대의 갈리아인이나 아일랜드인이 윤회를 믿었다는 흔적은 어디에도 없다. 반면에 토테미즘이나 샤만 제의의 기억은, 신화 이야기를 필사한 사람들이 기독교 수도사였는데도 아주 오랜 아일랜드나 웨일즈 이야기 안에 무수히 나타난다.

로 제 명예가 실추되었기 때문입니다."

그는 대규모의 군대를 소집했다. 그위디온이 선두에 섰다. 카어 다틸에서 군대가 소집되었다는 소식을 듣고, 힘센 그론은 성의 벽을 떠나 자신의 소유인 펜린 성으로 피신했다. 그는 라이에게 전령을 보내어 그가 보상으로 무엇을 원하는지 물어 왔다. 원한다면 금이나 은 또는 영토를 얼마든지 지불하겠다는 것이다.

라이와 그위디온은 그 전갈을 받고 난 뒤, 머리를 맞대고 의논했다. 그위디온이 말했다.

"값을 치르고 적당히 빠져나갈 생각인 모양인데, 그렇게 할 수는 없다. 이렇게 하자. 그가 너에게 고통스러운 운명을 겪게 했으니, 그에게 똑같은 운명을 겪게 하는 것이 마땅하다. 그에게 그렇게 답하여라."

라이는 그론의 전령에게 말했다.

"나는 이 나라에서 통용되는 보상을 받아들일 수 없다. 내가 받아들일 수 있는 보상은 다음과 같다. 그론은 나에게 투창을 던졌을 때 내가 있었던 장소로 간다. 나는 그가 있던 장소에 있겠다. 그가 나를 쳤던 것과 똑같은 방법으로 내가 그를 치게 해 주어야 한다. 이 제안을 받아들이지 않는다면 그에게 치욕이 있으리라!"

전령은 라이의 요구 조건을 그론에게 전달했다. 그론이 말했다.

"잘 알았다. 나로서는 받아들일 수밖에 없다. 나의 충신들, 내 가족들이여, 당신들 중에 라이의 공격을 나 대신 받아 줄 사람은 없는가?"

그론의 신하 중 한 사람이 대답했다.

"없소이다. 이건 우리와 상관없는 일이오. 그대가 잘못 행동했다면, 그 행동의 결과 또한 그대가 감당해야 하는 것이오."

"어떻게 나에게 이럴 수 있는가? 가족의 일원이 한 행동에 대해서는 가족 전체가 책임져야 한다. 그러나 불평하지는 않겠다. 어떤 일을 겪어야 하든 복수와 보상 모두 내가 감당하겠다."

그론과 라이는 킨바일 강가로 갔다. 그론은 라이가 서 있던 자리에 가서 서고, 라이는 그론이 있었던 자리로 갔다. 행동에 들어가기 전에 그론이 라이에게 말했다.

"나는 한 여인의 사악한 술수에 걸려들어 죄악을 저질렀소. 그러니 그대와 나 사이에 강가에서 찾아낸 이 평평한 돌을 놓게 해 주시오."

라이가 대답했다.

"좋소, 그 정도라면 받아들이겠소."

그론이 큰 소리로 외쳤다.

"신의 축복을 받으시오!"

그는 평평한 돌을 가져다가 자기 몸 옆에 대었다. 라이는 투창을 겨눈 다음, 그론을 향해 날렸다. 투창은 돌을 뚫고 그론의 몸에 박혔다. 그론은 그 자리에서 거꾸러져 죽었다. 오늘날까지도 킨바일 강가에 가면 한가운데에 구멍이 뚫어진 큰 바위가 있는데, '그론의 바위'라고 불린다. 라이는 자신의 영토를 되찾고 훌륭하게 다스렸다.

한편, 그위디온은 블로다이웨드를 뒤쫓았다. 그가 군대를 이끌고 '성의 벽' 근처에 도달했을 때, 그가 오고 있다는 소식을 들은 블로다이웨드는 시녀들을 데리고 산꼭대기에 있는 외딴 성으로 피신하기 위해 떠났다. 그위디온은 계속 그녀를 추격했다. 블로다이웨드와 그녀의 시녀들은 그위디온이 잔인하게 복수할 것이 두려워 계속 뒤를 돌아보며 걸었다. 그러다가 블로다이웨드만 남기고 모두 물에 빠져 죽었다.✤ 그때 그위디온이 블로다이웨드 앞에 모습을 나타냈다.

그가 말했다.

"나는 너를 죽이지는 않겠다. 모르간의 도움을 받아 내가 마법으로 창조한 너를 없앨 수는 없기 때문이다. 그러나 죽는 것보다 더 고통스럽게 만들어 주겠다. 네가 라이에게 잔인하게 굴었던 것을 두고두고 부끄러워 할 수 있도록 너를 동물로 변신시키겠다. 너는 새가 될 것이다. 그러나 여느 새가 아니라, 다른 새들의 공격을 당할까 봐 두려워서 낮에는 모습을 나타내지 못하는 새가 될 것이다. 네가 숲속에 나타나면 다른 새들은 본능적으로 너를 공격할 것이다. 그들은 네가 소굴에서 나와 음산한 소리를 지를 때마다 너를 경멸하리라. 너는

✤ 장 마르칼은 명시하지 않고 있지만, 블로다이웨드를 따라나선 시녀들은 50명이었다고 한다. 이 수치는 블로다이웨드가 몰락한 위대한 여신이라는 것을 한 번 더 확인시켜 준다. 50명은 전통적으로 여신을 섬기는 여사제의 숫자였다.(그리스의 다나이드 신화 참조. 50명의 다나이드들이 나온다) 그것이 아니더라도, 이러한 신화적 해석이 아니라면 추악한 범죄를 저지른 단순한 간부에 불과한 여주인을 따라서 시녀들이 기꺼이 죽기까지 한다는 것은 설명되지 않는다. 그녀들이 뒤돌아보다가 죽는다는 설정도, 그녀들이 미래를 박탈당한 과거의 신성神性과 관련된 여성들이라는 사실을 암시하고 있다. 그녀들이 빠져 죽은 물은 따라서 여신이 몰락한 과거의 시간이다. —역주

이름을 잃지는 않을 것이다. 너는 여전히 블로다이웨드라고 불릴 것이다. 그러나 너는 만나는 사람마다 공포에 사로잡히게 하는 올빼미가 될 것이다."

그위디온이 마법의 지팡이로 블로다이웨드를 쳤다. 블로다이웨드는 몸이 깃털로 뒤덮이고 있다는 것을 느꼈다. 그녀는 오랫동안 울더니 어둠 속으로 날아올라 나무들 사이로 사라졌다.

어느 날 저녁 모르간은 자기 집에서 나와 숲속 오솔길을 산책하고 있었다. 어깨 위에 새 한 마리가 내려와 앉는 것이 느껴졌다. 모르간이 새의 등을 쓰다듬었다.

"블로다이웨드로구나. 난 네가 누군지 안단다. 무서워하지 말아라. 네가 창조되었을 때의 아름다운 모습을 네게 돌려줄 수는 없지만, 너를 보호해 줄 수 있고 너를 내 신도로 삼을 수도 있다. 두려워하지 말아라. 내 집에 있으면 항상 편안할 거야."

새는 부드럽게 모르간의 뺨을 스치면서 날개를 펄럭였다. 모르간은 빙긋이 웃으면서 올빼미를 어깨에 앉힌 채 성의 입구를 향해 천천히 걸어갔다.

　돈의 아들 거플렛이 아더 왕의 궁으로 돌아오자, 모두 즐거워하며 그를 환영했다. 고에윈에 대한 정신 나간 사랑 때문에 고통을 겪어야 했던 거플렛의 갈가리 찢긴 가슴은 큰 위안을 받았다. 그는 함께 모험을 체험했던 집사장 케이, 호수의 란슬롯, 곤의 보호트, 야만인 도디넬과 베디비어 등을 다시 만났다. 왕의 조카 가웨인, 우리엔의 아들 이베인도 궁에 와 있었다. 두 사람은 무술 대회에서 큰 영광을 누리고 방금 돌아온 참이었다. 그들은 카얼리온 성채 앞에 있는 풀밭에서 아더 왕 주위에 모여 앉아 이야기꽃을 피웠다. 종자들은 이들에게 시원한 음료를 내오느라고 바쁘게 움직였다.

　그때, 구불구불한 갈기를 가진 갈색 말을 탄 젊은 여자 한 사람이 그들 앞에 모습을 나타냈다. 말의 재갈과 안장이 금으로 되어 있다. 여자는 누구의 도움도 받지 않고 말에서 뛰어내리더니, 망토를 벗어 들고 왕 앞으로 나아가 공손하게 예를 표하였다.

"저의 여주인께서 저를 보내시어 폐하와 가웨인 경과 폐하의 주위에 계신 모든 기사들께 안부를 전하십니다. 그러나 우리엔 왕의 아들 이베인 경에게 는 안부를 전하지 않으십니다. 보아하니 지금 오만방자하게도 자신이 성취 하지도 못한 듯한 무훈을 늘어놓고 있군요. 그가 폐하의 모든 동료들 가운데 에서 가장 거짓되고 불충한 자라는 것을 아울러 말씀드립니다. 그는 약속을 지키지 않았습니다. 그는 달콤한 말로 저의 여주인을 유혹한 다음, 비겁하게 도 그분을 버리고 모험을 찾아 돌아다닌 배반자이며 거짓말쟁이이며 파렴치 한입니다. 아마도 제 여주인께서 허락하신 기한을 기억조차 못하고 있겠지 요."

여자는 화가 잔뜩 나 있는 것 같았다. 그곳에 모여 있던 기사들은 그녀의 말을 들으며 혼란스러워했다. 특히 이베인은 몸을 부들부들 떨었다. 왜냐하 면 그는 여자의 말이 어느 누구도 아닌 자신에게 수치를 주기 위한 것이라는 사실을 잘 알고 있었기 때문이다. 젊은 여자는 이베인 앞으로 또박또박 걸어 오더니 그의 앞에 서서 말했다.

"부인께서는 경에게 성 요한 축일까지 시간을 주셨지요. 그런데 성 요한 축일은 훌쩍 지나가 버렸지요? 자신의 믿음을 건 약속을 그렇게 까맣게 잊어 버리다니, 자신에게 믿음을 보여 주었던 여성을 어떻게 그렇게 경멸할 수 있 지요? 경이 떠난 뒤 부인께서는 방에다가 매일매일 표시를 하셨답니다. 사랑 하는 여자는 자신이 사랑하는 존재가 안전하다는 것을 확실히 알기 전에는 불안한 마음으로 걱정하며 잠을 이루지 못하기 때문이지요. 그런데 경은 그 런 사실조차 모르셨지요! 진정으로 사랑하는 연인들이 느끼는 감정을 모르 는 거예요. 그래서 나는 경이 부인과 나, 그리고 경이 부인을 사랑하는 척 연극을 하고 있을 때 그것을 지켜보았던 부인의 헌신적인 모든 여자 동료들을 배반했다는 걸 분명히 밝혀 둡니다."

그런 비난을 들으면서도 이베인은 아무 대답도 하지 못하고 가만히 서 있기만 했다. 그는 여자의 말이 모두 맞다고 생각했다. 그는 여러 가지 모험을 하느라 정신이 팔려 있었고, 명예에 대한 욕심에 사로잡혀 샘물의 부인과 했던 약속을 까맣게 잊어버렸던 것이다.

젊은 여자가 말을 이었다.

"이베인 경, 이제 차후로는 샘물의 부인께서 경에 대해 전혀 마음 쓰시지 않을 거라는 사실을 명심해 두세요. 부인께서는 제 입을 빌어 경이 다시는 부인 앞에 모습을 보이지 말 것과, 모습을 나타내는 날에는 죄인처럼 내칠 것이라는 사실을 알려 드리는 겁니다. 또한 경이 떠나기 전에 부인께서 주셨던 반지도 더 이상 끼고 계셔서는 안 된다고 말씀하셨습니다. 반지를 돌려주세요. 저는 즉시 돌아가겠습니다. 마음껏 즐겁게 지내시지요!"

이베인은 한마디도 하지 못하고 가만히 듣고만 있었다. 대답하고 싶어도 할 수가 없었다. 고통으로 목이 메어 버렸던 것이다. 젊은 여자는 그가 아무 반응도 보이지 않자, 그에게 다가가 손가락을 붙잡고 반지를 잡아 뺐다. 그러고 난 다음, 모든 사람들을 향해 말했다.

"변명 한마디 하지 못하는 배반자는 이런 대접을 받는 겁니다. 저는 이 사기꾼의 온몸이 치욕으로 뒤덮이기를 바랍니다!"

그녀는 몸을 돌려 말 위에 올라탄 뒤, 나타났던 것만큼이나 빨리 사라져 버렸다.

사람들 머리 위로 무거운 침묵이 내려앉았다. 방금 일어난 일은 모든 사람들을 고통스럽게 만들었다. 아무도 감히 입을 열지 못했다. 조금 시간이 지나자, 마치 고요한 시간이 지난 후 파도가 밀려드는 것처럼 수군대는 소리가 조금씩 솟아나기 시작했다. 이베인은 여전히 멍한 표정으로 서 있었다. 귀에 들리는 모든 것이 불편하고, 눈에 보이는 모든 것이 고통스러웠다. 아무도 그를 알아보지 못할 낯선 야만의 땅으로 멀리 도망가 숨어 버리고 싶은 심정이었다. 모든 게 자신의 잘못이라는 것을 알고 있었다. 그는 자기 자신을 증오했다. 누구도 그를 위안해 줄 수 없었다. 가웨인도, 다른 어떤 동지도 그를 절망에서 구할 수 없을 것이다. 그는 사람들이 지켜보는 가운데 멍청한 헛소리를 늘어놓게 될까 봐 겁이 나서 한마디 말도 하지 않고 동료들을 떠났다. 침묵과 고독 속으로 도망치는 것이 더 낫겠다고 판단했던 것이다. 그렇게 하면 자신이 저지른 어리석은 짓을 참회할 수 있을지도 모른다.

이베인은 곧 성과 풀밭 위에 세운 천막들에서 멀리 떨어진 곳으로 발걸음을 옮겼다. 그리고 어느 순간, 착란 상태에 빠졌다. 그는 자기 얼굴을 손톱으로 할퀴고 두 손을 쥐어뜯고 옷을 박박 찢어서 누더기로 만들었다. 그는 그런 모습으로 숲과 들판을 가로질러 도망쳤다. 이베인의 모습이 오랫동안 보이지 않자 그의 동지들은 불안해하기 시작했다. 그들은 이베인을 찾아 떠났다. 천막들과 잡목림들, 그리고 숲을 뒤져 보았지만, 그의 흔적은 어디에도 없었다. 이미 말과 무기를 던져 버리고 어디론가 미친 듯이 달아나 버린 뒤였다.

그는 호수 근처에서 활과 화살을 든 소년을 만났다. 그는 소년에게서 활과 화살을 빼앗고는 지금까지의 모든 기억을 잊어버리고 숲으로 숨어 들어갔다. 그곳에서 짐승들을 사냥한 다음 날것으로 뜯어먹었다. 그는 나무 아래에서 밤을 지내다가 앉은 자리에서 그대로 잠에 곯아떨어졌다. 새벽 냉기에 잠에서 깨어났지만, 궁으로 돌아가지 않고 숲속으로 더 깊이 들어갔다. 그는 골짜기를 건너고 황량한 산을 헤매다가 꽃이 핀 초원을 가로지르기도 하면서 며칠 낮 며칠 밤을 헤매었다. 입고 있는 옷은 다 해져서 거의 벌거벗은 모습이었다. 그는 야생 동물들과 어울렸다. 그들과 아주 친해져서, 함께 먹을 것을 나누기도 했다. 야생 동물들은 그에게 해를 끼치지 않았을 뿐만 아니라, 그가 먹을 것이 없을 때면 자기들이 사냥한 동물을 가져다주기까지 했다. 그러나 그는 점점 더 몸이 약해져서 결국은 동물들을 따라 언덕을 달릴 수 없게 되었다. 그는 미치광이 야만인처럼 작은 숲을 어슬렁거리며 돌아다녔다. 그러다가 어느 날 은자가 살고 있는 아주 나지막한 초가집 옆을 지나가게 되었다.

　은자는 벌거벗은 남자를 보자마자, 그가 제정신이 아니라는 것을 알아차렸다. 그가 공격해 올까 봐 겁이 난 은자는 집 안으로 달려 들어가 문을 꽁꽁 걸어 잠갔다. 그러나 그가 가엾다는 생각이 들어 집에서 구운 빵과 물 한 그릇을 창가에 놓아두었다. 광인은 가까이 다가오더니 빵을 움켜쥐고 뜯어먹기 시작했다. 그 빵은 필시 그가 태어나서 처음 먹어 보는 맛없고 딱딱한 빵이었을 것이다. 하지만 그는 그 빵을 깨끗이 먹어 치웠다. 떫은맛이 나는 그 보리빵이 그에게는 고깃국보다 더 부드럽게 느껴졌다. 빵을 다 먹고 난 다음 그는 그릇을 집어 들고 물 한 그릇을 다 들이킨 뒤 숲으로 돌아갔다. 은자는 집 안에 숨어서 그 야만인을 보호해 주십사고, 그러나 자기 집에서 멀리 떨어진 곳으로 데려가 주십사고 기도했다.

빵에 맛을 들였는지 광인은 또 찾아왔다. 그 다음 날 은자의 집 앞에 다시 모습을 나타냈는데, 은자가 무엇인가 주었으면 하고 기다리는 눈치가 역력했다. 그래도 남아 있는 이성이 있었는지 방금 잡은 노루 한 마리를 들쳐 업고 왔는데, 그놈을 슬그머니 문 앞에 내려놓는 것이었다. 은자는 야만인이 교환을 원하고 있다는 것을 알아차렸다. 그는 창틀에 빵과 물을 놓아두고, 노루를 집 안으로 들여놓았다. 그는 노루를 잘라서 구웠다. 은자는 오랜만에 고기를 먹을 수 있었다. 그는 신께 찬미를 올렸다.

채 하루도 지나지 않아서 야만인은 또 다시 금방 잡은 동물을 은자의 집 문 앞에 내려놓았다. 그는 돌아다니며 사냥을 해 오고, 은자는 사냥감의 껍질을 벗겨 구웠다. 그리고 매일 창틀 위에 빵과 물을 놓아 주었다. 야만인은 소금도 양념도 치지 않은 고기와 차가운 샘물만 먹고 마셨다. 은자는 야만인이 가져다주는 짐승 가죽을 팔아서 돈을 조금 마련했다. 그 돈으로 자기가 집에서 구운 빵보다 더 맛있는 빵을 살 수 있었다.

어느 날 야만인은 암사슴을 뒤쫓다가 숲을 빠져나와 잘 다듬어진 어떤 정원으로 들어가게 되었다. 샘물 가장자리에 있는 그늘이 시원한 곳이었다. 날씨가 무척 더웠기 때문에, 야만인은 좀 쉬고 싶어서 나무그늘에 드러누웠다. 그런데 그때 그 정원의 주인인 귀부인이 시녀 두 사람을 데리고 연못을 따라 산책하러 나왔다.

여자들은 언덕 쪽에 있는 좀더 높은 곳으로 가려고 비탈길을 올라갔다. 그곳에서 나무그늘 아래 누워 있는 마치 사람처럼 생긴 형상을 만나게 되었다. 처음에는 위험한 존재가 아닐까 하고 겁을 집어 먹었다. 시녀 한 명이 무서운 마음을 누르고 조심조심 다가가 보았다. 그녀는 그 형상이 긴 털로 뒤덮여 있는 벌거벗은 남자라는 것을 알아차렸다. 그의 피부가 햇볕에 말라비틀어진 버짐으로 뒤덮여 있다는 것도 알 수 있었다. 그녀는 그를 한참 동안 들여다보았다. 얼굴에는 상처 자국이 하나 있었다. 그제야 그녀는 그가 우리엔 왕의 아들 이베인이라는 것을 알아차렸다. 의심의 여지가 없었다. 그런데 어쩌다가 저렇게 처참한 처지가 된 거지. 그녀는 성호를 세 번 긋고 나서, 그를 깨우지 않고 귀부인이 있는 곳으로 돌아갔다.

그녀가 울면서 말했다.

"마님, 저 이상한 남자는 우리엔의 아들, 비할 데 없이 훌륭한 기사 이베인 경입니다. 저는 그가 어쩌다가 저런 지경이 되었는지 알지 못합니다. 어떤 슬픔 때문에 저런 이상한 삶을 영위하게 된 것이 아닐까요. 크나큰 고통을 겪으면 미쳐 버릴 수 있으니까요. 이베인은 지금 제정신이 아니에요. 정신이 온전하다면 저런 비참한 상태가 되었을 리 없지요. 그분이 빨리 정신을 차리셨으면 좋겠어요. 그럴 수 있다면, 우리들에게 기쁜 일이 될 텐데……. 마님의 영토를 넘보면서 마님을 협박하고 있는 알리에 백작으로부터 우리를 지켜 줄 수 있잖아요. 이베인을 구해야 해요. 그는 틀림없이 우리를 도와줄 거예요!"

부인이 대답했다.

"물론이다. 저 사악한 알리에 백작으로부터 우리를 보호해 줄 이베인 같은 기사가 반드시 필요하다. 우선 그의 병을 고쳐 보도록 하자꾸나. 신의 도우심을 받아 그의 머릿속에서 광기를 뽑아 낼 수 있을 거라고 생각한다. 꾸물거릴 시간이 없다. 마법과 모든 종류의 약에 능통한 아더 왕의 누이 모르간 님이 나에게 주신 신비한 연고가 있단다. 어떤 광기도 다 치료하고, 기력이 쇠한 사람에게 기를 돌려주는 효능이 있다고 하더라."

부인은 즉시 그곳에서 멀지 않은, 연못 저쪽 끝에 있는 자기 소유의 성으로 돌아갔다. 그녀는 침실로 올라가서 귀한 약이 들어 있는 약통을 꺼냈다. 그것을 시녀의 손에 쥐어 주면서 말했다.

"이 말을 타고 가거라. 그리고 옷을 가져다가 그 사람 가까운 곳에 놓아두어라. 가슴 부분에 이 약을 바르면 된다. 아직 살아 있다면 틀림없이 정신을 차릴 것이다. 하지만 약을 다 쓰지는 말아라. 아주 적은 양으로도 가슴을 따뜻하게 만들어서 기력을 회복시켜 준다. 그리고 멀지 않은 곳에 옷과 말을 놓아두어라. 그렇게 한 다음, 나무 뒤에 숨어서 그가 어찌하는지 잘 살펴보도록 하여라."

"한치 어긋남 없이 시행하겠습니다. 분부대로 따르지요."

시녀는 야만인이 누워 있는 곳으로 갔다.

이베인은 여전히 그 자리에서 자고 있었다. 시녀는 약통을 열고 연고를 손가락으로 찍어 남자의 가슴에 바른 뒤 문질렀다. 그의 뇌에서 광기와 우울증을 뽑아내기 위해 관자놀이와 뺨에도 약을 발랐다. 그녀는 약을 아끼지 않고 모두 발랐다. 약을 발라 주고 난 다음 옷을 펼쳐 놓고, 잘 보이는 곳에 말을 놓아두었다. 그러고는 커다란 떡갈나무 뒤에 몸을 숨겼다.

조금 뒤에 그가 몸을 뒤척이는 것이 보였다. 팔을 긁더니 드디어 몸을 일으켰다. 그는 자기 몸이 털투성이인 것을 보고 깜짝 놀란 듯했다. 무슨 일이 일어났는지 이해하지 못하는 것 같았다. 그는 벌거벗고 있다는 것을 알아차리고 어쩔 줄 몰라 했다. 가까운 곳에 옷이 있는 것을 발견하고 얼른 꿰어 입었다. 많이 쇠약해졌는지 걸음걸이가 불안했다. 힘들게 겨우 말 위에 올라탔다.

시녀가 나무 뒤에서 나와 그에게 다가갔다.

"이베인 경, 두려워하지 마세요. 우리는 경이 병에 걸려 잠들어 있는 것을 발견했답니다. 지혜로운 모르간 님께서 우리 마님에게 주신 신비한 영약을 발라 드렸어요. 그 약 때문에 정신이 돌아오신 거예요. 하지만 아직 몸이 쇠약하신 듯하니 쉬실 수 있도록 우리 마님 댁으로 모시고 갈게요."

그 말을 듣고 이베인은 크게 기뻐하며 미소 지었다.

"아가씨, 그대가 누구인지 모르오만 나를 그 이상한 상태에서 구해 주었다니 신의 축복을 빌어 드리겠소. 무서운 꿈을 꾸었다는 것을 빼면 아무 기억도 나지 않소."

젊은 여자는 이베인을 여주인의 집에까지 안내해 갔다. 가는 도중에 이베인이 물었다.

"그대의 여주인이라는 분은 누구시오?"

"누아로송 부인이라고 부른답니다. 저 성과, 또 경이 누워 있었던 그 정원뿐만 아니라 많은 영토를 소유하고 계시지요. 돌아가신 주인께서 마님에게 두 개 주州 전체를 유산으로 물려주셨어요. 그러나 지금은 저 성과 주위의 땅밖에 남지 않았지요. 이웃에 살고 있는 알리에라는 백작이 자기와 결혼해 주지 않는다고 마님의 재산을 빼앗아 갔거든요."

"참 슬픈 이야기군요."

시녀와 이베인은 성의 마당으로 들어갔다. 시녀는 이베인이 말에서 내리는 것을 도와준 다음 그를 편한 방으로 데리고 들어갔다. 이베인을 위해 불을 지피고 방을 나간 그녀는 여주인을 찾아가 일어난 일을 보고했다.

"남은 연고는 어쨌느냐?"

"모두 다 썼습니다. 기사께서 너무 병이 깊어서 약을 아꼈다가는 낫지 못하실까 봐 두려웠습니다."

"나무랄 수가 없구나. 하지만 단 한 사람을 위해서 그 귀한 연고를 다 쓸 필요는 없었을 것 같은데……. 아직도 여러 번 더 쓸 수 있었을 텐데……."

"마님, 그분이 이베인 경이라는 걸 잊지 마세요. 마님에게는 영토를 지켜 줄 기사가 필요하잖아요."

"그렇다. 한데 그가 나를 지켜 주겠다고 할까? 그분을 정성껏 모시어라. 그분이 편하게 쉬실 수 있도록 모자라는 것이 없게 하여라. 쓸데없는 질문을 던져서 귀찮게 해 드려서는 안 된다. 그분이 그런 상태가 되신 데에는 틀림없이 이유가 있을 것이다. 그러나 그것은 그분의 문제일 뿐이다."

시녀가 물러갔다. 부인은 일 잘하는 시녀 몇 명을 데리고 이베인을 만나러 갔다. 그녀는 이베인에게 좋은 음식과 음료를 충분히 대접하고, 벽난로 불을 꺼뜨리지 말 것이며 목욕을 자주 하실 수 있도록 돌보아 드리라고 명령했다. 이베인은 먹고, 마시고, 목욕을 자주 하고, 편안하게 잠자리에 들었다. 몸을 뒤덮고 있던 털은 뭉텅뭉텅 빠졌다. 보름쯤 뒤에는 옛날보다 더 흰 피부가 되었다. 시녀들은 그를 면도해 주고 정성껏 머리를 빗겨 주었다. 이제는 완전히 평소의 모습을 되찾았다.

어느 날 이베인은 성안에 어떤 동요가 일어났다는 것을 알아차렸다. 바깥에서 무기들이 부딪치는 소리가 들려왔다. 그는 시녀에게 무슨 일이냐고 물어보았다.

"전에 말씀드렸던 그 백작이랍니다. 한 무리의 군사를 이끌고 와서 성을 공격하겠다고 마님을 위협하고 있어요. 그는 마님이 항복하기를 바라고 있어요. 억지로 결혼한 다음, 마님의 영토를 통째로 꿀꺽하겠다는 거지요."

이베인은 이 성에 무기와 말들이 있느냐고 물었다.

"예, 있습니다. 아주 좋은 무기와 빠른 말들이 있어요."

"가서 무기와 말을 빌릴 수 있는지 물어봐 주겠소? 그 백작이라는 자가 무얼 어쩌겠다는 것인지 내가 나가서 알아보리다."

"알겠습니다, 나리. 당장 달려가겠습니다."

누아로송 부인은 이베인의 뜻을 알고 매우 기뻤다.

"그분이 요구하시는 것은 무엇이든 내드려라. 저주받을 알리에에게 저항하려면 그의 도움이 필요하다. 그리고 이 말과 무기는 빌려드리는 것이 아니라 드리는 것이라고 말씀드려라."

시종들이 이베인에게 너도밤나무 안장이 올려져 있는 훌륭한 가스코뉴 검은 말을 끌고 왔다. 말과 기수를 위한 완벽한 갑옷이 갖추어져 있었다. 이베인은 갑옷을 입고 말 위에 올라 탄 다음, 두 명의 종자와 함께 밖으로 나갔다. 알리에 백작의 군대는 그 수가 많아서 누가 백작인지 구분할 수조차 없었다. 이베인은 종자들에게 누가 백작이냐고 물어보았다.

"저기 노란색 군기를 들고 있는 사람들이 보이시지요? 백작 앞에 군기 두 개가 있고, 백작 뒤로 또 두 개가 있습니다."

"알겠다. 너는 성문 앞에서 나를 기다려라."

종자들은 뒤로 돌아갔고, 이베인은 앞으로 말을 몰아 백작 앞에 가서 섰다. 그는 백작에게 달려들어 눈 깜짝할 사이에 그를 들어 올린 다음 자기 말 안장 앞쪽에다 실었다. 그러고는 성 쪽으로 달려갔다. 백작의 군사들이 지나가지 못하도록 막아섰지만 이베인은 그들을 따돌리고 성문 앞에 도착할 수 있었다. 그가 종자들과 함께 성안으로 들어가자 성문이 닫혔다. 누아로송 부인은 승마용 발판 옆에 서 있었다. 그는 그녀 앞으로 다가가 백작을 땅바닥에 집어던지며 소리쳤다.

"부인, 신비의 영약을 발라 나를 구해주신 은혜에 대한 보답입니다!"

백작의 병사들은 성 주위에 막사를 쳤다. 그러나 주인이 포로가 되었다는 것을 알고 있었으므로 함부로 공격하지는 못하고 일이 어찌 돌아가는지 지켜보고 있을 뿐이었다. 백작은 부인 앞에 꿇어 앉아 오랫동안 그녀를 괴롭히고 영토를 빼앗은 데 대해서 용서를 빌었다. 부인이 시키는 대로 하겠다고 엄숙하게 맹세했다. 앞으로는 부인을 괴롭히지 않을 것이며, 부인에게 끼친 손해를 보상하고 그녀의 소유였던 두 개 주를 돌려주겠다고 약속했다. 더군다나 그는 포로가 되었기 때문에 풀려나기 위해서는 몸값을 지불해야 했다. 그는 자기 영토 절반과 금은보화, 그리고 봉신들 중에서 선택된 자들을 볼모로 내놓아야 했다. 그렇게 협약을 맺고 난 다음에야 돌아갈 수 있었다. 쉽게 이길 줄 알고 왔다가 패배를 겪고 돌아가는 그의 얼굴은 수치심으로 일그러져 있었다.

모든 일이 정리되고 나자 이베인은 부인에게 이제 떠나겠다며 허락을 구하였다. 부인은 한사코 그를 만류했다. 누아로송 부인의 기사들도 자기들과 함께 머물 것을 간청했다. 그러나 어떤 부탁도 소용이 없었다. 심지어 배웅해 주겠다는 제의까지 물리치고 부인이 준 검은 말을 타고 길을 떠났다. 백작에게 승리를 거두고, 만족스러운 협약을 맺어 기뻐했던 부인은 너무나 서운했다. 부인은 이베인이 원하기만 하면, 자신이 소유한 모든 것의 주인으로 만들어 주고 싶었던 것이다. 그러나 아무것도 우리엔 왕의 아들 이베인을 붙잡지 못했다. 그는 세계의 끝을 향해 길을 떠났다. 슬픔과 우울로 어두워진 그의 정신이 감당할 수 있는 유일한 친구는 고독뿐이었다.

어느 날 그는 생각에 잠겨 숲속에서 말을 달리고 있었다. 그때 어

사자를 도와 뱀을 물리친 이베인 경의
이야기를 담은 그림

디선가 고통스러운 비명 소리가 들려왔다. 그리고 두 번째, 이어서 세 번째 비명이 들려왔다. 비명은 작은 숲에서 들려오는 것 같았다. 이베인은 비명을 따라 숲 한가운데에 이르렀다. 돌투성이 언덕 비탈 위에 잿빛 바위가 하나 있었는데, 바위틈 사이에는 뱀 한 마리가, 바위 옆에는 새카만 사자가 한 마리 있었다. 뱀이 꼬리로 사자를 칭칭 감고 잔인하게 물어뜯으려는 찰나였다. 이베인은 이 이상한 광경 앞에서 잠깐 생각에 잠겼다. 그는 우선 어떤 동물을 도와줄 것인가 생각해 보았다. 그는 곧 사자를 돕기로 결심했다. 독과 사나움으로 가득 찬 동물과 싸울 수밖에 없지 않은가. 우선 뱀을 먼저 죽이리라. 그리고 만일 그 뒤에 사자가 덤벼든다면, 방어할 수 있는 방법을 찾아보리라.✚

이베인은 검을 빼어 들었다. 뱀이 아가리에서 뿜어내고 있는 불을 피하기 위해 방패로 몸을 가리고 뱀을 공격했다. 뱀 대가리는 이베인의 일격에 잘려 나갔다. 그러나 이 괴물이 어떤 요술을 부릴지 모르므로 계속 검을 휘둘러 뱀의 몸뚱이를 토막내 버렸다. 이제 사자를 구하기 위해서는 사자의 몸뚱이를 칭칭 감고 있는 뱀의 꼬리를 잘라 주기만 하면 되었다. 그는 뱀 꼬리를 잘라

✚ 뱀과 사자 사이에서 사자의 편을 들었다는 것은 원초적인 힘에 대항하는 인간적 가치의 편을 선택했다는 의미이다. 두 마리 짐승이 대치하고 있던 "돌투성이 언덕 비탈 위의 잿빛 바위"는 생 자체의 무목적성, 무명성無明性을 상징한다. 있는 그 자체로 생의 조건을 압도하는 것은 무서운 어둠이다(뱀에 휘감겨 있는 사자). 사자는 그 어둠과 대치하는 모든 유위有爲의 가치를 상징한다(사자가 인간적 가치를 상징하게 된 한 가지 이유는 사자의 눈이 다른 동물들과는 달리 인간처럼 정면에 붙어 있어, 사자의 얼굴이 인간의 얼굴을 많이 닮았기 때문이라고 한다. 트르와 프레르 동굴의 샤만—신은 사자의 얼굴을 가지고 있다). 따라서 사자가 이베인을 도와 영웅적 행위를 성취하는 것은 당연한 결과이다. 이 장면은 그리스 신화에서 티탄족과 대치하여 승리를 거두는 올림푸스 신들의 이야기와 같은 상징적 의미를 가지고 있다. —역주

준 다음 사자가 덤벼들지 모르므로 방어 자세를 취했다. 사자는 뱀으로부터 풀려난 것이 너무 기뻐서, 이베인을 공격할 생각이 전혀 없는 듯했다. 놈은 두 발을 모아 쥐고 앞으로 뻗어 머리를 수그린 자세로 이베인을 향해 기어왔다. 마치 살려 주어서 고맙다는 인사를 하려는 것처럼 보였다. 이베인은 놈의 마음을 알 것 같아서 왼손으로 놈의 갈기를 쓰다듬어 주었다. 그러고 난 다음 검에 묻은 뱀의 피를 풀잎에 쓱쓱 문질러 닦은 뒤에 검집에 집어넣었다. 그는 말을 타고 다시 길을 떠났다. 그런데 사자가 그를 따라오더니, 말 옆에서 나란히 달리는 것이었다. 놈은 생명의 은인과 헤어지고 싶지 않은 것이 분명했다.

옆에서 달리던 사자가 앞으로 나섰다. 바람결에 실려 오는 야생 동물들의 냄새를 맡았던 것이다. 본능과 허기가 놈을 사냥으로 내몰고 있었다. 놈은 자기가 사냥감의 냄새를 맡았다는 것을 주인에게 보여 주기 위해 야생 동물들의 흔적이 있는 곳으로 이베인을 안내한 뒤, 마치 명령이 떨어지기를 기다리는 듯 멈추어 서서 이베인을 올려다보았다. 이베인은 자기가 명령을 내리지 않으면 놈이 아무것도 하지 않으리라는 것을 알았다. 주인이 계속 길을 가면 얌전하게 옆에서 따라올 것이다. 이베인이 놈을 따라가는 듯한 기색을 보이면 놈은 점찍어 두었던 사냥감에게 덤벼들 터였다. 이베인은 사냥개에게 하듯이 놈을 부추겨 보았다. 사자는 당장 코를 쳐들고 냄새를 맡았다. 놈은 틀리지 않았다. 화살이 날아가 꽂힐 만한 거리에, 골짜기에서 혼자 풀을 뜯어먹고 있는 노루가 보였다. 놈은 당장 달려가 노루에게 덤벼들었다. 그러고는 따끈따끈한 사냥감을 주인에게 가져왔다.

날이 어둑어둑해지고 있었다. 이베인은 숲속에서 야영을 하기로 마음먹었다. 노루 고기도 구워 먹을 생각이었다. 그는 노루 껍질을 벗기기 시작했다. 늑골 부분의 가죽을 가르고 등심살을 잘라냈다. 그러고 난 다음 잔 나뭇가지들을 주워다가 환하고 즐거운 불을 피웠다. 꼬챙이에 꿰어 구운 등심은 잘 익었다. 별로 즐거운 저녁은 아니었다. 빵도, 소금도, 양념도, 나이프도, 갈증을 달래 줄 술도 없었다. 사자는 이베인의 발치에 얌전하게 누워 있었다. 놈은 이베인이 식사를 하는 모습을 지켜보았다. 주인이 식사를 끝내자 남은 고기를 뼈까지 씹어 먹었다. 이베인은 방패를 베개 삼아 밤새 잤다. 사자는 잠들어 있는 주인과 말을 지켰다.

이베인과 사자는 새벽에 함께 떠났다. 그들은 그렇게 보름간 평화롭게 지냈다. 어느 날 커다란 소나무 아래에 있는 샘물에 이르게 되었다. 우연히도 그가 지켰던 바로 그 샘물이었다. 이베인은 숲속의 빈터와 돌계단에 가까워지자 고통 때문에 또 다시 미쳐 버릴 것만 같았다. 회한에 짓눌려 괴로웠다. 그는 정신을 잃고 말에서 떨어졌다. 그가 말에서 떨어질 때 검이 검집에서 스르르 미끄러져 나와 그의 턱에 가볍게 박혔다. 선혈이 뺨으로 흘러내렸다. 사자는 주인이 죽는 줄 알고 고통스러운 비명을 질렀다. 놈은 검을 얼른 이빨로 물어 빼냈다. 그리고 이베인을 나무에 기대어 놓았다. 놈은 앞뒤 돌아보지 않고 돌진하는 멧돼지처럼 죽음의 위험에 던져진 주인을 구해냈던 것이다.

정신이 돌아온 이베인은 다시 슬픔과 고뇌에 사로잡혔다. 약속 기간을 어겨 그가 지금도 사랑하고 있는 여자의 경멸과 증오를 사게 되었다는 사실이 견딜 수 없어 큰 소리로 신음하기 시작했다.

"오, 운명이여! 자신의 손으로 자신의 기쁨을 쫓아낸 이 불쌍한 인간은 왜 아직 살아 있는 거냐? 어째서 목숨을 끊을 용기를 내지 못하느냐 말이다. 어떻게 사랑을 떠올리게 하는 모든 것을 주저앉아 바라볼 수 있단 말이냐? 죽음의 고통을 겪고 있는 몸뚱이 안에서 내 영혼은 무엇을 하고 있나? 나의 의무는 죽도록 나 자신을 경멸하고 증오하는 것이다. 무엇 때문에 나 자신을 용서해야 하나? 행복을 불행으로, 기쁨을 슬픔으로 만든 주제에 죽음을 무서워한다고? 너는 가장 놀라운 행복을, 가장 순수하고 아름다운 환희를 누리지 않았더냐! 내 잘못으로 인하여 그 행복은 오래 지속되지 않았다. 자기 손으로 그러한 행복을 망쳐 버린 인간은 행복해질 권리가 없는 것이다!"

그가 그렇게 통곡하고 있을 때 커다란 신음 소리가 들렸다. 그리고 두 번째 세 번째로 그 소리가 다시 들려왔다. 아주 가까운 곳에서 나는 소리였다. 그는 혼잣말로 어딘가 사람이 있는 모양이군, 하고 중얼거렸다. 그때 어떤 여자의 목소리가 들려왔다.

"있고말고요! 세상에서 가장 불행한 여자랍니다!"

이베인은 자리에서 벌떡 일어나 주위를 둘러보았다. 샘물에서 조금 떨어진 곳에 돌로 지어진 자그마한 성당이 있었다. 입구라고는 천창天窓 하나뿐인 성당이었지만 아름답고 견고했다. 그는 가까이 다가가 보았다. 그러나 천창이 너무 좁아서 안을 들여다볼 수는 없었다.

이베인이 안에 대고 물었다.

"당신은 누구시오?"

목소리가 대답했다.

"나는 가장 불행한 여자랍니다."

"왜 그곳에 있는 거요?"

"갇혀 있는 거예요. 문이 너무 무거워서 아무도 부술 수가 없어요. 나를 이곳에 가둔 자들은 자기들이 무슨 짓을 하는지 잘 알고 있었어요. 오, 나의 불행은 끝이 없구나!"

"입 다무시오, 어리석은 여자여! 내가 겪고 있는 불행에 비하면, 그대의 고통은 쾌락이며 그대의 불행은 행복이오!"

"어떤 고통을 겪고 계신가요?"

"아주 긴 이야기요. 내가 바로 이 세상에서 가장 불행한 남자라는 것만 알아두시오."

"그럴지도 모르지요. 하지만 그대는 가고 싶은 곳에 갈 수 있잖아요. 그런데 나는 갇혀 있어요. 내일모레가 되면 그들이 이곳에서 나를 끌어내어 형장으로 끌고 갈 거예요."

"이런! 무슨 죄를 저질렀기에?"

"반역죄로 고발당했답니다. 나를 위해 싸워 줄 기사를 구하지 못한다면 나는 교수형이나 화형을 당하게 돼요."

"그렇다면 내 슬픔이 그대의 슬픔보다 더 크다고 말할 수 있소. 어쨌든 그대에게는 아직 풀려날 희망이 있으니 말이오."

"하지만 누가 나를 구해 주지요? 나를 구해 줄 수 있는 사람은 이 세상에 두 사람밖에 없어요. 왜냐하면 일대삼으로 싸워야 하거든요."

"뭐요? 세 사람이 그대를 고발한 거요?"

"그렇답니다. 세 사람이에요. 나를 죽이기 위해서라면 무슨 짓이든 할 사람들이지요."

"그대를 구해 줄 수 있다는 그 두 사람은 누구요?"

"말씀드릴게요. 한 사람은 아더 왕의 조카 가웨인 경이고, 다른 사람은 우리엔 왕의 아들 이베인 경이랍니다. 나는 이베인 경 때문에 사형 선고를 받게 되었어요."

"누구 때문이라구요?"

"우리엔 왕의 아들 이베인 경이요. 내가 신께 구해 달라고 비는 것만큼이나 진실한 이야기랍니다."

"대체 그대는 누구요?"

"나는 샘물의 부인을 모시는 시녀 루네드입니다."

"나는 우리엔 왕의 아들 이베인이요. 그대는 죽지 않을 것이오. 약속하겠소. 나는 그대에게 너무나 많은 빚을 지고 있소. 또 그런 일이 아니라 하여도 위험에 빠진 여성을 모른 체할 수는 없소. 무엇 때문에 이곳에 갇힌 거요? 누가 고발한 거요?"

"경이 죽을 고비에 처했을 때 내가 수고를 아끼지 않았던 것은 사실이지요. 또 나는 마님과 경 사이의 불가능한 화해를 이루어 내었어요. 내 간청을 받아들여 마님께서는 경을 남편으로 맞이하셨지요. 경이 약속 기간을 어겼을 때 마님께서는 나에게 무섭게 화를 내셨어요. 경의 잘못에 대해 나에게 책임을 물으신 거랍니다. 마님께서는 내가 마님을 속였다고 생각하셨어요. 게다가 집사장이라는 비열한 인간이 마님께서 나를 신임하시는 것을 시기하고 질투해 왔는데, 이 기회에 마님과 나를 이간질하기로 작정했답니다. 그는 궁정 인사들이 모두 모인 자리에서 내가 이베인 경을 위해 마님을 배반했다고 고발했어요. 나를 변호해 줄 사람은 아무도 없었어요. 겁이 나서 사람들의 조언은 들어 보지도 않고 나를 지지해 줄 기사가 일대삼으로 결투할 것이라고 말했어요. 그 사악한 인간은 불리할 게 없다 싶었는지 그 조건을 물리칠 생각을 않더군요. 나는 내가 한 제안을 거두어들일 수 있는 형편이 아니었구요. 그래서 사십 일 안에 내 입장을 지지해 줄 기사를 찾아내어야만 했어요."

"나를 찾아보지는 않았소?"

"아더 왕의 궁에 찾아갔었어요. 하지만 가웨인 경은 먼 곳으로 원정을 떠났고, 이베인 경에 대한 소식을 알고 있는 사람은 아무도 없었어요. 내일모레면, 내 잘못으로 인하여 나는 화형대에 서야 해요."

이베인이 큰 소리로 외쳤다.

"절대로 그럴 수 없소! 나 때문에 그대가 고통을 겪다니, 그건 안 될 말이오! 내가 살아 있는 한 그대를 보호하겠소. 내일모레 사람들이 그대를 이 성당에서 끄집어 낼 때, 내가 여기 있는 것을 보게 될 것이오. 그대를 위해 싸우겠소. 그러나 내가 누구인지는 말하지 마시오. 결투의 결과가 어찌되든 사람들이 내가 누구인지 알아서는 안 되오!"

"죽을지언정 경의 이름을 말하지 않겠습니다. 하지만 나를 위해 이곳으로 돌아오지는 마세요. 나는 경이 그토록 잔인한 결투에 뛰어들기를 원치 않아요. 내 잘못이에요. 세 명을 상대로 이길 수 있는 기사가 나를 지켜 줄 거라고 잘난 체했던 거예요. 경의 약속은 고맙지만 그들이 경과 나의 죽음을 즐기게 하느니, 나 혼자 죽는 게 나아요. 그 결투에서 경이 목숨을 잃는다면 나 또한 죽게 되잖아요. 그러니 경이라도 살아 있는 게 나아요."

"약속을 뒤집지 않을 거요. 그대를 고발한 자들과 싸워 이길 것이오."

그날 밤, 이베인은 루네드를 혼자 버려두고 싶지 않았다. 그는 성당 옆에 불을 피우고 고기를 구워 천창을 통해 루네드에게 건네주었다. 그들은 오랫동안 이야기를 나누었다. 그동안 사자는 위험이 닥치면 주인에게 알려 주기라도 할 것처럼 그곳에서 멀지 않은 곳에 배를 깔고 앉아 있었다. 다음 날 아침이 되자 이베인은 조금 피곤하다는 느낌이 들었다. 그는 루네드에게 결투 전날 밤에는 푹 쉬어야 할 텐데 근처 어디에 친절하게 맞아 줄 만한 곳이 없느냐고 물었다.

"있어요. 강을 끼고 계곡을 따라가세요. 조금만 가면 높은 탑들이 있는 아주 아름다운 성이 하나 있어요. 그 성의 성주인 백작은 세상에서 제일 인심이 후한 사람이에요. 적어도 여행자들에게 하는 식사 대접만큼은 정말 최고랍니다. 그곳에 가면 푹 쉬실 수 있을 거예요."

이베인은 루네드와 헤어져 성을 찾아 떠났다. 곧 루네드가 얘기한 성이 나타났다. 건물 전체는 견고하고 단단해 보였지만, 성 아래에 있는 땅에는 약탈당한 흔적이 있었다. 여기저기 부서진 집들의 잔해가 널려 있었다.

이베인은 성문 앞에 가서 섰다. 곧 일곱 명 정도의 종자들이 다리를 내리고 그를 맞으러 나왔다. 그들은 사자를 보더니 질겁하면서 사자는 입구에 두고 가라고 말했다.

이베인이 소리쳤다.

"그럴 수 없소이다. 이놈과 함께가 아니면 안 들어가겠소. 둘 다 들여보내 주면 들어가겠소. 이놈은 내 친구요. 무서워할 것 없소이다. 내가 잘 돌볼 터이니 걱정일랑 붙들어 매시오."

성안에 들어가자 백작이 마중 나왔다. 흰 머리카락을 가진 잘생긴 남자였다. 그는 시종들에게 기사의 갑옷을 벗기고 나서 씻게 한 다음 큰 방으로 모셔오라고 일렀다.

시종들이 이베인에게 말했다.

"나리, 먼 길 오시느라 수고 많으셨습니다. 신께서 나리를 이곳에서 편히 쉬게 하시기를, 그리하여 명예롭고 즐겁게 떠나게 해 주시기를 바랍니다."

주인부터 하인들까지 정중하기 이를 데 없었다.

큰 방에 들어갔더니, 지위가 높은 사람들부터 평범한 사람들까지 모두 손님 주위에 모여들어 인사하느라고 바빴다. 이베인은, 참으로 예의범절이 반듯하고 다정한 사람들이라는 생각을 하지 않을 수 없었다. 그러나 그는 곧 주위에 있는 사람들이 큰 고통을 감추기 위해 무진 애를 쓰고 있다는 사실을 알아차렸다. 그들은 목을 조이는 고통에도 불구하고 손님에게 즐거운 얼굴을 보이려고 애쓰고 있었다.

사람들은 식탁에 앉았다. 백작은 이베인 옆에 앉았고, 백작의 외동딸은 맞은편에 앉았다. 사자는 식탁 아래, 이베인의 두 다리 사이에 앉았다. 이베인은 음식이 나올 때마다 사자와 나누어 먹었다. 이베인은 이 성의 유일한 결점은 모든 사람들이 슬퍼하고 있는 것이라고 생각했다. 식사 도중에 이베인이 성주에게 말했다.

"이제 그만 즐거운 모습을 보여 주세요!"

그러자 성주가 무겁게 입을 열었다.

"신이 나의 증인이시오만, 우리가 이토록 슬퍼하는 것은 경 때문이 아니외다. 우리가 처해 있는 상황을 설명해야 할 것 같소……. 어제 저녁에 나의 두 아들이 사냥하러 산에 갔소이다. 그 산에는 '산의 하르핀'이라고 불리는, 인육을 먹는 거인 괴물이 살고 있지요. 지금까지 그 괴물은 성밖에 있는 내 땅을 약탈하고 집들을 불태우는 걸로 만족하더니, 어제는 내 두 아들을 잡아갔소. 그러고는 내 외동딸을 넘겨주지 않으면 아들놈들을 내가 보는 앞에서 죽이겠다는 통보를 해 왔소이다. 이 애와 결혼하기 위해서가 아니라 능욕하기 위해서요. 그놈은 가장 천하고 가장 혐오스러운 사내놈들에게 내 딸애를 넘겨주겠다고 공언하고 있소. 내일이 그놈이 정한 날짜외다. 내 딸을 넘겨주어야 한다오. 그렇지 않으면 눈앞에서 두 아들을 죽일 거요. 놈은 인간의 얼굴을 가진 괴물이오."

"끔찍한 일이군요. 어찌 하시려는지요?"

"우리의 슬픔을 이해하시겠지요? 나는 딸을 넘겨주지 않기로 했소. 이 아이의 명예는 우리 모두의 명예이기 때문이오. 이 순결한 아이를 그 괴물과 놈의 구역질나는 하인들에게 넘기느니 차라리 두 아들을 희생시키는 편을 택하겠소. 딸애를 그놈들에게 넘겨준다면, 나는 아마 끔찍한 불명예 안에서 치욕으로 죽게 될 것이오."

"그 말씀이 맞는지도 모르겠습니다. 그러나 그 산의 하르핀이라는 괴물은 살 만한 가치가 없는 놈 아닌가요?"

두 사람은 계속해서 여러 가지 이야기를 나누었지만, 좌중을 사로잡고 있는 슬픈 분위기는 걷어 낼 수 없었다.

다음 날, 해가 뜨고 나서 얼마 되지 않은 시각에 끔찍한 소리가 들려왔다. 거인이 젊은이 둘을 데리고 와서 딸을 내놓으라고 소란을 피우는 소리였다. 이베인은 벌떡 일어났다. 여러 가지 생각이 동시에 떠올랐다. 오늘은 루네드를 위해 세 명의 기사와 싸워야 하는 날이다. 그 약속은 죽어도 지켜야 한다. 하지만 산의 하르핀이 하는 짓거리를 그대로 두고 보아야 한단 말인가? 절망이 엄습했다.

"이런 상황에 처하다니, 나는 저주받은 인간임에 틀림없어. 성주를 저버린다면 비겁자가 된다. 루네드를 저버리면 비겁자에 배반자가 된다. 내 사랑이 정해 준 기한을 지켰더라면 루네드가 처형당할 위험에 처하는 일도 없었을 것 아닌가. 나라는 놈은 정말 한심해. 동정받을 가치도 없다구!"

그렇게 중얼거리면서 갑옷을 입었다. 그는 탑 위로 백작을 만나러 갔다. 놀라운 광경이 눈 아래에 펼쳐졌다. 거인이 끌고 온 두 아들은 말 위에 묶여 있었는데, 발과 손이 사슬에 감겨 있고 입고 있는 옷은 넝마처럼 갈가리 찢겨 있었다. 그들이 타고 있는 말은 뼈만 앙상하게 남은 절름발이 말이었다. 물을 담은 가죽 부대처럼 뚱뚱 불어 있는 난쟁이가 두 젊은이 곁에서 말을 타고 매듭이 달린 채찍으로 계속 때렸다. 젊은이들은 피투성이였다. 거인은 어깨에 끝이 뾰족하게 각진 거대한 말뚝을 짊어지고 있었다. 젊은이들의 비참한 모습을 보자, 이베인의 마음속에 참을 수 없는 동정심이 생겨났다.

거인이 성문 앞에 있는 평지에 멈추어 섰다. 그는 백작에게 딸을 넘겨주지 않으면 두 아들을 죽이겠다고 협박하는 말을 늘어놓았다. 그러면서 백작의 딸에게 어떤 운명이 마련되어 있는지 재미삼아 떠들어대고 있었다. 종놈들에게 내주어 욕망을 채우도록 하겠다느니, 그녀는 이가 득실대는 모든 문둥이나 거지 같은 사내들과 관계해야 한다느니, 그 모든 모욕의 말을 듣고 있는 백작의 얼굴이 슬픔과 고통으로 일그러졌다. 그는 거인이 그를 모욕하기 위해 온갖 말을 퍼부어 대리라는 것을 알고 있었다.

이베인이 도저히 참을 수 없다는 듯이 소리쳤다.

"저 거인은 참으로 잔인하고 흉악한 놈이로군요! 그러나 이제 놈의 모든 흉측한 짓거리를 끝장 낼 시간이 되었습니다. 따님처럼 아름답고 품위 있는 여성을 저런 놈들의 발아래 던져줄 수는 없습니다. 제 말을 가져다주십시오. 다리를 내리십시오. 저놈과 싸우겠습니다. 저놈에게 패배를 안겨 주고야 말겠습니다. 아드님들을 구해 내겠습니다. 그런 다음 작별 인사를 하고 제 일을 보러 떠나겠습니다!"

이베인은 검은 말 위에 올라타고 성 밖으로 달려 나갔다. 사자가 그의 뒤를 따랐다. 그는 하르핀 앞에 멈추어 섰다. 하르핀이 그를 보더니 화가 잔뜩 난 목소리로 말했다.

"보아하니 널 이리 보낸 놈은 널 좋아하지 않는 모양이다! 네놈이 그놈에게 못할 짓을 했다면, 그놈은 네놈에게 벌을 주기 위한 제일 좋은 방법을 찾아낸 거지. 그놈으로선 아주 멋진 복수가 되겠는데! 네놈은 그놈이 마련해 둔 운명을 피할 수 없을 테니 말이다!"

이베인이 대답했다.

"객쩍은 소리는 집어치워라. 난 바쁜 몸이다. 최선을 다해라. 나도 최선을 다할 테니."

이베인은 곰 가죽으로 덮여 있는 거인의 가슴을 노리고 공격을 개시했다. 거인은 거대한 말뚝으로 적의 공격을 막으려 했지만, 날쌘 이베인의 창이 더 빨랐다. 이베인의 창이 거인의 몸을 꿰뚫었다. 피가 사방으로 튀었다. 고통으로 울부짖으며 거인은 말뚝을 휘둘러 댔다. 이베인은 검을 뽑았다. 거인은 자신의 힘만 믿고 결투에 필요한 무기나 갑옷을 제대로 갖추지 않았다. 무엇보다 유연함이 모자랐다. 이베인이 갑자기 거인에게 달려들어 뺨의 일부를 베어 버렸다. 거인은 끔찍한 비명을 지르면서 이베인을 무서운 힘으로 후려쳤다. 이베인의 몸이 말의 목덜미 쪽으로 푹 고꾸라졌다.

사자는 주인이 반쯤 정신을 잃은 것을 보고, 갈기를 세우며 일어섰다. 으르렁대며 거인에게 뛰어든 사자는 거인의 털투성이 피부를 나무껍질처럼 찢어 버리고, 엉덩이 살을 한 줌 뜯어냈다. 거인은 황소처럼 으르렁대면서 사자의 공격을 빠져나가 두 손으로 말뚝을 잡고 사자를 향해 내리쳤다. 사자는 뒤로 껑충 물러나 거인의 공격을 피했다. 그사이에 정신을 차린 이베인이 상대방이 방심하고 있는 틈을 타서 세게 팔을 두 차례 내리쳤다. 거인의 팔이 몸뚱이에서 떨어져 나갔다. 거인은 울부짖으면서 쓰러졌다. 숲에서 떡갈나무를 베어 넘길 때 나는 것 같은 요란한 소리가 났다. 이베인은 아무 말도 하지 않고 산의 하르핀의 머리를 베었다.

괴물을 해치운 이베인을 칭송하는 환호가 터져 나왔다. 사람들은 두 명의 젊은이를 묶어 놓았던 사슬을 풀었다. 두 젊은이는 은인의 발아래에 꿇어 엎드렸다. 백작은 이베인에게 고마운 마음을 미처 말로 표현할 수 없어서 계속 눈물만 흘렸다. 딸은 그들을 끔찍한 고통에서 구해 준 이름 모를 기사를 보내주신 신께 영광을 돌렸다.

백작은 눈물을 닦고 이베인을 향해 물었다.

"기사여, 그대의 이름은 무엇입니까? 만방에 알릴 수 있도록 이름을 가르쳐 주시오."

이베인은 시종이 내민 수건으로 땀을 닦고 나서 대답했다.

"산의 하르핀을 물리치고 성주님의 두 아들을 구한 사람이 누구인가 묻거든, '사자의 기사'였다고 대답해 주십시오. 그것이 제가 지니고 싶은 이름입니다. 이제 저는 이만 고별 인사를 하려 합니다. 완수해야 할 힘든 일이 또 저를 기다리고 있습니다."

백작과 그의 가족들이 이베인에게 그들과 함께 머물러 줄 것을 간곡히 부탁했지만, 이베인은 거절했다.

"머물고 싶어도 그럴 수 없는 형편입니다. 부당하게 고발당한 한 젊은 여성을 위해 싸우기로 약속했습니다. 여러분이 고통과 비탄에 빠져 있으면서도 제게 베풀어 주셨던 후의는 결코 잊지 못할 것입니다."

백작은 자기 사람들을 이베인에게 딸려 보내려고 했지만 이베인은 정중하게 거절했다. 그는 성주와 가족들에게 작별 인사를 한 뒤 다시 말을 타고 빠른 속도로 달려갔다. 사자 한 마리만이 그의 뒤를 따랐다.

그는 곧 샘물과 소나무, 그리고 작은 성당이 있는 숲속의 빈터에 도착했다. 커다란 불을 피워 놓은 것이 보였다. 갈색 고수머리 시종 두 사람이 루네드를 감옥에서 끌어내어 장작더미를 향해 끌고 가는 중이었다. 여자는 속옷 바람이었고, 두 손이 묶여 있었다. 그들이 여자를 막 장작더미에 던지려고 하는 순간, 이베인이 소리쳤다.

"멈추시오!"

이베인은 말에서 내려 모여 있는 사람들을 향해, 무슨 일이 일어났는지, 무엇 때문에 젊은 여자를 화형시키려고 하는지 이유를 물었다. 그들은 간밤에 루네드가 했던 말과 같은 말을 하고 난 뒤, 덧붙여 말했다.

"우리엔의 아들 이베인이 이 여자에게 몹쓸 짓을 했소. 그 때문에 우리는 이 여자를 화형시키려는 거요."

"이베인은 훌륭한 기사가 아니었던가요? 놀랍군요. 이 여자가 곤혹스러운 처지에 빠졌는데 도우러 오지도 않다니요."

"어쨌든 그는 모습을 드러내지 않았소."

"그가 어디에 있는지는 아무도 모르지요. 자, 허락해 준다면 내가 이베인 대신 싸우겠소이다."

"우리를 창조하신 이의 이름을 걸고 받아들이겠소. 하지만 세 사람과 싸워야 하오."

"좋소이다."

이베인은 말을 타고 전투 준비를 했다. 사자가 주인을 보호하겠다는 듯이 이베인을 따라왔다. 세 명의 고발자들이 이베인에게 말했다.

"형씨와 싸우는 것은 좋소이다마는, 이 사자는 곤란하오."

"알겠소."

이베인은 사자에게 저쪽으로 가서 조용히 있으라고 말했다. 사자는 복종했다. 그러나 놈은 주인의 일거수일투족을 가만히 지켜보고 있었다.

세 명의 기사들이 먼저 공격을 개시했다. 이베인은 고삐를 놓치지 않기 위해 일부러 말을 빨리 달리지 않았다. 그는 방패를 들어 올려 적의 공격을 막았다. 전속력으로 달려오던 세 사람의 창이 이베인의 방패에 부딪혀 모두 부서졌다. 반면에 이베인의 장은 멀쩡했다. 이베인은 한참 뒤로 물러난 다음,

갑자기 질풍 같은 속도로 적들에게 뛰어들었다. 일단 창으로 집사장을 공격하여 땅에 떨어지게 만들었다. 집사장은 한참 동안 바닥에 누워 움직이지 못했다. 두 사람의 다른 기사들이 검을 휘두르며 달려들었다. 이베인은 그들의 공격을 성공적으로 막아내고, 그들에게 심한 상처를 입혔다. 그사이에 집사장이 정신을 차렸다. 세 명의 고발자들이 한꺼번에 이베인을 공격했다. 이베인은 여기저기 상처를 입었다. 상황이 불리하게 돌아가고 있었다.

그때까지 얌전하게 전투를 지켜보고 있던 사자는 주인이 위험에 처했다는 것을 알아차렸다. 놈은 분노로 포효하며 집사장에게 사납게 덤벼들어, 사슬 갑옷을 찢고 어깨를 물어뜯었다. 집사장은 땅에 쓰러져서 다시는 일어나지 못했다. 나머지 두 사람은 동료의 죽음을 복수하겠다는 생각으로 이베인에게 맹렬하게 덤벼들었다. 이번에도 사자가 두 사람을 공격했다. 이베인은 이베인대로 무서운 기세로 검을 휘둘렀다. 두 사람은 도저히 이길 승산이 없다는 판단을 내리고 자비를 빌었다. 이베인은 기꺼이 허락했다. 부상을 좀 당하기는 했지만 루네드의 목숨을 구하는 데 성공했으니, 그 두 기사의 운명이 어찌되든 이베인으로서는 상관없는 일이었기 때문이다. 사람들은 루네드를 풀어준 뒤 그녀를 구한 용감한 기사를 칭송하는 노래를 불렀다. 그러나 란둑의 성에 들러 쉬고 가시라는 샘물의 부인의 초대를 전하려고 했을 때, 그의 모습은 이미 어디론가 사라져 보이지 않았다. 그는 사람들이 그의 승리를 축하하느라고 법석을 떠는 틈을 타서 사자와 함께 숲으로 사라져 버렸던 것이다.

이베인은 상처 때문에 고통스러웠다. 사자도 여기저기 많이 다쳤다. 사람도 사자도 길을 가는 데 고통을 겪었다. 날이 저물 무렵에 문이 닫혀 있는 성채에 도착했다. 이베인이 묵어가기를 청하자 문지기가 문을 열어 주었다.

"이런, 많이 다치셨구려. 걱정 마십시오. 이 성에서 잘 돌보아 드릴 겁니다."

"고맙소이다. 도움이 필요하오. 이대로는 계속 길을 갈 수 없소이다."

사람들은 이베인의 말을 마구간에 넣고 이베인의 갑옷을 벗긴 다음 성주에게 그의 도착을 알렸다. 성주는 아내와 딸들을 데리고 마중 나왔다. 그들은 이베인을 따뜻하게 맞이하고 조용한 방으로 안내했다. 사자와 함께 머물도록 배려하는 것도 잊지 않았다. 성주의 두 딸은 의술에 일가견이 있는 여성들이었다. 두 여성은 이베인을 세심하게 보살펴 주었다. 이베인과 사자는 상처가 완전히 나을 때까지 그 성에서 체류했다.

이베인의 몸은 나았을지 모르지만, 그의 정신은 아직 평화를 되찾지 못하고 있었다. 그는 여전히 샘물의 부인을 생각하고 있었다. 그는 사랑으로 병들었지만, 그 병의 치료제는 없었다. 왜냐하면 샘물의 부인 자신이 직접 그를 쫓아냈기 때문이다. 그러나 그의 마음속 깊은 곳에서 막연한 희망이 싹트기 시작했다. 그는 샘으로 돌아가 고통과 마주할 결심을 했다. 그러면 란둑의 라우디네와 어떤 방식으로든 화해할 수 있는 방법이 생겨날지도 모른다. 이베인은 그를 친절하게 보살펴 준 사람들과 작별하고 샘과 소나무와 작은 성당이 있는 숲속의 빈터를 향해 떠났다.

이베인은 길을 잘못 들어서는 바람에 넓은 황야에서 길을 잃었다. 가도가도 출구가 보이지 않았다. 그는 거대한 골짜기에 이르게 되었는데, 경사가 가

파르고 나무들이 워낙 무성해서 건너갈 수 없었다. 이베인은 빠져나갈 방법을 찾을 때까지 골짜기를 따라가 보기로 했다. 얼마나 갔을까, 육중한 암벽처럼 생긴 성이 덤불 숲 사이로 솟아있는 것이 보였다. 날이 어두워지고 있었으므로 이베인은 저 성에서 묵어가리라 생각하고 그쪽을 향해 갔다. 그러나 앞으로 나아갈수록 성은 점점 더 멀어졌다. 가는 길에 나무꾼 한 사람을 만나 저 멀리 보이는 성으로 가는 지름길을 아느냐고 물어보았다.

"왼쪽으로 가시면 오솔길이 하나 있는데, 그 길을 따라가면 이 골짜기를 벗어나실 수 있소. 숲을 나오면 그곳에 바로 성이 있수다. 하지만 그곳엔 가지 않는 게 좋을 게요. 벌써 오래전부터 악마들이 차지하고 있으니까······. 운 나쁘게 그곳에 갔던 사람들은 모두 웃음거리가 됐소. 돌아온 사람도 몇 명 안 되기는 하지만서두······. 그 때문에 그 성을 페스메 성*이라 부른다오."

"알려 주어서 고맙소이다. 그러나 밖에서 밤샘할 생각이 없으니, 그곳에 가 볼 생각이오."

그는 나무꾼이 일러 준 대로 오솔길에 들어섰다. 가시나무 같은 식물들이 높이 자라 있는 길이었다. 말은 길을 헤치느라고 어지간히 애를 먹었다. 계곡을 빠져나오자 잿빛 돌로 지은 거대한 성이 눈앞을

✠ 라틴어로 페시마pessima는 '고약한' 이라는 뜻이다. 이 성은 따라서 '고약한 모험의 성' 이다.

막아섰다. 어쩐지 으스스하고 기분 나쁜 모양이었다. 성 앞에 펼쳐져 있는 벌판에서 사람들이 오가는 모습이 보였다. 그중 어떤 사람들이 이베인을 향해 소리쳤다.

"이곳에는 뭐 하러 왔느냐! 이 성은 너의 수치와 너의 불행을 위해 예비된 것이거늘!"

"몹쓸 사람들 같으니라구……. 왜 나를 이렇게 대접하는가?"

"왜냐구? 앞으로 계속 갈 용기가 있다면 금방 알게 될 거야. 하지만 저 위에 있는 성까지 올라가지 못하면 알 수 없지."

이베인은 성문을 향해 갔다. 사람들이 주위에 모여들더니 너도나도 한마디씩 떠들어댔다.

"불쌍한 놈 같으니! 어딜 가는 거야? 아직까지 모욕과 수치를 겪은 적이 없다면, 기대하시라. 저 위에 올라가면 평생 당할 모욕을 실컷 겪을 터이니! 눈물이 쏙 빠질 것이다."

이베인이 화가 나서 소리쳤다.

"명예도 존중할 줄 모르는 비겁한 사람들 같으니라구! 지금 이게 뭐 하는 짓인가? 대체 내게 왜 이러는가? 내가 당신들에게 무슨 짓을 했다고?"

그때 예의범절이 반듯해 보이는 나이가 지긋한 여자가 한 사람 나타났다.

"친구여, 공연히 화를 내시는군요. 이들은 젊은이를 기분 나쁘게 하기 위해서 그런 말을 하는 게 아니라 저 성에서 유숙하지 말라고 경고하는 거랍니다. 감히 그 이유를 말할 용기는 없지만 젊은이에게 겁을 주려고 도발하는 거예요. 이곳을 지나는 사람들 누구에게나 저렇게 한답니다. 더 이상 앞으로 나가지 않게 하려는 거지요. 우리는 외지에서 온 사람을 우리 집에 재울 수 없어요. 그게 불문율이거든요. 그러나 젊은이가 성에 가는 걸 막을 수는 없지요. 그곳에 가는 것이 정히 소원이라면 어쩌겠습니까."

"말씀은 감사합니다만, 저는 위험 앞에서 뒤로 물러선 적이 없습니다."

그는 사자를 데리고 성문을 향해 갔다. 그를 보자마자 문지기가 외쳤다.

"어서 오라! 어서 와서 고약한 대접을 받으라구! 알아서 잘 모셔드릴 곳으로 가게 될 거야."

이베인은 못 들은 척 아무 대답도 하지 않았다. 그는 안으로 들어갔다. 계속 가다가 아주 넓은 방으로 들어가게 되었는데, 방 한구석에 끝이 뾰족한 말뚝으로 칸막이를 해 놓은 곳이 보였다. 말뚝 사이로 들여다보니, 족히 삼백 명은 될 것 같은 젊은 여자들이 금실과 비단실로 여러 가지 직물을 짜고 있는 것이 보였다. 여자들의 행색은 초라하기 이를 데 없었다. 허리띠도 매지 않았다. 속옷은 더러웠고, 겉옷도 군데군데 찢어져 있었다. 목은 가느다랗고, 병색이 완연한 얼굴은 굶주림으로 파리해져 있었다. 여자들은 이베인을 보자 고개를 숙이고 울음을 터뜨렸다. 여자들은 오랫동안 일손을 놓고 그렇게 울기만 했다. 이베인이 여자들의 모습을 보고 문을 향해 돌아섰다. 문지기가 앞으로 내닫으며 큰 소리로 외쳤다.

"너무 늦었다! 이미 안으로 들어왔으니 아무 데도 갈 수 없다! 밖으로 나가고 싶지? 그렇지? 하지만 그럴 수 없다. 너는 온갖 모욕을 당하게 될 것이다. 이곳에 들어오다니 미친 짓을 한 거야. 이곳에서 나갈 방법은 없다."

이베인이 대답했다.

"나가고 싶은 생각 없다. 하지만 말해 달라. 저 칸막이 안에 있는 여자들은 누구인가? 짜고 있는 물건들은 아주 아름다운데, 왜 저 여자들은 저토록 말라 있고 얼굴은 창백한가?"

"대답해 주지 않을 거야. 그 이유를 알려 줄 사람을 네가 찾아봐."

"그러지. 안 그래도 그럴 참이었네."

그는 칸막이 문을 찾아냈다. 안으로 들어서자 눈물을 흘리는 많은 아가씨들이 그를 에워쌌다.

"원인이 무엇인지는 모르겠으나, 여러분의 슬픔은 곧 기쁨과 환희로 바뀔 것이오."

아가씨 한 명이 그의 말을 받았다.

"신께서 그대의 기원을 들어주시기를 바랍니다. 원하신다면 우리가 왜 여기에 있으며, 무엇을 하고 있는지, 어떤 처지에 빠져 있는지 말씀드리겠습니다."

"알고 싶소. 여러분이 겪고 있는 모든 어려움을 숨김없이 말해 주시오."

"오래전에 '처녀들의 섬'의 왕이 새로운 일들을 알기 위해 천하를 주유하는 여행을 떠났었답니다. 그는 순진한 멍청이처럼 사방을 돌아다녔지요. 그러다가 이곳에까지 오게 되었는데, 그것이 우리가 겪고 있는 불행의 원인이 되었습니다. 우리는 아무 잘못도 없이 이곳에 포로로 붙잡혀 치욕과 고통을 겪으며 살아가고 있지요. 기사님께서도 몸값을 치르지 못하면, 참을 수 없는 모욕을 겪으셔야 합니다. 왕은, 두 악마가 이 성을 지배하고 있다는 사실을 모르고 들어오셨던 것이지요. 이 성의 주인들이 악마라는 건 꾸며낸 이야기가 아닙니다. 그들은 정말로 인간 여자와 악령 사이에서 태어난 사람들이랍니다."[✠]

여자는 이야기를 하다 보니 새삼스레 슬픔이 복받치는 듯 목이 메어 말을 잇지 못했다. 조금 뒤에 다시 얘기를 시작했다.

"두 명의 악마는 처녀들의 섬의 왕에게 도전했습니다. 그러나 그것은 당시에 열여덟 살이었던 젊은 왕에게는 감당할 수 없는 일이었지요. 악마들은 그를 어린 양처럼 쉽게 베어 버렸을 것입니다. 왕은 겁이 나서 매년 서른 명의 젊은 여자들을 바치겠다고 맹세하고 궁지를 모면한 것이지요. 왕은 악마들이 죽을 때까지 조공을 바치겠다고 맹세했습니다. 하지만 그들을 전투에서 물리치면 조공을 면제받을 수 있었어요. 그렇게 된다면 모든 기쁨을 빼앗긴 채 치욕과 가난과 절망에 버려져 있는 우리는 해방될 수 있습니다. 우리는 언제나 비단을 짜야 해요. 그러면서도 지금 입고 있는 옷보다 나은 옷은 절대로 입을 수 없지요. 언제나 가난하고 헐벗고 배고프고 목마르답니다. 우리는 절대로 보다 나은 생활을 할 수 있을 정도의 돈을 벌 수 없어요.

✠ 나는 여기에서 크레티엥 드 트르와의 작품을 충실하게 따라가고 있는데, 크레티엥은 네튠netun이라는 용어를 사용하고 있다. 이 용어는 라틴어 넵투누스(넵튠)에서 유래한 듯하다. 중세기에 넵튠은 이교에서 유래한 악마적 존재를 일컫는 말이었다. 페스메 모험 일화는 멀린 탄생 설화의 '느와르' 판본인 듯하다. 이 일화에서는 악신이 선신을 이기고 있다.

그들은 아침에 빵을 조금 줍니다. 저녁에는 양이 더 적습니다. 살기 위해서 우리가 사용할 수 있는 수단이라고는 손과 노동뿐이랍니다. 그런데 겨우 사 데니에를 받아요. 그걸로는 음식과 옷을 살 수 없어요. 일주일에 이십 수우를 받는다 해도 충분치 않습니다. 우리 중에 이십 수우를 받는 여자는 아무도 없지만요! 우리를 부리는 사람은 우리의 고통으로 부자가 되지요.✚ 우리는 밤 늦게까지 일해야 해요. 일손을 놓으면 고문을 하거나 죽이겠다고 위협합니다. 그래서 우리는 쉬지도 못한답니다. 무슨 이야기가 더 필요한가요? 우리는 불행해요. 지금 드린 이야기는 우리가 겪고 있는 고통의 사분의 일도 되지 않는답니다. 우리를 더 불행하게 만드는 것은, 우리를 가두어 놓고 있는 두 명의 악마와 싸우기 위해 용감한 기사들이 자주 오지만, 모두 몸값을 지불하는 처지가 되고 만다는 것이지요. 기사님도 내일 그런 처지가 되실 것입니다. 원하든 원하지 않든 그 악마들과 싸워야 하니까요. 그 전투에서 기사님은 명성을 잃게 되실 것입니다."

이베인은 조금 씁쓸한 어조로 대답했다.

✚ 크레티엥의 작품에서 그대로 따온 이 대목은 수많은 언급의 대상이 되었다. 12세기 말에 샹파뉴는 상업과 직물 산업 때문에 유럽에서 가장 부유한 도시 중의 하나였다. 샹파뉴에는 많은 남녀 노동자들을 고용한 직물 공장이 여러 개 있었다. 특히 여성 노동자들이 많았는데, 공장주들은 그녀들에게 형편없는 보수를 주고 강도 높은 노동을 시켰다. 그들은 가난한 백성을 착취하는 진짜 폭군들이었다. 마리 드 샹파뉴의 부유한 궁정과 절친한 관계였던 크레티엥 드 트르와가 당시의 여자 노동자들의 처지를 언급하고 있는 것은 놀라운 일이다. 그는 이 상황에 대해 틀림없이 무엇인가 알고 있었으며, 환상적이고 신화적인 이야기의 외양 아래에 숨겨진 여자 노동자들에 대한 상세한 묘사는 분명히 현실적인 근거를 가지고 있다. 이 대목은 부르주아 계급이 부상하기 시작하던 12세기 전기 자본주의 사회에 대한 귀한 증언이다.

"나는 이미 명성을 잃었다오. 내 소원을 다시 말씀드리지요. 신께 서 우리에게 기쁨과 명예를 돌려주시기 바라오. 반드시 여러분을 고 통에서 구해 내겠소. 최선을 다해 그렇게 할 것입니다. 이제는 이 성 에 살고 있는 사람들이 나를 어떻게 대접하는지 가 보도록 하겠소."

"가세요. 세상의 모든 복을 주시는 분께서 기사님을 보호해 주시 기를 바랍니다."

이베인은 방에서 나와 계속 앞으로 걸어갔다. 과수원이 눈앞에 나 타났다. 비단으로 만든 자리 위에 팔꿈치를 고이고 엎드려 있는 나이 가 지긋한 사람이 보였다. 젊은 여자가 그 앞에 앉아 옛날이야기를 들려주고 있었다. 귀부인 한 사람도 와서 팔꿈치를 고이고 아가씨의 이야기를 듣고 있었다.

젊은 여자와 꼭 닮은 것으로 보아 그녀의 어머니가 틀림없었다. 그 남자는 그녀의 아버지일 터였다. 아가씨는 열일곱 살이 채 안돼 보이 는 사랑스럽고 부드러운 여자였다. 사랑의 신이 그녀를 알았더라면 다른 남자가 아닌 자기를 사랑하게 하기 위해서 그녀에게 모든 정성 을 기울였을지도 모른다. 어쩌면 그녀의 사랑을 얻기 위해서 신의 지 위를 포기하고 인간이 되려고 하지 않았을까.

세 사람은 이베인이 과수원 안으로 들어오는 것을 보고, 모두 자리 에서 일어나 그를 에워쌌다.

"그대가 하는 일마다 신의 축복을 받으시기를. 그대가 사랑하는 모든 사람들 또한 신께서 도와주시기를 바랍니다."

그들은 모두 기뻐하며 이베인을 다정하게 맞이했다. 그를 대접할 수 있게 되어 기쁘다는 표정이었다. 주인의 딸은 귀한 손님을 대하는 예로써 그를 정중히 대하면서 이베인의 갑옷과 투구를 벗겨 주었다. 주름 잡힌 소맷자락에서 작은 상자를 꺼내더니, 그 안에 들어 있는 바늘과 실로 이베인의 떨어진 소매를 꿰매 주었다. 그런 다음, 은회색 다람쥐 모피 망토를 둘러 주었다. 이베인은 이 세심한 배려에 당황했다. 그때까지 그 성에서 겪었던 적의에 가득 찬 태도와 너무나 다른 대접이었기 때문에 어떻게 생각해야 할지 알 수 없었기 때문이다.

이베인은 과수원을 산책했다. 사자는 말 잘 듣는 강아지처럼 그를 얌전하게 따라왔다. 이베인은 나무와 꽃을 감상한 뒤 성벽 위로 올라갔다. 주위의 풍광이 모두 내려다보였다. 그때 어디에선가 검은 새들이 날아와 그의 주위를 맴도는 것이 느껴졌다. 새 한 마리가 아래로 내리꽂히더니 성벽 뒤로 모습을 감추었다. 조금 뒤에 검은 머리를 바람에 휘날리고 있는 여자 하나가 온몸을 커다란 검은 망토로 휘감은 채 나타났다. 여자가 이베인을 향해 다가왔다. 이베인이 그녀를 알아보고 큰 소리로 외쳤다.

"모르간! 아니 여기에서 뭐하는 거요?"

"쉿, 너무 큰 소리로 말하지 말아요. 내가 여기 있다는 게 알려지면 경에게 좋을 것이 없어요. 나는 경이 내일 커다란 위험에 처하게 된다는 걸 알리러 온 거예요."

"나 때문에 걱정할 것 없소. 나는 힘든 일을 헤쳐 왔소. 큰 위험에 처하게 된다는 것을 알면서도 이곳에 온 거요. 사랑하는 여자에게 버림받았으니 나로서는 아무래도 상관없소. 회한과 후회로 가득 찬 삶을 살아가느니 당당하게 죽고 싶소."

모르간의 초상

모르간이 깔깔 웃었다.

"아직 경이 죽을 때는 아니랍니다! 샘물의 부인 생각으로 자학하
는 것보다 더 나은 일들을 할 수 있잖아요!"

"모르간, 그대는 지식도 많고 강한 사람이지만, 나를 위해서는 아
무것도 할 수 없소."

"나에 대해 뭘 아는데요?"

"나는 그대를 믿지 않소."

모르간은 번쩍이는 눈빛으로 이베인을 바라보았다.

"잘못 알고 있어요. 루네드는 나의 충성스러운 시녀였고, 내 명령을 받고 경이 죽을 위험에 처했을 때 도우러 달려갔던 거예요. 란둑의 라우디네와 경을 화해시키고 두 사람이 결혼할 수 있게 만든 것도 내가 내린 명령을 따른 거였어요. 경이 그녀에게 진 신세를 갚은 건 사실이지요. 이번에는 경이 그애의 목숨을 구해 주었으니까. 잘 들어요. 우리엔 왕의 아들 이베인, 경의 능력을 초월하는 일들이 있답니다. 경은 그것을 이해하지 못해요. 경은 내일 누구에게도 패한 적이 없는 두 명의 적과 맞서 싸워야 해요."

"그런 적들과 대적하는 게 이번이 처음은 아니오. 지금까지는 전능하신 신의 이름으로 언제나 이겼소."

"그렇겠지요. 그렇지만 두 명의 악마 아들과 싸웠던 적은 없잖아요. 나는 그들이 어떤 존재인지 알아요. 멀린이 가르쳐 주었거든요."

그녀는 말을 멈추고 망토 자락에서 무엇인가 꺼내어 이베인에게 내밀었다. 하얀색 금속 메달이 매달려 있는 끈 목걸이였다.

"이건 부적이에요. 내일 악마들과 싸우러 갈 때 반드시 걸고 나가겠다고 약속하세요. 멀린이 준 거예요. 이것만이 경을 보호해 줄 수 있어요. 이걸 걸고 나가겠다고 약속하세요."

"약속하겠소. 그런데 한 가지 물어봐도 되겠소? 왜 내 일에 그렇게 관심을 가지는 거요? 지금까지는 내게 적대적인 편이 아니었던가요?"

모르간이 미소를 지으며 하늘을 맴돌고 있는 새들을 바라보았다.

"난 떠나야 해요. 조심하세요. 아버님 우리엔 왕에 대한 사랑을 위해서라도 몸조심해야 합니다."

그녀가 벽 저쪽으로 사라졌다. 조금 뒤에 이베인은 성벽 위로 검은 새 한 마리가 날아오르더니 하늘에서 맴돌고 있는 새들을 향해 날아가는 것을 보았다. 새들은 서쪽으로 날아갔다. 그러고는 저녁 안개 속으로 사라져 버렸다.

이베인은 과수원으로 돌아갔다. 저녁 식사 시간이 되었기 때문에 사람들은 그를 성안으로 데리고 들어가 식사를 대접했다. 이베인은 성주와 그의 딸 사이에 앉았다. 맛있는 식사를 한 뒤, 이베인은 정중하게 침실로 안내되었다. 이베인은 푹신한 침대에 누워 편하게 잠들었다. 사자는 평소처럼 그의 발치를 지켰다.

다음 날 아침 이베인은 성주에게 작별을 고했다. 성주가 대답했다.

"안 됩니다. 이 성에는 아주 고약한 관습이 하나 있다오. 아주 오래 전부터 내려오는 관습이기 때문에 나도 어쩔 수 없소. 나는 두 명의 매우 강하고 교활한 두 남자를 이곳으로 부를 것이오. 원하든 원하지 않든 경은 그들과 싸워야 하오. 만일 승리한다면 내 딸을 아내로 맞이하고 이 성과 거기에 딸린 모든 토지를 소유하게 될 것이오."

"저는 결혼하고 싶은 생각이 전혀 없습니다."

"닥치시오. 핑계를 대 보아야 소용없소. 이것은 의무이니 경은 그것을 피할 수 없소. 두 명의 저주받은 악마를 물리치는 사람은 내 딸을 아내로 맞이해야 하며, 내 성과 그 모든 토지를 소유해야 하오. 전투는 반드시 있을 것이오. 겁이 나서 전투를 모면해 보려고 그렇게 말하는 거요? 이 성에서 유숙한 모든 기사는 자신의 운명을 피할 수 없소. 그리고 내 딸은 악마들이 죽어야만 결혼할 수 있소."

"좋습니다. 싸우겠습니다. 그러나 그 밖의 일은 나중에 다시 이야기하도록 합시다."

그때 악마의 아들들이 모습을 드러냈다. 검고 징그럽고 무서운 모습이었다. 둘 다 구리 못이 박힌 산수유나무 몽둥이로 무장하고 있었다. 전신을 갑옷으로 휘감고, 둥그런 방패를 머리 위로 풍차처럼 빙빙 돌리며 다가왔다. 사자는 그들의 모습을 보더니, 덤벼들 준비를 하고 몸을 부르르 떨었다. 악마의 아들들이 이베인에게 다가와 말했다.

"이봐, 이 사자 좀 치우시지! 지금 당장 항복하든지, 이 짐승이 우리를 공격하지 못하도록 안전한 곳에 가두어 두란 말야!"

"알았다. 어디에 가두라는 거냐?"

그들은 창문에 무거운 철창이 달려 있는 방을 가리켰다.

"저곳에 가두어라!"

이베인은 그렇게 할 수밖에 없었다. 사자를 가둔 뒤에 갑옷을 입고 무기를 챙겼다.

악마의 아들들은 사자가 갇힌 것을 확인하자 몽둥이를 휘두르며 공격해 왔다. 몽둥이에 맞아서 이베인의 방패와 투구가 찌그러졌다. 이베인은 비틀거리며 뒤로 물러섰다. 하도 세게 얻어맞아서 정신을 차릴 수가 없었다. 그러나 이내 정신을 수습하고 검을 뽑은 뒤, 용감하게 적들을 쳤다. 이번에는 악마의 아들들이 뒤로 물러나야 했다. 이베인의 공격은 적들에게 치명상을 입히지 못하고 화만 돋우어 놓았다. 그들은 이베인이 지금까지 상대했던 어떤 맞수보다도 힘이 셌다. 이베인은 점점 지치기 시작했다.

방에 갇힌 사자는 주인이 위험하다는 것을 알고 안절부절 어쩔 줄을 몰랐다. 창을 가로막고 있는 창살을 흔들어 보기도 하고, 문 쪽으로 달려가 몸을 부딪쳐 보기도 했지만, 아무 소용도 없었다. 놈은 갑자기 문 아래쪽의 땅을 파기 시작했다. 곧 빠져나올 수 있을 정도의 구멍이 파였다. 사자는 납작 엎드려서 배를 깔고 밖으로 나왔다. 놈은 즉시 이베인의 맞수 한 사람에게 달려들어 거꾸러뜨렸다. 적은 마치 털실 뭉치처럼 핑그르르 땅바닥에서 굴렀다. 사자는 나머지 하나의 적수에게 덤벼들었다. 그는 사자를 피하기 위해 옆으로 펄쩍 뛰었지만, 그를 노리고 있던 이베인이 검을 휘둘러 단번에 머리를 베어 버렸다. 이베인은 이번에는 땅바닥에 쓰러져 있는 적에게 다가갔다. 한쪽 어깨가 탈구되었고, 상처에서는 피가 철철 흘러나오고 있었다. 이베인이 검으로 그를 위협하며 소리쳤다.

"이제 그만 항복하시지! 패배를 인정하라."

상대방이 헐떡이며 대답했다.

"인정한다. 내가 졌다!"

"좋다. 이제는 나와 사자를 무서워하지 않아도 된다."

이베인은 그를 내버려두고 성으로 돌아왔다. 사람들은 이루 형언할 수 없는 기쁨으로 그를 맞이했다. 성주와 그의 아내가 달려 나와 그를 얼싸안았다. 성주가 감격에 겨워 말했다.

"경은 이제 우리 아들이오. 내 딸을 아내로 맞이하게 될 테니 말이오."

이베인이 대답했다.

"저는 따님을 아내로 맞이하지 않을 것입니다. 따님을 무시해서 그러는 것이 아닙니다. 따님은 이 세상 누구보다도 아름답습니다. 그러나 저는 따님을 아내로 삼을 수도 없고, 또 삼아서도 안 됩니다. 그 대신 제발 부탁이오니, 붙잡혀 있는 여자들을 전부 풀어주십시오. 그녀들이 모두 석방될 수 있는 조건은 이제 충족되었습니다."

"알겠소. 오늘로 여자들은 전부 자유요. 엄숙하게 약속하리다. 그러나 내 딸과 딸의 모든 재산을 받아주시오. 딸은 아름답고 부드럽고 지혜롭다오. 무엇이 더 필요하오?"

"제 말을 이해하지 못하시는군요. 성주님께서는 저에 대해 아무것도 아시는 것이 없습니다. 제 이름조차 모르시지요. 사람들은 저를 사자의 기사로 알고 있습니다. 그것이면 충분합니다. 제가 따님을 마다하는 데는 그럴 만한 이유가 있다는 것을 알아주시면 좋겠습니다. 저는 이만 떠나야 합니다."

성주가 갑자기 버럭 소리를 질렀다.

"내가 가도 좋다는 명령을 내리기 전에는 갈 수 없소. 내 딸을 거절한다면, 성문은 경 앞에서 결코 열리지 않을 것이며 경은 감옥에 갇혀 있어야 하오. 경은 내 딸을 경멸함으로써 나를 참을 수 없을 만큼 모욕한 것이오."

"성주님을 모욕할 생각은 추호도 없습니다. 다시 한번 말씀드리거니와, 저는 결혼할 수도 없고 이곳에 머무를 수도 없습니다."

"그렇다면 죽어야 할 것이오!"

성주가 갑자기 단도를 꺼내 들고 이베인의 가슴을 찔렀다. 칼날은 이베인의 몸에 꽂히지 않았다. 칼이 모르간에게 받았던 부적에 닿았기 때문이다. 그 순간 성주의 몸이 뻣뻣하게 굳어 버렸다. 이베인은 얼른 주위를 돌아보았다. 모두 석상처럼 굳어 있었다. 이베인과 사자, 그리고 말만이 살아 있었다. 이베인은 그 신비한 현상에 대해 궁금해 할 마음의 여유가 없었다. 말을 집어타고 전속력으로 달려 성을 빠져나와 황야를 달렸다. 그는 그이상한 페스메 성을 결코 돌아보지 않았다.

그는 곧 샘물 곁에 있는 숲속의 빈터에 도착했다. 그의 말은 평화롭게 풀을 뜯어먹고 있었고, 사자는 나무 아래 누워서 강아지처럼 얌전하게 잠들었다. 이베인의 마음에 우울이 다시 엄습했다. 사랑하는 여인에게 버림받았으므로 원하기만 했다면 성주의 딸과 결혼할 수도 있었을 것이다. 그러나 그는 그렇게 해서는 결코 행복해질 수도 없고 영혼의 평안도 찾을 수 없다는 것을 알고 있었다. 그는 자신이 단 한 명의 여자, 란둑의 라우디네만을 사랑하리라는 것을 알고 있었다. 어떤 일이 있어도 그의 사랑은 약해지지 않을 것이다. 그는 쿵쿵 뛰고 있는 가슴 위에 손을 올려놓았다. 그때, 모르간이 준 부적이 손에 닿았다.

"나는 지금까지 모르간을 믿지 않았다. 하지만 이 부적이 내 목숨을 살렸다. 내가 두려워해야 할 사람들은 악마들이 아니라 모욕당한 아버지였어. 모르간은 그걸 알고 있었던 거야. 이제 나는 모르간을 섬기는 기사가 되겠다. 내 도움이 필요하면 최선을 다해 돕겠어."

그러자 루네드가 모르간의 명령을 받고 자신을 구해 주었다던 말이 떠올랐다. 갑자기 가슴이 희망으로 가득 차는 것이 느껴졌다. 이모든 게 모르간이 원했던 대로 이루어진 것이라면, 혹시 모르간은 자신과 샘물의 부인이 화해하기를 바라고 있는 건 아닐까?

"어떻게 해야 할지 난 알고 있어."

그는 샘으로 다가가 물을 퍼서 돌계단 위에 부었다.

곧 무서운 폭풍우가 들이닥쳤다. 숲 전체가 바닥을 알 수 없는 심연 속으로 빠져 들어 가는 것 같았다. 란둑 성에 있는 부인은 성 전체가 한꺼번에 무너질지도 모른다며 두려움에 떨었다. 벽 여기저기에 금이 가고, 탑이 흔들렸다. 사람들은 너무나 무서워서 조상들에게 원망을 퍼부었다.

"이 나라에 처음으로 집을 지은 사람에게 수치가 있을진저! 이 성을 지은 사람들에게도 저주가 내리기를! 무엇 때문에 넓고 넓은 세상에서 하필이면 단 한 사람에게 침략당하고 고통을 겪게 되는 이런 땅을 택했단 말인가!"

폭풍우는 가라앉았다. 그러나 이베인은 다음 날 또 다음 날에도 돌계단 위에 물을 부었다. 그 자신도 폭풍우의 피해를 입었지만 괘념치 않았다. 라우디네가 어떤 식으로든 반응을 보일 것이 분명했기 때문이다.

셋째 날, 루네드는 라우디네를 찾아갔다.

"마님, 마냥 이렇게 손을 놓고 있을 수는 없습니다. 샘물을 지켜 줄 사람을 무슨 수를 쓰든 찾아야 합니다. 그런데 이 성안에는 위험을 무릅쓸 만큼 용감한 사람이 없습니다. 다른 곳에서 찾아보아야 합니다."

"그래, 네 말이 맞다. 하지만 어디에 가서 그런 사람을 찾는단 말이냐? 너는 때로 훌륭한 조언을 들려주지 않니? 어떻게 하면 좋겠니?"

루네드는 차갑게 대답했다.

"저도 모르겠어요. 하지만 어쩔 수 없으니 마님의 봉신 하나를 뽑아서 샘을 지키라고 명령하세요. 결과는 장담할 수 없지만 어쩌겠어요."

부인이 놀라서 소리쳤다.

"설마, 진심으로 하는 말은 아니겠지. 그들은 하나같이 겁쟁이들이야. 폭풍우 소리만 듣고도 지하실에 숨는 자들이란 말이다."

"저는 더 이상 제안할 것이 없습니다."

루네드는 그렇게 말하고는 방을 나가 버렸다.

루네드가 복도로 막 나섰을 때 부인 방의 문이 다시 열렸다. 부인이 루네드를 향해 말했다.

"잠깐만, 얘기를 좀더 나누어 보자꾸나."

루네드는 다시 방으로 들어가 라우디네 앞에 마주 앉았다.

"혹시 사람들이 사자의 기사라고 부르는 사람을 잘 아느냐?"

"물론이지요. 저를 장작더미에서 구해준 사람이 그분이잖아요. 저는 그분이 다른 많은 공도 세웠다는 것을 알고 있어요."

"우리에게 필요한 사람은 바로 그 사람이다."

"마님, 생각도 하지 마세요. 그분이 저에게 직접 말했어요. 사랑하는 여자의 원한과 미움이 느껴지는 동안에는 아무 일도 안 하겠다고요. 그분은 사랑의 절망으로 죽어 가고 있어요."

"우리가 그 사람을 그 사람의 귀부인과 화해시켜 주면 안 될까?"

"아주 좋은 생각이지만 불가능해요."

"어째서?"

"그분은 그 부인이 누구인지, 또 왜 사이가 나빠졌는지 절대로 얘기하지 않으려고 하거든요."

"그러면 알아내도록 노력해 보자. 그에게 호의를 베풀면, 그 보답으로 샘을 지켜 주지 않겠니? 루네드야, 너는 사자의 기사를 알고 있으니 그에게 접근할 수 있는 방법을 분명히 알고 있을 거야. 그를 찾아내어 나의 제안을 전해 주렴. 나의 샘물을 지켜 준다고 약속한다면 그와 그의 귀부인을 화해시켜 주겠노라고."

"그렇게 되도록 노력할게요. 하지만 그분을 설득할 수 있을지 모르겠어요."

그렇게 말하면서 루네드는 케이프로 얼굴을 가리고 회심의 미소를 지었다. 그녀는 부인에게 작별 인사를 한 뒤, 즉시 사자의 기사를 찾으러 샘물 곁으로 갔다. 그녀는 이베인이 어디 있는지 아주 잘 알고 있었다.

이베인은 나무에 기대어 앉아 있고, 사자는 그의 발치에 몸을 웅크리고 잠들어 있었다. 루네드가 다가오는 것을 보고 이베인은 자리에서 일어났다.

"무슨 소식을 가져왔소?"

"아주 좋은 소식이랍니다."

루네드는 라우디네의 제안을 설명해 주었다. 이베인의 얼굴에 기쁨이 흘러넘쳤다. 그는 환호성을 지르며 루네드를 껴안았다.

"아, 다정한 친구여. 그대에게 어찌 감사해야 할지……. 나는 결코 그대가 누려 마땅한 명예를 돌려줄 수 없을 것 같소!"

"그런 요구는 할 생각도 없답니다. 자, 이제 마님과의 만남을 어떻게 이끌어갈지 그 방법을 의논해 보죠."

두 사람은 오랫동안 대화를 나누고 나서 란둑 성을 향해 떠났다. 그들은 가는 길에 만난 사람들과 한마디 말도 나누지 않았다. 라우디네는 루네드가 사자의 기사와 함께 왔다는 소식을 듣고 뛸 듯이 기뻐했다. 그녀는 당장 그를 자기 방으로 모셔 오라고 일렀다. 이베인은 방에 들어와 부인의 발아래 꿇어앉았다. 고개를 푹 숙이고 있었기 때문에 부인은 그를 알아보지 못했다.

루네드가 라우디네에게 말했다.

"이분을 위로해 드리세요. 그리고 사랑하시는 분과 화해시켜 드리 겠다고 맹세하세요."

라우디네가 큰 소리로 외쳤다.

"물론이다. 전능하신 하느님의 이름에 걸고, 이분과 이분의 귀부 인을 화해시켜 드리겠다고 서약한다!"

루네드가 방긋 웃으면서 대답했다.

"그보다 쉬운 일은 없지요. 왜냐하면 이분은 바로 마님의 남편이 신 이베인 경이며, 이분이 세상에서 가장 사랑하시는 분은 바로 마님 이시니까요."

부인이 가늘게 몸을 떨기 시작했다. 이베인이 얼굴을 들었다.

부인이 루네드를 향해 말했다.

"오, 하느님, 네가 나를 함정에 빠뜨렸구나. 너는 나를 사랑하지도 않는 사람을 억지로 사랑하게 만들 생각이로구나. 이 사람을 용서하 느니 평생 비바람을 견디겠다!"

"마님, 조금 전에 맹세하셨지 않습니까? 맹세를 어기실 건가요?"

라우디네의 얼굴이 발갛게 달아올랐다. 그녀는 할 말을 찾지 못해 서 더듬거리고 있었다. 이베인은 일이 잘 되어가고 있다는 느낌을 받 았다. 라우디네는 곧 나를 용서하게 될 것이다.

시간이 한참 흐른 뒤, 라우디네는 이베인을 향해 다가가 어깨를 잡 으며 일으켜 세웠다.

"좋아요. 맹세를 어길 수는 없지요. 이제 그만 화해하기로 해요."

이베인이 환희에 가득 찬 목소리로 말했다.

"나를 용서해 주어 참으로 고맙소. 당신이 정해 준 기한을 잊어버리다니 내가 정신이 나갔었소. 얼마나 후회했는지 모른다오. 다시는 그런 일이 없을 거요. 당신을 위해 목숨을 걸고 샘물을 지키겠소."

라우디네와 이베인은 다정하게 껴안았다. 방을 나가는 루네드의 눈이 감동의 눈물로 촉촉하게 젖어 있었다.

이렇게 해서, 한때 사자의 기사라고 불렸던 우리엔 왕의 아들 이베인은 마음의 평화를 되찾았다. 평생 동안 그는 다른 여자를 가까이 하지 않았다. 그의 사자는 그가 원정을 다닐 때마다 따라다녔다.

 **06** 먼 곳의 그대

이베인은 아내 란둑의 라우디네와 함께 레그헤드에 있는 아버지 우리엔 왕의 궁전을 방문했다. 그는 그곳에 모르간이 있는 것을 보고 깜짝 놀랐다. 우리엔은 몇 년 전에 상처하고 혼자가 되었는데, 아더 왕의 누이 모르간을 아내로 맞이했던 것이다. 그는 모르간보다 나이가 훨씬 더 많았다. 우리엔의 신하들은 이 결합에 대해 말이 많았지만, 우리엔은 신경 쓰지 않았다. 이베인은 그가 페스메 성에 있을 때 모르간이 도우러 왔던 이유가 그 때문이었다는 것을 알게 되었다. 이베인이 돌아오자 궁 전체가 기쁨으로 술렁였다. 이베인은 우리엔 왕에게 브로셀리앙드 숲에서 일어났던 일을 아주 자세히 들려주었다.

그때 레그헤드 궁에 기주메르라는 젊은 기사가 있었다. 우리엔은 그를 특별히 사랑했다. 기주메르는 아르모리크 브르타뉴에 살고 있는 소영주의 아들이었다. 그의 아버지는 아들이 고결하고 용감한 기사가 될 수 있도록 우리엔 왕에게 보냈던 것이다. 우리엔은 젊은이의 높은 기상과 뛰어난 무공을 아주 높이 평가했다. 그는 젊은이를 곁에 두고 결정을 내려야 할 일이 있을 때마다 의견을 물었다. 젊은이는 용감할 뿐만 아니라 지혜로워서 사람들에게 많은 사랑을 받았다. 궁정의 여자들은 그를 연인으로 삼고 싶어 했다. 어떤 여자들은 그에게 은근히 구애하기도 했지만 순진한 그는 알아차리지 못했다. 그에게 중요한 것은 기사도뿐이었다.

어느 날 저녁, 그는 다음 날 사냥을 떠날 생각으로 필요한 준비를 하고 있었다. 한밤중에 그는 종자들과 수렵 담당관들, 몰이꾼들을 깨웠다. 새벽에 궁을 떠난 그들은 숲속으로 들어갔다. 곧 커다란 적갈색 사슴을 발견하고 뒤쫓았다. 사람들은 사냥개를 풀었다. 몰이꾼들이 제일 앞에서 달리기 시작했다. 기주메르는 거리를 두고 일행을 쫓아갔다. 종자가 활과 화살통, 사냥용 단도를 건네주었다. 기주메르는 말을 달리면서 사냥감을 발견하고 활을 쏘려고 했지만 사냥개가 내는 소리가 시끄러워서 전부 도망쳐 버렸다. 기주메르는 사냥감을 좀더 잘 쫓기 위해서 동료들로부터 떨어졌다.

숲을 나오자, 꽃이 만발한 넓은 벌판이 나타났다. 그는 벌판을 가로질렀다. 벌판 저쪽 산 중턱에 나무들이 빽빽한 숲이 보였다.

'마침 딱 알맞은 숲이 나타났군. 저곳에 가면 한가롭게 사냥을 즐길 수 있겠다.'

기주메르는 이렇게 생각하며 숲으로 들어갔다. 커다란 관목 숲 안에 숨어 있는 암사슴과 새끼 사슴이 보였다. 기주메르가 다가가자 놈들은 도망쳤다. 몸이 온통 하얀색인 암사슴이었는데, 기이하게도 머리에 수사슴의 뿔이 달려 있었다.[+] 기주메르는 망설이지 않고 활을 당겼다. 화살은 암사슴의 앞발에 맞았다. 사슴은 몸부림쳤다. 그런데 믿을 수 없는 신비한 일이 일어났다.

화살이 저절로 사슴의 발에서 뽑혀 나와 방향을 틀더니 공기를 가르며 날아와 기주메르의 넓적다리에 꽂힌 것이다. 너무나 고통스러웠던 그는 말에서 내려야 했다. 그는 피를 철철 흘리며 풀밭 위를 뒹굴었다. 암사슴의 상처도 심했다.

사슴은 신음 소리를 내면서 사람의 말로 이야기하기 시작했다.

✚ 신성함은 종종 양성 구유자로 나타난다. 그것은 신적인 존재가 성적 분화 이전의 존재(유대의 카발라 전통에서는 이브가 분리되어 나오기 이전의 원초적 인간을 아담 카드몬이라고 부른다)이기 때문인데, 이 장면에서 암사슴이 수사슴의 뿔을 달고 있는 것은 앞서서 그위디온과 거플렛이 고에윈을 강간한 벌로 계속 성을 바꾸어 가면서 동물 상태에 있었던 것과 같은 상징적 맥락 위에 놓여 있다. 처녀의 순결성을 짓밟았던 거플렛이 우선 암사슴으로 변하는 벌을 받게 되는데, 이 일종의 신화적 성전환은 신성성에 합류하기 위한 전제 조건이라고 볼 수 있다. 강간에 대한 벌은 일종의 제도적 핑계에 불과하다.

이 성전환을 위해서 한 명이 아니라 두 명의 강간범이 필요했던 이유는, 이 신화적 일화가 형성될 당시의 종교적 관념이 이미 지중해-기독교적 이원론에 깊숙이 침윤되어 있었기 때문이라고 여겨진다. 고대에 형성된 신화였다면, 이 성전환과 신성한 존재들의 탄생을 위해서 두 사람의 존재가 필요하지 않았을 것이다. 두 사람은 라이라고 하는 새로운 왕의 교육자로서 단련되기 위해 원시 상태의 신성함으로 돌아가 몇 차례의 성전환을 겪은 것이라고 해석할 수 있다.

고대적 의미의 지식은 아주 많은 경우에 '성'과 연관된다. 현대적 의미의 처녀성의 상실은 이 신화의 원형 안에서는 조금도 중요한 요소가 아니다. 아리안로드의 모성의 거부도 그러한 맥락에서 이해되어야 한다. 그녀는 '나쁜 어머니'가 아니라, 아이를 돌보는 책임을 면제받은 신성한 여왕이다. 장 마르칼은 라이가 아리안로드와 그위디온의 근친상간으로 태어났다고 해석하지만 그보다는 저절로 태어난, 아비 없는, 아비에게 매여 있지 않은 독립적인 여성의 아들이라고 해석하는 것이 옳다고 생각된다. 아리안로드의 분노는 자신의 지위를 빼앗긴 여신의 분노이다. 그녀는 전혀 다른 의미로 이미 '처녀'가 아닌 것이다. 제도는 이미 그녀의 종속을 명하고 있기 때문이다. —역주

아담 카드몬

"저주받을 인간이여, 네가 나를 죽이는구나! 네가 입힌 상처 때문에 이제 나는 죽을 것이다. 나를 이렇게 다치게 하였으니 네 상처는 약초로도 의술로도 주술의 힘으로도 낫지 않을 것이다. 너를 찾아내서 고쳐 줄 여인이 나타나기 전에는 그 누구의 도움도 받지 못하고 신음할 것이다. 그 여인은 너를 위하여 어떤 여인도 겪지 않았던 혹독한 고통을 겪을 것이며, 너 또한 상처보다 사랑의 아픔으로 더욱 괴로워하게 되리니, 전에 사랑하였고 지금 사랑에 빠져 있고 앞으로 사랑하게 될 모든 사람들의 경탄을 자아낼 것이다. 이곳을 떠나라, 저주받은 사냥꾼이여! 혼자 있게 해 다오!"

기주메르는 힘들게 몸을 일으켜 겨우 안장 위로 올라갔다. 그는 방금 들은 이야기를 곰곰히 생각하면서 말을 몰았다. 도대체 그게 다 무슨 말일까. 너무나 무서웠다. 그는 사랑을 얻고 싶다는 생각이 드는 여자를 만난 적이 한번도 없었다. 암사슴의 말이 사실이라면 그는 죽을 수밖에 없는 운명이었다. 이 세상 어떤 여자보다도 그를 위해 사랑으로 고통스러워해 줄 여자가 존재할 리 없었기 때문이다. 그러나 그는 죽고 싶지 않았다.

기주메르는 종자를 불러 말했다.

"친구여, 전속력으로 달려가서 내 동료들에게 가능한 한 빨리 와 달라고 전해 주게!"

종자가 말을 달려 떠났다. 기주메르는 혼자 남았다. 상처가 깊었다. 그는 신음하면서 속옷을 찢어 허벅지를 졸라맸다. 동료들이 종자와 함께 달려왔다. 그들은 들것을 만들어서 그를 태우고 집으로 데려갔다.

의사들이 와서 상처에 약을 발라 주었지만 상처는 아물지 않았고, 기주메르는 계속 고통으로 신음해야 했다. 며칠이 지난 뒤 기주메르는 의술이 아무 소용없다는 것을 깨닫고, 종자에게 모르간 왕비를 모셔 오라고 일렀다. 기주메르는 모르간이 마법과 의술에 능통하다는 것을 알고 있었다. 모르간이라면 그를 치료할 수 있는 방법을 알고 있을지 모른다.

기별을 받은 모르간이 기주메르를 찾아왔다. 상처를 살펴본 뒤에 어떻게 상처를 입게 되었는지 자세히 설명해 달라고 말했다. 기주메르는 일어났던 일을 설명한 뒤 암사슴에게 들었던 이야기를 그대로 옮겼다.

모르간이 말했다.

"경은 분명히 마법에 걸린 거예요. 경의 화살을 맞은 사슴은 사슴이 아닙니다. 그 때문에 그 존재의 복수는 돌이킬 수 없는 것이지요.+ 저주의 내용이 너무나 명확해서 나도 어찌 해 볼 방법이 없군요. 그대를 지극히 사랑해서 이 세상 어떤 여자보다도 더 큰 고통을 감내할 여자만이 이 상처를 치유할 수 있어요. 그녀를 찾아내야 해요. 어떻게 해야 할지 일러 드리지요. 아무에게도 말하지 말고, 혼자 내일 아침 바닷가에 있는 하구로 가세요. 강물 한가운데로 뻗어 있는 곳이 하나 있는데, 그곳에 가면 배가 있을 거예요. 그 배를 타고 운명이 이끄는 대로 자신을 맡기세요. 내가 경에게 해 줄 수 있는 것은 이게 전부랍니다. 신의 은총을 빕니다."

모르간이 떠나고 난 뒤, 기주메르는 여러 가지 생각으로 혼란스러웠다.

"나는 정말 마법의 저주를 받은 것일까?"

그래도 모르간의 이야기를 들으니 희망이 솟아오르는 듯했다.

다음 날 그는 날이 밝기도 전에 죽을힘을 다해 자리에서 일어났다. 그리고 누구의 눈에도 띄지 않게 마구간으로 가서 빠른 말을 고른 다음, 바닷가를 향해 떠났다. 절벽 가장자리에 도착하니 모르간이 말했던 곳과 하구가 보였다. 그는 신음하면서 겨우 말에서 내려 좁은 오솔길로 접어들었다. 얼마 지나지 않아 오목하니 숨겨져 있는 작은 만이 나왔다. 절벽 꼭대기에서도 보이지 않

+ 켈트 전승 안에 아주 널리 퍼져 있는 신화 주제이다. 핀Finn 전설군에 속하는 아일랜드 서사시에서 오이신(오시안)의 어머니는 마법에 걸려 일 년의 절반은 암사슴의 모습으로 살아야 한다. 새-여자의 신화도 같은 주제와 연관이 있는데, 아마도 아주 오래된 샤머니즘에서 유래한 것 같다.

을 정도로 숨겨져 있는 만이었다. 그곳에 바람결에 돛을 펄럭이는 작은 배가 한 척 있었다.

기주메르는 망설이지 않고 갑판에 올랐다. 배를 지키고 있는 사람이 있을 것이라고 예상했지만 배 위에는 아무도 없었다. 배는 아주 깨끗했다. 안팎이 모두 이음새를 찾을 수 없을 정도로 송진이 잘 칠해져 있었다. 쐐기는 흑단으로 되어 있었으며 돛은 아주 탄탄한 비단이었다. 배 한가운데에 다리와 가장자리를 금과 상아로 장식한 사이프러스 목재 침대가 놓여 있었다. 알렉산드리아풍의 자주색 옷감으로 싼 검은담비 이불이 덮여 있었는데, 그 위에는 금실로 수놓은 덮개를 씌워 놓았다. 베개는 너무나 부드러워서 마치 구름처럼 보였다. 배의 앞머리에 각각 초가 한 자루씩 밝혀진 두 개의 촛대가 있었다.

기주메르는 눈앞에 보이는 광경에 감탄했다. 그러나 상처가 견딜수 없이 아파서 침대에 드러누웠다. 죽을힘을 다해 그곳까지 왔기 때문에 서 있을 힘도 없었다. 조금 뒤에 배 주인이 오는지 보려고 몸을 일으켜 보니, 배는 바다 한복판으로 나와 있었다. 배는 물결을 가르며 빠른 속도로 그를 어디론가 실어갔다. 물 위에 떠 있다는 것이 느껴지지 않을 정도로 배는 거의 흔들리지 않았다. 바람은 부드러웠고 돛은 팽팽하게 부풀어 올랐다. 커다랗고 하얀 새들이 배 주위를 빙빙 맴돌았다.

기주메르는 생각에 잠겼다. 키를 잡은 사람도 없이 파도에 실려 이렇게 저 혼자 떠가는 배 안에서 나는 과연 어떻게 될까? 고통은 조금도 사라지지 않았다. 그는 신께 기도를 올렸다. 권능으로 보호하시어 좋은 항구에 데려다 주시고 모든 위험에서 지켜 주소서. 기도를 마친 그는 다시 침대에 누웠다. 그리고 깊은 잠 속으로 빠져 들어 갔다.

먼 바다에 있는 어떤 섬에 오래된 도성이 하나 있었다. 그곳의 영주는 아주 나이가 많은 남자였다. 그의 아내는 높은 가문의 딸로, 솔직하고 예의가 바른데다 무척 아름다웠다. 영주는 미친 듯한 질투에 사로잡혀 있었다. 나이 많은 남자가 아내에게 배반당할까 봐 두려워하는 것은 자연의 법칙이다.[✚] 그는 아내를 엄격하게 감시하게 했다. 아성 아래에 과수원이 있었는데 바다에 면해 있는 쪽만 빼고 사방이 높고 두터운 초록색 대리석 담장으로 에워싸여 있었다. 문이라고는 단 하나밖에 없었고 위병들이 밤낮으로 지켰다. 다른 쪽 끝에는 바다가 펼쳐져 있었기 때문에 배를 타지 않고는 접근이 불가능했다.

[✚] 원초적 삼각관계라고 부를 만한 늙은 남편-아름답고 젊은 아내-젊은 연인의 삼인조는 이 설화의 원형이라고 할 수 있는 아일랜드 신화에서 계속 나타난다. 이 관계는 원래 시간의 지배를 받지 않는 불멸의 여신과 그녀의 힘의 실무 대리인인 젊은 인간 왕(그녀가 공동체의 풍요를 확보하기 위해 주기적으로 갈아 치우는)의 짝이었다. 이는 심리학적으로는 어머니와 아들의 원형적 짝이다. 그런데 인류 문화 전반이 가부장제의 영향 아래 놓이게 되면서 남편인 왕에게 실권이 넘어간 뒤, 몰락한 여신의 변형인 왕비(인간의 나이로 보면 틀림없이 늙은 여자. 그러나 이 계열의 신화 안에서 왕비는 절대로 늙지 않는다)가 젊은 남성과 불륜을 저지르는 형태로 원초적 짝의 신화적 주제가 유지된다. 따라서 서구 신화에서 계속 나타나는 '오쟁이진 남편'의 주제는 이 오래된 신화 주제의 변형이다.

기주메르의 신화에서는 그 주제가 신화가 쓰여진 당대인 12세기의 궁정식 사랑의 외피를 쓰고 있다. 기주메르의 연인인 부인은 분명히 사랑의 여신의 역할을 하고 있으며, 기주메르에게 활을 되돌려 보낸 양성구유 사슴은 에로스 신의 변형이다. 부인의 이름이 끝까지 거명되지 않는다는 사실은 여성적 몰주체성을 나타내는 것이 아니라, 그녀가 원래 설명할 수 없는 신적 질서의 대리인이라는 것을 나타낸다. ─역주 영주는 아내를 안전한 곳에 숨겨두기 위해서, 이 과수원 안에다 집을 한 채 짓게 했다. 하늘 아래에 그 집보다 더 아름다운 집은 없었다. 입구에는 조그만 성당이 있었다. 방으로 가기 위해서는 복도를 지나가야 했는데, 복도의 벽 위에는 과거의 역사를 그린 그림이 걸려 있었다. 부인은 그 방에서 살아야 했다. 영주는 자기 누이의 딸을 부인과 함께 살게 했다. 훌륭한 교육을 받은 고결한 성품의 여자였다. 부인과 영주의 조카딸은 깊은 우정을 나누는 사이가 되었다. 두 여자는 한담을 나누면서 과수원을 산책하기도 하고, 식사를 같이 하기도 했다. 두 여자가 집으로 돌아오기 전에는 여자건 남자건 아무도 과수원 안에 들어갈 수 없었다. 머리가 허옇게 늙은 사제 한 사람이 대문 열쇠를 가지고 있었다. 그는 부인 앞에서 미사를 드리기도 하고 식사 시중을 들기도 했다. 영주는 그를 전적으로 신뢰하고 있었는데, 그것은 그가 오래전에 신체의 어떤 능력을 잃어버렸기 때문이었다.

어느 날 저녁, 부인은 시녀와 함께 과수원으로 나왔다. 하루 종일 잠만 잤기 때문에 바람을 좀 쐬고 싶었던 것이다. 두 여자는 재잘거리면서 바다를 바라보고 있었다. 수평선이 붉게 물들 무렵, 차오르는 밀물에 실려 돛이 팽팽한 배 한 척이 곧장 해안을 향해 달려오는 것이 보였다. 두 여자는 갑판 위에 아무도 없는 것을 보고 많이 놀랐다.

부인이 보인 첫 번째 반응은 도망치는 것이었다. 너무 오랫동안 갇혀 살아 왔던 그녀는 평소와 다른 일이 실제로 눈앞에서 벌어지자 겁부터 집어먹었던 것이다. 그녀의 얼굴빛이 핼쑥해졌다. 그러나 젊은 시녀는 부인보다 용감했다. 그녀는 배 위에 아무도 없으니 위험한 일은 일어나지 않을 거라고 말하며 부인을 안심시켰다.

"아주 이상한 일이에요. 하지만 좀더 알아보고 싶어요."

시녀는 배가 있는 곳으로 달려가 망토를 벗은 뒤에 위로 올라갔다. 배 안에서는 아무런 인기척도 느낄 수 없었다. 그러나 자세히 살펴보니 잘생긴 젊은 기사가 침대 위에 잠들어 있는 게 아닌가. 그녀는 가까이 다가갔다. 얼굴빛이 죽은 사람처럼 아주 창백했다.

시녀는 서둘러 부인에게 돌아가 자기가 방금 본 것을 이야기했다. 그러면서 침대에 누워 있는 그 미지의 미남이 가엾다고 자신의 느낌을 덧붙였다.

부인이 대답했다.

"그 사람을 보고 싶구나. 정말로 죽은 거라면 신부님 도움을 받아 묻어 주고 그의 영혼을 위해 미사를 드려 주자. 만일 살아 있다면 왜 그 배를 타고 있는지 이유를 말해 주겠지."

부인과 시녀는 곧장 배 있는 곳으로 갔다. 부인이 앞장서고 시녀가 뒤를 따랐다.

부인은 갑판에 올라가 침대로 다가갔다. 그녀는 멈추어 서서 기사를 내려다보았다. 부인의 마음에 동정심이 가득 찼다. 이렇게 아름다운 몸과 얼굴을 가진 젊디젊은 사람이 이런 지경에 처하다니 가엾기도 하지. 부인은 그의 가슴 위에 손을 얹어 보았다. 가슴은 아주 따뜻했고 늑골 아래에서 심장이 뛰고 있는 것이 느껴졌다.

부인이 외쳤다.

"살아 있네!"

시녀가 달려왔다. 그때, 기사가 눈을 뜨고 두 여자를 바라보았다. 배가 육지에 닿았다는 것을 알아차린 그는 윗몸을 조금 일으키면서 명랑하게 인사했다. 부인은 답례한 뒤에 어디에서 온 누구인지, 왜 키 잡은 사람도 없는 배에 혼자 타고 있는지 물었다.

기사가 대답했다.

"부인, 제 이야기는 아마 믿기 어려우실 겁니다. 그러나 숨김없이 모두 말씀드리지요. 믿고 싶으시다면 믿어 주십시오. 그것이 진실이라는 걸 맹세합니다. 며칠 전 일입니다. 저는 숲속에서 사냥을 하고 있었습니다. 하얀 암사슴을 활로 쏘았지요. 그런데 어떤 마법의 힘에 의해서인지, 화살이 도로 제게 날아와 넓적다리에 박혔습니다. 그 뒤에는 더 이상한 일이 일어났어요. 암사슴이 사람의 말로 불평을 하는 것이었습니다. 사슴은 저를 저주했어요. 제 상처는 저를 사랑해서 죽음의 고통을 겪어 낼 여자에 의해서만 나을 수 있다는 겁니다. 어디로 가야 그녀를 찾을지 알지 못했지요. 그래서 마법에 통달한 아더 왕의 누이 모르간 님에게 제가 겪은 일을 이야기했습니다. 그랬더니 바닷가에 가면 배가 한 척 있을 텐데 그 배를 타야 한다고 조언해 주더군요. 그래서 그렇게 했습니다. 미친 짓이었습니다. 배를 타자마자 바다 한복판으로 떠밀리는 겁니다. 어디 있는지 어디로 가야 하는지도 몰랐고, 부상을 입어서 배를 조종할 수도 없었습니다. 아름다운 부인이여, 전능하신 신을 위해 제발 제게 조언을 해 주십시오."

부인이 대답했다.

"기사여, 조금도 두려워하지 마세요. 이 도성과 주위의 영토들은 모두 제 남편의 소유랍니다. 그는 높은 가문 출신이며, 부자랍니다.

하지만 나이가 아주 많고 질투심에 사로잡혀 있지요. 그는 저를 이곳에 유폐시켰어요. 저는 밤이고 낮이고 이곳에서 살아가고 있습니다. 이곳에 제 성당도 있고 방도 있어요. 보시다시피 이 아가씨와 단 둘이 살고 있어요. 문도 하나뿐이고 늙은 사제가 열쇠를 가지고 있지요. 지옥의 불이 그를 태워 버렸으면 좋겠어요! 사제가 허락을 하든지 남편이 명령을 내려야만 저는 이곳을 나갈 수 있답니다. 어쨌든, 원하신다면 몸이 나을 때까지 이곳에 숨어 계세요. 우리가 돌봐 드리겠습니다."

기주메르는 부인의 이야기에 감동했다. 그는 진심으로 고맙다고 말했다. 악몽으로 시달리던 무거운 꿈에서 벗어나 두 명의 여자와 함께 지낼 수 있게 되어 무척 기뻤다. 그는 몸을 일으켜 침대를 빠져나와서는 두 여자의 부축을 받아 방까지 갔다. 젊은이는 칸막이로 사용하는 커튼 뒤에 놓인 아가씨 침대 위에 눕혀졌다. 두 여자는 물을 떠다가 상처를 씻겨 주었다. 깨끗한 헝겊 조각으로 상처 주위의 피를 닦고 붕대로 잘 감았다. 조심조심하면서, 기주메르를 만질 때마다 아프지 않느냐고 물어보면서 정성을 다했다. 기주메르는 꿈꾸는 듯한 기분이었다. 벌써 상처가 나았다는 느낌마저 들었다.

저녁이 되어 사제가 음식을 차려 주고 나갔을 때 시녀는 음식을 덜어 기사에게 가져다주었다. 그는 잘 먹고 마셨다. 그러면서 자기도 모르게 자꾸 부인의 얼굴을 바라보았다. 그는 자기가 처음으로 느껴보는 이상한 감정에 사로잡혔다는 것을 알았다. 그는 이제 상처에 대해 생각하지 않았다. 어떤 다른 전쟁이 가슴에서 벌어지고 있었다. 그 전쟁이 그를 다른 방식으로 아프게 했다. 그는 긴 한숨을 내쉬더니 쉬고 싶다고 말했다. 부인과 시녀가 방을 나갔다.

기주메르는 잠을 이루지 못했다. 그는 상념에 사로잡혀 괴로워했다. 도대체 자신에게 무슨 일이 일어났는지 알 수 없었다. 한 가지 사실만은 분명했다. 만일 부인이 그의 새로운 상처를 치료해 주지 않으면 그는 죽을 것이다.

그는 속으로 생각했다.

'아, 어떻게 해야 한다는 말인가? 부인을 찾아가 운명의 여신에게 잔인하게 얻어맞은 불쌍한 남자를 가엾이 여겨 자비를 베풀어 달라고 부탁할까? 만일 그녀가 오만하게 나의 부탁을 거절한다면, 나는 고통으로 죽거나 남은 날을 슬퍼하며 보내야 한다.'

그는 제어할 수 없는 마음의 동요에 사로잡혀 밤새 소리 없이 눈물을 흘렸다.

그는 그를 후려친 모든 영상들을 하나하나 떠올려 보았다. 부인의 말, 그녀가 몸을 움직이는 방식, 입술의 움직임, 아름다운 머리카락의 색깔, 해맑은 얼굴, 희고 가느다란 손,

"오, 하느님! 내 상처를 낫게 할 여인이 부인은 아닌가요? 세상의 어떤 여자보다도 사랑으로 인해 고통을 겪게 될 여인이?"

밤새 고통에 시달린 것은 젊은 기사만이 아니었다. 부인도 마찬가지였다. 밤새 한잠도 자지 못한 부인은 날이 밝기 전에 일어났다. 부인 옆에서 잤던 아가씨는 부인의 얼굴을 보고 그녀가 사랑의 병으로 고통스러워한다는 것, 모든 신경이 기사에게 쏠려 있다는 것을 알아차렸다. 그러나 젊은 기사가 부인에 대해 어떤 감정을 가지고 있는지 알 수 없었으므로, 그녀는 아무 언급도 하지 않았다. 부인이 성당으

로 기도하러 간 사이에 아가씨는 기사를 찾아가서 침대 옆에 있는 의자에 앉았다.

기사가 물었다.

"친구여, 부인께서는 어디에 가셨나요? 왜 그렇게 일찍 일어나셨지요?"

시녀는 대답 대신 한숨을 내쉬었다. 조금 뒤에 그녀가 입을 열었다.

"저는 기사님이 사랑에 빠지신 걸 알아요. 숨기려고 하지 마세요. 마님은 정말 아름다운 분이시지요. 기사님도 잘생기셨어요. 그러니 두 분의 만남은 아름다운 일이지요. 하지만 마님의 사랑을 얻고 싶다면 과묵해야 합니다. 마님의 명예를 해칠 일은 절대 해서는 안 돼요."

"아가씨, 나는 무서운 사랑에 사로잡혔어요. 누군가 와서 나를 도와주지 않는다면 이 병은 점점 더 깊어질 거예요. 나를 도와주세요. 내 감정을 고백하려면 어떻게 해야 합니까?"

아가씨가 웃으면서 대답했다.

"가슴이 시키는 대로 말씀하시면 돼요."

부인은 미사를 끝내고 방으로 돌아왔다. 그녀는 기사의 상태가 어떤지, 아직 잠들어 있는지 깨어났는지 시녀에게 물었다. 시녀는 아무 말도 하지 않고 기사가 누워 있는 침대 곁으로 부인을 데려간 뒤 두 사람만 남겨 두고 빠져나왔다.

부인이 물었다.

"간밤에는 잘 주무셨나요? 아직 상처가 많이 아프세요?"

기주메르는 대답할 용기를 내지 못했다. 낯선 땅에서 사랑을 고백했다가 거절당한다면 어떻게 될까? 부인은 나를 증오하면서 쫓아내지 않을까? 그러나 그를 괴롭히고 있는 감정은 그가 입을 다물고 있도록 내버려두지 않았다.

"부인께서 보신 상처, 부인이 정성스레 치료해 주신 그 상처는 부인이 제게 남기신 상처에 비하면 아무것도 아니랍니다."

부인이 놀란 체하며 대답했다.

"그게 무슨 말이지요?"

"부인, 저는 아무것도 감출 수 없습니다. 부인 때문에 죽게 생겼습니다. 제 사랑을 받아 주십시오. 원컨대, 저를 물리치지 마십시오."

그의 말을 듣는 부인의 마음은 매혹으로 가득 찼다. 그녀가 웃으면서 대답했다.

"친구여, 저는 그런 요구에 금방 답하는 습관은 가지고 있지 않답니다."

기주메르가 소리쳤다.

"제가 하는 말을 화내지 말고 들어주십시오. 교태 넘치는 여인은 자신의 값어치를 높이기 위해서, 사랑의 유희를 모르는 순진한 여자처럼 보이려고 구애자의 애를 태우지요. 하지만 솔직하고 고상한 여인은 자신이 사랑하는 남자를 만나면 거만하게 행동하지 않습니다. 그녀는 그를 사랑하고 기쁨을 누립니다. 누군가 알아차리기 전에 두 사람은 행복을 발견한답니다. 부인, 이런 말이 다 무슨 소용이 있을까요? 저는 더 이상 기다릴 수 없습니다."

부인은 기주메르의 말이 옳다고 생각했다. 그녀는 몸을 숙이고 당장에 입맞춤을 쏟아부었다. 두 사람은 오랫동안 소곤소곤 이야기를 나누고, 입을 맞추고, 애무했다. 그리고 연인들이 잘 알고 있는 사랑의 유희에 몰두했다. 그들은 그렇게 몇 주 동안 환희 속에서 살았다. 기주메르의 상처는 곧 나쁜 기억에 불과한 것이 되어 버렸다.

어느 여름날 아침, 연인 옆에서 쉬고 있던 부인이 그의 입과 얼굴에 입 맞춘 뒤에 말했다.

"아름다운 나의 친구, 왠지 불안해요. 간밤에 꿈을 꾸었는데 잊히질 않아요. 내 가슴이 내가 당신을 잃을 거라고 경고하고 있어요. 그래요, 우린 발각될 거예요. 당신이 죽으면 나도 죽을 거예요. 하지만 당신은 목숨을 구할 수 있다면, 다른 여자를 사랑할 거예요. 나는 홀로 고통 속에 남겨지겠지요."

"그런 바보 같은 얘기는 하지 말아요. 내가 다른 여인 곁에서 위안을 얻는다면 신께서 나의 기쁨과 평화를 빼앗아 가실 거예요. 걱정하지 말아요."

부인은 잠깐 생각에 잠겼다가 말을 이었다.

"징표를 가지고 싶어요. 당신의 윗옷을 보여 주세요. 끝자락으로 매듭을 만들게요. 그 매듭을 쉽게 푸는 여자가 있다면 그녀를 사랑해도 좋다고 허락할게요."

기주메르는 윗옷을 벗어 부인에게 주었다. 부인은 그것을 가지고 칼로 자르지 않으면 아무도 풀어 낼 수 없도록 단단한 매듭을 만들었다. 그런 다음에 그것을 기주메르에게 주면서 잘 간직하라고 부탁했다. 이번에는 기주메르가 부인에게 허리띠를 채워 주면서 찢거나 자르지 않으면 열 수 없는 방식으로 버클을 꽉 잠갔다.

"힘을 사용하지 않고 이 버클을 열 수 있는 남자가 있다면 그 사람과 사랑을 해도 좋아요."

두 연인은 약속을 봉인하기 위해서 긴 입맞춤을 나누었다.

바로 그날, 그들의 밀애는 발각되었다. 부인에게 옷을 가져다주라는 명령을 받고 온 시종에게 들켜 버린 것이다. 방문이 잠겨 있어서 들어갈 수 없었던 그는 창을 통해 두 연인이 침대에 나란히 누워 있는 모습을 발견했다. 그는 득달같이 영주에게 달려가 자기가 본 것을 고해 바쳤다. 영주는 세 명의 신하를 거느리고 부인의 방으로 곧장 들이닥쳤다. 문이 잠겨 있었으므로 부수어야 했다. 부인과 기주메르가 함께 있는 것을 목격한 영주는 분노로 몸을 떨면서 젊은 기사를 당장 죽여 버리라고 명령했다.

기주메르가 몸을 일으켰다. 공포에 사로잡혀 허둥대지는 않았다. 그는 빨래를 걸어 말리는 굵은 전나무 가지를 손에 잡았다. 그 즉흥적인 무기를 들고 적을 위협했다. 영주와 신하들이 뒤로 물러섰다. 젊은 기사가 어려운 상황에서 의연하게 대처하는 것을 보고 영주의 분노가 조금 가라앉았다. 어쩐지 단순한 젊은 난봉꾼이 아니라는 생각이 들었던 것이다. 게다가 영주는 용감한 사람을 아주 높이 평가하는 경향이 있었다. 영주가 기주메르에게 이름은 무엇이며 어디에서 왔는지, 이곳에는 어떻게 들어오게 됐는지 물었다. 기주메르는 다친 암사슴과 저주, 그의 부상, 영주의 도성까지 그를 데리고 온 배에 대해 이야기했다.

이야기를 듣고 난 영주가 말했다.

"난 그 얘기를 믿을 수 없다. 그런 일은 있을 수 없다. 진실을 말하라."

"진실입니다."

"증거를 대라. 너를 여기까지 데리고 왔다는 그 배를 찾기를 바란다. 전능하신 하느님의 이름에 걸고 배가 항구에 있는 것이 사실이라면 너를 안전하게 보내 주겠다. 그때는 그 배를 타고 떠나라. 만일 거짓이라면, 죽음을 면치 못할 것이다!"

기주메르는 영주의 제안을 받아들였다.

그들은 방을 나와서 바다를 향해 내려갔다. 성벽의 발치에 배가 있는 것을 보고 왕은 크게 놀랐다. 기주메르는 곧 배를 알아보았다. 그를 그곳으로 데리고 왔던 바로 그 배였다. 영주는 맹세를 했기 때문에 기주메르를 보내 주는 수밖에 없었다. 기주메르가 배에 오르자마자 배는 신기하게도 저절로 바다를 향해 떠났다. 배는 곧 넓은 바다에 이르렀다. 기주메르는 죽음은 면했지만 생명보다 더 사랑하는 여자를 잃은 고통에 사로잡혔다. 그녀의 남편이 복수하기 위해 그녀를 어떻게 취급할지 알 수 없어 그의 고통은 더욱더 컸다.

기주메르가 고통스러워하는 사이에 배는 예전의 그 작은 만에 도착했다. 그는 땅에 내려선 다음 오솔길을 따라 절벽 꼭대기까지 올라갔다. 마침 말을 탄 그의 종자가 말 한 마리를 끌고 지나가고 있었다.

기주메르가 이름을 부르자 그는 주인을 알아보고 얼른 말에서 뛰어내려 절을 한 뒤에, 두 마리 말 중에서 더 나은 놈을 주인에게 주었다. 마침내 기주메르가 궁으로 돌아왔다. 그의 모든 봉신들과 하인들은 그의 상처가 말끔히 나은 것을 보고 기뻐했다. 우리엔 왕이 잔치를 열었을 때, 모르간 왕비는 모든 것을 다 알고 있다는 미소를 지었다. 그러나 그녀는 아무 말도 하지 않았다.

기주메르의 명성은 나라 전체에 퍼졌지만 그는 언제나 생각에 잠긴 듯 우울한 표정을 짓고 있었다. 사람들은 결혼을 하라고 성화였지만 그는 한사코 싫다고 대답했다. 결국 사람들의 성화에 지친 그는, 자신의 윗옷 자락에 매인 매듭을 힘쓰지 않고 쉽게 풀 수 없다면 아무리 예쁘고 돈이 많은 여자라고 해도 아내로 맞을 생각이 없다고 선언했다. 그 얘기가 알려지자 많은 여자들이 와서 매듭을 풀어 보려고 했지만 아무도 성공하지 못했다.

늙은 영주는 자기 아내를 어떻게 하는 것이 좋겠느냐고 의논하기 위해 봉신들을 불러 모았다. 그들은 회색 대리석 탑에다 혼자 가두어 놓는 것이 좋겠다는 의견을 내놓았다. 그곳에 뚫려 있는 작은 구멍으로 넣어 주는 음식과 물을 먹으면서 평생 갇혀 지내야 한다는 판결이 내려졌다. 그러나 부인을 괴롭히는 것은 갇혀 있다는 사실이 아니라 연인을 빼앗겼다는 사실이었다. 그녀는 절망으로 손을 쥐어뜯으며 신음했다. 탑에서 바다로 뛰어내릴 수 있다면 그렇게 했을 것이다. 하지만 탑에는 쇠창살이 단단히 박혀 있는 문 하나와 창 하나밖에 없었다. 바깥으로 뛰어내릴 방법은 없었다. 그녀는 하릴없이 고통을 끝내 달라고 하늘을 바라보면서 울며 기도하는 수밖에 없었다.

어느 날, 창가에 서 있는 그녀의 눈에 탑 주위를 빙빙 돌고 있는 한 무리의 검은 새들이 보였다. 새들은 마치 탑을 에워쌀 듯이 계속 빙빙 돌고 있었다. 그 나라에서는 한번도 본 적이 없는 새였다. 그중 한 마리가 창가에 앉아 마치 부인을 부르는 것처럼 목쉰 소리로 깍깍 하고 울기도 했다. 손을 내밀었더니 다른 놈들에게로 날아가 버렸다. 새들은 이윽고 탑을 에워싸고 돌기를 멈추더니 바다를 향해 날아갔다. 부인은 '참 이상한 일이다, 이게 무슨 뜻이지' 하고 생각하며 서성이다가 문 앞을 지나가게 되었는데, 놀랍게도 문이 열려 있는 것을 알게 되었다. 그녀는 당장 밖으로 나와 바닷가를 향해 정신없이 뛰었다. 바다에 몸을 던져 죽을 작정이었다. 그러나 몸을 던지려고 올라간 바위에서 아래를 내려다보니, 그녀의 연인을 실어 왔던 배가 해안에 밀려와 있는 것이 아닌가. 스스로 목숨을 끊으려던 계획은 잊어버리고, 그녀는 배 위에 올라탔다.

"그 새가 나에게 알려 주려던 것이 이거였구나. 이 배가 나를 내 사랑이 살고 있는 곳으로 데려다 주면 좋으련만!"

배가 그곳으로 돌아와 있는 것을 보면 혹시 그 사람이 바다에 빠져 죽은 건 아닐까 하는 불길한 생각도 들었다. 그녀가 이런저런 생각에 잠겨 있는 사이 어느새 배는 바다 한복판에 이르러 강한 바람을 받아 쾌속으로 질주하고 있었다. 바람은 소용돌이치며 점점 더 강하게 불었다. 배는 요동치는 파도 위에서 오랫동안 표류했다. 이윽고 파도는 잔잔히 가라앉고 배는 크고 튼튼한 성 아래에 도착했다.

그 성의 성주는 메리아둑이라는 사람이었다. 당시에 이웃 하나와 끊임없이 전쟁을 하는 중이었으므로, 그는 적의 땅을 약탈하기 위해 항상 새벽같이 일어났다. 그날도 일찍 일어나 성벽 위에서 바다를 내려다보던 중이었다. 그때 성을 향해 다가오고 있는 배 한 척을 발견했다. 이상한 일이라고 생각한 그는 서둘러 성벽을 내려가 집사장과 함께 급히 배가 있는 곳으로 향했다. 배에는 여자 한 사람뿐이었다. 눈물범벅에다가 피곤에 지친 모습이었지만 그래도 아주 아름다운 여자였다. 메리아둑은 그녀를 붙잡아 일으키고 망토를 벗어 둘러 준 뒤에 성으로 데리고 갔다. 그는 이 예상치 않았던 사건에 기분이 아주 좋아졌다. 나무랄 데 없는 여자가 제 발로 걸어들어 왔다고 생각했기 때문이다. 여자가 왜 혼자서 그 배에 타고 있었는지, 왜 그렇게 눈물범벅이었는지, 그런 것은 관심 밖의 일이었다. 그는 그녀가 지체 높은 귀부인일 것이라고 짐작했다. 그는 지금까지 좋아했던 어떤 여자보다도 그녀가 더 마음에 들었다.

메리아둑에게는 결혼하지 않은 누이가 하나 있었다. 메리아둑은 여자를 누이에게 맡겼다. 메리아둑의 누이는 부인에게 아름다운 옷을 입히고 정성껏 치장해 주는 등 세심하게 돌보아 주었다. 그러나 부인은 성주와 누이의 보살핌에 고마워하면서도 언제나 슬픈 표정을 짓고 있었다. 사람들과의 대화에서도 의례적인 말 외에는 일절 하지 않았다.

메리아둑은 자주 그녀를 찾아왔다. 그는 부드러운 말로 자기의 사랑을 받아들여 달라고 애원했다. 부인은 가슴을 이미 누군가에게 주어 버렸다고 말하며 구애를 거절했다.

어느 날 그녀가 말했다.

"성주님, 만일 이 허리띠를 힘을 사용하지 않고 풀 수 있다면 성주님의 요구에 답해 드릴게요. 억지로 찢거나 자르는 사람은 사랑할 수 없어요."

메리아둑은 그까짓 것, 하고 당장 버클을 풀어 보려고 했다. 그러나 아무리 애써도 버클은 풀리지 않았다. 그는 점점 더 악착같이 달려들었고, 그럴수록 화만 치밀어 올랐다. 결국 그는 허리띠를 잘라 버리려고 칼을 꺼내 들었다.

부인이 슬프게 말했다.

"그래 보아야 아무 소용도 없어요. 약속을 지키지 않는 배반자를 사랑하느니 죽어 버리는 편을 택하겠어요!"

메리아둑은 화가 머리끝까지 나서 고래고래 소리를 질렀다.

"듣자 하니 마누라를 얻지 않겠다고 고집을 피우는 유명한 기사가 하나 있다 하던데! 그 친구는, 거 뭐야, 윗옷 자락으로 만든 매듭을 가지고 법석이라더군. 억지로 힘을 쓰거나 칼로 잘라선 안 된다나. 그 일과 당신 일이 무슨 상관이 있는 것 같소. 내 생각에는 그 매듭을 묶어 놓은 것이 당신 같은데!"

부인은 그 말을 듣더니 숨을 할딱이기 시작했다. 금방이라도 기절할 것 같은 모습이었다. 비틀거리는 그녀를 메리아둑이 품에 안았다. 그러곤 다시 버클을 풀어 보려고 덤벼들었다. 그러나 이번에도 포기해야 했다. 그는 그의 신하들을 다 불러 모아 한 사람씩 시도해 보게 했다. 아무도 성공하지 못했다.

메리아둑은 이 일에 대해 더 알고 싶었다. 그는 그의 봉신들과 우리엔 왕의 모든 봉신들을 불러 모아 대규모 무술 경기를 열겠다는 계획을 세웠다. 그는 기주메르가 우리엔 왕의 측근 중 한 사람이라는 것을 알고 있었으므로, 그도 틀림없이 동료들과 함께 무술 경기에 참석할 것이라고 생각했다. 그러면 부인과 기주메르가 만날 것이고, 어떤 일이 벌어질지 알게 될 것이다.

사람들이 무술 경기에 대한 소식을 전하면서 참가하겠느냐고 물었을 때, 기주메르는 경기에 참가할 생각이 전혀 없다고 대답했다. 모르간은 그 소식을 듣고 기주메르를 찾아가 말했다.

"기주메르, 내가 전에 경에게 해 주었던 충고가 도움이 되었지요?"

"물론입니다. 감사하게 생각하고 있습니다."

"그렇다면 내가 무술 경기에 나가라고 권해도 거절하실 건가요?"

기주메르는 잠깐 생각해 보는 눈치더니 이내 대답했다.

"가겠습니다. 권하시는 이유가 있겠지요."

기주메르는 그렇게 해서 우리엔의 기사들과 함께 메리아둑의 성을 향해 떠났다.

메리아둑은 기주메르 일행을 큰 탑으로 안내하고 정중하게 대접했다. 그는 특히 기주메르에게 큰 호의를 보이며 자기 처소에서 열리는 만찬에 초대했다. 그러고는 누이에게 부인을 데리고 오라고 일렀다. 두 여자는 아름다운 옷을 입고, 손을 꼭 잡고 만찬 장소에 나타났다. 부인은 여전히 우울하고 창백했다. 그녀는 기주메르를 보자마자 바들바들 떨기 시작했다. 금방이라도 쓰러질 것 같아서 메리아둑의 누이가 부축하고 있어야 했다.

여자들이 방 안으로 들어서는 것을 보고 기주메르는 인사하기 위해 자리에서 일어났다. 부인을 보자마자 그도 놀라서 몇 걸음 뒤로 물러섰다. 여러 가지 생각들이 머리를 때리고 지나갔다.

'이게 어떻게 된 일인가? 꿈에도 잊지 않았던 여인, 어느 날인가 다시 찾을 희망도 없는 사랑을 주었던 내 여인, 그녀가 왜 메리아둑의 성에 있다는 말인가? 누가 이곳으로 데려왔지? 아냐, 잘못 보았을 거야. 그녀가 아닐 거야. 아름다운 옷을 입은 여자들은 비슷비슷해

보이잖아. 그녀 생각에 너무 빠져 있어서 내가 착각했을 거야. 저 여자와 얘기를 나누어 보아야겠어.'

그는 부인에게 다가가 인사한 뒤 그 옆에 앉았다. 메리아둑은 잔뜩 못마땅한 모습으로 두 사람을 노려보고 있다가 실실 웃으면서 기주메르를 향해 말했다.

"괜찮으시다면 그 부인에게 매듭을 풀어 보게 해 줄 수 없으시까? 혹시 성공할지도 모르지 않소?"

기주메르가 대답했다.

"좋습니다."

그는 어디엘 가나 그 윗옷을 가지고 다녔으므로 그의 시종을 불러 그것을 가져오라고 일렀다. 시종이 곧 윗옷을 가지고 왔다. 기주메르가 그것을 부인에게 내밀었다. 그녀는 옷에 손을 대지 않았다. 목이 메었던 것이다. 그녀는 그녀를 오랜 슬픔과 고통으로부터 풀어줄 마지막 몸짓을 앞두고 머뭇거리고 있었다.

메리아둑이 재촉했다.

"부인! 그 매듭을 풀어 보시지요!"

그녀는 마침내 마음을 다져 먹고, 한 손으로 가볍게 매듭을 풀어냈다. 그곳에 있던 사람들 모두 눈이 휘둥그레졌다. 기주메르는 눈물을 뚝뚝 떨어뜨렸다.

"부인, 정녕 당신이지요? 이제 내가 당신에게 채워 준 허리띠를 풀게 해 주시지요."

"물론이에요."

기주메르는 부인의 허리띠를 붙잡고 단번에 버클을 풀었다. 허리띠가 툭 하고 바닥에 떨어졌다. 사람들은 놀라움을 감추지 못했다. 기주메르가 자리에서 일어났다.

"여러분, 내 말을 들어주십시오. 영영 잃었다고 생각했던 연인을 찾았습니다. 나는 메리아둑 경에게 신의 이름으로 그녀를 돌려달라고 간청합니다. 나는 그의 신하가 될 것이며, 이삼 년 동안은 백 명 이상의 기사들을 거느리고 그를 섬기겠습니다."

메리아둑이 빈정대는 목소리로 대답했다.

"기주메르 경, 내 처지는 별로 나쁘지 않소이다. 경의 도움이 필요 없다는 말이오. 내가 이 여자를 찾아냈으니 이 여자는 내 거요. 내 결정에 반대하는 어떤 사람과도 싸워 내 권리를 지킬 것이오!"

기주메르가 큰 소리로 외쳤다.

"메리아둑! 이곳에 있는 모든 기사들이 그대의 배신행위에 대한 증인들이오. 나는 나의 동료들과 함께 물러가서 경에 대항하여 할 수 있는 일을 찾아보겠소. 그러나 전투를 해야 한다면, 이 일과 아무 상관도 없는 사람들이 생명을 잃게 될까 두렵소. 용기가 모자라는 것이 아니라면, 바로 이곳에서 경과 나 두 사람이 일대일로 자신의 권리를 증명하도록 합시다."

"좋소! 결투를 받아들이겠소."

두 사람은 일제히 검을 뽑았다. 결투는 오래가지 않았다. 기주메르는 단칼에 메리아둑의 목을 쳐 버렸다. 그러고는 연인의 손을 잡고 자신의 동료들과 함께 성을 떠났다.

곤의 보호트는 오래전에 아더 왕의 궁을 떠났다. 그는 원탁의 일원으로 받아들여졌으면서도 늘 자기 자리는 이곳이 아니라는 생각을 하곤 했었다. 사실 그는 형 리오넬과 특히 사촌 란슬롯에 대한 어떤 열등감으로 고통스러워했다. 물론 그는 두 사람을 무척 사랑했다. 두 사람이 위험에 처한다면 자신의 목숨을 던져서라도 구해낼 것이다. 세 사람은 모두 호수 부인의 손에서 자랐다. 세 사람을 떼어놓을 수 있는 것은 아무것도 없었다. 보호트는 자신의 역할은 조상들, 그중에서도 황폐한 땅의 클로다스로부터 왕국을 지켜냈던 아버지 보호트 왕에게 부끄럽지 않은 사람이 되기 위해 홀로 세계를 주유하는 것이라고 생각했다.

보호트는 유년 시절을 기억하고 있었다. 고아가 되어 사랑도 받지 못한 채 비열한 클로다스의 포로로 지내던 일, 또 사라이드가 와서 두 형제를 구해내어 호수 부인의 경이의 궁전으로 데려갔던 일. 그는 조상들 앞에서 떳떳하고, 호수의 부인이 보여 주었던 믿음에 부끄럽지 않은 사람이 되려면 그 누구도 이루지 못했던 공을 세워야 한다고 생각했다.

　그는 벌써 몇 주째 종자 하나만 데리고 편력중이었다. 고약한 아버지에게 갇혀 있던 소녀를 구출해 주었고, 패배의 위험을 겪고 있는 많은 기사들을 도와주었고, 마법사의 마술을 이겨냈다. 무술 경기에 참여해서 혁혁한 성과를 올려 사람들의 칭송을 받기도 했다. 그러나 어떤 궁엘 가든, 어떤 외딴 성엘 가든, 어디에서나 사촌인 란슬롯을 칭송하는 이야기를 들었다. 란슬롯은 세상에서 으뜸가는 기사일까? 그것은 틀림없는 사실이었다. 보호트는 그것을 의심하지 않았다. 그렇지만 그런 이야기를 들을 때마다 마음이 쓸쓸해지는 것 또한 어쩔 수 없었다.

　어느 날 보호트와 종자는 숲과 골짜기를 가로질러 마르슈 성 앞에 있는 넓은 초원에 도착했다. 에스트란고어의 브란고어가 자신의 즉위식을 기념하여 무술 경기를 열었던 것이다. 백여 명의 기사들이 경기에 참여했고, 많은 귀부인들과 아가씨들이 경기를 참관하고 있었다.

　초여름답게 더운 날씨였다. 보호트는 투구를 벗어 종자에게 맡겼다. 보호트는 용맹을 떨치는 기사였지만 아직 젊은 나이였다. 그는 아침 안개 속에서 떠오르는 태양처럼 빛나는 아름다움을 지니고 있었다. 그는 무기를 점검하기 위해 말에서 내렸다. 그러곤 다시 말을 타고 경기를 지켜보았다. 잘 싸우는 사람을 바라보면서 기분 좋아하기도 하고 서투른 기사들을 보면서 냉정하게 비판하기도 했다.

　브란고어 왕의 딸은 성벽 아래에 임시로 지은 관람석 위에서 시녀들에게 둘러싸여 있었다. 그녀는 기사들이 창을 부러뜨리기도 하고 검으로 겨루기도 하는 것을 재미있게 바라보았다. 아가씨들은 기사들의 경기를 보면서 이런저런 평가들을 내렸다. 태도가 마음에 들지 않는 기사들에 대해서는 가혹한 평가를 하기도 했다. 브란고어 왕의 딸이 사람들과 떨어져 경기장 끝에 서 있는 보호트를 발견했다.

그녀가 시녀에게 속삭이듯이 말했다.

"저 기사 좀 봐! 잘생기지 않았니? 정말 우아한 모습이로구나. 마치 땅에 심은 나무처럼 말 위에 꼿꼿하게 앉아 있는 것 좀 봐! 진짜 잘생겼네. 요정들이 저 사람의 요람에다가 섬세함과 당당함을 집어넣어 주었나 봐. 잘생긴 모습만큼 무술도 뛰어나다면 단연 돋보일 거야. 가서 경기에 참여하라고 말해야지."

아가씨는 관람석을 떠나 보호트에게 가서 말을 걸었다.

"기사님의 방패를 제게 주세요."

"뭐 하시려고요?"

보호트가 엉뚱한 제안에 놀라 되물었다. 아가씨가 까르륵 하고 웃었다.

"기사님보다는 제게 더 도움이 될 것 같거든요. 그걸 제 말 꽁지에 달아 놓으려고 한답니다. 부인들을 즐겁게 해 줄 수 있는 시도는 아무것도 하지 않고 구경만 하는 기사님들이 계신데, 그 훌륭하신 분들에 대한 사랑을 표현하려구요."

보호트는 얼굴이 빨개져서 어쩔 줄 몰랐다. 그는 아무 말도 하지 않고 투구를 다시 쓰고, 창을 앞으로 겨눈 채 경기장으로 말을 달려 들어갔다. 그가 다가오는 것을 보고 몇 명의 기사들이 맞서 싸우기 위해 앞으로 나왔다. 보호트는 첫 번째 맞수를 기꾸러뜨리고, 두 번째는 말 엉덩이 쪽으로 날아가 땅에

처박히게 하고, 세 번째는 검으로 제압했다. 그런 다음 난투장으로
뛰어들어 날렵한 솜씨를 과시했다. 과히 군계일학이라 할 만했다. 아
무도 그에게 맞설 용기를 내지 못했다.

브란고어 왕의 딸은 주변에 있는 여자들에게 물었다.

"저 이름 모를 기사에 대해 어떻게 생각해요?"

"신께서 아름다움뿐 아니라 무공도 주신 것 같아요."

왕의 딸이 다시 말했다.

"내 말 좀 들어 보세요. 우리는 우승자의 황금 의자에 앉는 큰 명예
를 누릴 기사를 선출해야 합니다. 이 초원 한가운데에 열두 쌍이 앉
게 되어 있는 탁자가 있는데 황금 의자는 그중 최고의 자리지요. 그
주위를 경기에서 뽑힌 열두 명의 최고의 기사들이 둘러싸게 됩니다.
그것이 관습이랍니다. 그러니까 어떤 기사가 명예를 차지하게 될지
우리가 선택해야 합니다. 그게 우리 역할이니까요."

여자들은 이구동성으로 이름을 알 수 없는 그 미지의 기사가 우승
자라고 말했다. 그 다음에 여자들은 열두 명의 뛰어난 기사들을 선택
했다. 브란고어 왕은 경기 종료를 선언하고 보호트를 불렀다. 왕이
어찌나 보호트를 칭찬하는지 젊은 기사는 얼굴이 빨갛게 달아올랐
다. 아가씨들이 그를 데려다가 무기를 벗기고 씻겨 주었다. 마지막으
로 왕의 딸이 화려한 비단옷을 입혀 주었다. 보호트가 한사코 입지
않겠다고 해서 거의 우격다짐으로 입혀야 했다.

그러는 사이에 왕은 차일을 치게 했다. 더위가 대단했기 때문이다.
사람들은 황금 의자와 열두 쌍이 앉을 수 있는 탁자를 가져왔다. 의

자에 앉은 보호트의 얼굴이 빨갛게 달아올랐다. 그러한 모습이 사람들의 눈에는 더욱더 사랑스럽게 보였다.

뛰어난 기사로 뽑힌 열두 명의 기사들이 보호트 앞에 무릎을 꿇고 앉아 첫 번째 음식을 바쳤다. 두 번째 음식은 부인들이, 세 번째 음식은 왕과 제후들과 아가씨들이 대접했다. 아주 드물고 귀한 향신료를 넣은 마지막 음식을 내온 사람은 왕의 딸이었다. 악사들은 음악을 연주하고, 사람들은 초원에서 원무를 추기 시작했다. 백 명도 넘는 귀부인들과 아가씨들이 노래하며 춤을 추었다.

여자들은 모두 아름다웠다. 그중에서도 브란고어 왕의 딸은 더더욱 아름다웠다. 그녀는 아름다웠을 뿐만 아니라 좋은 교육을 받은 재원이었다. 자수 솜씨가 뛰어났으며 읽고 쓸 줄 알았을 뿐 아니라, 라틴어까지 알고 있었고, 하프를 연주하면서 브리튼 단시와 모든 나라의 노래들을 부를 줄 알았다. 그녀는 어떤 기사라도 아내로 탐낼 만큼 똑똑하고 우아한 여자였다.

왕이 보호트에게 말했다.

"경이 이 경기의 우승자로 선출되었소. 경은 이 의자에 앉는 명예만 획득한 것이 아니라, 가장 아름답고 매력적인 여자를 택할 권리도 얻었소. 또한 최고의 기사 열두 명에게 경이 원하는 여자를 골라 주어야 하오."

보호트가 왕에게 물었다.

"만일 가장 뛰어나다고 하신 그 기사가 여자를 얻을 생각이 없다고 하면 어찌 되는지요?"

"그야, 그가 원하는 대로 하면 되지요. 허나 다른 열두 기사들에 대한 의무는 수행해야 하오."

"그가 만일 열두 명을 짝 지워 주지 않는다면, 그것은 자신에게는 수치스러운 일이며 그를 신뢰하고 있는 여자 분들을 실망시키는 일이 되나요?"

"정확하게 이해했소이다. 그러나 너무 걱정 마시오. 내 궁정에서 가장 현명한 이들의 조언을 구할 수 있소. 경에게 선택을 강요할 사람은 아무도 없소이다. 경은 경이 보기에 가장 아름답고, 자신과 가장 잘 어울린다고 생각하는 여자를 고르면 됩니다."

"전하, 저는 세상을 편력하면서 명예와 영광을 얻으려 합니다."

"경이 택하는 여자는 그 일이 끝날 때까지 기다려 줄 것이오."

보호트는 아주 난처한 듯한 표정을 짓고 있었다.

"이것은 폐하의 제안을 경멸해서가 아닙니다. 저는 아내를 얻을 처지가 되지 못합니다. 그 때문에 상심하지 마소서."

보호트는 그 점에 관해서 현자들의 조언을 듣기로 했다. 현자들이 오자 보호트는 여러 가지 질문을 던졌다. 그는 그들의 의견에 따라 열두 명의 챔피언들에게 여자들을 정해 주었다. 그러나 자기에게 비단옷을 입혀 주었던 여자의 짝은 정하지 않았다. 왕의 딸은 원하는 사람을 얻지 못했다는 것을 알고 슬퍼했다. 겉으로는 무심한 체하고 있었지만 다른 여자들은 그녀의 속마음을 눈치 채고 있었다. 왕의 딸은 여자들이 '수줍은 미남'이라는 별명을 붙여 준 보호트를 간절히 원하고 있었던 것이다. 여자들은 보호트가 저렇게 예쁜 여자를 원하지 않는다는 것은 유감스러운 일이라고 생각했다.

"저렇게 잘생기고 용감한 사람이 어쩌면 그렇게 수줍을까."

왕의 딸은 최고의 기사 열두 명이 둘러앉은 탁자로 다가갔다.

"저는 여러분께 마지막 음식을 대접했어요. 여러분은 제게 어떻게 보답하실 생각인가요?"

키 작은 칼라스라는 이름을 가진 첫번째 기사가 대답했다.

"그대를 위해서 나는 일 년 동안 오른쪽 다리를 말의 목에 올려놓고 무술 경기를 할 겁니다. 그리고 나에게 패배한 기사들의 무기들을 보내 드릴게요."

확실한 손의 달리부르가 말했다.

"저는 만나게 되는 첫 번째 숲 가장자리에 천막을 치고, 열 명의 기사들을 물리칠 때까지 머물겠습니다. 그리고 그대에게 말들을 보내겠습니다."

알파자르라는 세번째 기사는 열 명의 기사와 싸워 이기기 전에는 성에 들어가지 않겠다고 서약했다. 하얀 사르둑은 네 명의 기사들을 물리치기 전에는 여자 옆에서 자지 않겠다고 하였고, 다섯번째 기사는 일 년 동안 아가씨들과 함께 가는 기사들을 만나는 대로 싸울 것이며, 그들과 싸워 이기면 그들의 연인들을 왕의 딸에게 보내어 시중들게 하겠다고 약속했다. 그의 이름은 에핀의 멜리오르라는 사람으로 북쪽 나라 대왕의 아들이었다.

악당이라는 별명을 가지고 있는 앙글르와르가 말했다.

"나는 올해 결투하게 될 사람들의 목을 전부 벨 거요. 내가 죽지 않고 살아 있다면, 그 머리를 그대에게 보내겠소이다."

왕의 딸이 비명을 질렀다.

"하느님 맙소사! 난 싫어요. 당신의 서약은 무효예요!"

이번에는 황금 원의 파트리드가 말했다.

"저는 기사와 함께 가는 아가씨들을 만나면 강제로 입을 맞추겠어요. 그러다 얻어맞아도 하는 수 없지요."

왕의 딸이 말했다.

"그것도 마음에 들지 않아요. 경은 여자들을 존중하지 않는군요. 그 약속 역시 지킬 필요 없어요."

명랑한 멜동이 말했다.

"나는 한 달 동안 갑옷을 입지 않고 투구만 쓰고 말을 타겠소. 방패를 목에 걸고 손에는 창을 들고 검은 허리에 차고 나에게 도전해 오는 모든 사람들과 싸우겠소."

힘센 가레인간트는 여울목에서 기다리면서 자기와 싸우지 않는 기사는 말에게 물을 먹이지 못하게 하겠으며, 싸워서 꺾은 기사의 방패를 왕의 딸에게 보내겠다고 약속했다.

웨일즈인 말긴은 세상에서 가장 아름다운 여자를 찾아서 브란고어 왕의 딸에게 시녀로 보내겠다고 말했다. 달변가 아그리콜은 별명답게 정중하게 말했다.

"나는 내가 섬기는 귀부인의 속옷을 입고 머리에는 그녀의 베일을 쓰겠습니다. 창과 방패 외에는 몸에 지니지 않을 것이오. 다쳐서 어쩔 수 없는 경우가 아니라면 열 명의 기사를 땅에 눕힐 것이외다."

마지막으로 입을 연 전사는 용감한 추남이라고 불리는 기사였는데 그의 이름이 무엇인지 아는 사람은 아무도 없었다.

"일 년 동안, 나는 재갈도 고삐도 없이 말을 타겠소. 말이 가는 대로 내버려둘 것이오. 나는 만나는 자들과 씩씩하게 싸워 그들의 허리띠를 그대에게 보내겠소."

열두 기사의 말을 다 들은 왕의 딸이 그들에게 고맙다고 말한 뒤, 보호트를 향해 몸을 돌렸다.

"경은 어떤 보상을 약속하실 거죠?"

"내가 어디엘 가든 나는 서약에서 자유로울 것이오. 그대는 나를 그대의 기사로 여기시오. 나는 그대를 도울 것이오."

"그 약속을 기억하겠어요."

그녀는 부인과 다른 아가씨 들에게 돌아가 저녁이 될 때까지 춤을 추었다.

어둠이 깊어지고 모두들 잠자리에 들었지만, 브란고어의 딸만은 잠을 이루지 못했다. 그녀는 자리에서 일어나 망토를 걸치고 조용히 방을 빠져나왔다. 그녀는 한참 동안 복도를 서성였다. 그러다가 계단을 몇 개나 올라가서 어떤 방문을 노크했다. 안에서 들어오라고 말하는 소리가 들렸다. 여자는 문을 밀고 안으로 들어갔다. 침대 위에는 부드럽고 다정한 모습의 늙은 여자가 누워 있었다.

그녀가 미소를 지으며 말했다.

"아씨, 무슨 일이에요? 한참 주무시고 계셔야 할 시간 아닌가요?"

"사랑하는 유모, 나 죽고 싶어!"

아가씨가 울음을 터뜨렸다. 유모라고 불린 늙은 여자는 그녀를 품에 안고 가만가만 쓰다듬어 주었다.

"죽다니요! 그게 무슨 소리예요! 저는 제 젖으로 아씨를 키웠고 아씨를 친딸처럼 사랑했어요. 무엇 때문에 그렇게 힘들어하는지 이야기해 주세요. 제가 도와드릴게요."

"유모, 난 병들었어. 이 병에는 약이 없어. 나는 그 병 때문에 끔찍하게 고통스럽지만, 또 기쁘기도 해. 왜냐하면 그 병은 나 때문에 생긴 병이기 때문이야. 나는 내가 원해서 그 병에 걸린 거야. 하지만 그게 무슨 병인지는 말할 수 없어."

"아씨, 제가 아씨를 얼마나 사랑하는지 아시지요? 솔직하게 말하세요. 사랑에 빠지신 거죠? 그렇다면 제가 이 세상 어떤 여자보다도 아씨를 더 잘 도울 수 있답니다."

"그래, 난 사랑에 빠졌어. 이 세상 어떤 여자나 남자도 이처럼 강렬하게 사랑하지는 않을 거야. 난 그걸 증명해 보일 테야. 내가 사랑하는 남자가 계속 나를 거절한다면 스스로 목숨을 끊고 말 테야. 그 사람은 정말 아름답고 용감하고 귀한 사람이야. 오늘 경기에서 우승한 그 사람이지. 그는 내 몸, 내 가슴, 내 기쁨, 내 고통이야. 나는 그 사람 때문에 세상에서 가장 부유한 여자이면서 동시에 가장 가난한 여자가 되었어. 그는 내 생명, 내 죽음이야. 높은 탑 위에 올라가 있더라도, 그 사람만 아래에 있다면 그를 향해 떨어져 내릴 수 있어. 사랑이 나를 지켜 주어 아프지 않게 해 주리라는 것을 아니까. 하지만 그는 탑 아래에 있고 싶어 하지 않아. 착한 유모, 날 도와줘. 죽을 것만 같아."

늙은 유모는 망토를 걸치고 궤짝 옆에 쭈그리고 앉아 한참 동안 무엇인가를 찾았다. 그녀가 찾아낸 것은 조그만 보석함이었다. 그녀는 뚜껑을 열고 반지를 하나 꺼내더니 아가씨에게 보여 주었다.

"아씨, 이제 가서 주무세요. 이 반지가 아씨 병을 고쳐 줄 비방이랍니다. 모르간 님에게서 얻은 거지요. 그분이 마법과 주술에 통달한 분이라는 건 아시지요? 저를 믿으세요. 주무실 수 없다면 그냥 누워 계시기만 하세요. 아씨가 제게 하신 말씀은 걱정 안 하셔도 돼요. 절대로 입을 열지 않을 테니까."

아가씨는 조용히 자기 방으로 돌아갔다. 그러나 잠이 오지 않아서 눈만 감고 있었다.

유모는 복도를 조용히 지나 보호트가 자고 있는 방문 앞으로 갔다. 그녀는 노크도 없이 방 안으로 쑥 들어갔다. 촛불 네 개가 밝혀져 있었다. 아직 잠들어 있지 않던 보호트는 무슨 일인지 몰라 어리둥절한 표정으로 침대에서 일어나 앉았다.

유모가 그에게 말했다.

"보호트 님, 저는 아씨의 심부름으로 왔습니다. 아씨는 직접 오시고 싶어 하지 않았어요. 젊은 여자가 한밤중에 젊은 남자 혼자 자는 방에 들어가는 건 있을 수 없는 일이니까요. 그래서 저를 보내어 말을 전하라 하셨지요. 아씨는 두 가지 점에서 기사님에게 섭섭한 마음을 가지고 계시답니다. 우선, 무술 경기의 승리자가 아씨를 아내로 맞이하는 것은 당연한 일입니다. 그런데 나리께서는 아씨를 거절하심으로써 수치를 안겨 드린 것이지요. 둘째, 아씨는 훌륭한 신부감이에요. 아씨를 조금이라도 생각하셨다면, 다른 아가씨들에게 남편을 지정해 줄 때 아씨를 빼놓았을 리가 없지요. 그래서 아씨께서는 나리께 이 반지를 전해 드리라 하셨어요. 아씨를 모욕한 죄를 속죄하는 의미로 이 반지를 끼서야 합니다."

보호트는 거절할 명분을 찾지 못했다. 자신이 원했던 것은 아니지만 지체 높은 아가씨가 자신의 행동으로 모욕감을 느꼈다니 미안한 마음이 드는 것이 사실이었기 때문이다. 반지를 끼고 있는 것을 보여 줘서 상처받은 자존심을 달래 줄 수 있다면 못할 것도 없다는 생각이 들었다. 그는 반지를 받아서 손가락에 끼었다.

그 순간, 그의 정신이 몽롱해졌다. 그때까지 그는 여자에게 별 관심이 없는, 정숙하고 차가운 성격이었다. 그런데 갑자기 그의 눈앞에 아가씨의 영상이 나타났다. 그녀의 아름다운 몸을 껴안고 싶다는 미칠 듯한 욕망이 그를 사로잡았다. 그 반지는 그것을 끼고 있는 사람을 광란의 사랑으로 몰아넣는 마법의 반지였다.

보호트가 외쳤다.

"아가씨가 무엇을 원하시든, 마음껏 나에게 복수하기를 바라오. 아가씨의 용서를 얻기 위해서라면 무슨 일이든 하겠소!"

"제일 좋은 방법은 직접 아씨를 찾아가서 용서를 구하시는 것이지요."

보호트는 망설이지 않고 벌떡 일어나서 망토를 걸치더니 유모에게 안내해 달라고 말했다. 유모는 그를 아가씨의 침대 머리맡까지 데려다 주었다. 그러고는 방을 빠져 나와 문을 조용히 닫았다.

그날 밤, 왕의 아들 보호트는 모르간의 마법의 반지 때문에 브란고어의 딸을 품에 안았다.

같은 시간에 호수의 부인은 브로셀리앙드 깊은 숲속 공기의 집에 있었다. 그녀는 거의 매일 밤 멀린을 찾아갔다. 호수의 부인은 잠을 자다 말고 펄떡 뛰어 일어났다. 깊이 잠들어 있던 멀린도 그 바람에 잠에서 깨었다.

"무슨 일이오, 비비안?"

"멀린! 내가 방금 무엇을 보았는지 아세요?"

멀린이 조용히 대답했다.

"알고 있소. 나도 브란고어 왕의 딸과 보호트가 같이 있는 것을 보았다오. 당신은 보호트가 일생 동안 동정을 지키기를 바랐겠지. 그래서 상심했을 거요. 걱정하지 말아요. 그래도 그는 성배의 신비에 받아들여지게 될 거요. 그는 성배의 몇 가지 비밀을 사람들에게 알려 주는 특별한 증인이 될 것이오. 그에게 일어난 일은 신께서 원하신 것이오. 그 결합에서 하얀 헬레인이라 불릴 미래의 영웅이 태어날 것이오. 그는 콘스탄티노플의 왕이 될 사람이오."

"그렇군요. 그래도 불안해요. 무엇인가 이해할 수 없는 일이 일어나고 있어요."

"이해하려고 애쓰지 말아요. 우리는 아무것도 바꿀 수 없어요. 운명은 우리의 의지와 상관없이 흘러간다오."

보호트는 아침이 되어 자기 방으로 돌아와 다시 잠자리에 들었다. 기분이 아주 좋아서 두 손을 마주 비비는 순간 반지가 손가락에서 빠져 버렸다. 마법이 사라지고 정신이 되돌아 왔다. 그는 자신이 저지른 일에 대해 수치심과 혐오감을 느꼈다. 그는 자리에서 일어나 옷을 챙겨 입고 미사를 드리러 갔다.

성당에서 나올 때 왕의 딸이 옆으로 다가와 말했다.

"간밤의 일에 대한 추억으로 이 목걸이를 간직해 주면 좋겠어요. 나에 대한 사랑으로 목에 걸어 주세요. 그리고 반 년 뒤에 돌아와 주세요. 만일 신의 뜻으로 내가 아기를 가진다면, 당신이 당신의 아이라고 직접 아버님께 말씀드렸으면 해요."

보호트는 목걸이를 목에 걸었다. 그는 불행한 일이 생기지 않는 한, 여섯 달 뒤에 반드시 돌아오겠다고 말했다. 그러고는 왕에게 작별 인사를 하고, 슬퍼하는 여자를 뒤에 남긴 채 길을 떠났다. 가슴이 후회와 고통으로 가득 차 있었다.

보호트는 이상한 곳에 이르렀다. 시선이 닿지 않는 먼 곳까지 나무 한 그루 없었다. 땅 자체가 척박한 곳인 듯했다. 나무는 고사하고 풀 한 포기, 꽃 한 송이조차 찾아볼 수 없었다. 차곡차곡 쌓인 돌무더기 들만 여기저기 있었다. 살아 있는 것이라고는 아무것도 없는 사막처 럼 보였다. 바람만이 음산한 소리를 내며 불고 있었다. 흙먼지를 끌 어 모으며 소용돌이치는 회오리바람이었다. 두터운 먼지가 햇빛을 가리고 있었다. 보호트는 잠시 망설였지만 길이 사막 한가운데로 나 있었기 때문에 사막을 통과하기로 마음먹었다. 얼마 가지 않아 말을 타고 오는 세 사람의 모습이 보였다. 가까이서 보니 여자들이었다. 그와 스치는 순간 여자들이 멈추어 섰다. 멋진 백마를 타고 있는 여 자 하나는 온몸을 검은 망토로 휘감고 있었다. 그녀가 햇빛과 먼지를 가리기 위해 얼굴에 쓰고 있던 베일을 들어 올렸다. 보호트는 그녀를 알아보았다. 모르간이었다. 그는 반갑게 인사했다.

모르간이 말을 걸어왔다.

"곤의 보호트 경, 이 황폐한 곳에서 지금 뭐 하는 거예요? 오래전 부터 아더 왕의 궁전에서 모습이 보이지 않더니…… 사촌 란슬롯 경 에 대한 경쟁심으로 모험을 찾아다니고 있나요?"

보호트는 모르간의 비웃는 것 같은 말투에 화가 나서 뭐라고 한마디 쏘아 주고 싶었다. 그는 그녀를 신뢰하지 않았다. 더구나 그녀가 란슬롯을 열심히 따라다닌다는 것을 알고 있었다. 그러나 보호트는 참기로 했다. 그녀는 왕의 누이인데다가 멀린에게서 물려받은 무서운 힘을 소유하고 있었다.

그는 짐짓 다정한 체하는 목소리로 말했다.

"얘기하려면 너무 깁니다. 그런데 이 이상한 나라는 어떤 곳입니까?"

"그것도 얘기하려면 길어요. 중요한 것만 알려 드리지요. 이곳은 예전에 기름지고 풍요로운 곳이었답니다. 맛있는 과일이 열리는 나무들이 많았지요. 그리고 여기저기 보이는 저 돌무더기들⁺ 안에는 젊은 여자들이 살았어요. 그 여자들은 금그릇이나 은그릇 안에 맛있는 음식을 담아 여행자들을 대접했지요. 마시면 기운이 나는 술도 대접했구요. 그뿐인가요. 여자들은 성배가 모셔져 있다고 알려진 신비한 성으로 가는 길도 가르쳐 주었답니다.

그런데 어느 날 이곳을 지나던 아만곤 왕이 그 여자들 중 한 여자에게서 금잔을 빼앗고 그녀를 욕보였어요. 그와 같이 왔던 사람들도 그를 따라 했지요. 그래서 그 젊은 여자들은 이 땅을 저주하면서 떠나 버렸어요. 나무들은 잎을 잃고, 다시는 과일을 내지 않았어요. 초원은 사막이 되어 버리고, 풀과 꽃도 자취를 감추었지요. 그 많던 샘물이 모두 말라 버렸어요. 그 때문에 지금 이곳에 바위와 흙먼지만이 남게 된 것이랍니다."

“이 사막 끝에는 무엇이 있지요?”

“있는 그대로의 세계가 있지요. 하지만 길이 너무 많아요. 여행자들이 찾고 있는 것에 이르는 길을 가르쳐 줄 사람이 아무도 없기 때문에 길을 잃고 헤매게 된답니다. 보호트 경, 세상 끝에 있는 이 나라에서 무얼 하고 있는 거지요?”

“모르겠습니다.”

“알게 될 거예요. 지평선 저 너머에 아득한 골짜기가 있다고 하더군요. 그곳에 어부왕이라고 불리는 위대한 마법사가 살아요. 그를 알아볼 수 있는 사람은 지극히 제한되어 있지요. 변신술의 대가거든요. 그를 만나러 성으로 오는 사람들에 따라 그는 다른 모습을 보여요. 보호트 경, 나는 경이 찾고 있지 않는 것을 찾게 되기를 바랍니다.”

수수께끼 같은 말을 남긴 모르간은 눈부신 백마를 달려 사라졌다. 함께 있던 두 명의 여자들이 뒤를 따랐다.

보호트는 오랫동안 황폐한 지역에서 말을 달렸다. 모르간의 이야기를 들은 탓일까, 쌓여 있는 바위들이 강한 생명력을 내뿜고 있는 것처럼 느껴졌지만 눈에 보이는 것은 아무것도 없었다. 갑자기 아주 빽빽한 숲이 나타났다. 그와 종자는 정오 무렵의 뜨겁게 내리쪼이는 태양열에 지쳐 있었으므로, 쉬어갈 곳을 찾기 위해 숲으로 달려 들어갔다. 눈앞에 맑고 투명한 샘물이 보였다. 샘물가의 조약돌이 햇빛을 받아 반짝였다. 네 그루의 소나무가 시원한 그늘을 샘물 위에 드리우고 있었다. 방금 지나온 넓은 사막 지대와 얼마나 대조적인 장소인가! 그는 감탄하며 샘물을 보았다. 아름답고 쾌적한 장소였다. 그는 말에서 내려 안장을 내리고 시원한 바람을 쐬기 위해 투구를 벗었다. 샘물을 정신없이 들이켜고는 좀 쉬어가려고 풀밭에 누웠다. 그가 막 잠을 청하려는 순간, 그를 향해 다가오고 있는 기사가 보였다. 보호트는 본능적으로 튀어 일어나 무기를 향해 손을 뻗었다. 그때 낯선 기사가 투구를 벗었다. 란슬롯이었다.

란슬롯이 소리치며 다가왔다.

"보호트, 정말 오랜만일세. 이런 곳에서 만나다니 이렇게 기쁠 수가!"

두 사람은 꽉 끌어안았다. 그러고는 서로 소식을 물었다. 두 사람은 나무 그늘에 누워 각자 겪은 모험에 대해 이야기를 나누었다.

충분히 쉰 두 사람은 다시 길을 떠났다. 얼마나 달렸을까. 숲길을 따라가다 거대한 단풍나무 두 그루가 서 있는 곳에 이르자 샘물이 또 하나 나타났다. 목이 무척 말랐기 때문에 두 사람은 말에서 내려 목을 축였다. 그들이 물 위로 몸을 수그리고 있을 때 요란한 소리가 들려왔다. 몸을 돌려 보니 검은 말을 타고 검은 갑옷을 입은 기사가 보였다.

그가 물었다.

"여기서 뭐 하는 거냐?"

란슬롯이 대답했다.

"보시다시피 목을 축이고 있소이다. 날이 너무 더워서 목이 많이 타는구려."

"이 샘물은 내 소유이고, 내가 허락하지 않으면 물을 마실 수 없다. 경솔하게 행동한 대가를 비싸게 치러야 할 것이다!"

기사는 뒤로 물러서서 전투 자세를 갖추었다. 란슬롯도 즉시 말 위에 뛰어

올라 방어 자세를 취하며 큰 소리로 말했다.

"이름을 말하라!"

"나는 이 숲과 이 샘물의 주인인 벨리아스이다. 너희는 여기 머물 수 없다. 너희는 추악한 자들이기 때문이다."

란슬롯은 창을 앞으로 겨누고 상대를 공격했다. 보호트도 가세했다. 두 명의 기사가 공격해 오는 것을 보고 벨리아스는 도망가는 것이 낫겠다고 판단했다. 란슬롯과 보호트가 뒤를 쫓았다. 벨리아스는 어떤 성 안으로 사라졌다. 두 사람도 쫓아 들어갔지만 벨리아스의 흔적은 어디에도 보이지 않았다. 성은 텅 비어 있었다. 살아 있는 것은 아무것도 없는 것 같았다. 두 사람은 말에서 내려 마당 구석구석과 방들을 살펴보았다.

보호트가 말했다.

"이상한 성이군. 오래전에 버려진 곳 같아."

그들은 반쯤 지하에 파묻혀 있는 어떤 방에서 벽에 박힌 사슬에 묶여 있는 사람을 발견했다. 란슬롯이 검으로 사슬을 내리쳐서 남자를 구해 주었다. 남자가 비틀거리며 문 쪽으로 걸어왔다. 란슬롯은 그제야 남자를 알아보고 큰 소리로 외쳤다.

"아니, 모드레드 경 아니오!"

보호트는 모드레드를 만난 적이 없기 때문에 놀란 표정으로 그를 보았다.

"그렇습니다, 모드레드입니다. 오카니의 로트 왕과 아더 왕의 누이 안나 왕비의 아들, 가웨인과 가헤리에트의 형제죠. 란슬롯 경은

전투중인 모드레드 경

저를 잘 아실 겁니다. 경은 누구십니까?"

보호트는 모드레드의 목소리와 눈빛이 교만하다고 느꼈다. 그는 갑자기 기분이 나빠졌다.

"란슬롯의 사촌, 곤의 보호트라오."

"알겠습니다. 기억해 두기로 하겠습니다. 마침 제때 와서 저를 구해 주셨군요. 벨리아스는 제 목을 자를 생각이었거든요. 두 그루 단풍나무 아래 있는 샘물을 마시지 못하게 해서 그의 동생 브리아다스를 제가 죽였습니다. 브리아다스를 쫓아가서 몸에 칼을 찔러 넣었죠. 그런데 벨리아스에게 잡혀 포로가 되었던 겁니다."

란슬롯이 물었다.

"벨리아스는 어디 있소?"

"모릅니다. 이 성은 버려진 성이고, 벨리아스는 이곳에 자주 오지 않습니다. 그가 어디 사는지 모릅니다."

"알겠소. 여기서 꾸물댈 필요가 없을 것 같군. 언젠가 만나면 설욕하도록 합시다. 말은 있소?"

"없습니다. 벨리아스에게 말과 무기를 모두 빼앗겼거든요. 아무것도 없습니다."

보호트가 말했다.

"내 종자의 말을 타시게. 경의 말과 무기를 구할 방법을 찾아봅시다."

세 사람은 거대하고 신비한 숲속에서 밤이 될 때까지 말을 달렸다. 달이 떠올랐을 때 그들은 자그마한 언덕 앞에 도착했는데, 거기서 네 마리 사자에게 둘러싸여 있는 흰 사슴을 보았다. 보호트와 모드레드는 그 광경에 숨이 막힐 정도로 놀랐지만, 이미 그 광경을 한 번 보았던 란슬롯은 가만히 바라보기만 했다. 동물들은 그들 앞에 있는 사람들의 존재를 알아차리지도 못했다는 듯이 조용히 앞을 지나 어두운 숲속으로 사라졌다. 기사들은 밤을 보낼 수 있는 장소를 찾기를 바라며 길을 떠났다.

못생긴 암노새를 탄 난쟁이가 어디선가 나타났다. 그들은 근처에 혹시 묵어갈 만한 곳이 없는지 물어보았다.

"물론 있지요. 따라오십시오."

난쟁이는 아주 가까운 곳에 있는 암자로 일행을 데려갔다. 암자는 초라했지만 아주 널찍했다. 난쟁이는 이제 가 보겠다고 말했다.

란슬롯이 물었다.

"이 시간에 어딜 간다는 거요? 길을 가기엔 너무 늦은 시간이외다."

"걱정하지 마십시오. 어디에 가면 쉴 만한 곳이 있는지 저는 잘 안답니다."

난쟁이는 달빛을 받으며 숲속으로 사라졌다. 기사들은 말을 돌보아 주고 풀을 먹였다. 은자는 손님들에게 빵과 물, 야생 과일을 대접했다. 거친 음식이었지만 더위와 피곤에 지친 기사들은 고마워하며 맛있게 먹고 나무 잎사귀를 가득 채워 넣은 요 위에서 잠들었다.

다음 날 아침 눈을 뜬 보호트는 네 마리 사자들이 마치 거룩한 존재를 대하는 것처럼 소중하게 보호하는 듯 보였던 사슴이 궁금했다. 그래서 일어나자마자 은자에게 가서 눈보다 더 희고 목에는 금 사슬을 건 사슴에 대해 물었다.

은자가 대답했다.

"그것은 마법도 아니며 흑마술도 아니랍니다. 아직까지 그 신비를 설명할 수 있는 사람은 없습니다. 여러분이 그 광경의 유일한 증인은 아닙니다. 예언에 따르면, 덕과 용맹에 있어 이 시대의 모든 기사들을 뛰어넘는 선한 기사가 와서 금 목걸이를 걸고 있는 흰 사슴이 어떤 존재인지, 또 왜 사자들이 그 사슴을 보호하며 안내하는 것처럼 보이는지 설명해 주지 않는 한, 우리는 그에 관하여 아무것도 알 수 없을 것입니다. 제가 할 수 있는 답변은 이것이 전부입니다."

일행은 은자에게 고마움을 표하고 숲을 향해 떠났다. 정오 무렵에 가신 한 사람의 소유인 조그만 저택에 도착했다. 가신이 묵어가라고 초대했고, 일행은 기쁘게 받아들였다.

란슬롯은 귀네비어 왕비에 대해 생각하느라고 깊이 잠들지 못했다. 그는 아침 일찍 일어나 방을 나갔다. 그 집의 가족들은 이미 깨어 있었다. 란슬롯은 그들과 인사를 나누고 나서 집주인에게 물었다.

"떠나기 전에 미사를 드릴 만한 성당이 근처에 있습니까?"

"언덕을 넘으면 고독한 사제께서 지키고 계신 성당이 있습니다."

"시종들에게 안장을 올려 달라고 해 주시겠습니까?"

출발 준비가 끝나자 일행은 주인이 말한 성당을 향해 떠났다. 그들은 작은 숲 사이로 난 길을 따라갔다. 숲 한가운데에 회색 대리석으로 만든 화려한 무덤이 있었다. 그 앞에서 사제처럼 보이는 흰 옷 입은 사람이 무릎을 꿇고 앉아 기도하고 있었다. 그는 나이가 아주 많은 것처럼 보였다. 그러나 그의 몸에서는 놀라운 생기가 뿜어져 나왔다. 그 때문에 전혀 노인처럼 느껴지지 않았다. 세 명의 기사는 말을 멈추고 그를 보았다. 공경하는 마음이 절로 생기는 노인이었다.

노인은 기사들을 발견하고 믿을 수 없을 정도로 경쾌하게 몸을 일으켰다. 그는 이름을 물었다. 기사들은 차례차례 이름을 밝혔다. 그러자 노인은 눈물을 흘리며 큰 소리로 말했다.

"당신들은 세상에서 가장 불행한 사람들이오. 적어도 여러분 중에서 한 사람은 그렇소. 나머지 두 사람도 그 한 사람 때문에 불행해질 것이오."

기사들은 그 이야기를 듣고 어리둥절한 표정을 지었다.

란슬롯이 말했다.

"무슨 말씀이신지 설명을 해 주십시오."

"설명드리리다. 내가 거짓말하는 것이 아님을 명심하시오."

노인은 모드레드를 따로 불러 이야기하기 시작했다.

"그대는 세상에서 가장 불행한 사람이오. 그 이유를 지금부터 말하겠소. 그대는 이 왕국의 모든 사람들이 한꺼번에 저지르는 것보다 더 많은 잘못을 저지를 것이오. 그대에 의하여 원탁의 위대함이 파괴되고, 이 세상에서 가장 현명하고 용감한 사람, 즉 그대의 아버지가 죽을 것이오. 그대 또한 아버지의 손에 죽임을 당할 것이오. 그리하여 아비는 아들에 의하여, 아들은 아비에 의하여 목숨을 잃게 될 것이오. 지금 세상을 지배하고 있는 그대의 가족이 그렇게 멸할 것이오. 그대는 스스로를 증오해야 할 터이니, 수많은 귀한 사람들이 그대로 인하여 죽을 것이기 때문이오!"

모드레드는 엄청난 혼란에 빠졌다.

"뭐든 노인께서 원하는 대로 얘기할 수는 있소. 그러나 내가 어느 날 아버지를 죽인다는 것은 불가능한 일이오. 내 아버지 로트 왕은 작년에 돌아가셨소. 그러니 노인께서 하시는 이야기를 진지하게 들을 수 없소이다. 내 아버지에 대해 노인은 분명히 거짓말을 하고 있소."

"그대의 아버지가 돌아가셨다고?"

"그렇소. 신의 이름에 걸고 분명히 그렇소."

"오카니의 로트 왕이 그대의 다른 형제들처럼 그대를 잉태했다고 생각하시오?"

"의심할 이유가 없지 않습니까?"

노인은 모드레드 앞으로 한 걸음 다가가 그의 눈을 똑바로 응시하며 말했다.

"아니오. 그대는 다른 왕의 아들이오. 그대가 아버지라고 생각하는 사람보다 더 훌륭하고, 더 많은 공을 세운 왕이오. 그가 그대를 잉태한 날, 그는 자기 몸에서 용이 한 마리 빠져나와 땅 전체를 검게 태우고 자신의 사람들을 죽이는 꿈을 꾸었소. 괴물은 그의 백성을 죽이고 그의 땅을 초토로 만든 다음 그대의 아버지에게 덤벼들어 잡아먹으려 했소. 그러나 그대의 아버지는 괴물을 죽였소. 용의 몸이 독에

아더와 모드레드의 최후의 전투

퍼져 그도 죽게 되었지. 그것이 그가 본 환상이오. 내 말을 믿기 힘들다면 카멜롯에 있는 생테티엔 성당에 가 보시오. 아버지가 그 꿈을 잊지 않기 위해 그리게 한 그림이 있소. 그가 보았던 용이 누군지 아시오? 그것은 바로 그대요. 그대는 선하지 않으며 자비심도 없소. 용도 그대처럼 처음에는 해롭지 않은 존재였소. 그대는 지금까지는 잔인한 기사가 아니었소. 그러나 이후로 그대는 진실로 용이 될 것이며 악행만을 저지르고 사람들을 죽이는 데 온 힘을 쓸 것이오. 무슨 말을 더 하리까? 그대는 그대의 가족이 오랜 세월에 걸쳐 저지른 악보다 더 많은 악을 하루 만에 저지를 것이오. 늙은 나도 그대의 잔인함을 느낀다오. 그대가 나를 죽일 거라는 확신이 든다오."

모드레드의 얼굴은 참을 수 없는 분노로 벌겋게 달아올랐다. 그가 소리를 버럭 질렀다.

"노인장은 지금 거짓말을 하고 있소. 그러나 어떤 점에 있어서는 진실을 말하기도 했군요! 내 손에 죽게 될 것이라고 말했으니, 그것만은 거짓이 아니오. 그 예언은 이루어질 테니까!"

"란슬롯과 보호트에게 말할 때까지만 기다리시오. 그 후에는 원하는 대로 하시오."

모드레드가 짐승처럼 울부짖으며 말했다.

"그대가 나에 대해 거짓을 말한 것이라면 신께서 나를 도와주지 않으셔도 상관없소!"

그는 검을 뽑아 노인의 머리를 단칼에 날려 버렸다. 노인이 나무 둥치처럼 땅바닥에 털썩 쓰러졌다.

그 광경을 본 란슬롯이 경악한 목소리로 외쳤다.

"아, 모드레드 경! 죄 없는 노인을 죽이다니 이게 무슨 짓이오! 전능한 신의 이름을 빌어 말하건대, 이 일은 경에게 불행을 가져올 것이오. 이 일로 인하여 경은 수치와 불명예를 겪게 될 것이오."

"경은 이 늙은이가 무슨 악마 같은 소리를 지껄였는지 듣지 못했잖습니까! 그를 더 빨리 죽이지 못했던 것이 한입니다. 그런 어리석은 소리를 지껄이다니 스스로 명을 재촉한 겁니다!"

란슬롯은 노인의 시신을 내려다보다가 그가 손에 편지 한 장을 쥐고 있다는 것을 발견했다. 그는 말에서 내려 모드레드가 눈치 채지 못하는 사이에 얼른 빼내어 망토 자락에 감추었다. 그런 다음 모드레드를 향해 분노에 가득 찬 음성으로 말했다.

"모드레드 경, 앞으로 다시는 내 앞에 나타나지 않는 것이 좋겠소. 경이 저지른 짓을 사람들 앞에서 고발하게 될 것 같소이다. 가시오! 보고 싶지 않소!"

모드레드는 증오와 공포가 반반 섞인 표정으로 란슬롯을 바라보다가, 아무 말도 하지 않고 말을 달려 사라졌다. 란슬롯과 보호트는 극심한 혼란에 사로잡혔다. 그들은 성당을 맡고 있는 사제를 찾아가 어떤 일이 일어났는지 설명하고 노인의 시신을 묻어 달라고 부탁했다. 미사를 드리고, 죽은 자를 위한 기도를 올린 뒤 대리석 무덤 가까이 노인이 죽임을 당한 곳에 묻었다. 그리고 무덤 앞에 "여기에 오카니의 모드레드의 분노에 희생된 현인이 잠들다"라고 쓴 팻말을 꽂았다. 그리고 나서 란슬롯은 보호트가 보지 못하는 사이에 살짝 편지를 꺼내어 읽었다.

"경솔한 모드레드여, 너의 손에 나는 죽게 될 것이나 오카니의 로트의 아내의 몸을 빌어 너를 잉태시킨 아더 왕은 네가 나를 죽인 것만큼 잔인하게 너를 죽일 것임을 명심하라. 너는 나의 머리를 잘랐으나 왕은 너의 몸을 무자비하게 창으로 찌를 것인즉, 차마 태양도 그 광경을 비껴가리라. 신께서는 그 무서운 벌을 너를 위해서만 예비하셨으니, 그날부터 브리튼 기사도의 드높은 자부심은 무너질 것이다. 그 이후로 사람들은 아더 왕을 꿈속에서만 볼 수 있을 것이다."

란슬롯은 편지를 주의 깊게 읽었다. 아더 왕에 대한 이야기는 그를 깊은 두려움 속으로 밀어 넣었다. 그는 왕을 깊이 사랑하고 있었다. 그는 왕이 이 세상 누구보다도 선하고 관대한 사람이라 생각하고 있었다. 그는 모드레드를 죽이지 않은 것이 후회되었다. 예언이 말하는 결말이 모드레드가 방금 저지른 끔찍한 범죄에 대한 징벌이라는 것을 알기 때문에 모드레드를 그냥 보낸 것이 더더욱 후회스러웠다. 그러나 그는 편지 내용에 대해 한마디 말도 하지 않았다.

그는 그가 지금 막 알게 된 무서운 비밀을 혼자 알고 있기로 했다. 그리고 모드레드를 없애기 위해 모든 노력을 다하겠다고 결심했다. 그는 보호트에게 이 끔찍한 사건을 가능하면 빨리 잊으라고 말했다. 두 사람은 그곳을 떠나 하루 종일 말을 달렸다. 한시바삐 그 장소를 벗어나고 싶었기 때문에 중간 중간 만나는 샘물 앞에 멈추는 것 빼고는 계속해서 '위험한 숲'이라 불리는 숲을 달렸다.

저녁이 되었을 때, 나뭇가지들 사이로 불빛이 보이고 살려 달라고 외치는 여자의 비명이 들렸다. 두 사람은 소리가 들리는 방향으로 달려갔다. 어떤 남자가 말 위에 여자를 태워 납치하려는 중이었다. 여자는 발버둥치면서 살려 달라고 애원했다. 그 남자는 두 명의 기사들이 달려오는 것을 보자마자 여자를 말에서 밀어 떨어뜨리고 도망쳤다. 란슬롯이 즉시 뒤쫓아 갔다. 보호트는 서둘러 말에서 내려, 정신을 잃고 쓰러져 있는 여자를 도우러 달려갔다. 물이 없었기 때문에 보호트는 대신 풀을 뜯어서 그것으로 여자의 관자놀이를 문질러 주었다. 여자는 곧 정신을 차렸다.

눈을 뜬 여자가 외쳤다.

"보호트 경이군요. 경이 제 목숨을 구해 주셨어요. 고맙습니다. 신의 축복을 받으시기를!"

"혼자 한 일이 아닙니다. 란슬롯 경이 납치범을 쫓아갔어요."

"꼭 그자를 잡아서 벌을 받게 했으면 좋겠어요. 그자는 클루트의 아들 가울이라는 자인데, 그렇게 못된 악당은 둘도 없을 거예요. 제 마님이신 모르간 님에게 자루 속의 오소리 놀이로 놀림당한 뒤에 계속해서 마님을 괴롭히려고 했지요. 마님의 마법의 힘을 당할 수 없으니까, 직접 공격하지는 못하고 주위 사람만 괴롭히는 거예요."

"아, 그러고 보니 누구신지 알겠군요. 얼마 전에 돌무더기들이 여기저기 흩어져 있던 사막에서 만났을 때 모르간과 함께 있었지요?"

"맞아요. 마님의 심부름을 다녀오는 길에 그 가울이라는 자를 만났던 거예요. 경과 란슬롯 경의 도움이 아니었더라면 꼼짝없이 그자의 소굴로 끌려갔을 거예요."

보호트는 주위를 둘러보았다. 불은 이미 꺼져 있었다. 그의 종자는 어디로 갔는지 보이지 않았다. 란슬롯도 돌아오지 않았다.

보호트가 물었다.

"당신 말은 어디 있지요?"

"모르겠어요. 가울은 자기 말 위에 저를 태우려고 했어요."

"그럼 제 뒤에 타십시오. 모셔다 드리지요. 가는 길만 일러 주십시오."

두 사람은 곧 떠났다. 이제는 사방이 완전히 캄캄해졌다. 그러나 젊은 여자는 숲속의 꼬불꼬불한 길을 잘 안내했다. 그들은 보라색 돌로 지어진 아름다운 성 앞에 무사히 도착했다. 모르간의 성이었다. 문 앞에 서서 여자가 큰소리로 문지기를 부르자 문이 열렸다.

보호트는 열렬한 환영을 받았다. 저녁 식사가 차려지고 모르간이 몸소 보호트를 환영하러 나왔다. 그녀는 자신의 시녀를 구해 줘서 고맙다고 보호트에게 치하한 다음, 여행 목적을 물었다.

"왕의 아들다운 공을 세우기 위해서입니다."

모르간이 웃었다. 사막에서 만났을 때와는 사뭇 다른 호의적인 웃음이었다.

"많은 왕의 아들들이 아버지를 닮지 못하지요. 그러나 경에게는 고귀한 운명이 마련되어 있어요. 성배에 대해 들어 보셨나요?"

"물론이지요. 아더 폐하의 궁에서 들었습니다. 어느 날 원탁의 기사들 모두가 성배를 찾아 모험을 떠날 것이라고 멀린이 예언했다더군요. 성배는 우리 주님의 피를 담았던 잔이라고 하는데, 도달할 수 없는 성에 숨겨져 있다고 들었습니다."

"잘 알고 있군요. 경은 성배를 만날 사람 중 하나예요. 경이 제일 먼저 만나지는 않을 거예요. 경은 성배의 모험을 증언할 사람입니다. 운명이 경을 위해 마련한 소명을 경이 조금 놓친다고 해서 그걸 비난할 사람은 아무도 없습니다."

보호트는 생각에 잠겼다.

"란슬롯 경은 어떤가요?"

모르간이 냉정한 목소리로 대답했다.

"란슬롯 경에 대해서는 할 말이 없어요."

다음 날 보호트는 아침 일찍 일어나 모르간에게 작별을 고했다.

"이제 어디로 가실 건가요?"

"어제 그곳으로 돌아가 볼 생각입니다. 란슬롯 경을 만나야 하니까요."

"란슬롯 경은 그곳에 없어요. 이 성 아래로 흘러가는 강을 따라가다가 골짜기를 따라 내려가실 것을 권합니다. 경은 많은 모험을 증언해야 할 사람이니까요."

모르간은 보호트를 성문까지 배웅해 주었다. 그녀는 보호트가 자신이 얘기해 준 길을 따라가는 모습을 지켜보았다.

늦은 오후까지 말을 달리자 커다란 언덕 위에 세워진 큰 성이 나타났다. 성은 깊은 물에 에워싸여 있었고, 햇빛을 받아 반짝이고 있는 연못이 가까운 곳에 있었다. 보호트는 나뭇단을 지고 가는 할머니 한 사람에게 그 성과 성주의 이름을 물었다.

"성의 이름은 코르베닉이라고 하고, 성주의 이름은 펠레스라 한다오. 그분은 '이방의 땅'의 왕이지요."

보호트는 성문이 있는 곳까지 갔다. 밤색 말을 탄 사람이 적의에 가득 찬 태도로 다가와 앞을 막아섰다.

보호트가 소리쳤다.

"지나가게 해 주시오!"

"나와 싸워 이기기 전에는 들어갈 수 없소!"

"소원이라면 상대해 줄 수밖에!"

두 사람이 격돌했다. 보호트는 일격에 상대를 땅에 떨어뜨렸다. 그는 빠르게 검을 뽑아 상대의 목에 겨누고 말했다.

"왜 들어가지 못하게 했는지 말하면 살려 주겠소."

"나는 호수의 란슬롯에게 원한이 있소. 그래서 그와 관련이 있는 사람은 모두 쳐부수겠다고 마음먹었지요. 나는 경이 곤의 보호트라는 걸 알고 있소. 그 때문에 성에 들어가지 못하게 하려고 했던 거요. 패배를 인정합니다. 자비를 베풀어 주시오. 시키는 대로 하겠소이다."

"좋소. 호수의 란슬롯 경을 찾아가 그의 처분을 따르시오."

"그렇게 하겠소."

"그런데 이름이 무엇이오?"

"플레시스의 브리놀이라 하오."

"앞으로는 내가 가는 길을 방해하지 마시오."

보호트는 다리를 건너 성안으로 들어갔다. 거리를 몇 개 가로지르자 멋진 궁전이 나타났다. 그는 말에서 내려섰다. 곧 시종들이 다가와 정중하게 맞았다. 한 사람은 말을 끌고 가고 다른 시종들은 그를 궁으로 데려가 갑옷을 벗겨 주었다. 그러고 나자 아름다운 옷을 입은 부인들과 아가씨들이 다가와 어디에서 온 누구인지 물었다.

"저는 아더 왕 궁정에서 온 곤의 보호트라고 합니다."

사방에서 "환영합니다!" 하는 외침 소리가 들렸다. 궁전에 보호트가 도착했다는 소식이 빠르게 퍼졌다.

"호수의 기사 란슬롯의 사촌이 우리 궁에 왔다."

보호트는 아름다운 가구들로 장식한 큰 홀로 안내되었다. 그 옆방에서 몇 명의 기사가 나와 보호트를 맞았다. 그들 중에는 종자 두 사람의 부축을 받아 절름거리며 걷는 키 큰 노인이 있었다. 그가 바로 어부왕이라고 불리기도 하는 펠레스였다. 보호트는 란슬롯에게서 그에 관한 이야기를 들었기 때문에 금방 알아보았다.

왕은 멀리에서 보호트의 모습을 알아보고 환한 얼굴로 외쳤다.

"보호트 경, 어서 오시오!"

"폐하와 이 궁의 모든 분들을 신께서 축복해 주시기 바랍니다."

그들은 방 한가운데에 놓인 의자 위에 앉아 담소를 나누었다. 왕은 란슬롯이 어떻게 지내는지 궁금해했다.

"그를 본 지 오래되었소. 듣자 하니 아더 왕의 궁에도 모습을 나타내지 않았다 하더이다. 무슨 일이 있는 건 아닌지 걱정이 되오. 그의 소식을 알기 위해서 일 년 동안 일곱 번 이상 아더 왕의 궁으로 전령을 보냈지만 아무 소식도 듣지 못했다오."

"걱정하지 마십시오. 어제까지만 해도 저와 함께 있었답니다. 아주 잘 지내고 있습니다. 성령 강림절에는 아더 왕의 궁으로 가겠다고 제게 약속했습니다. 약속을 지킬 겁니다."

그렇게 대화를 나누고 있는 사이에 펠레스 왕의 딸이 등장했다. 그녀는 많은 사람들에게 둘러싸여 있었다. 그녀는 보호트를 향해 다가와 정중하게 절한 다음 그의 옆 자리에 앉았다. 그녀는 란슬롯에 대해 물었다. 보호트는 모든 질문에 자세하게 답변해 주고, 란슬롯의 여러 가지 모험 이야기도 들려주었다. 나이 많은 기사 한 사람이 열 달 정도 된 듯한 아기를 안고 들어왔다.

기사가 보호트에게 말했다.

"이 아기가 누구인지 모르시지요? 이 아기는 경의 가족입니다. 아주 고귀한 가문에서 태어났지요. 아기는 경의 사촌입니다."

보호트는 아기의 얼굴을 자세히 들여다보았다. 뜯어볼수록 란슬롯을 닮은 것을 알 수 있었다. 보호트가 물었다.

"누구의 아기인지요?"

"경의 가족 중의 누군가를 닮지 않았습니까? 잘 살펴보세요. 아기가 누구를 닮았는지 모르신다는 건 있을 수 없는 일입니다."

보호트는 입을 다물었다. 느낀 대로 말하기가 두려웠기 때문이다. 그러나 마냥 모르는 체할 수는 없었다.

"사실…… 란슬롯 경을 아주 많이 닮기는 했군요."

"맞습니다. 아기가 란슬롯 경을 닮은 건 당연한 일이지요. 그분의 아들이니까요. 경이 곤의 보호트 왕의 아들인 것처럼, 이 아기가 란슬롯 경의 아들이라는 건 분명한 진실입니다."

보호트는 아이가 란슬롯의 아들이라는 것을 알고 무척 기뻤다. 그는 아기의 이름을 물었다. 늙은 기사는 갈라하드라고 말했다. 보호트는 란슬롯이 호수 부인의 집에서 자라기 전의 이름이 갈라하드였다는 것을 기억해 냈다. 그

는 아기를 품에 안고 세상에서 가장 귀한 존재에게 하듯이 입을 맞추
었다.

　"탄생을 축하한다, 아가야. 네가 우리 가문의 기수가 될 거라는 예
감이 드는구나. 너를 세상에 보내 주신 신께 감사를 드린다. 세상에
서 제일 좋은 성을 얻은 것보다도 더 기쁘구나."

보호트는 펠레스 왕과 그의 딸, 궁정의 기사들과 오랫동안 이야기를 나누었다. 서서히 어둠이 내리자 방 안은 어렴풋한 빛으로 가득 찼다. 사람들이 나누는 이야기가 아득히 먼 곳에서 들려오는 것처럼 느껴졌다. 그때 황금 향합을 입에 문 비둘기가 어디에선가 날아들어 왔다. 비둘기는 방 안을 천천히 한 바퀴 돌았다. 궁전은 이내 형언하기 어려운 아름다운 향기로 가득 찼다. 사람들은 대화를 끝냈다. 방은 깊은 침묵 속에 잠겼다. 시종들이 식탁을 가져다 놓고 식탁보를 덮었다. 누가 앉으라는 말을 하기도 전에 모두 식탁에 자리 잡고 앉았다. 젊은이나 노인이나 할 것 없이 모두들 눈을 감고 기도했다. 조금 뒤에 젊은 여자가 찬란한 빛을 발하는 에메랄드 잔을 들고 자기 방에서 나왔다. 사람들은 젊은 여자가 그들 앞을 지나갈 때 무릎을 굽히며 작은 소리로 속삭였다.

"우리를 은총으로 가득 채우시는 신의 아들이여, 축복받으소서."

젊은 여자가 식탁 사이를 지나가면, 식탁 위에는 온갖 산해진미가 저절로

차려졌다. 방을 한 바퀴 돈 다음 여자는 자기 방으로 돌아갔다. 긴 침묵이 지나간 뒤 사람들은 다시 대화를 나누기 시작했다. 전에 란슬롯이 코르베닉에서 머물 때 보았던 것과 똑같은 장면이었다.

식사가 끝나고 시종들이 식탁을 치웠다. 펠레스 왕은 창가에 가서 팔꿈치를 고이고 바깥을 내다보았다. 보호트가 그 옆으로 다가갔다. 두 사람은 그 순간 그들의 마음을 사로잡고 있는 란슬롯에 대한 이야기를 주고받았다. 보호트는 그가 귀네비어 왕비에 대해 품고 있는 절대적인 사랑을 알고 있었다. 그는 궁금증을 이기지 못하고 어떻게 란슬롯이 왕비에 대한 사랑을 잊고 아기를 잉태시킬 수 있었는지 물어보았다. 펠레스는 란슬롯이 마법 때문에 자신의 딸을 사랑하는 여자로 오해했던 것이라고 솔직하게 대답했다.

보호트가 말했다.

"신께 영광이 있기를! 그러한 꾀를 낸 분에게도 축복이 있기를! 그처럼 행복한 결과를 만들어 낸 마법은 없을 거예요. 펠레스 왕이시여, 성배의 모험을 끝낼 기사가 폐하의 가문에서 태어난 것입니다. 그는 원탁의 위험한 의자에 앉을 것입니다. 이 아기가 아니라면 누가 그 자리에 앉겠습니까. 란슬롯 경이 가장 뛰어난 기사라는 것은 분명한 사실이지만, 저는 장차 그를 능가하는 기사가 나타나리라는 것을 알고 있었습니다. 멀린은 오래전에 그것을 예언하였지요."

보호트는 모르간에게 들었던 말을 떠올리고 그렇게 말했던 것이다. 그녀의 이야기는 보호트가 호수의 부인에게 들었던 말과 비슷했다. 보호트가 있는 궁 맞은편에 어두운 색깔의 석조 건물이 보였다. 보호트는 창을 통해 건물을 내다보며 왕에게 물었다.

"전하, 저 건물이 '모험의 궁전'이라고 불리는 곳이지요?"

"그렇소. 경은 이곳에 온 뒤로 신비한 일을 많이 보았소. 아름다운 향내를 퍼뜨리는 비둘기며, 우리에게 일용할 양식을 제공하는 성배도 보았소. 그 모든 것은 모험의 궁전에서 일어나는 일에 비하면 아무것도 아니오."

"기왕 여기에 왔으니 모험의 궁전에서 일어나는 모험에 꼭 도전해 보고 싶습니다."

"그런 말이랑 하지 마시오. 그 모험에 뛰어들었다간 수치를 겪거나 다치게 된답니다. 내 영토 절반을 잃을지언정 경에게 어려운 일을 겪게 할 수는 없소. 경에게 무슨 일이 생긴다면 나 또한 그 때문에 마음이 아플 것이고 많은 원성도 들을 것이오."

"전하, 진심으로 걱정해 주셔서 감사합니다. 그러나 저는 아무리 고통스러운 시련이라 할지라도 그 앞에서 물러선 적이 없습니다. 모험의 궁전에서 어떤 일이 일어나는지 알기 전에는 코르베닉 궁에서 한 발자국도 움직이지 않겠습니다."

"경은 용감하고 의지가 굳은 사람이오. 경을 만류할 권리는 내게 없소이다. 한 가지만 당부하겠소. 오늘 밤에는 모험을 떠나지 마시오. 오늘 밤은 이곳에서 보내고, 내일 아침에도 경의 마음이 변함없는지 보도록 합시다. 생각이 바뀌지 않는다면 내일 밤은 모험의 궁전에서 보내시오. 경이 수치와 고통을 겪지 않고 그곳에서 나오기를 진심으로 빌겠소."

"왜 오늘 밤 모험에 뛰어들면 안 된다는 것인지요?"

"경이 코르베닉에서 나갈 때 이야기해 드리리다."

그날 밤 보호트는 아성 아래 있는 방에서 잠들었다. 다음 날 아침 미사 시간에 펠레스가 보호트에게 말했다.

"보호트 경, 모험의 궁전에서 오늘 밤을 보내고 싶다는 생각에 변함이 없다면 준비를 해야 하오."

"물론 변함없습니다. 무엇을 해야 하는지요?"

"모험에 뛰어들기 전에 주임 신부에게 고해 성사를 받으시오. 모든 죄를 씻고 떠나는 게 나을 것이외다."

보호트는 미사가 끝나자마자 왕실 주임 신부를 찾아가 고해 성사를 받았다. 신부는 어떻게 살아왔는지 물었다. 보호트는 모든 것을 숨김없이 고백했다. 자신의 의지와 상관없이 마법에 걸려 저지른 짓이기는 하지만, 브란고어 왕의 딸과의 사이에 있었던 일까지 다 털어놓았다. 교회에서 나온 그는 하루 종일 아무것도 먹지 않았다.

저녁이 되었다. 보호트는 무장하고 혼자서 모험의 궁전으로 들어갔다. 문까지 그를 데려다 주었던 사람들은 모두 돌아갔다. 조금 무서웠다. 그는 마지막 햇살이 사라질 때까지 창가에 서서 기다렸다. 밤이 깊었을 때, 그는 밝은 색깔의 커튼이 드리워진 방으로 들어가 침대 위에 앉았다. 그것은 '경이의 침대' ⁺였다. 이곳에 오기 전에 이야기를 들어 알고 있었다.

침대에 앉기가 무섭게 궁전 안에서 소름끼치는 소리가 들려왔다. 세찬 바람이 불었다. 창문이 덜컹덜컹 흔들렸다. 궁에는 백 개도 넘는 창이 있었다. 창문이 덜컹거리는 요란한 소리를 듣고 있자니 궁전이 금방이라도 무너질 것처럼 느껴졌다. 보호트는 꼼짝도 하지 않았다. 검 위에 손을 올린 채 다가

올 위험을 기다렸다. 그러나 소란이 지속되는 동안 이상한 일은 아무것도 일어나지 않았다. 어느 순간, 모든 소리가 일순에 멎고 침묵이 돌아왔다. 보호트 자신의 숨소리 외에는 아무 소리도 들리지 않았다.

갑자기 옆방에서 길고 커다란 창이 나타나 번개처럼 보호트의 몸 위에 내리꽂혔다. 그것은 방패와 사슬 갑옷을 뚫고 보호트의 왼쪽 어깨 위에 반 피트 깊이만큼 푹 박혔다. 보호트는 고통으로 정신이 아득해졌다. 누가 창을 던졌는지 알 수 없었기 때문에 더욱 혼란스러웠다. 보이지 않는 손이 상처에서 창을 잡아 빼는 것이 느껴졌다. 창은 천천히 날아 왔던 옆방으로 돌아갔다. 보호트는 침대 위에 쓰러졌지만 정신을 놓지 않았다. 그는 이를 악물고 무슨 일이 있더라도 침대 위에서 밤을 보내고 말겠다고 결심했다. 조금 뒤에 또 다른 방에서 키가 크고 뚱뚱한 기사가 완전 무장을 한 모습으로 나왔다.

그가 보호트에게 말했다.

"기사여, 다른 침대에 가서 쉬시게!"

✚ 성배 전설 전반에 걸쳐 침대는 아주 흔하게 나타나는 상징이다. 많은 경우에 사랑의 행위가 이루어지는 장소를 나타내지만, 그보다는 '휴식' 또는 '잠'과 연관되어 무의식적 자아를 의미하고 있다. 영웅이 밤이 되어 침대에 앉으면, 온갖 무시무시한 일을 겪게 되는데 이는 영웅의 무의식 안에서 일어나는 내면적 사건과 풍경이다. 그런 의미에서 이 침대는 정신분석을 의뢰한 환자가 드러눕는 긴 의자와 같은 치료학적 가치를 가진다. 많은 경우, 침실은 사방으로 터진 문을 가진 팔각형의 방인데, 융의 분석심리학의 관점에서 4 또는 4의 배수는 자아 중심 추구와 연관되어 있다. 보호트가 이 침실에서 겪는 모든 모험은 진정한 자아 중심에 이르기 위한 내면적 시련으로 읽힌다. —역주

"싫다. 난 일어날 생각이 없어. 너를 위해서도 그 누굴 위해서도 비키지 않을 테다. 누가 공격해 오든 맞서 싸울 수 있으니까!"

"싸움을 원한다 해도 이길 수 없어. 내가 널 죽이든 네가 날 죽이든지 해야 끝날 거야. 일어나지 않겠다면 싸움을 피할 도리는 없지."

"아무려면 어때. 이유 없이 이 침대에서 비키라는 명령에 복종할 생각은 없다."

"내가 검을 쓸 수 있는 한 네가 편하게 쉬도록 내버려둘 수는 없다. 자, 덤벼라!"

보호트는 결투를 피할 수 없다는 것을 알았다. 상처가 깊어 너무나 고통스러웠다. 다른 사람이었다면 이런 상황에서 싸우겠다는 생각을 하지 못했을 것이다. 그는 명예를 잃느니 차라리 죽겠다 결심하고, 이를 악물고 검을 휘둘렀다. 그는 기사에게 덤벼들어 투구와 방패에 한 방 크게 먹였다. 상대의 힘도 만만치 않았다. 그는 잘 방어했으며, 보호트의 공격을 솜씨 있게 받아쳤다. 보호트는 부상을 입었지만 여전히 날쌔고 민첩했다. 그는 기사를 거칠게 몰아붙여 뒷걸음질치게 만들었다. 기사는 힘이 달려 거의 넘어질 지경이 되었는데, 마지막 힘을 다해 어떤 방의 문 앞으로 가더니, 문을 열고 안으로 사라졌다. 보호트가 뒤쫓아 가 열어 보려고 했지만 문은 열리지 않았다. 보호트는 침대로 돌아와 다음 사건을 기다렸다. 그런데 조금 뒤에 아까 그 문이 갑자기 열리더니 지친 것 같았던 그 기사가 번개처럼 빠르게 튀어나와 놀라운 기세로 보호트에게 덤벼들었다.

보호트는 속으로 생각했다.

'이게 어찌 된 일이지? 이상한 일이다. 저 기사는 지쳐서 결투를 거의 포기할 지경이었는데 지금은 결투를 시작할 때처럼 원기 왕성하다. 그 힘을 어디서 얻어 왔을까? 신인가, 아니면 악마인가?'

보호트가 생각에 잠겨 있는 동안, 기사는 사방으로 검을 마구 휘둘러 대며 보호트를 공격했다. 보호트는 잘 방어했다. 상대는 뛰어난 무술의 소유자는 아니었다. 보호트는 젊음과 힘 덕택에 결투의 주도권을 놓치지 않았다. 기사가 원기를 회복하기 위해 그가 나왔던 방으로 다시 들어가려고 하자 보호트는 앞을 막아서며 소리쳤다.

"다시는 그 방에 들어갈 수 없다!"

보호트는 상대의 투구를 벗기고 검을 목에 들이댔다. 패배를 인정하고 보호트가 명령하는 곳으로 가서 포로가 되겠다고 약속하지 않으면 당장 머리를 날려 버리겠다고 위협했다. 갑자기 방이 아주 밝아졌다. 문이란 문이 모두 열렸고 창문으로는 달빛이 쏟아져 들어왔다.✤ 기사는 죽을 처지에 빠졌다는 것을 알고 승리자에게 자비를 애원했다.

보호트가 말했다.

"나는 네가 누군지 모른다. 한번도 본 적이 없어. 그러나 충성스러운 기사로서 맹세해야 한다. 성령 강림절에 아더 왕의 궁으로 가서 곤의 보호트의 이름으로 왕에게 항복하여라."

> ✤ 내면적 공포를 극복하자 찾아오는 빛. 보호트의 내적 성숙이 가시화되는 장면. 자아의 닫힌 방의 창문이 열렸다는 것을 눈여겨볼 것. 즉 의식과 무의식의 연속성이 회복된다. —역주

패배자는 엄숙하게 맹세했다. 기사는 투구와 방패를 주워 들고 그가 나왔던 방으로 돌아갔다. 보호트는 자신을 공격한 이 허깨비는 무엇일까 하고 생각했다. 기사가 힘을 되찾았던 방에는 무엇이 있는 것일까. 그는 다시 한번 문을 열어 보려고 했다. 문은 여전히 열리지 않았다.

보호트는 결투에 지쳐 침대에 돌아가 앉았다. 갑자기 모든 창문에서 화살과 투창이 소나기처럼 쏟아져 들어왔다. 침대에 웅크리고 앉아 방패로 가능한 한 몸을 보호하는 것밖에는 아무것도 할 수 없었다. 투창과 화살의 소낙비가 그치자, 창문들이 닫히고 또 다시 궁전이 무너지는 듯한 시끄러운 소리가 들려왔다.

이제 방은 아주 어두웠다. 아직까지 열려 있는 몇 개의 창문으로만 달빛이 들어오고 있었다. 곧이어 죽음 같은 정적이 찾아왔다. 보호트는 어떤 방에서 사자 한 마리가 다가오고 있다는 것을 알아차렸다. 놈은 보호트를 집어삼키려는 듯 아가리를 딱 벌리고 다가왔다. 보호트는 방패로 몸을 보호하면서 사자의 대가리를 겨누고 검을 휘둘렀다. 사자가 앞발을 쳐들어 방패를 후려쳤다. 방패가 사자의 발톱 아래에서 헝겊처럼 찢어졌다. 자칫하면 한 방에 나가떨어질 참이었다. 다행히도 보호트는 있는 힘을 다해 사자의 몸을 받치고 서서 검을 사자 모가지의 한쪽 끝에서 다른 쪽 끝까지 푹 박아 넣을 수 있었다. 사자는 바닥에 쓰러져 버둥대다가 결국은 뻗어 버렸다.

보호트는 침대로 돌아가 헉헉대며 숨을 몰아쉬었다. 이번엔 거대하고 징그러운 구렁이 한 마리가 불쑥 나타났다. 얼룩덜룩한 색깔의 피부를 가진 놈의 시뻘건 두 눈은 잉걸불처럼 이글이글 타고 있었다. 놈은 불꽃을 토해 내면서 마룻바닥을 천천히 기어 왔다. 게다가 꼬리를 채찍처럼 휘두르고 있었다.

이마 위에 기록이 씌어 있었는데, 보호트는 놈의 두 눈이 발하는 광채 덕택에 그 기록을 쉽게 읽을 수 있었다.

"이것이 아더 왕의 상징적인 모습이다."

보호트는 그 기록을 읽고 소스라치게 놀랐다. 그는 눈에 보이는 모든 것이 자신에게 수치를 겪게 하려는 함정에 불과하다고 생각했다. 구렁이가 방 한가운데에 이르렀을 때 어둠 속에서 당당하고 오만한 표범 한 마리가 튀어 나오더니 구렁이에게 덤벼들었다. 구렁이는 몸을 돌려 불을 토했다. 표범은 발톱으로 구렁이를 위협했다. 표범이 기선을 잡았다. 구렁이는 힘도 세고 입에서 뿜는 화염으로 방어하고 있었지만 표범을 이기지는 못했다. 보호트는 잔인하게 싸우는 짐승들을 오랫동안 지켜보면서 이 대결이 무엇을 의미하는 것인지 알 수 없어 마음이 혼란스러웠다. 싸움은 아주 오래 지속되어, 두 놈 다 계속할 수 없을 정도로 지쳤다. 구렁이는 어둠 속으로 모습을 감추었고 표범도 어디론가 가 버렸다. 보호트는 표범이 어디로 갔는지 알지 못했다.

그때 믿을 수 없는 광경이 나타났다. 방의 입구는 다른 곳보다는 조금 밝았는데, 구렁이가 그곳에서 마치 해산을 앞두고 진통하는 것처럼 몸뚱이를 위아래로 마구 뒤치는 것이었다. 조금 뒤에 몸부림이 가라앉는가 싶더니, 아가리에서 백 마리쯤 되는 새끼들을 토해 냈다. 놈들은 자기들이 방금 빠져나온 구렁이를 죽이려고 구렁이 몸에 엉겨 붙어 물어뜯기 시작했다. 그러나 구렁이는 호락호락 당하지 않았다. 놈들은 한참 동안 사투를 계속했다. 싸움이 끝났을 때는 구렁이도 새끼들도 모두 죽어 방 한쪽 구석에 널브러져 있었다. 보호트는 놀라서 이 싸움과 종말이 무엇을 의미하는지 생각해 보았다.

그는 여전히 침대 위에 앉아 깊은 생각에 잠겨 있었다. 또 다른 방에서 빼빼 마른 남자가 나왔다. 얼굴빛이 창백해서 살아 있는 사람이라기보다는 죽은 사람처럼 보였다. 그의 목에 두 마리 뱀이 감겨 있었는데, 놈들은 앞과 뒤에서 남자의 목과 얼굴을 물고 있었다.

그는 괴로운 신음 소리를 내며 큰 소리로 탄식했다.

"어찌 하여 그런 잘못을 저질러 이런 고통을 겪는다는 말인가? 하느님, 저를 이 고통에서 구해 줄 사람이 어느 날 오기는 하는 건가요?"

그는 자신을 비참한 자라고 부르며 장님처럼 방을 지나갔다. 그는 금은보화로 뒤덮인 아주 화려한 하프를 가슴에 안고 있었다. 진실로 놀라운 물건이었다.

남자는 방을 가로질러 황금 의자에 앉았는데, 그 의자는 영원히 그곳에 있는 의자인 것 같았다. 그는 하프의 줄을 맞추더니 계속 눈물을 흘리면서 노래를 불렀다. 보호트는 놀라워하며 노래를 들었다. 노래는 아주 아름다워서 귀를 즐겁게 만들어 주기도 했다. 그는 그 노래가 '눈물의 비가'라는 것을 알게 되었다. 노래는 아리마테아 요셉이 주님의 명령을 받고 어떻게 브리튼 섬으로 왔는지, 오랫동안 방랑 생활을 거쳐 어떻게 그의 후손들이 아발론 골짜기*에 정착했는지 들려주고 있었다. 보호트는 지대한 관심을 가지고 이야기를

✤ 중세기 작가가 생각하기에 아발론 골짜기는 글래스턴베리였다.

들었다. 왜냐하면, 그의 생각에 그것은 아리마테아 요셉과 스코틀랜드 변방에 마법의 성을 지었던 마법사 오르페우스 사이의 논쟁과 관계된 것처럼 보였기 때문이다.

남자는 노래를 끝마치고 자리에서 일어나 보호트를 향해 말했다.

"기사여, 이 성에 머무는 것은 소용없는 일이오. 성배의 모험과, 오늘 밤 그대가 이곳의 모든 모험을 끝낼 선한 기사가 오기 전까지 이곳에서 일어나는 모험은 끝나지 않소. 그는 내가 겪고 있는 고통을 끝내 줄 것이오. 다른 결과를 얻을 수 없으므로 언제든 원할 때 떠날 수 있소."

보호트가 말했다.

"노인이여, 당신의 목에 감겨 고통을 주고 있는 두 마리 뱀은 어디에서 온 것입니까?"

"나는 고통을 겪도록 저주받았소. 내가 전에 저질렀던 교만의 죄 때문에 신께서 내리신 벌이라오. 이 지상의 벌을 받아 영원한 벌을 면할 수 있다면 나는 그 벌을 달게 받을 것이오. 나는 살면서 너무 많은 죄를 지었기 때문에 세상에서 많은 고통을 겪더라도 신의 용서를 받기 어렵소이다. 나는 벌을 받아 마땅한 사람이오."

하프를 연주하는 노인은 말을 마치고 방에서 나갔다. 보호트는 여러 가지 물어보고 싶은 것이 많았지만 그렇게 할 수 없었다. 노인은 나왔던 방으로 돌아가 버렸다. 침묵과 어둠이 다시 모험 궁전의 큰 방을 엄습했다.

보호트는 어깨의 상처가 주는 고통도 잊은 채 침대에 누워 생각했다. 내가 겪은 모든 것은 정말로 일어났던 일일까, 꿈을 꾼 것일까. 모르간이 어부왕에 대해 들려주었던 이야기가 떠올랐다. 어부왕은 어떤 모습으로도 변할 수 있으며 마법에 능통한 사람이라 하였다. 왜 어부왕은 내가 코르베닉 성에 왔던 첫날 밤을 모험 궁전에서 보내지 못하게 했을까? 혹시 란슬롯도 왕의 딸의 침대에 들기 전에 똑같은 시련을 겪었던 것은 아닐까? 보호트가 그런 생각에 잠겨 있을 때 부리에 향합을 문 비둘기가 살짝 열린 창문 틈으로 날아드는 것이 보였다. 비둘기는 파드득대며 방 안을 날아다니다가 문이 반쯤 열려 있는 어떤 방으로 들어갔다. 궁전은 아무 일도 일어나지 않았던 것처럼 고요하고 평온했다. 세상의 향기란 향기는 다 모아 놓은 것처럼 미묘하고 향기로운 냄새가 방 안 가득히 퍼졌다.

그때 비둘기가 날아든 방에서 아주 어린 아이 네 명이 나왔다. 어찌나 아름다운지 지상의 존재가 아니라 천상의 존재처럼 여겨지는 아이들이었다. 아이들은 촛불이 타고 있는 네 개의 촛대를 들고 있었다. 아이들 앞에는 향합을 들고 가는 사람이 앞장서고, 사제 같은 복장을 한 나이가 아주 많은 쇠약한 남자가 아이들의 뒤를 따르고 있었다. 노인은 상제의 上祭衣(사제가 미사 때 흰 옷 위에 입는 소매 없는 제의—역주)를 입고 있지 않았다. 그는 창을 들고 있었다. 보면 볼수록 이상한 창이었다. 창날에서 핏방울이 방울방울 떨어지고 있었는데, 흘러내린 피는 아래로 떨어지지 않고 어둠 속 어딘가로 연기처럼 사라져 버렸다. 보호트는 그 창이 공경을 바쳐 마땅한 성물聖物이라는 확신이 들어, 그것이 지나갈 때 자리에서 일어나 허리를 굽혔다.

창을 든 노인은 황금 의자를 향해 곧장 다가갔다. 그러고는 입을 열어 말했다.

"기사여, 너는 아더 왕의 기사 중 가장 순결한 자로서 이곳에 들어올 자격이 있는 자이다. 네 나라로 돌아가거든 '복수의 창'을 보았다고 증언하라. 물론 너는 그 의미를 알지 못하며, 원탁의 위험한 자리가 주인을 찾을 때까지는 그 의미를 이해하지 못할 것이다. 그러나 너는 그 자리에 앉게 될 자를 통하여 진실을 알게 되리니, 그는 그 창을 누가 어디에서 이곳으로 가져왔는지, 그리고 어떤 특성을 가지고 있는지 설명해 줄 것이다. 만일 네 사촌 란슬롯이 너처럼 여자들과의 관계를 멀리했더라면 우리가 오늘날까지도 겪는 모험을 끝낼 수 있었을 것이다. 그는 따를 자 없는 비범한 기사이지만 너무나 더럽혀져 있어, 그의 것이 되어야 마땅한 덕성을 연약한 허리와 불 같은 성품으로 부수고 망쳐 버렸다."✝

창을 든 남자는 일어나서 여러 개의 방들 중 한군데로 들어가 모습을 감추었다. 곧 옷차림이 초라하고 싸구려 장신구로 치장한 젊은 여자 열두 명이 나타났다. 여자들은 말없이 일렬종대로 서서 천천히 발걸음을 떼어 놓으며 슬프게 울었다. 아무리 냉혹한 마음의 소유자라도 가엾다는 생각이 들 만큼 슬픈 울음이었다. 창을 든 남자가 들어간 방문 앞에 이르자 여자들은 무릎을 꿇고 앉아 한없는 고통에 잠겼다.

보호트는 여자들이 기도를 바치고 있다는 것을 알아차렸다. 그는 눈앞에 보이는 광경의 의미를 알지 못했기 때문에, 어떻게 해야 할지 무슨 말을 해야 할지 몰라 머뭇거렸다. 가장 가까운 곳에 있는 여자에게 질문을 던지려고 했지만, 다른 어떤 불길한 일이 생길까 봐 두려워 용기를 내지 못했다. 이해할 수 없는 이상한 광경들이 계속 눈앞에 나타나자 마음은 점점 더 고통스러워졌다. 그는 설명을 듣지 못하면 그곳을 떠나지 않겠다고 결심했다.

그는 여자 한 사람에게 다가가 말했다.

"신의 축복을 받으십시오. 누구신지 여쭈어 보아도 될까요? 왜 울고 계신가요? 왜 이렇게 초라한 옷차림을 하고 계신지, 또 피 흘리는 창을 들고 계셨던 분은 누구신가요?"

✝ 여기에서는 시토 수도회 판본을 따르고 있는데, 성배를 발견함으로써 '모험을 완결할', 즉 왕국을 짓누르고 있는 마법을 걷어 낼 영웅의 육체적 정결이 특히 강조되고 있다. 이 역할은 원래 란슬롯에게 주어진 것이지만, 당대의 기독교 도덕은 란슬롯과 귀네비어의 불륜을 용인할 수 없었다. 그 때문에 갈라하드라는 인물이 란슬롯과 성배를 운반하는 여성 사이에서 창조된 것이다. 갈라하드는 란슬롯이라고 하는 물질적 기사의 정신적 분신이다. 이 모든 것은 크레티엥 드 트르와의 작품이나 작자 미상의 웨일즈 이야기 『페레두르』 등의 성배 탐색 초기 판본 안에는 나타나지 않는다. 보호트가 코르베닉에 체류하는 이 일화에서 원시 이교 주제가 완전히 기독교화되어 있는 것을 알 수 있다. 경이롭고 환상적인 요소들은 살아남아 있지만, 분명히 '악마적인' 것으로 여겨지고 있다.

여자가 몸을 돌려 그를 보았다. 보되 보지 않는 것 같은 신비한 눈
길이었다.

"우리 일에 끼어들지 마세요. 우리가 우리 일을 하도록 가만히 내
버려두세요. 그대는 지금 우리를 위해 아무것도 할 수 없어요. 더 이
상 알려고 했다가는 불행한 일이 생길 것입니다."

보호트는 고집을 부리지 않았다. 그는 침대로 돌아와서 앉았다. 여
자들은 천천히 한 줄로 길게 서서 걸으며 어둠 속으로 사라졌다.

밤이 깊어갔다. 보호트는 초조해지기 시작했다. 하프를 들고 있던
남자와 창을 들고 있던 남자가 들어간 방의 문틈에서 쏟아져 나오는
빛이 조금씩 강렬해졌다. 그는 아무 소리도 내지 않고 문 쪽으로 살
금살금 걸어갔다. 광채는 마치 태양이 방 안에 자리 잡고 있는 것처
럼 찬란했다. 앞으로 다가갈수록 빛은 더욱 밝아졌다. 그는 살짝 문
을 열어보려고 가까이 다가섰다. 그 순간 머리 위에 달린 날카로운
검이 보였다. 한 걸음이라도 더 앞으로 내디뎠다가는 당장 머리 위로
떨어져 내릴 것 같았다. 보호트는 다가가서는 안 된다는 엄중한 경고
라고 판단하고 돌아섰다. 그 찬란한 빛은 분명히 신의 존재를 나타내
는 징조이리라.

방 안을 힐끗 들여다보니, 금과 보석으로 장식된 네 개의 나무다리
가 달린 은 탁자가 보였다. 보호트는 그것이 초자연적인 사물이라고
생각했다. 이 세상 어디에도 그처럼 아름다운 사물은 없을 것 같다는
생각이 들었다. 은 탁자 위에는 흰 비단 베일에 덮여 있는 에메랄드
잔이 놓여 있었다. 주교 같은 복장을 한 남자가 그 앞에 무릎을 꿇고

앉아 있었다. 그는 그러한 자세로 오랫동안 앉아 있다가 몸을 일으켜 잔이 있는 쪽으로 손을 뻗어 잔을 덮고 있던 베일을 벗겼다. 그러자 갑자기 견딜 수 없을 만큼 찬란한 빛이 보호트가 있는 방 안으로 쏟아져 들어왔다. 보호트는 이 세상의 빛이란 빛이 모두 모여 눈을 때린다는 느낌을 받았다. 갑자기 눈앞이 하얘지면서 아무것도 보이지 않았다.

빛의 안개 속 어딘가로부터 아득한 음성이 들렸다.

"보호트야, 더 이상 다가가지 마라! 너는 이곳에 있는 궁극의 비밀을 더 이상 보아서는 안 된다. 만일 이 명령을 어기면 너의 사지는 나무토막처럼 뻣뻣해지고 눈은 앞을 보지 못하게 될 것이다."

보호트는 겁에 질려 뒤로 주춤주춤 물러섰다. 눈이 견딜 수 없이 아팠다. 아무것도 보이지 않았다. 불타는 창에 찔린 어깨의 상처는 어느새 씻은 듯이 나아 있었다. 보호트는 방바닥을 더듬더듬 짚어 침대로 가서 드러누웠다. 이제 영영 장님이 되었다고 생각한 그는 고통에 사로잡혔다. 침대에 누워 있는 동안 위대한 아름다움으로 가득 찬 노래들이 들려왔다. 그는 밤새 두려움에 떨며 한숨도 자지 못했다. 신비한 에메랄드 잔이 빛을 발하는 방에서 무슨 일이 일어나는지 알고 싶은 마음에, 자격도 없으면서 감히 문틈으로 들여다보는 죄를 범했기 때문에 벌을 받았다고 생각했다. 그러나 날이 밝고 수많은 창문으로 햇살이 쏟아져 들어왔을 때, 그는 눈이 멀지 않았다는 것을 알았다.

펠레스 왕이 딸과 많은 기사들을 거느리고 나타났다. 보호트가 무사한 것을 보고 그들은 크게 기뻐했다. 왕이 말했다.

"보호트 경, 많이 걱정했소이다. 경의 무사한 모습을 볼 거라고는 기대하지 않았소. 이곳에 들어왔다가 수치도 겪지 않고 죽지도 않고 무사한 기사는 경이 처음이외다. 다른 사람들보다 운이 좋군요. 정말 기쁘오."

보호트는 그날 코르베닉 성에 머물렀다. 우정과 존경을 표하지 않고 그를 떠나보낼 수 없다며 사람들이 한사코 붙잡았던 것이다. 그들은 신께서 보호트에게 허락해 주신 아름다운 모험을 축하하며 그를 위해 큰 잔치를 베풀었다.

보호트가 왕에게 물었다.

"어째서 첫날 밤에 모험에 뛰어들지 못하게 하셨는지요?"

"경은 그날 밤 죄를 참회하지 않았기 때문에, 시련을 감당할 수 없었을 것이오."

"그럴지도 모르겠습니다. 제가 본 것에 관해서 질문을 드리고 싶습니다. 피 흘리는 창은 무엇인가요?"

"보호트 경, 그 창의 진실을 밝히는 것은 금지되어 있소. 세상의 모든 기사들이 모험에 뛰어드는 마지막 탐색이 시작될 때라야 진실이 모습을 드러낼 것이오. 경이 보았던 다른 모든 신비 또한 마찬가지요. 더 이상은 묻지 마시오. 대답해 드릴 수 없소이다."

"알겠습니다."

그날 그는 하루 종일 펠레스 왕의 극진한 대접을 받았다. 다음 날 새벽에 보호트는 말을 준비하라고 일렀다. 그는 무기를 챙겨 말을 타고 골짜기와 계곡으로 다시 편력 여행을 떠났다.

어느 날 아더 왕은 많은 기사들과 함께 카두엘에서 꽤 멀리 떨어진 넓은 숲으로 사냥을 떠났다. 그날 오후에 아더는 우리엔과 갈리아의 아콜론과 함께 있었는데, 커다란 적갈색 사슴을 발견하고 추격을 시작했다. 사슴은 무척 빨랐다. 세 사람은 전속력으로 말을 몰았지만 따라잡을 수 없었다. 세 사람의 말은 힘든 추격전에 지쳐 쓰러져 꼼짝도 하지 않았다.

"이것 참, 난처하게 되었군."

아더 왕이 그렇게 말하자 우리엔이 말을 받았다.

"걸어갑시다. 가다 보면 오늘 밤 지낼 만한 곳이 나올 겁니다."

세 사람은 숲을 지나 어떤 강가에 이르렀는데, 넓은 강이 시작되는 하구였다. 조그만 배가 한 척 보였다. 배는 돛을 모두 올리고 그들을 향해 다가오고 있는 것처럼 보였다.

왕이 말했다.

"잘되었군. 어떤 사람들이 타고 있는지 알아봐야겠지."

성을 나서는 아더 왕 일행

배가 잿빛 모래사장 가까이 다가왔다. 아더는 배에 다가가 보았다. 갑판 위에는 아무도 없었다.

"이상한 일이군. 좀더 알아보려면 배 위에 올라가 봐야겠어."

세 사람은 곧 배 위로 올라갔다. 아주 화려하게 꾸민 배였다. 귀한 가구들, 정교하게 조각된 나무 상자들, 아름다운 헝겊이 덮여 있는 침대들, 화려한 옷들이 있었다. 그들은 배 구석구석을 뒤져 보았지만 사람의 흔적은 어디에서도 찾을 수 없었다.

밤이 내리고 어둠은 점점 더 깊어졌다. 그런데 갑자기 배 양쪽에서 백여 개의 횃불이 타올랐다. 굉장히 밝은 빛이었기 때문에 그들은 한 순간 눈이 멀어 버리는 것 같은 느낌을 받았다.

우리엔이 놀라서 물었다.

"이게 무슨 일이지? 생시야, 아니면 우리가 꿈을 꾸고 있는 건가?"

질문을 던지기가 무섭게 하얀 비단옷을 입은 젊은 여자 열두 명이 나타났다. 여자들은 아더 왕에게 다가와 이름을 부르며 그의 앞에 무릎을 굽히고 절했다. 그리고 나서 왕과 그의 동료들의 시중을 들기 위해 왔노라고 말하였다. 왕은 진심으로 고맙다고 답례했다.

여자들은 왕의 일행을 아름다운 방으로 안내했다. 그곳에는 맛있는 음식과 술이 차려져 있었다. 왕과 두 동료의 놀라움은 점점 더 커졌지만, 그들은 예상치 않았던 훌륭한 식사를 즐기느라고 그들에게 어떤 일이 일어난 것인지 이해하려는 생각조차 하지 않았다. 식사가 끝난 뒤, 여자들은 그들을 각각 아름다운 커튼이 드리워진 침실로 안내했다. 그들은 낮 동안의 사냥으로 지쳐 있었기 때문에 자리에 눕자마자 잠들었다.

다음 날 아침에 잠이 깬 우리엔은 눈을 믿을 수 없었다. 침대 맡에 모르간이 서 있었던 것이다.

"거기서 뭐하는 거요?"

우리엔의 질문에 모르간은 놀랍다는 표정을 지었다.

"전하가 침소에 계신데 제가 여기 있는 건 당연한 거 아닌가요?"

"아니, 여기가 어디요?"

"어디긴요? 카두엘이지요."

"내가 여기에 어떻게 온 거요?"

모르간이 웃음을 터뜨렸다.

"아직도 잠에서 덜 깨신 모양이군요. 하기는 어제 저녁에 사냥에서 돌아오셨을 때 지쳐 계시긴 하더군요. 한마디 말씀도 없이 저녁 식사도 하지 않고 잠자리에 드셨어요."

우리엔은 뭐가 뭔지 모르겠다는 멍한 표정을 짓고 있었다. 그럼 간밤에 숲

속을 헤매던 일이며 배 위에서 밤을 보낸 일이 전부 꿈이었다는 말인
가?

"아더 왕과 갈리아의 아콜론은 어디에 있소?"

"모르겠어요. 침소에 계시겠지요."

아더 왕은 카두엘 궁에 있지 않았다. 그는 어둡고 추운 지하실에서
잠을 깨었다. 창문 하나에 두터운 쇠창살이 쳐져 있는, 빛이 잘 들어
오지 않는 곳이었다.

"내가 어디에 있는 거지?"

그는 일어나서 문을 향해 다가가 보았다. 문은 닫혀 있었다. 옆방
에서 탄식 소리 같은 것이 들려왔다. 왕이 큰 소리로 외쳤다.

"누가 이렇게 탄식하며 신음하는가?"

탄식 소리가 그치고 숨죽인 목소리 하나가 대답했다.

"우리는 포로로 잡혀 있는 스무 명의 기사들입니다. 칠 년 전부터
갇혀 있는 사람도 있습니다."

"이유가 뭔가?"

"말씀드리지요. 이 성의 주인은 다마스라는 자인데, 이 나라의 모
든 기사들 중에서 제일 위선적이고 비겁한 자입니다. 그에게는 온슬
락이라는 남동생이 하나 있습니다. 그는 지금 살고 있는 집 한 채만
빼고 유산을 전부 형에게 빼앗겼습니다. 온슬락은 그 집에서 가난하
게 살고 있습니다. 형에게 자신의 권리를 돌려달라고 요구했지만 다
마스는 들은 척도 하지 않았습니다. 온슬락은 분쟁을 끝내기 위해 일
대일 결투를 제안했습니다. 다마스는 자신이 직접 나서기에는 너무

나 비겁한 인간이죠. 반면에 온슬락은 착하고 용감한 기사입니다. 다마스는 자신을 대신해서 동생과 싸워 줄 기사를 찾았지요. 다마스가 온슬락에게 옳지 않은 일을 저지른 비겁한 자라는 걸 모르는 사람은 아무도 없었습니다. 아무도 그를 위해 싸우려 하지 않았습니다. 저희는 그래서 이곳으로 잡혀온 것입니다. 자진해서 나서는 장수를 구할 수 없게 되자 무력으로 구하려 했던 것이지요. 그는 나라에서 가장 빼어난 기사들이 누구인지 알아 두었다가 이곳으로 잡아 왔습니다. 우리는 이곳에서 굶주림으로 죽어 가고 있습니다. 그는 우리에게 누구라도 그를 위해 싸워 준다면 모든 기사들을 풀어주겠다는 조건을 내걸었지만, 우리는 그 악당을 위해 싸우고 싶지 않습니다. 게다가 이제는 싸우고 싶어도 싸울 수가 없어요. 너무 약해져서 겨우 서 있을 정도의 힘밖에는 없습니다."

아더가 말했다.

"믿음을 가지라. 신께서 여러분을 구해 주실 것이다."

조금 뒤에 문이 열리고 젊은 여자가 방으로 들어왔다. 여자가 왕에게 물었다.

"어떠신가요?"

"뭐가 어떻게 된 것인지 모르겠구나."

"이 감옥에서 나갈 수 있는 방법을 알려 드릴게요. 이 성의 주인을 위해 싸우세요. 거절하시면 평생 이곳에 갇혀 있어야 합니다."

"이 감옥에서 죽느니 싸우다 죽는 편을 택하겠다. 그리고 가능하다면 이곳에 있는 다른 포로들을 구하고 싶다. 성주를 위해 싸우겠다."

"좋습니다. 성주님께 알리겠습니다."

"나는 준비되어 있다. 말과 무기만 구해 준다면 빠를수록 좋다."

"구해 드리지요."

아더는 젊은 여자를 유심히 들여다보며 말했다.

"어쩐지 궁에서 본 것 같은 느낌이 드는데……."

"잘못 보셨어요. 궁에는 한번도 가 본 적이 없어요. 저는 다마스 성 주님의 딸이랍니다."

그녀의 말은 거짓이었다. 그녀는 사실 모르간의 헌신적인 시녀였다. 그녀는 다마스에게 가서 포로가 한 말을 전해주었다. 그는 아더 왕을 찾아와 그의 편에 서서 그의 동생과 싸우겠다고 맹세할 것을 요구했다. 아더는 다마스가 포로들 전부를 즉시 석방하겠다는 약속을 해 주어야만 맹세할 수 있다고 말했다. 다마스는 포로들을 풀어주라고 지시했다. 포로들은 어두운 방에서 풀려 나와 성의 큰 방으로 안내되었다.

한편, 갈리아의 아콜론은 그날 아침 아주 깊은 우물 옆에서 잠을 깼다. 간밤에 그 우물에 빠져 죽는 꿈을 꾸었던 것 같았다. 그는 뭐가 어떻게 된 것인지 몰라 어리둥절한 표정으로 몸을 일으켰다. 배 위에서 시중들던 여자들은 어디로 갔나? 배는 또 어디에 있나? 나는 이 우물 곁에서 대체 무얼 했단 말인가?

"하느님, 목숨을 구해주셔서 감사합니다. 아더 폐하와 우리엔 왕도 무사해야 할 텐데……. 그들은 어떻게 되었을까? 그 아가씨들이 우리를 홀렸던 거야. 여자들이 아니라 악마였어. 틀림없어. 이 일에서 빠져나가면, 마법을 사용하는 그 허깨비들을 모두 없애 버리겠어!"

그가 말을 마치기 무섭게 커다란 입과 퉁퉁한 코를 가진 난쟁이가 나타났다. 그는 아콜론에게 인사하더니 모르간 왕비의 전갈을 가지고 왔다고 말했다.

"모르간 왕비께서 경에게 진실한 예를 전하라고 하셨습니다. 또한 경의 마음이 옛날과 마찬가지로 용감하기를 바라십니다. 왜냐하면 경께서는 내일 당당하고 훌륭한 기사와 싸우셔야 하기 때문입니다. 또 말씀하시기를, 왕비님께서 미리 손을 써두셨기 때문에 경은 그 결투에서 반드시 이기실 거라고 하셨습니다. 왕비께서는 아더 왕의 보검인 무적의 엑스칼리버를 경에게 전해 드릴 것인데, 이는 경에 대한 사랑 때문이라 말씀하셨습니다. 두 분이 함께 계실 때 했던 약속을 기억하십시오. 경께서는 왕비님의 이름으로 결투하게 되면 상대방이 아무리 애원한다고 해도 자비를 베풀지 않고 반드시 죽이겠다고 맹세하셨습니다. 경은 그 결투를 끝까지 수행해야 하며, 경의 맞수를 반드시 죽여야 합니다."

"알았다. 약속을 지킬 터이니 안심하라. 왕비께서 나에게 아더 왕의 보검을 내리시는 호의를 베푸셨으니 왕비께 했던 맹세를 지킬 것이다. 그런데 언제 왕비님을 뵈었느냐?"

"바로 얼마 전에 뵈었습니다."

아콜론은 난쟁이를 껴안으면서 말했다.

"왕비님께 내가 죽지 않는 한 반드시 약속을 지키겠다고 하더라고 말씀드리게. 또 한 가지 얘기해 주게. 어제 아더 왕과 우리엔 왕, 그리고 나에게 일어났던 일은 이 결투로 이어지는 마법이었던 것 같은데…… 그런가?"

"그렇습니다."

그때 여섯 명의 종자들을 거느린 귀부인과 기사가 나타났다. 그들은 아콜론을 좋은 말에 태운 뒤, 수도원에서 멀지 않은 곳에 있는 어떤 작은 집으로 데리고 갔다. 아콜론은 극진한 대접을 받았다.

다마스는 드디어 자기를 위해 싸워 줄 장수를 구하게 되어 아주 기분이 좋았다. 그는 포로가 아더 왕이라는 것을 모르고 있었다. 그는 온슬락에게 사람을 보내어 다음 날 아침에 결투가 있을 것이라고 알렸다. 그 전갈을 받았을 때 온슬락은 아주 난처한 처지에 빠져 있었다. 전날 무술 경기에 나갔다가 투창에 넓적다리를 찔렸던 것이다. 상처가 심해서 고통스러웠다. 형이 내일 결투를 하자고 도전해 왔다는 것을 알고 그는 절망에 빠졌다. 결투를 거절할 수 없었거니와 그것을 받아들일 수 있는 처지도 아니었기 때문이다. 온슬락은 형이 혹시 자신의 처지를 알고 일부러 결투를 서두르는 것은 아닐까 의심했다. 그러나 다마스는 그런 사실을 전혀 모르고 있었다. 모든 일은 모르간이 꾸민 계략이었다.

아콜론이 머물고 있는 작은 집이 바로 온슬락의 집이었다. 집주인이 부상을 당한 처지에서 다음 날 결투에 응해야 한다는 것을 알게 된 아콜론은 자기가 대신 싸우겠다고 제안했다. 그는 모르간이 아더 왕의 보검 엑스칼리버를 자기에게 주었기 때문에 결투에서 반드시 이길 것이라고 덧붙였다. 온슬락은 아콜론의 제안을 받아들이면서 고맙다고 말했다. 그는 형에게 사람을 보내어 다음 날 아침 일찍 자신을 대신하여 장수가 나가 싸울 것이라는 전갈을 보냈다.

다음 날 해가 뜨자 아더는 준비를 시작했다. 다마스는 제일 좋은 무기와 말을 가져다주었다. 아더 왕이 다마스에게 물었다.

"결투 장소는 어디요?"

"우선 미사를 드려야 합니다."

그들은 성당으로 갔다. 미사를 드리고 나자 커다란 말을 탄 종자가 나타나 자기 편 기사는 결투장에서 기다리고 있다고 말하며 다마스의 기사가 준비되었느냐고 물었다. 아더는 말을 타고 기사들에게 에워싸여 출발했다. 결투의 정당성을 보증해 줄 기사 열두 명을 미리 선택해 두었다.

그때 회색 말을 타고 전속력으로 달려오는 젊은 여자의 모습이 보였다. 그녀는 아더 왕 앞에 멈추어 서서 말했다.

"모르간 왕비께서 폐하에게 엑스칼리버를 보내셨습니다. 지금 지니고 계신 검보다 이 검을 지니고 계셔야 폐하께서 더 안전하다는 걸 아시니까요."

아더는 모르간이 어떻게 알고 엑스칼리버를 보냈는지 몰라 여자의 말을 듣고 크게 놀랐지만 어쨌든 검을 받아 두었다. 여자는 아더에게 절한 뒤 다시 회색 말을 타고 가 버렸다. 그 검은 엑스칼리버가 아니라 모르간이 마법의 힘으로 만든 모조품이었다.

아더는 결투장에 도착했다. 상대방 기사는 이미 결투장 저쪽에서 기다리고 있었다. 아더는 상대방의 이름을 몰랐다. 아콜론도 자기가 맞서 싸우게 될 사람이 아더 왕이라는 것을 꿈에도 모르고 있었다. 두 사람 모두 투구를 쓰고 있었기 때문에 상대의 얼굴을 보지 못했던 것이다.

관중들이 결투장 주변으로 흩어진 뒤, 두 명의 맞수는 각자 자신의 자리에 가서 섰다. 시작 신호가 떨어지자 말들에 박차를 가하여 상대를 향해 돌진했다. 두 사람 모두 막상막하였다. 서로 상대를 말에서 떨어뜨린 뒤 검을 들고 겨루기 시작했다. 계산된 몸짓으로 한 발 한 발 접근하면서 상대의 약점을 파악하기 위한 탐색전이 시작되었다.

두 사람은 상대가 약간의 빈틈이라도 보이면 즉시 공격할 준비를 했다. 그렇게 서로 탐색하는 동안 결투장에 말을 탄 여자가 나타났다. 당당하고 우아한 부인이었다. 흰색 망토를 걸치고 긴 금발을 바람에 나부끼면서 흰 바탕에 검은 반점이 있는 말을 타고 있었다. 그녀는 말에서 내리지 않고 가능한 한 결투장에 가까이 다가갔다. 그녀에게 주의를 기울이는 사람은 아무도 없었다. 사실 그녀를 알아보는 사람도 거의 없었다. 왕들의 궁전을 드나드는 여자가 아니었기 때문이다. 그녀는 호수의 부인이었다. 이미 오래전에 멀린은 모르간이 이런 일을 꾸밀 거라는 사실을 비비안에게 알려 준 바 있었다. 그녀는 아더 왕이 위험에 처한 것을 알고 그를 구하기 위해 그곳에 온 것이다. 이제 두 맞수는 탐색전을 끝내고 격렬한 공격을 주고받기 시작했다. 두 사람 모두 힘을 실어 맞부딪쳤기 때문에 또다시 땅에 넘어졌다. 하지만 즉시 일어나 서로 무자비하게 상대를 공격했다.

아더가 들고 있는 검은 상대의 몸에 닿아도 아무런 타격을 입히지 못하고 빗나가기만 했다. 반면에 아콜론의 검은 아더를 정확하게 쳐서 피가 나게 만들었다. 아더는 뭔가 수상한 음모가 있으며, 자기가 지금 들고 있는 검이 엑스칼리버가 아니라는 의심을 하기 시작했다. 전투에서 그날처럼 상대의 공격을 막아내기 힘들었던 적은 한번도 없었다. 또 들고 있는 검의 날이 그렇게 힘이 없다고 느꼈던 적도 없었다.

아콜론이 외쳤다.

"기사여, 내 공격을 막아 보라!"

그는 아더를 사납게 공격했다. 아더는 유연하게 몸을 숙여 공격을 피하고 난 뒤 빠르게 상대를 공격했다. 이번에도 그의 공격은 빗나갔다. 그는 계속 헛힘만 쓰고 있었다. 반면에 그의 몸은 아콜론의 검에 맞아 생긴 상처로 고통을 겪고 있었다.

아더는 힘이 빠져나가고 있는 것을 느끼며 외쳤다.

"잠깐 숨을 좀 돌린 뒤 계속하자!"

승기를 놓치고 싶지 않았던 아콜론이 냉정하게 응수했다.

"그럴 때가 아닌 것 같은데! 그냥 패배를 인정하시지!"

"목숨이 붙어 있는 한 그럴 수는 없다."

"좋아! 원하는 대로 해 주지. 죽을 준비를 하라!"

아콜론은 끝장을 보기로 결심하고 힘껏 공격했다. 두 개의 검이 서로 부딪쳤다. 아더의 검이 부서졌다. 그의 손에는 손잡이만이 남았다. 아더는 확신했다. 이건 엑스칼리버가 아니다.

아더는 이제 방패로 상대를 치는 수밖에 없었다. 그러나 방패마저 부서져 버렸다. 더구나 공격하다가 발을 헛디뎌 땅바닥에 쿵 하고 나뒹굴고 말았다. 아콜론이 검을 치켜들고 뛰어들었다.

아더가 소리쳤다.

"기사여! 무기도 없이 땅에 넘어진 사람을 치지는 않는 법이다."

"그럼 일어나라, 이제 그만 끝내자."

아더는 힘들게 몸을 일으켰다. 고통과 피곤이 그를 짓누르고 있었다. 그는 부서진 칼날을 마치 몽둥이처럼 두 손으로 움켜쥐고 상대와 마주 섰다.

아콜론이 승리를 확신하며 아더를 공격했다. 전투를 지켜보는 사람들은 아더가 너무나 힘없이 당하기만 하는 것을 보고 동정심을 느꼈다.

그런데, 아콜론이 최후의 일격을 가하려고 검을 들어 올리는 순간 검이 저절로 아콜론의 손에서 빠져나가더니 허공을 한 바퀴 돌아 아더 등 뒤쪽의 땅 위로 떨어졌다. 아더가 위기에 처한 것을 보고 호수의 부인이 마법을 걸었던 것이다. 아콜론은 그렇게 무기를 잃어버릴 것이라고는 상상조차 해 보지 않았으므로, 놀라서 그 자리에 우뚝 서고 말았다. 아더는 마지막 남은 힘을 다 끌어올려 검을 향해 달려가 힘차게 붙잡은 뒤 즉시 몸을 돌려 상대와 마주 섰다. 그는 이제 진짜 엑스칼리버가 수중에 들어왔다는 것을 알고 있었다. 그는 자신이 강해졌다는 것을 느꼈다. 몸에서 피가 흘러내리고 있다는 사실조차 잊었다.

그는 힘차게 외쳤다.

"기사여! 그대는 그대의 것이 아닌 이 검으로 나를 크게 상하게 하였다. 이제 검은 주인에게 돌아왔다. 나는 그대가 죽을 운명이라는 것을 안다!"

아더는 용기와 확신에 가득 찬 몸짓으로 상대의 투구를 세게 후려갈겼다. 아콜론은 반쯤 정신을 잃고 쓰러졌다.

"나는 무기도 없이 쓰러진 상대를 치지 않는다. 일어나라!"

아콜론이 비틀거리며 겨우 일어서자 아더가 다시 그의 머리를 가격했다. 아콜론의 귀와 코와 입에서 피가 흘러내렸다. 그는 쓰러지면서 소리쳤다.

"나를 죽여라! 그대는 내가 맞서 싸웠던 용사들 중 최고이다. 신이 그대와 함께하고 있음을 보았다. 그러나 나는 이 결투를 끝까지 포기하지 않겠다고 맹세했기 때문에 끝장을 봐야 한다. 나는 죽을 것이다. 아무도 내가 맹세를 어겼다고 말할 수는 없을 것이다. 신께 나의 운명을 맡긴다!"

아콜론의 말을 들으면서 아더는 갑자기 이상한 느낌에 사로잡혔다. 어쩐지 아는 사람 같다는 생각이 들었기 때문이다. 아더가 물었다.

"이제 두려움 없이 말하라. 그대는 누구인가? 어느 나라, 어느 궁정에서 왔는가?"

"나는 아더 왕 궁정에서 왔으며, 갈리아의 아콜론이라 한다."

그 말을 들은 아더는 놀라서 검을 던져 버리고 쓰러져 있는 기사에게 다가가 투구를 벗겼다. 그는 벌어진 입을 다물지 못했다. 아니, 이게 어찌 된 일이란 말인가? 전날 함께 사냥을 갔다가 배 위에서 열두 명의 여자들에게 영접을 받았던 그 기사 아닌가? 그는 그제야 모든 사람들이 모르간의 마법에 당했다는 것을 알게 되었다.

그는 아콜론에게 몸을 숙이고 물었다.

"기사여, 답하라. 누가 그대에게 이 검을 주었는가?"

"그 검이 행복을 가져다줄 줄 알았더니, 불행만 가져다주었구나."

"내 질문에 답하지 않았다."

"모두 말하겠다. 아더 왕의 누이이며 우리엔 왕의 아내인 모르간이 난쟁이를 시켜 어제 나에게 이 검을 가져다주었다. 그녀는 언젠가 그 검을 이용하여 왕과 싸우겠다고 맹세하게 한 적이 있다. 왜냐하면 왕은 그녀가 권력을 장악하는 데 가장 방해되는 사람이기 때문이다. 또 언젠가 한번은 아더 왕이 죽고 나면 남편인 우리엔 왕을 없애 버리겠다고 말하기도 했다. 나는 그녀의 연인이므로, 나를 왕으로 만들어 왕국을 지배하고 그 다음에는 그녀의 마법과 나의 무공으로 세상 전체를 지배할 것이라고 했다."

왕이 큰 소리로 외쳤다.

"가엾고 어리석도다! 모르간은 다른 사람들처럼 그대도 없애 버릴 생각이었을 것이다. 모르간은 남편이든 연인이든 다른 사람과 권력을 나눌 사람이 아니다. 기사여, 그대는 그녀가 놓은 덫에 걸려든 것이다. 하마터면 나도 걸려들 뻔했구나."

"운명이 그걸 원치 않은 것이다. 이 검은 나를 도와 왕을 치는 데 쓰였어야 했다. 그런데 우연히 머물게 된 집 주인이 이 결투를 치를 수 없는 형편이 되어, 그 대신 나서게 되었던 것이다. 그건 오만이었다. 공연한 일에 나섰다가 오만의 대가를 치르는군. 유일한 위안이라면 나의 주군인 브리튼의 왕 아더는 죽이지 않게 되었다는 것이다."

"그게 전부인가?"

"그렇다. 나는 진실을 말했다. 죽기 전에 그대의 이름을 알고 싶다. 어디에서 왔으며, 누구를 주군으로 섬기는지 말해 달라."

왕이 투구를 벗으며 슬픈 목소리로 말했다.

"아콜론, 더 이상은 숨길 수 없구나. 나는 경이 모르간의 사주를 받아 죽이려 했던 아더 왕이다."

아콜론은 아더 왕의 얼굴을 보더니 공포와 경악에 휩싸였다. 우연에 필연이 덧씌워진 것이란 말인가. 어떻게 이 결투의 상대방이 아더 왕일 수 있었단 말인가. 아콜론은 눈물을 흘리며 탄식의 말을 쏟아냈다.

"오, 폐하! 용서해 주소서. 폐하이신 줄 몰랐습니다."

"물론이다. 용서하마. 경의 말로 미루어 짐작건대 경은 상대가 나라는 것을 몰랐던 것이 틀림없다. 그러나 경은 이 결투가 아니었더라도 나를 암살하려 했던 것이 아닌가. 그건 역모다. 책임을 묻지는 않겠다. 마법과 간계로 모르간이 경을 음모에 끌어들인 것이니까. 모르간은 언제나 나에게 복수하고 싶어 했다. 내가 그녀의 동생이기 때문에, 내가 자기 권력을 빼앗았다고 비난해 왔다. 그렇지만 나는 가족 누구보다도 그녀를 관대하게 대해 주었다. 누구보다도 신뢰했다. 심지어 내 아내보다도 더 믿었다. 오, 이 모든 이야기가 슬프고 실망스럽구나. 참으로 견디기 힘들도다."

아더는 결투의 판관인 열두 명의 기사들을 불렀다.

"경들은 어떤 일이 일어났는지 지켜보았다. 두 사람의 기사가 서로 상대에게 심한 상처를 입히며 싸웠다. 할 수 있었다면 한 사람이 다른 사람을 죽였을 것이다. 그러나 두 사람 모두 상대가 누구인지 몰랐다. 따라서 나는 이 결투가 무효라는 것을 선언한다. 상대방이 존재하지 않는 결투였기 때문이다."

이번에는 아콜론이 입을 열었다.

"내가 맞서 싸운 이 고귀한 기사는 이 시대 최고의 무훈의 소유자이시며 우리 모두의 합법적인 왕이신 아더 폐하입니다. 왕과 대적하여 싸우다니 이는 큰 불행이며 수치입니다. 어떤 운명이 나에게 마련되어 있든 내가 저지른 크나큰 잘못에 대한 벌로 받아들이겠습니다."

기사들은 승리자가 아더 왕이라는 것을 알고 모두 무릎을 꿇고 용서를 빌었다.

아더 왕이 큰 소리로 말했다.

"경들이 용서를 구해야 할 이유는 없다. 다마스와 온슬락을 제외하면 이 결투와 관계되어 있는 사람은 아무도 없기 때문이다. 그들도 나와 아콜론처럼 마법의 희생자였다는 것을 인정해야 한다. 내가 부상을 당해 패배할 위기를 겪었던 것은 간계로 인하여 나의 명검 엑스칼리버를 빼앗겼기 때문이다. 이 결투는 나를 죽이기 위한 음모였던 것이다."

온슬락이 말했다.

"폐하처럼 귀하신 분이 역모로 인하여 죽음의 위험을 겪었다니, 이처럼 통탄할 일이 어디에 있습니까? 이제 폐하를 위하여 저희가 어찌 해야 하는지요?"

"제일 먼저 해야 할 일은 온슬락 경이 형 다마스 경과 화해하는 것이다. 서로 상의하여 유산을 정당하게 다시 배분하고, 이 고장을 평화로써 다스리라. 두 사람에게 다시는 서로 싸우지 않겠다고 맹세할 것을 명하노라."

다마스와 온슬락이 앞으로 나와 모든 기사들과 지켜보는 사람들 앞에서 서로 화해하고 앞으로는 사이좋게 지내겠다고 맹세했다. 그러자 아더 왕이 입을 열었다.

"이제 두 번째로 해야 할 일은 패배한 기사와 나를 돌보아 주는 일이다. 이 기사뿐 아니라 나도 부상을 당하여 휴식이 필요하다."

온슬락이 대답했다.

"그건 어렵지 않은 일입니다. 여기서 멀지 않은 곳에 수도원이 있는데, 그곳에 가시면 편히 쉬실 수 있을 것입니다."

사람들은 들것을 가져다가 아콜론을 태웠다. 아더는 그의 검 엑스칼리버를 허리에 찬 다음, 말 위에 올라 모여 있는 모든 사람들에게 작별을 고하였다. 수도원에 도착한 두 사람은 그곳에서 상처를 치료받았다. 아콜론은 출혈이 너무 심해서 가망이 없었다. 아더는 천천히 나아졌지만, 아콜론은 나흘 뒤에 죽었다.

아콜론이 죽자 아더 왕은 그를 들것에 실어 카두엘로 운구할 것을 여섯 명의 기사에게 명하였다.

"아콜론의 시신을 모르간 왕비에게 가져가라. 내가 보내는 선물이라고 말하라. 또한 내가 엑스칼리버를 찾았노라고 고하라."

기사들은 걸어서 이틀 거리에 있는 카두엘을 향해 즉시 출발했다.

카두엘에 있는 모르간은 자기 계획이 완전히 성공하여 아더가 갈리아의 아콜론의 손에 죽었다고 생각했다. 이런저런 생각들이 그녀의 머릿속을 스쳐 지나갔다. 그녀는 이제 곧 자기 발 앞에 펼쳐질 왕국의 위대한 여왕이 될 꿈에 부풀었다. 그녀의 눈 속에서 범상치 않은 빛이 번뜩이고 있었다. 그녀는 꿰뚫는 듯한 눈빛을 가지고 있었다. 때로는 그녀와 가까운 사람들까지 떨게 만드는 눈빛이었다.

그녀는 자신이 꾸민 일을 전혀 뉘우치지 않았다. 그녀는 어머니 이그레인 왕비가 멀린의 마법에 속아 넘어갔던 날, 그녀의 아버지가 돌아가셨던 바로 그날, 아더가 잉태되었다는 것을 알고 있었다. 멀린도 마법을 사용했다. 그렇다면 멀린에게서 보통 사람들이 알지 못하는 수많은 지식을 배운 나는 왜 마법을 사용해서는 안 된다는 말인가?

모르간은 자기가 가장 힘센 사람이라는 것을 알고 있었다. 그녀는 왕국의 대제후들이 아더 왕에게 복종을 맹세했던 때와 마찬가지로 그들을 손쉽게 무릎 꿇릴 자신이 있었다. 그런데 우리엔이라는 장애물이 있었다. 그녀는 결혼하면 그를 지배할 수 있을 것이라고 생각했는데 계획하는 일마다 사사건건 방해하고 나서는 것이었다. 그녀는 기회를 포착하기를 희망하면서 우리엔을 염탐했다. 그런데 그날, 우리엔은 숲에서 가까운 과수원에다가 천막을 치게 했다. 날씨가 너무 더웠기 때문에 시원한 나무 그늘에서 한숨 잘 생각이었다. 그는 침대 위에서 잠이 들었다. 모르간의 가슴에 격렬한 증오의 충동이 솟아났다.

"이 늙은이는 살아 있을 자격이 없어. 오랫동안 전투를 해서 여러 민족을 무릎 꿇게 했지. 사람들이 아직까지 기억하고 있는 많은 무훈도 세웠어. 그런데 아직도 정복할 세계가 눈앞에 있건만 잠이나 퍼자고 있다니!"

천막 안에는 잠들어 있는 우리엔 외에는 아무도 없었다. 가까이에 있는 시종도 없었다. 그 사실을 확인한 모르간은 그녀에게 비밀 지식을 전수받은 시녀를 불러 일렀다.

"우리엔 왕의 검을 찾아오너라. 그를 죽이기에 아주 좋은 기회이다. 사람들은 우리엔 왕이 잠들어 있는 사이에 보석을 훔치러 들어온

강도가 죽였다고 생각할 것이다."

그 말을 듣고 시녀는 공포에 사로잡혔다.

"정말로 남편을 죽이실 생각이신가요? 사람들이 나중에 왕비님을 의심할 것 같은데요. 수치를 피하실 수 없어요!"

"입 닥치지 못할까! 건방진 계집 같으니. 내가 하는 일은 내가 안다. 누가 감히 나를 비난한단 말이냐. 모두들 내가 가진 힘이 무서워서 벌벌 떨고 있기 때문에 반기를 들지 못한다. 잔소리 말고 검이나 찾아오라니까!"

시녀는 그곳을 떠났다. 그녀는 모르간이 지금 제정신이 아니라는 생각이 들었기 때문에 우리엔의 검을 찾으러 가는 대신 이베인이 있는 곳으로 서둘러 발걸음을 옮겼다. 이베인도 자기 방에서 잠들어 있었다. 시녀는 이베인을 마구 흔들어 깨웠다.

"나리, 빨리 일어나셔서 아버님의 부인*을 찾아가세요. 아버님이 잠들어 계시는 동안에 암살하겠다고 결심하셨답니다!"

이베인이 펄쩍 뛰어 일어났다.

"그게 다 무슨 소리냐?"

시녀는 모르간이 왕의 검을 찾아오라고 명령했다는 것을 이야기했다.

✤ 여기에서 우리는 토마스 말로리의 이야기를 따라가고 있다. 그 작품에서 이베인은 모르간의 아들로 나온다. 이베인을 모르간의 아들이라고 생각했던 작가는 말로리뿐이다. 그러나 이것은 말로리의 창작이 아니다. 아주 오래된 여러 웨일즈 문헌에는 신비한 '까마귀 떼'가 나오는데(『아발론 연대기』 1권 「경이의 시대」 참조), 모르간은 까마귀로 변신하는 능력을 가지고 있는 요정으로 알려져 있다. 이 대목은 전설의 '궁정' 판본 안에서 잊혀진 신화 주제를 반영하고 있다.

우리엔 왕을 해치려는 모르간

"알았다. 왕비에게 검을 가져다주어라. 나머지는 내가 알아서 하겠다."

시녀는 우리엔 왕의 검을 찾아다가 덜덜 떨면서 모르간에게 전해주었다. 검을 움켜쥔 모르간이 잔인한 미소를 지으며 속삭였다.

"어쩔 수 없이 치러야 하는 희생이 있는 법이지."

그녀는 검을 뽑아 들고 잠들어 있는 왕의 몸 위로 높이 쳐들었다. 누군가 뒤에서 그녀의 팔목을 움켜쥐었다. 그녀가 휙 몸을 돌리자, 분노로 이글거리는 눈빛으로 그녀를 쏘아보고 있는 이베인이 서 있었다. 그는 과수원을 지나 사람들 눈에 잘 띄지 않는 곳으로 모르간을 끌고 갔다.

"어디 설명 좀 해 보시지. 숨길 생각은 하지 마시오."

"뭘 설명하란 말이냐? 내가 뭘 숨겼다는 거지? 무슨 소린지 모르겠네."

"당신이 내 아버지를 죽이려 했잖소. 당신이 범죄를 저지르려는 순간 나에게 들켰으니, 내가 당신 몸에 칼을 박아 넣을 수 있었다는 걸 잘 알 텐데!"

모르간은 꿈쩍도 하지 않았다.

"너무 늦었다. 아무도 네 말은 믿지 않을걸. 너는 왕이 있는 곳에서 너무 먼 곳으로 나를 끌고 왔어."

이베인은 모르간을 똑바로 노려보았다. 그녀는 태연하게 빈정거리기까지 하는 눈빛으로 이베인의 눈길을 받아냈다. 이베인은 속으로 생각했다.

'무서운 여자다. 이 여자는 내가 자기에게 대항하지 못할 거라는 걸 알고 있어.'

두 사람은 그렇게 오랫동안 서로 노려보았다. 결국 이베인이 먼저 입을 열었다.

"당신을 용서하겠소. 전에 어려운 일을 겪었을 때 많이 도와주었으니까. 당신이 내 생명을 구해주었던 건 사실이오. 그러나 그걸 약점으로 이용할 생각은 하지 마시오."

"걱정하지 마라. 네 아버지가 아니라 너와 결혼할 걸 그랬다."

이베인은 그 말을 듣고 분노에 치를 떨었다.

"사람들 말이 멀린이 악마의 아들이라고 하더니, 당신은 악마 그 자체로군!"

모르간이 방긋 웃으며 대답했다.

"악마도 때로는 쓸모가 있지. 특히 필요할 땐 그렇지. 그 말은 이베인, 내가 잘못 생각했다는 걸 인정한다는 뜻이다. 왜 노인이 잠들었을 때 갑자기 그를 죽이고 싶은 충동이 들었는지 모르겠군. 후회가 된다. 자, 네 아버지 칼이 여기 있다. 가지고 가라."

진심인 것처럼 보이기도 했다. 하지만 모르간의 혼란스러운 정신 안에 무엇이 숨어 있는지 어떻게 안다는 말인가. 이베인은 잠깐 침묵을 지키고 있다가 천천히 입을 열었다.

"우리를 본 사람은 아무도 없어요. 그러니 나나 당신이나 이 고통스러운 장면은 잊는 것이 좋겠소. 다시는 그런 생각을 하지 않겠다고 약속하면 오늘 있었던 일은 아무에게도 말하지 않겠소."

"맹세하마. 내가 진심이라는 걸 증명하기 위해서 네가 필요할 때는 언제나 내 까마귀 떼를 쓸 수 있도록 해 주겠다. 까마귀를 부르는 방법을 가르쳐 주마."

모르간은 이베인을 숲속으로 데리고 갔다. 두 사람은 오랫동안 이야기를 나누었다. 그러고 나서 이베인은 아버지의 검을 가지고 자신의 처소로 돌아갔고, 모르간은 성벽을 따라 오랫동안 걸었다. 서로 상반되는 생각들이 뒤범벅이 되어 머릿속이 터질 것처럼 윙윙 울렸다.

그때 관을 호위하고 있는 여섯 명의 기사들이 나타났다. 그녀는 누구의 관인지 궁금해서 행렬에 다가가 물었다. 기사 한 사람이 대답했다.

"모르간 왕비님, 아더 폐하께서 갈리아의 아콜론의 시신을 선물로 보내셨습니다. 명검 엑스칼리버도 찾았다고 이르라 하셨습니다."

모르간은 아무 대답도 하지 않았다. 그녀는 성벽을 따라 멀어져 갔다. 벽 모퉁이에 도착했을 때 울음이 터져 나왔다. 그녀의 등 뒤에서 누군가 말하는 소리가 들렸다.

"그렇게 우는 건 분노 때문인가요, 아니면 슬픔 때문인가요?"

모르간이 뒤를 돌아보았다. 호수의 부인이 그곳에 있었다.

10 위험한 자리

몇 주 전부터 란슬롯은 이곳저곳으로 떠돌아다니고 있었다. 그는 하룻밤도 같은 곳에서 머물지 않았다. 귀네비어 왕비에 대한 생각이 한시도 머릿속에서 떠나지 않았다. 그는 사랑으로 고통스러워하고 있었다. 그러나 궁으로 돌아갈 용기를 내지 못했다. 귀네비어와 단둘이 있고 싶다는 소망이 너무나 간절했기 때문에, 그녀를 만나면 어떤 어리석은 짓을 저지를지 몰라 겁이 났다. 그래서 그는 계곡과 평야를 떠돌아다녔다. 그는 가는 곳마다 갇힌 자를 풀어주고, 악당을 물리쳤다. 그를 만나는 사람들은 모두 그를 사랑했다.

어느 날 그는 숲속에서 강간당할 위험에 처해 있는 젊은 여자를 구해 주었다. 그날 밤에 그 여자의 집에서 유숙했다. 다음 날 아침 떠나려고 준비하고 있는데, 예쁘장한 얼굴의 젊은이가 말을 걸었다.

"여행 동료가 있어도 괜찮으시다면 함께 갈 수 있는 영광을 허락해 주시겠습니까? 그저 단 몇 시간만이라도 함께하고 싶은데요."

"원하신다면 그리하십시오. 나로서는 기쁜 일입니다."

집에서 조금 멀리 떨어진 곳까지 왔을 때 젊은 기사가 란슬롯에게 말했다.

"기사님께서는 아더 왕 궁정에 소속되어 있고, 또 원탁의 기사이십니다. 원탁의 동료들을 모두 잘 아실 테지요."

"원탁의 기사를 모두 알지는 못합니다. 궁에 자주 머물지 않거든요. 나처럼 떠돌아다니는 편력 기사들은 잘 알고 있다고 생각합니다. 그들 중 용기와 무공이 떨어지는 기사는 아무도 없습니다."

기사는 무엇인가 물어보고 싶은데 질문을 던질 용기가 나지 않는다는 듯 머뭇거리고 있었다. 란슬롯이 물었다.

"나에게 물어보고 싶은 게 있으신가요?"

"저어…… 혹시 늪의 기사 헥토르라는 젊은이를 아시는지요?"

"물론입니다. 잘 압니다."

"그에 대해서 어떻게 생각하시나요? 이름을 좀 얻기는 했는지요?"

"끝까지 겨룰 경우 내가 두려움을 가질 만한 유일한 젊은 기사입니다. 용감하고 날렵한 기사지요. 게다가 놀라울 정도로 지구력이 강합니다."

"그가 누구인지 아시는지요?"

"물어보지 않았습니다. 내가 알고 있는 것은 그가 좋은 집안 출신이라는 것뿐입니다."

"그가 용감한 건 당연한 일입니다. 베노익의 반 왕이 그의 아버지이니까요."

란슬롯은 방금 들은 이야기에 놀라서 우뚝 서 버렸다.

"그게 분명히 맞는 말인가요?"

"물론입니다. 저는 그의 사촌입니다. 경의 아버님이신 반 왕께서 그의 아버지라는 것을 저는 잘 알고 있습니다."

"어찌 된 일입니까?"

"설명드리겠습니다. 우터 펜드라곤 왕은 돌아가셨고, 아더 왕께서는 아직 즉위하시기 전의 일입니다. 우터 왕의 제후들과 봉신들은 새 왕에게 경의를 표하고 봉토를 받기 위해 궁으로 오라는 명령을 받았습니다. 반 왕과 그의 동생인 곤의 보호트 왕도 예식에 참여하기 위해 길을 떠났습니다. 그런데 여행 도중에 늪의 성에서 하룻밤 묵어가게 되었지요. 성주에게는 아름다운 딸이 있었는데, 반 왕과 그 처녀는 만나자마자 사랑에 빠져 버렸어요. 멀린의 마법의 도움을 받아 두 사람은 그날 밤을 함께 보냈답니다. 그날 헥토르가 잉태되었던 것입니다."

"오, 하느님. 저는 전혀 알지 못했습니다. 늪의 기사 헥토르처럼 용감한 형제가 생기다니 정말 기쁘군요."

두 사람은 오랫동안 숲길을 달렸다. 숲을 나오니, 늪 한가운데에 성이 보였다. 젊은 기사가 말했다.

"기사님의 형님이 잉태되었던 곳이 저곳입니다. 원하신다면 모시고 가겠습니다."

"좋습니다."

"그럼 잠깐만 기다려 주시겠습니까? 곧 돌아오겠습니다."

란슬롯은 말에서 내려 나무 아래 앉았다. 젊은 기사는 전속력으로 말을 달려 성을 향해 갔다. 그는 성문 앞에서 좋은 옷을 입은 남자를 만났다. 두 사람은 서로 인사를 나누었다. 젊은 기사가 말했다.

"친애하는 사촌, 내가 지금부터 하려는 얘기에 화내지 않으면 좋겠어요. 세상에서 제일가는 기사가 이 성에 들어가고 싶어 하십니다. 이방인이 다리를 건너가려면 싸워서 이겨야 하는 게 이 성의 관습인 걸 알고 있어요. 내 부탁은 공연히 고집 피우지 마시라는 겁니다. 사촌은 절대로 그를 이길 수 없어요."

"세상에서 제일가는 기사라는 사람이 누군데?"

"호수의 기사 란슬롯."

"좋아. 하지만 관습을 어길 수는 없으니까 싸우는 척만 할게. 내가 그 사람을 무슨 수로 이기겠니."

젊은 기사는 란슬롯에게 돌아가서 성의 관습을 설명했다. 란슬롯은 다시 말을 타고 다리를 향해 갔다. 문을 지키고 있던 남자가 말에서 내려 다가왔다.

"다리를 건너가려면 나와 싸워서 이겨야 하오."

"그렇다면 싸우겠소이다."

두 사람은 창을 겨누고 서로 부딪쳤다. 문지기의 창이 란슬롯의 일격에 부서졌다. 남자가 말을 타면서 말했다.

"내가 졌소이다. 원한다면 안으로 들어가도 좋소."

"안내해 주시오."

란슬롯은 남자를 따라 성안으로 들어갔다. 헥토르와 자기 자신에 대해 무언가 알게 될지도 모른다는 생각으로 마음이 설레었다. 커다란 방의 입구에 도착했을 때 남자는 옆으로 비켜서서 란슬롯을 먼저 들어가게 했다. 그리고는 안에 대고 큰 소리로 외쳤다.

"누이, 여기 세상에서 제일가는 기사 란슬롯 경을 모셔 왔습니다. 누이의 아들 헥토르의 동생입니다. 귀한 분이시니 즐거운 마음으로 맞이하십시오."

나이가 들어서도 아름다움을 잃지 않은 부인이 그에게 다가와 절했다. 부인은 란슬롯을 보고 마치 젊은 시절의 반 왕을 보는 것 같다는 느낌을 받았다. 그녀의 마음이 큰 감동으로 흔들렸다. 반 왕을 알고 있는 사람이 란슬롯을 보았다면 헥토르가 반 왕의 아들이라는 것을 의심할 수 없었을 것이다. 그만큼 세 사람은 닮아 있었다. 부인은 기쁨과 감동의 눈물을 흘리며 란슬롯을 껴안았다. 그녀는 그를 옆에 딸린 작은 방으로 데리고 갔다. 목이 메어 한참 동안 말을 하지 못하던 부인이 입을 열었다.

"경이 용감한 기사라는 사실은 내게 놀라운 일이 아니랍니다. 경은 당대의 가장 뛰어난 기사였던 베노익 반 왕의 아드님이니까요."

부인은 방 안에 뿌려 놓은 꽃 더미 위에 앉았다. 그녀는 란슬롯에게 옆에 앉으라고 말했다. 란슬롯은 자신과 헥토르에 대해서 그녀가 알고 있는 모든 진실을 말해 달라고 부탁했다.

"헥토르가 제 형님이라는 이야기를 들었습니다. 그것이 사실이라면 이보다 기쁜 일이 어디 있겠습니까?"

"헥토르는 분명히 경의 형입니다. 반 왕의 아들이니까요."

부인은 반 왕과 곤의 보호트 왕이 그 성에 들렀던 날 밤의 일을 자세히 이야기했다.

"내 말을 증명해 줄 물건이 있답니다. 보여 드릴게요."

그녀는 자기 방으로 가서 보석함에 들어 있던 반지를 꺼냈다. 뱀 두 마리가 조각되어 있는 사파이어 반지였다. 그녀는 란슬롯에게 돌아와 반지를 보여 주었다.

"반지를 보시겠어요?"

"예, 부인."

"반 왕이 이곳을 떠날 때 내게 주신 반지랍니다. 반 왕께서는 이 반지와 똑같은 반지를 반 왕의 왕비님, 그러니까 경의 어머니도 가지고 계시다고 말씀하셨어요. 나는 최근에 그 말이 진실인 걸 알게 되었답니다. 아르모리크 지방을 여행하다가 반 왕의 무덤이 있는 왕실 수도원 무티에에 들렀어요. 수녀님들이 나를 맞아 주셨는데, 나는 그분들 가운데에 경의 어머니가 계시다는 사실을 알게 되었지요. 나는 내가 어디에서 온 누구인지 어머님을 찾아가 말했답니다.

부인께서는 호수의 부인이 데려가신 아기에 대해 물으시더군요. 그래서 알고 있는 대로 말씀드렸지요. 그 아기는 지금 호수의 기사 란슬롯이라 불리는 걸출한 기사가 되었는데, 세상에서 가장 뛰어난 기사로 칭송이 자자하다고요. 어머님께서는 말없이 눈물만 흘리셨답니다. 그때 나는 이 반지를 손에 끼고 있었어요. 어머님께서 보시고는 누가 주었느냐고 물으시더군요. 부끄럽고 민망해서 머뭇거리자, 누가 주었는지 알고 있다고 말씀하시더군요. 그러고는 손에 끼고 계시던 반지를 보여 주셨답니다. 이 반지와 완전히 똑같았습니다."

그 말을 듣고 있던 란슬롯의 얼굴이 행복으로 가득 찼다. 아더 왕이 소유하고 있는 성 중에서 최고의 성을 얻었더라도 그처럼 행복하지는 않을 것 같았다. 그날 밤 늦의 성은 호수의 기사 란슬롯을 맞이하는 기쁨으로 밤새 술렁였다. 그러나 부인은 벌써 일 년 전부터 만나 보지 못한 아들 헥토르에 대한 걱정 때문에 마음껏 기뻐하지 못했다. 란슬롯은 헥토르를 만나 본 지 두 달이 채 지나지 않았는데, 아주 건강해 보였다고 말하면서 부인을 안심시켰다.

다음 날 아침, 식사를 느긋하게 마친 란슬롯이 떠나겠다고 말했다. 사람들은 좀더 머물러 있기를 애원했다.

"호의는 고맙습니다만, 떠나야 합니다. 할 일이 많습니다."

란슬롯은 갑옷을 입고 무기를 챙겼다. 부인은 직접 배웅하겠다고 말하며 시종 몇 명을 거느리고 말을 타고 따라나섰다. 부인은 그의 옆에서 말을 달리며 헥토르를 잘 돌보아 달라고 신신당부했다.

"신께서 다시 만나게 해 주신다면 그때는 헤어지지 않고 오래 함께 지내도록 하겠습니다."

부인은 란슬롯을 한참 동안 배웅했다. 성에서 꽤 먼 곳까지 왔을 때, 란슬롯은 부인에게 이제 그만 돌아가시라고 말했다. 부인은 아쉬워하며 말했다.

"친애하는 란슬롯 경, 신과 아버님의 영혼에 걸고 경의 형이며 나의 아들인 헥토르를 생각해 주어요."

"명심하겠습니다."

부인과 시종들이 멀어져 갔다. 란슬롯은 자기도 모르는 사이에 두 눈에 눈물이 핑그르르 차오르는 것을 느꼈다.

란슬롯은 계속 말을 달렸다. 저녁에는 어떤 암자에 들러 은자가 나누어 주는 소박한 식사를 했다. 다음 날에는 황폐한 고장을 혼자 여행하는 것이 무섭다고 말하는 젊은 여자를 만나 동행했다. 그들은 맑고 시원한 물이 솟아나오는 샘물 옆에 잠깐 멈추어 섰다. 뜨거운 태양을 피해 쉬면서 대화를 나누고 있는데, 숲속의 큰길로 기사와 부인과 아가씨들이 나타났다. 란슬롯과 동행했던 젊은 여자가 란슬롯에게 말했다.

"란슬롯 경, 기뻐하세요. 이제 곧 경이 만나 보지 못했던 가족을 만나게 될 테니까요."

"그게 누굽니까?"

"이곳을 떠나기 전에 알게 되실 거예요."

사람들이 샘물 옆으로 모여들었다. 기사들과 시종들이 어떤 젊은 여자가 수레에서 내리는 것을 도와주려고 달려갔다. 아마도 그들의 여주인인 것 같았다. 그녀가 타고 온 수레에는 더위와 햇빛을 가리기 위한 진홍색 비단 차양이 드리워져 있었다. 귀부인이 수레에서 내리자 사람들이 그녀를 란슬롯에게 데리고 왔다. 란슬롯은 자리에서 일어나 공손하게 예를 표했다.

"친애하는 란슬롯 경, 그냥 앉아 계시지요. 저보다는 경께서 더 지치고 피곤하실 테니까요."

란슬롯은 다시 샘 옆에 앉았다. 부인이 그 옆에 와서 앉아 시녀들에게 명령을 내렸다.

"가서 하얀 헬레인을 데려 오너라."

시녀들이 수레에서 아기를 데려왔다. 두 살이 채 안되어 보이는 어린 아기였다. 아기가 부인의 품에 안기자, 부인이 아기의 눈에 입을 맞추어 주었다. 란슬롯이 아기를 바라보았다. 참으로 아름답고 사랑스러워서 감탄을 금할 수 없게 만드는 아이였다.

그가 부인에게 물었다.

"누구 아기인지요?"

"제 아기랍니다. 정말 잘생겼지요?"

란슬롯은 아기를 꿈꾸는 듯한 표정으로 보았다. 마치 빛을 내뿜는 듯한 느낌을 주는 특별한 아이였다.

"놀랍다는 말밖에는 할 수가 없군요."

"이 애가 누구인지 아시나요?"

"아니오. 제 앞에 계신 분이 아기의 어머니라는 사실을 빼면……."

"경과 아주 가까운 가족이랍니다. 곤의 보호트 경이 아이의 아버지거든요. 보세요, 아주 닮았잖아요?"

란슬롯은 아기 아버지가 사촌 보호트라는 말에 기뻐서 아기를 자세히 들여다보았다. 그러고 보니 아기는 보호트의 어린 초상화 같은 모습이었다. 보호트를 한 번이라도 본 적이 있는 사람은 아이의 아버지가 보호트라는 사실을 부정할 수 없을 것이다. 란슬롯은 아기를 품에 안고 얼렀다. 아기는 천사처럼 방싯방싯 웃었다.

란슬롯과 동행했던 여자가 어떤 신비한 계획에 의해 보호트가 브란고어의 딸과 동침하게 되었는지 이야기해 주었다. 란슬롯은 그 이야기를 듣고 생각에 잠겼다. 자기와 펠레스 왕의 딸 사이에 일어났던 일과 흡사하다고 생각했기 때문이다. 란슬롯은 바람결에 펠레스 왕의 딸이 자신의 아기를 가졌다는 얘기를 들었다.

란슬롯은 부인과 긴 대화를 나눈 다음 이제 떠날 때가 되었다고 말하며 자리에서 일어났다. 그와 동행했던 여자가 말했다.

"란슬롯 경, 베풀어 주신 친절에 감사드립니다. 덕택에 만나야 할 분들을 만났어요. 저는 경과 함께 떠나지 않을 거예요. 솔직하게 말씀해 주세요. 이제 어디로 가실 생각이신가요?"

"모르겠습니다. 내 운명은 세계를 돌아다니면서 시련을 겪는 것입니다."

"그보다 더 나은 일은 할 수 없을까요?"

"그렇다고 생각합니다."

"편력중에 많은 일을 잊으신 것 같아요. 아더 왕이 다가오는 성령 강림절에 원탁의 기사들에게 모두 카멜롯으로 모이라는 명령을 내렸는데, 알고 계시나요?"

"모르고 있었습니다."

"그렇다면 준비하세요. 며칠밖에 남지 않았잖아요."

"알려 주셔서 고맙습니다."

란슬롯은 아기의 어머니와, 동행했던 여자, 그리고 기사들과 부인을 수행한 모든 사람에게 작별 인사를 하고 큰길을 따라 떠났다.

카멜롯 성문 앞에 도착하여 그가 제일 처음 만난 사람은 매우 아름다운 여자였다. 하얀 비단옷을 검은 망토로 감싸고 있는 그녀는 눈부신 흰말을 타고 성을 나오고 있는 중이었다. 그녀는 란슬롯을 향해 다가와 그의 앞을 막아섰다.

"신께서 그대를 지켜 주시기를……. 그대는 누구신가요?"

란슬롯이 그녀를 보았다. 모르간이었다. 란슬롯은 투구를 쓰고 있었기 때문에 그녀가 자기를 알아보지 못할 것이라고 생각했다. 란슬롯은 그녀가 자기를 알아볼까 봐 겁이 났다. 모르간은 그가 가장 무서워하는 여자였다. 그녀가 그를 상대로 저질렀던 여러 가지 심술궂은 일들이 떠올랐다. 그녀가 멀린의 제자였다는 사실도 그녀에 대한 그의 불신을 없애지는 못했다. 그는 그녀가 매우 위험한 여자라고 생각하고 있었다. 또 마법에 걸려들까 봐 겁이 나서 그는 이름을 말하지 않기로 마음먹었다.

"저는 아더 왕 궁정의 편력 기사입니다. 원탁의 일원이기도 합니다."

그러나 모르간은 포기하지 않았다.

"이름이 뭐냐니까요?"

"더 이상 알려고 하지 마십시오."

그는 말을 달려 성안으로 들어갔다. 모르간은 말을 모는 솜씨가 뛰어난 여자였다. 그녀는 이내 바짝 따라붙어 란슬롯의 말과 자기 말이 부딪히게 만들었다.

"왜 도망치는 거죠? 내가 잡아먹기라도 하나요? 여자를 무서워하는 분인가요?"

모르간은 란슬롯을 도발하기 위해 일부러 그렇게 말했다. 투구를 쓰고 있었지만, 그녀는 그가 란슬롯이라는 것을 알고 있었다. 그녀가 다시 말했다.

"정말로 이름을 말해 주지 않을 거예요?"

"절대로 말하지 않겠소."

"좋아요, 그렇다면 그대에게 가장 소중한 사람의 이름으로 투구를 벗고 얼굴을 드러내라고 요구하겠어요."

란슬롯은 함정에 빠졌다는 것을 알았다. 모르간이 그에게 가장 소중한 존재의 이름으로 요구했기 때문에 얼굴을 드러내지 않을 수 없었다. 거절한다면, 귀네비어에게 용서받을 수 없는 죄를 짓게 된다. 그는 화가 난 몸짓으로 투구를 벗었다.

모르간이 놀란 체하는 표정을 지었다.

"이런, 란슬롯 경? 그대였어요?"

신랄한 비웃음이 가득 담긴 말투였다.

"왜 이름을 말하지 않으려고 했는지 궁금하군요. 우리는 오래전부터 알고 지내는 사이가 아니었나요? 그만하면 친하다고 할 수도 있을 것 같은데? 안 그래요?"

란슬롯의 마음이 부글부글 끓었다. 그가 큰 소리로 말했다.

"모르간, 그대가 여자만 아니었다면 이렇게 점잖게 대하지 않았을 거요. 난 그대를 잘 알지요. 배반과 음흉한 생각으로 가득 차 있는 위선자!"

"그거야 그대의 생각이지요. 다른 사람들은 그렇게 생각하지 않을걸요. 난 알아요. 언젠간 그 생각을 바꿀 수밖에 없다는 걸……"

"내가 바라는 건 딱 하나요. 누군가 어느 날 그대를 붙잡아서 세상 밖으로 쫓아내는 거요."

모르간이 깔깔대고 웃었다.

"음……. 혹시 당신 자신이 그렇게 하고 싶은 건 아닌가요?"

그는 아무 대답도 하지 않고, 말을 몰아 카멜롯 안으로 들어가 버렸다. 모르간은 얼굴을 잔뜩 찌푸린 채 그가 멀어져 가는 모습을 바라보며 속삭였다.

"우린 언젠가 다시 만나게 돼."

성 앞에 있는 풀밭에서 무술 경기에 참여했던 기사들이 넓은 궁전 안마당 여기저기에 모여 있었다. 란슬롯은 그곳에서 오랫동안 만나지 못했던 동지들을 만났다. 아더 왕은 그가 돌아와 정말 기쁘고 고맙다고 말했다. 가웨인, 이베인, 케이, 보호트, 그리고 다른 많은 기사들도 란슬롯을 껴안고 기쁨을 표시했다. 귀네비어 왕비는 두 팔을 벌리고 달려오더니 그의 목을 껴안고 성의 모든 사람들이 지켜보는 앞에서 그를 환영했다.

기사들은 모두 갑옷을 벗고 옷을 갈아입었다. 아더는 화려한 예복을 입고 머리에는 왕관을 썼다. 카멜롯에서 가장 큰 생테티엔 성당으로 가는 행렬이 시작되었다. 왕이 선두에 서고 귀네비어 왕비가 바로 그 뒤를 따랐다. 왕들과 공작들이 왕비의 뒤를 따랐다.

교회 안에 들어갔을 때, 란슬롯의 눈에는 모드레드에게 죽임을 당한 노인이 이야기해 주었던 그림이 제일 먼저 들어왔다. 마음이 너무나 고통스러웠다. 그 노인의 예언이 맞았다는 것을 그림이 증명하고 있었기 때문이다. 아더라는 뛰어난 인물이 자신의 아들의 손에 죽임을 당하게 될지도 모른다는 생각이 그의 머리를 떠나지 않았다. 이 재난을 어떻게 해야 피할 수 있을까? 모드레드를 없애야만 가능한 일이었다. 하지만 그를 죽였다가는 그의 가족 전체의 증오를 감당해야 한다. 그것은 왕가 전체와 맞서야 한다는 의미였다. 드러나지도 않은 일을 가지고 왕의 인척을 살해한다는 것은 자신의 목숨을 위태롭게 만드는 일이었다. 그는 그렇게 혼자만의 생각에 빠져 주위에서 일어나는 일에 아무 관심도 기울일 수 없었다.

그는 용의 그림에서 눈을 뗄 수 없었다. 미사 시간 내내 그는 그렇게 꼼짝도 하지 않고 앉아 있었다. 귀네비어 왕비는 란슬롯이 어떤 어두운 생각으로 힘들어하고 있다는 것을 눈치 챘다. 그와 단둘이 있게 되면 물어봐야겠다고 생각했다.

미사가 끝난 뒤에 귀족들은 궁전의 대연회장으로 들어갔다. 그들은 손을 씻고 나서 모두 자기 자리에 앉았다. 당시에 원탁의 기사 숫자는 백오십 명을 헤아렸는데, 그날은 한 사람도 빠짐없이 모두 모여 있었다. 그래서 그날의 기쁨은 더더욱 컸다.

기사 한 사람이 왕에게 말했다.

"폐하, 참으로 보기에 아름답습니다!"

"무엇이 그리 아름다운가?"

"원탁의 동지들이 한 명도 빠짐없이 정해진 날 한 곳에 모였으니 말입니다."

"과연 그러하구나. 어제까지만 해도 열두 명이 모자랐었는데. 란슬롯 경이 오지 않았더라면 그 사람들도 오지 않았을 것이다. 참으로 기쁘다. 이렇게 많은 원탁의 기사들은 처음 보는 것 같구나."

제후들은 그 일에 관하여 많은 이야기를 나누었다. 란슬롯은 위험한 자리 바로 옆에 앉아 있었는데, 그 자리에서 아주 최근에 나타난 듯 보이는 기록을 발견했다.

오늘 오만한 브뤼망이 죽을 것이다. 그가 죽지 않는다면 멀
린의 예언이 틀린 것이 된다.

란슬롯은 서관들을 불러 그 기록이 무슨 의미냐고 물었다.

"이것은 신비한 모험에 관계된 것입니다. 그러나 지금은 아무에게
도 말하지 마십시오. 오늘 이상한 일을 목격하실 것입니다. 이 기록
은 오늘 나타난 것 같습니다."

"충고해 주신 대로 아무 말도 하지 않겠습니다."

제후들이 식사를 다 마치고 식탁을 물릴 준비를 하고 있을 때, 하
얀 갑옷을 입은 기사가 연회장으로 들어왔다. 그는 왕을 향해 다가와
말했다.

"폐하, 저는 살거나 죽기 위해 왔습니다. 어떤 일이 일어날지 저는
아직 모릅니다. 그러나 이 모험을 뛰어넘어야 합니다."

"기사여, 그것이 죽기 위한 것이라면 유감이로다. 죽지 않고 모험
을 끝낼 수 있다면 모르거니와 그렇지 못하다면 말리고 싶다. 이곳에
있는 사람들 모두 나와 같은 생각일 것이다."

기사가 투구와 갑옷을 벗고 모든 무기를 내려놓았다. 그는 아주 아
름답고 반듯한 얼굴을 가지고 있었다. 고귀한 사람인 듯했다. 그가
마치 죽음의 슬픔에 사로잡힌 세상 전체를 바라보고 있는 사람처럼
갑자기 고통스럽게 울기 시작했다. 왕은 그러는 그의 모습이 가엾어
서 왜 그렇게 우느냐고 물었다.

기사가 대답했다.

"죽음의 시간이 가까이 다가왔기 때문입니다."

그는 큰 원탁을 한 바퀴 돌았다. 앉아 있는 사람들의 자리를 거쳐서 사람들이 위험한 자리라고 부르는 빈자리까지 갔다. 그는 그 자리 옆에 앉은 란슬롯을 보자 큰 소리로 외쳤다.

"란슬롯! 나는 경이 시도할 용기를 내지 못한 행위를 완성하기 위해 죽어야 하오. 나는 경이 용기 있게 앉지 못했던 이 자리에 앉을 것이외다."

그는 그 자리에 앉아 품에서 편지 한 장을 꺼내어 란슬롯에게 건넸다.

"이 편지를 받으시오. 내가 이 자리에 앉아 죽거든 이곳에 있는 모든 사람들 앞에서 큰 소리로 읽어 주시오. 그들이 내가 누구이며 어떤 가문의 후손인지 알게 되기를 바라오. 내가 무사히 모험을 치른다면 그 편지를 돌려주시오."

· 란슬롯이 편지를 받았다. 사람들은 위험한 자리에 앉다니, 용기를 과시하고 싶은 모양이라고 생각했다.

기사는 곧 비명을 지르기 시작했다.

"아, 하느님. 저는 죽습니다! 아! 란슬롯, 경의 무훈은 아무 소용도 없소! 경은 모험을 끝낼 자가 아니오. 경이 그 사람이었다면 나를 죽음의 구덩이에서 구할 수 있었을 텐데!"

그는 끔찍한 고통을 견뎌 내느라고 계속 비명을 질렀다. 그 모습을 바라보는 사람들은 공포에 사로잡혔다. 그때, 하늘에서 격렬한 번개 같은 불이 기사의 몸 위로 내리꽂혔다. 누가 던진 불인지 알 수 없었다. 기사의 몸이 즉시 타기 시작했다. 그러나 이상하게도 그의 살도 뼈도 보이지 않았다. 몸이 타는 동안 그의 비명은 계속 들려왔다.

"아더 왕이여! 교만은 치욕을 불러낼 수밖에 없습니다. 이제 그것을 잘 알겠습니다. 저는 허락되지 않은 것을 탐하다가 비참하게 죽어갑니다. 일찍이 이런 벌을 받은 사람은 없었습니다. 이런 벌을 받으리라고는 생각하지 않았습니다."

그가 말을 마치기 무섭게 그가 있던 자리에는 재만이 남아 있었다. 재는 끔찍한 냄새를 풍겼다. 기사가 불에 타는 것을 보고 많은 사람들은 그 불이 란슬롯에게 옮겨 붙을까 봐 걱정이 되어 움직이지 말고 가만히 있으라고 말했다. 란슬롯은 원탁 주위에 있는 모든 자리들이 다 차 있으니 움직이지 않겠다고 대답했다. 침착하게 대처했기 때문에 란슬롯은 아무런 해도 입지 않았다.

모든 일이 다 끝나자, 아더 왕은 이렇게 이상한 일은 처음 본다고 말했다.

"위험한 자리가 놀라운 일들을 준비하고 있다는 것을 알고 있었다. 우리는 방금 그중 한 가지를 목격한 것이다. 앞으로도 많은 일들이 일어날 것이다."

왕은 란슬롯에게 죽은 기사가 전해 준 편지를 읽어 달라고 부탁했다. 란슬롯은 편지를 싼 명주 보자기를 풀고 편지를 꺼내 조용한 침묵 속에서 큰 소리로 읽기 시작했다.

"올해 부활절에 아일랜드의 브리안 왕의 궁정에 젊은 기사들이 찾아와 호수의 란슬롯이 가장 용감한 기사라고 주장하였다. 모두 그 말에 찬성하였으나, 브리안 왕의 조카인 브뤼망만은 란슬롯보다 더 용감한 기사가 있다고 주장하였다. 브뤼망이 설명하기를, 란슬롯은 위험한 자리에서 가장 가까운 자리를 차지하고 있으면서도 그 자리에 앉을 용기를 내지 못하였으므로 가장 용감한 자로 볼 수 없다 하였다. 그가 세상에서 가장 용감한 기사라면 그곳에 앉을 용기가 있었을 것이다. 어떤 이들은 란슬롯이 가장 뛰어나다 하고 다른 이들은 그렇지 않다고 하니, 이를 밝혀 보일 필요가 있다. 그 의자 덕택에 사람들의 의심을 불식시킬 수 있을 것이다. 그 의자의 시련이 다른 모든 시련보다 더 위험한 것이므로, 그 의자를 이용하여 란슬롯이 용기가 부족한 자임을 밝힐 수 있으리라. 그리하여 브뤼망은 자신이 란슬롯보다 더 용감한 자임을 증명하기 위하여 성령 강림절에 목숨을 걸고 위험한 자리에 앉겠노라고 엄숙하게 서약하기에 이른 것이다. 신만이 인간의 가치를 판단하실 수 있기 때문이다."

란슬롯이 낭독을 끝내자 왕이 외쳤다.

"이 무슨 괴이한 모험이란 말인가! 나는 그 기사가 했던 일은 용기가 아니라 광기라고 말하겠다. 멀린이 가르침을 내린 이후로, 우리는 그 공덕과 무훈에 있어 일찍이 손에 무기를 들었던 그 누구보다도 뛰어난 단 한 사람의 기사만이 이 자리에 앉을 수 있다는 것을 알고 있다. 멀린이 예언했다시피, 그 기사가 이곳에 들어오는 즉시 위험한 자리 위에 그의 이름이 나타날 것이다. 그 일은 성배의 모험을 완결할 선한 기사가 출현할 때라야 이루어질 것이다. 그 때문에 나는 이 기사가 용감한 것이 아니라 제정신을 잃은 것이라고 말하는 것이다. 이 기사는 도를 넘은 교만에 합당한 벌을 받은 것이다."

모두 왕의 말이 옳다고 생각했다. 아더가 자리에서 일어나자 다른 사람들도 모두 식탁을 떠났다.

시종들은 식탁보를 치웠고 기사들은 마당으로 나갔다. 어떤 이들은 말을 타고 성을 떠났고 어떤 이들은 휴식을 취하러 방으로 들어갔다. 즐거운 대화를 나누는 이들도 있었다. 란슬롯만이 연회장 한쪽 구석에 있는 창가에 홀로 남아 있었다. 그는 생각에 잠긴 얼굴로, 마당 저쪽에 있는 귀네비어 왕비 방의 창문을 바라보면서 깊은 한숨을 내쉬었다.

11 모르간의 성

아더 왕은 그해 성령 강림절에 가능한 한 많은 봉신들과 충신들을 그의 곁으로 불러 모으고 싶어 했다. 왕국의 가장 고귀한 집안의 부인들과 아가씨들도 궁으로 모여들었다. 여자들은 축제에 참여하는 것을 모두 즐거워했다. 소문으로만 들었던 무훈의 주인공들을 만날 수 있게 되어 무척 들떠 있었다.

펠레스의 딸도 그런 여자들 중의 하나였다. 그녀는 태어나서 처음으로 아더 왕의 궁전에 가 보게 해 달라고 펠레스에게 청했고, 펠레스는 기꺼이 허락해 주었다. 그녀는 시녀들과 종자들, 그녀의 안전을 지켜 줄 훌륭한 기사 약간 명, 그리고 언제나 함께 있는 시녀 브리잔과 함께 코르베닉을 떠났다. 브리잔은 공주에게는 속내 이야기 친구 이상의 존재였다. 브리잔이 곁에 없으면 공주는 어쩔 줄 모르고 쩔쩔맸다. 공주는 란슬롯에게서 얻은 어린 아들 갈라하드도 데리고 떠났다. 종자 한 사람이 화려한 마구로 장식한 빠르고 튼튼한 말에 아이를 앉히고 자신도 올라탔다.

펠레스의 딸은 성령 강림절 전날 카멜롯에 도착했다. 그녀가 말에서 내리려 하자 아더 왕이 몸소 그녀를 맞으러 나왔다. 왕은 그녀의 손을 잡고 안으로 안내했다. 보호트가 그녀를 알아보고 즐겁게 맞이했다. 사람들은 공주의 아름다운 모습을 보면서 감탄을 금치 못했다. 코르베닉에서 어떤 일이 일어났는지 까맣게 모르는 귀네비어 왕비는 공주가 사랑스러워서 어쩔 줄 몰랐다. 왕비는 펠레스의 딸이 카멜롯에 머무는 동안 편하게 지낼 수 있도록 왕비궁의 일부를 내주었다.

란슬롯의 마음은 온통 귀네비어에 대한 생각으로 가득 차 있었지만, 펠레스의 딸의 아름다운 모습을 보자 황홀해지는 느낌을 피할 수 없었다. 그러나 그는 그녀의 존재가 혼란스럽고 거북해서 그녀를 외면하고 눈에 띄지 않으려고 노력했다. 이 세상 누구보다 란슬롯을 사랑하게 된 펠레스의 딸은 그에게 그렇게 무시당하고 있다는 생각 때문에 무척 고통스러워했다. 그녀는 계속해서 그를 훔쳐보고, 그의 시선을 끌지 못한다는 사실 때문에 속을 태웠다. 브리잔은 여주인의 속마음을 알아차렸다.

"그분을 정말로 사랑하시나 봐요."

"나 자신보다 그분을 더 사랑한단다. 하지만 나에게 눈길 한번 주지 않는 남자에게 마음을 주어 버렸다니, 내가 바보다."

브리잔이 웃으며 대답했다.

"걱정하지 마세요. 저는 어떻게 하면 남자를 꼼짝 못하게 할 수 있는지 알고 있어요. 이곳을 떠나기 전에 그분이 공주님 소유가 되게 해 드릴게요. 공주님의 열망은 보답 받을 거예요."

"그럴 수 있다면 얼마나 좋을까."

성령 강림절 후의 화요일이 되었다. 기쁨 속에서 그날도 화려한 축제가 계속 이어지고 있었다. 저녁 식사가 시작되기 전에 귀네비어는 란슬롯 옆 자리에 앉을 수 있었다. 그녀는 작은 소리로 그날 밤 그를 기다리고 있겠다고, 시녀를 보내 사람들에게 들키지 않을 안전한 곳으로 안내할 테니 그녀를 따라가라고 이야기했다. 란슬롯은 그 순간만 기다려 왔다고, 그녀를 품에 안고 싶어서 미칠 것만 같았다고 작은 소리로 대답했다. 그런데 브리잔이 두 사람에게서 아주 가까운 곳에 앉아 있었다. 남다른 청각의 소유자였던 그녀는 두 사람의 비밀스러운 대화를 모두 엿들었다. 그녀는 펠레스의 딸을 찾아가 그날 밤에 란슬롯을 그녀 곁에 데려다 주겠다고 말했다. 공주는 기뻐서 브리잔의 목을 껴안고 깡총깡총 뛰었다.

저녁이 되어 사람들이 모두 잠자리에 들었을 때 브리잔은 왕비의 시녀보다 먼저 란슬롯의 침실로 찾아갔다. 날이 어두운데다 브리잔은 머리에 베일까지 쓰고 있었으므로 란슬롯은 그녀를 귀네비어의 시녀로 착각했다.

"제 여주인께서 기다리고 계시답니다. 얼른 저를 따라오세요."

그 순간만 기다려 왔던 란슬롯은 얼른 자리에서 일어났다. 브리잔은 그를 펠레스의 딸이 있는 곳으로 데리고 갔다. 란슬롯은 한마디 말도 하지 않고 공주 곁에 누웠다. 이번에도 그는 그녀가 귀네비어 왕비인 줄 알았던 것이다. 란슬롯은 격정적으로 사랑의 유희에 몰두했다. 그는 지칠 때까지 열락 속으로 자신을 몰아넣었다. 두 사람은 완벽한 평안 속에서 잠이 들었다. 란슬롯은 꿈에도 그리던 왕비를 품에 안았다고 생각했기 때문에, 펠레스의 딸은 세상에서 가장 사랑하는 남자에 대한 열망이 채워졌기 때문에, 두 사람의 잠은 달콤하고 깊었다.

한편 귀네비어 왕비는 침대 안에 누워 가늘게 떨며 란슬롯을 기다리고 있었다. 이미 오래전에 시녀를 보냈는데 왜 아직까지 오지 않는지 궁금해하고 있었다. 다른 때는 초대를 받기가 무섭게 달려오는 그가 아니었던가. 귀네비어는 혹시 란슬롯에게 무슨 일이 생긴 건 아닌지 걱정이 되어 전적으로 신뢰하고 있는 사촌 여동생을 찾아갔다.

"란슬롯 경을 찾아봐 줄래? 내게 데려다 줘."

사촌은 서둘러 망토를 걸치고 란슬롯이 자고 있어야 할 방으로 숨어들어 갔다. 캄캄한 어둠 속에서 침대를 더듬어 보았지만 침대는 비어 있었다. 그녀는 소리를 내지 않으려고 조심하면서 방마다 다 뒤져보았지만 란슬롯의 흔적은 어디에도 없었다. 그녀는 왕비에게 돌아가 란슬롯을 찾을 수 없다고 보고했다. 왕비는 혼란에 빠졌다. 전에는 없던 일이었다. 그녀는 조금 더 기다리다가 사촌을 다시 란슬롯의 방으로 보냈다. 사촌은 돌아와서 란슬롯이 여전히 방에 없다고 말했다.

귀네비어는 걱정되기 시작했다. 궁 안에 그를 노리는 사람들이 있나? 그들이 두 사람의 밀회를 알아채고 못 가게 막은 것일까? 귀네비어는 이 생각 저 생각으로 침대에서 뒤척였다. 그녀가 사는 왕비궁은 아주 넓고 방이 여러 개 있었다. 펠레스 왕의 딸이 왕비궁 일부를 사용하고 있었고, 왕비와 왕비의 사촌 여동생이 또 일부를 사용했다.

왕비는 그날 밤, 란슬롯과의 비밀을 지키기 위해 함께 지내는 시녀들에게 전부 휴가를 주어 내보냈다. 왕비궁은 텅 비어 있었다. 그런데 한밤중에 왕비의 방과 가까운 방에서 란슬롯의 탄식 소리가 들렸다. 그는 때로 그렇게 잠을 자면서 잠꼬대를 하는 버릇이 있었다. 왕비는 즉시 그 소리를 알아들었다. 그녀는 연인의 목소리가 들려오는 방으로 달려갔다. 그리고 펠레스 왕 딸 옆에 누운 란슬롯을 발견했다. 놀라고 절망한 왕비는 바들바들 떨며 촛불을 켜고 침대로 다가가 기침을 했다.

란슬롯은 잠에서 깨어나 자기 앞에 서 있는 귀네비어 왕비를 보고 혼비백산했다. 고개를 돌려 보니 옆에는 웬 낯선 여자가 잠들어 있었다. 어떻게 된 일인지 이해하지도 못한 채, 란슬롯은 옷을 꿰어 입고 도망치려고 했다. 그러나 왕비가 그를 붙잡고 거칠게 흔들어 대며 소리쳤다.

"나쁜 사람! 부정한 배신자! 어떻게 내 앞에서, 내 집에서, 이런 추악한 짓을 벌일 수 있어요! 내 눈앞에서 당장 사라져요! 다시는 내 눈앞에 나타날 생각은 하지도 말아요!"

란슬롯은 멍하니 서 있었다. 뭐라고 대답해야 한다는 말인가. 속았다고 말하며 변명할까? 그런데 누가 날 속인 거지? 귀네비어가 쳐들어 왔는데도 세상모르고 자는 저 여자는 누구란 말인가? 란슬롯은 이해하는 것을 포기했다. 분노로 떨고 있는 왕비의 모습 앞에서 그는 번개에 얻어맞은 사람처럼 서 있

귀네비어 왕비에게 변명하는 란슬롯

었다. 그는 그렇게 반쯤 벌거벗은 모습으로 마당으로 달려 내려가 정원을 향해 되는 대로 달렸다. 그리고는 열려 있는 쪽문을 통해 성 밖으로 나갔다. 밤이 깊었다. 그는 불가능한 평온을 찾아 깊은 어둠 속으로 숨어들었다. 사방에서 후려치는 폭풍의 한가운데에 서 있는 것만 같았다.

왕비 역시 비참한 상태였다. 그녀는 공주의 침대 위에 쓰러져 이불을 마구 쥐어뜯으며 흐느껴 울었다. 펠레스의 딸도 깨어났다. 그녀는 무슨 일이 일어났는지 알아차리고 죽을 것 같은 고통에 사로잡혔다.

그녀가 왕비에게 말했다.

"왕비님, 잘못하셨어요. 그처럼 귀한 분을 궁에서 내쫓으시다니요. 틀림없이 후회하실 거예요."

왕비가 울면서 말을 받았다.

"입 닥쳐요, 나쁜 여자 같으니! 이 모든 일은 당신에게 책임이 있어요. 무슨 계략을 써서 목적을 이루었는지 모르겠지만 앞으로 기회가 생기면 비싼 값을 치르게 해 주겠어요! 당신의 젊음과 아름다움에 저주가 있기를! 많은 기사들과 훌륭한 남자들이 당신의 아름다움 때문에 희생될 거예요! 란슬롯이 첫 번째 희생자로군요. 이 일은 그에게도 나에게도 비극이에요. 이 결합은 성령 강림절의 기쁨 안에서 이루어졌지만 슬픔과 고통 속에서 막을 내릴 거예요. 그 모든 것은 당신 잘못이에요!"

펠레스 왕의 딸은 왕비가 고통으로 몸부림치는 것을 지켜볼 뿐 아무 말도 못 했다. 그녀는 귀네비어의 말이 맞다는 것을 알고 있었다.

란슬롯과 함께 있고 싶어 했던 것은 그녀였다. 그녀는 아무 권리도 없는 남자에게 눈길을 던졌다. 공주는 울음을 터뜨렸다. 눈부신 빛이 쏟아져 나오는 에메랄드 잔을 운반하던 처녀 시절이 떠올랐다. 이제 그녀는 그 명예를 누릴 수 없다. 그 모든 것은 란슬롯에 대한 욕망이 그녀의 안으로 들어와 떠나지 않았기 때문이다. 그녀는 왕비에게 아무 말도 하지 않고 침대에서 일어나 앉아 옷을 입었다. 이제 다시는 란슬롯을 볼 수 없으리라는 것을 알고 있었다. 그런 생각을 하자 견딜 수 없는 슬픔이 밀려왔다.

날이 밝자마자 그녀는 시종들을 깨워 출발 준비를 하라고 지시했다. 그녀는 아무 설명도 하지 않았다. 준비가 끝난 뒤에 그녀는 아더 왕을 찾아가 자기 나라로 돌아가고 싶다고 말하며 작별을 고했다. 왕은 며칠 더 머물다 가고 붙잡았지만 그녀는 고집을 꺾지 않았다. 왕은 만류하는 것을 포기하고 몇 명의 기사와 함께 카멜롯 숲까지 그녀를 호위할 준비를 했다.

펠레스 왕의 딸은 자기 일행들에게 돌아가는 길에 보호트를 만났다. 그녀는 그에게 다가가 간밤에 일어난 일을 설명했다.

"란슬롯 경이 어떻게 행동할지 몰라서 무척 걱정이 돼요. 엉뚱한 짓을 저지를 수도 있고 심각한 위험에 처할 수도 있어요. 즉시 찾아서 도움을 주지 않는다면 낫지 못할 병에 걸릴지도 몰라요. 방에서 나갈 때 보니 미친 사람 같았어요. 모든 일이 제 잘못이에요. 란슬롯 경은 왕비님을 진심으로 사랑하기 때문에 불행한 결과가 올지도 몰라요."

보호트는 그 말을 듣고 걱정이 되었다.

"란슬롯 경에 대해서는 걱정하지 마십시오. 즉시 그를 찾으러 떠나겠습니다. 그를 위해서 할 수 있는 일은 무엇이든 하겠습니다."

두 사람은 헤어졌다. 펠레스 왕의 딸은 사람들을 모아 카멜롯을 떠났다. 아더 왕과 그의 기사들이 숲이 끝나는 곳까지 공주의 일행을 호위했다.

보호트는 우선 귀네비어 왕비를 찾아갔다. 그는 신랄한 어조로 왕비에게 물었다.

"왕비님, 왜 우리를 이렇게 배신하십니까? 어째서 나무랄 데 없고 왕비님을 위해서라면 목숨이라도 내놓을 만큼 왕비님께 충성하는 기사를 내쫓으셨는지요?"

왕비가 차갑게 대답했다.

"그는 나를 배신했어요. 펠레스 왕의 딸과 함께 있었다구요!"

보호트는 분노가 치밀어 오르는 것을 느꼈다.

"그러면 왕비 마마께서는 한번도 그를 배신하지 않으셨나요? 왕비님은 왕과 함께 계시지 않았나요?"

"무례하군요! 내가 왕의 아내라는 것을 잊으셨나요?"

보호트가 냉소적으로 대답했다.

"어떤 비난을 들어도 참겠습니다. 다만, 왕비님 자신께는 허용하시는 똑같은 일로 란슬롯 경을 비난하시지는 말라는 말입니다."

귀네비어가 울음을 터뜨렸다.

"보호트 경, 경의 말이 맞아요. 나는 옳지 않아요. 나에게는 사랑 때문에 견뎌야 하는 고통 빼고는 그에 대한 아무 권리도 없어요. 그래요. 나는 세상에서 제일 훌륭한 사람을 내쫓고 모욕했어요. 너무나 고통스러워서 깊은 물속에 빠져 죽고 싶어요. 이 세상에서 내가 그보다 더 사랑하는 사람은 아무도 없어요. 그래서 그 사람이 펠레스 왕의 딸과 함께 있는 것을 보고 고통스러웠던 거예요. 나는 이성을 완전히 잃어버렸어요."

보호트의 마음이 가라앉았다. 그는 왕비가 란슬롯의 배신 때문에 큰 상처를 받았다는 것을 알고 있었다. 아마도 첫 번째 배신은 아닐 것이다. 이 일에는 처음부터 마법이 개입되어 있었다. 그 자신이 브란고어 왕의 궁에서 당했던 마법과 비슷한 마법이었을 것이다.

"곧 란슬롯 경을 찾아 떠나겠습니다. 그의 소식을 듣기 전에는 궁에 돌아오지 않을 생각입니다."

"그래요, 보호트 경. 부탁이에요. 지금 곧 떠나세요. 경이 그 사람을 깊이 사랑하는 걸 알아요. 그를 찾아낼 수 있는 사람은 경뿐이에요. 그 사람이 어리석은 짓을 저지르지 말아야 할 텐데……. 그는 성미가 격한 불 같은 사람이에요. 불행하다고 느낄 땐 무슨 일을 저지를지 몰라요."

"최선을 다하겠습니다."

왕비와 작별한 보호트는 아무에게도 알리지 않고 카멜롯을 떠났다. 그러나 어디로 가야 할지 막막한 심정이었다.

왕비에게 쫓겨난 란슬롯의 머리에 처음으로 떠오른 생각은 우물 속에 빠져 죽어 버리자는 생각이었다. 헤아릴 수 없는 고통을 잊기 위해서는 그 수밖에 없을 것 같았다. 그러나 과수원으로 들어서자 시원한 밤공기가 그를 마비 상태에서 빠져나오게 해 주었다. 온갖 추억들이 밀려들었다. 왕비에 대한 사랑 때문에 그가 느꼈던 미칠 듯한 기쁨들, 고통들, 죽음과 같은 기다림과 헛된 꿈……. 이제 무슨 희망을 가질 수 있을까? 그는 미친 사람처럼 벌판을 달리기 시작했다. 차가운 밤공기가 그의 몸을 괴롭히고 있었지만 그는 고통조차 느끼지 못했다. 숲의 가장자리에 도착해서야 그는 숨을 돌리기 위해 멈추어 섰다. 그제야 절망이 현실감을 가지고 엄습했다. 그는 머리카락을 쥐어뜯고 얼굴을 할퀴면서 통곡했다. 그는 그 잔인하고 사악한 만남을 저주하고 또 저주했다. 그때까지 그는 세상에서 가장 행복한 남자였다. 이제 그는 눈물과 통곡과 비참 안에서 여생을 보내야 하는 운명 속으로 던져졌다. 그가 절망의 구덩이에 빠져 있을 때 어렴풋이 동이 터 왔다.

그는 허공을 향해 절규했다.

"아, 카멜롯, 아름다운 도성이여! 너는 나에게 생명을 주었다. 하지만 나를 죽음의 문턱으로 끌고 온 것도 너로구나! 절망에 빠져 있는 내 몰골을 보아라! 슬픔으로 죽을 것만 같구나!"

란슬롯은 미친 사람처럼 울부짖으며 숲속으로 달려 들어갔다.

"죽음이여, 죽음이여. 나는 너를 부른다. 내게로 오라. 나는 더 이상 살 수가 없구나!"

그는 사흘 밤낮을 먹지도 마시지도 않고 사람들이 찾아내지 못하도록 깊고 깊은 숲속을 헤매고 돌아다녔다. 그는 그러한 허탈 상태에 엿새간 빠져 있었다. 아직 살아 있는 게 기적이었다. 허기가 내장을 쥐어뜯었지만 그는 음식을 구할 수 있는 상태가 아니었다. 자신의 행동을 통제할 수 없을 정도로 이성을 잃어버린 상태였다. 그리고 시간 개념도 완전히 사라졌다.

그는 그렇게 비참한 상태로 어느 날 숲속의 빈터에 세워져 있는 천막 앞을 지나가게 되었다. 입구에 박혀 있는 말뚝에 창과 검, 방패가 매달려 있었다. 란슬롯은 당장 달려들더니 검집에서 검을 꺼내어 창과 방패를 마구 부수기 시작했다. 무사 열 명이 전투하는 것만큼이나 요란한 소리가 났다. 그 소리에 놀라서 붉은 옷을 멋지게 차려 입은 기사 한 사람이 천막에서 나왔다. 웬 반라半裸 차림의 사내 하나가 검을 들고 허공을 향해 되는 대로 휘두르는 것을 보고 그는 그 사내가 제정신이 아니라는 것을 얼른 알아차렸다.

그는 속으로 생각했다.

'저 불쌍한 사내가 온전한 정신을 차릴 수 있도록 거두어 돌보아 주는 것도 선행이 될 수 있겠다.'

그가 무기를 빼앗으려고 란슬롯에게 다가갔다. 란슬롯이 그를 향해 외쳤다.

"나를 방해하지 마시오!"

기사가 계속 앞으로 다가오자 란슬롯은 검을 휘둘러 기사의 투구를 세게 갈겼다. 기사는 정신을 잃고 쓰러졌다. 란슬롯은 마치 귀찮은 물건이라는 듯 검을 던져 버리고 천막 안으로 들어갔다. 침대 위에 앉아 있던 여자가 웬 미치광이가 들어오는 것을 보고 공포의 비명을 지르면서 침대에서 뛰어내려

반미치광이 란슬롯과 숲속의 빈터에 세워진 천
막에서 나오는 사내의 만남

밖으로 달려 나갔다. 란슬롯은 그녀가 그러거나 말거나 신경조차 쓰지 않는 눈치였다. 그는 침대 속으로 뛰어 들어가더니, 따뜻하고 편안했는지 금방 쿨쿨 잠이 들어 버렸다.

그사이에 여자는 쓰러져 있는 기사에게 다가가 투구 끈을 풀어주었다. 정신이 돌아온 기사는 머리를 절레절레 흔들며 말했다.

"세상에, 여자에게서 태어난 인간이 그렇게 힘이 셀 수 있다고는 생각해 보지 못했다. 저 사람은 틀림없이 무공이 뛰어난 기사일 거야. 정신을 차릴 때까지 잘 돌보아 주어야겠다."

그는 종자의 도움을 받아 침대에 잠들어 있는 란슬롯을 사슬과 끈으로 묶어 그의 집으로 데리고 가게 했다.

그는 란슬롯을 몇 주 동안 자신의 집에서 보살폈다. 그는 란슬롯에게 좋은 음식을 먹게 하고, 광기에 효능이 있다고 알려져 있는 모든 약을 지어 먹였다. 란슬롯은 조금씩 정신을 되찾아 가고 있었지만 여전히 말이 없었고, 무슨 일이 있었는지 말하지 않으려 들었다. 기사의 가족은 참을성을 가지고 그를 돌보아 주었다. 란슬롯의 몸은 이제 원래의 상태를 되찾았고, 말도 전보다는 더 많이 하게 되었다. 그러나 어디에서 온 누구냐고 물으면 아더 왕 궁전의 기사라고 말할 뿐, 그 이상은 입을 열지 않았다.

란슬롯은 점점 더 좋아졌다. 그는 며칠 동안 걷는 것을 연습했다. 완전히 다 나았다고 느껴지는 어느 날 주인에게 떠나겠다고 말했다.

"어디로 갈 생각이오?"

"잘 모르겠습니다. 아무튼 떠나야 합니다."

주인은 더 이상 붙잡지 않았다. 그는 무기와 아주 나쁘지 않은 말 한 필을 내어 주고, 신의 가호를 빈 다음 길을 떠나도록 보내 주었다.

란슬롯은 여전히 슬프고 우울한 얼굴로 숲속을 지나갔다. 날이 저물 무렵, 그늘이 짙어지기 시작하는 깊은 계곡에 접어들었다. 그는 그곳에서 흰 노새를 탄 젊은 여자를 만났다.

아가씨가 말했다.

"신의 가호를 빌어요. 기사님의 이름을 말해 주실래요?"

"난 이름이 없습니다. 그저 한 명의 편력 기사일 뿐입니다."

아가씨는 그를 좀더 자세히 들여다보았다. 면갑面甲이 열려 있었기 때문에 아가씨는 란슬롯의 눈을 알아보았다.

"진실을 숨겨야 소용없어요. 저는 기사님을 알아보았는걸요. 베노익 반 왕의 아들, 호수의 란슬롯. 반갑습니다. 안 그래도 기사님을 찾는 중이었어요."

"나를? 왜요?"

"기사님은 방금 저를 큰 곤경에서 구해 주셨어요. 기사님을 찾지 못했다면 찾을 때까지 계속 헤매고 다녀야만 했을 테니까……."

란슬롯은 점점 더 궁금해졌다.

"왜 나를 찾아 다녔지요?"

"왜냐하면 숲속에서 정말 이상한 모험이 일어났는데 기사님이 아니면 그 일을 해결할 수 있는 사람이 없기 때문이지요. 함께 가시겠어요?"

"그러지요."

란슬롯은 아가씨의 청에 순순히 응했다. 아가씨가 이야기하는 모험이 무엇인지 호기심이 생겼기 때문이다.

두 사람은 벽과 해자로 둘러싸인 튼튼한 건물이 나타날 때까지 말을 달렸다. 두 사람은 마당으로 들어갔다.

여자가 란슬롯에게 말했다.

"오늘 밤은 여기서 묵고 가요. 너무 늦어서 길을 계속 갈 수가 없어요. 내일 아침 날이 밝으면 말씀드린 곳으로 모시고 갈게요."

란슬롯은 여자의 제안을 받아들인 뒤 말에서 내렸다. 여자가 다시 말했다.

"잠깐만 기다려 주실래요? 금방 돌아올게요. 우리가 도착했다는 걸 알려야 하니까요."

여자는 건물 안으로 들어가서 화려하게 장식되어 있는 천장이 꽤 높은 방으로 달려 들어갔다. 벽난로에서 장작이 활활 타고 있었다. 여러 권의 책들과 기록들이 흩어져 있는 책상 앞에 앉아서 모르간이 책을 읽고 있었다.

여자가 큰 소리로 말했다.

"마님! 호수의 란슬롯을 데리고 왔어요. 그를 어떻게 하지요?"

모르간의 얼굴이 미소로 환해졌다.

"잘 했구나! 어떻게 해야 할지 일러 주마. 우선 갑옷을 벗기고 맛있는 저녁을 대접해라. 그를 위해 준비해 놓은 술이 있으니 식사가 끝나면 마시게 해라. 달콤해서 좋아할 거다. 술을 많이 마시고 나면 그때 필요한 조처를 취하도록 하자."

아가씨는 세 명의 시종을 데리고 란슬롯이 기다리고 있는 마당으로 다시 나갔다.

시종 한 사람은 말을 마구간으로 끌고 가고, 두 명은 마당에 있는 느릅나무 아래에서 갑옷을 벗겨 주었다. 그러고 난 다음 큰 방으로 데리고 들어가서 진홍색 옷을 입혀 주었다. 저녁 식사가 끝난 뒤에 모르간이 준비한 술이 은잔에 담겨 나왔다. 술은 달콤하고 맛이 좋았다. 란슬롯은 별 의심 없이 즐겁게 마셨다. 곧 견딜 수 없는 졸음이 쏟아졌다. 란슬롯은 아가씨에게 잠자리를 준비해 달라고 부탁했다.

"벌써 준비되어 있답니다. 아무 때나 주무시러 가시면 돼요."

란슬롯은 일어섰지만 똑바로 걸을 수가 없었다. 마치 곤드레만드레 취한 사람처럼 사지를 흐느적댔다. 아가씨는 그를 부축하여 침실로 데리고 갔다. 그는 눕자마자 곯아떨어졌다. 아가씨는 미소를 지으며 문을 닫고 모르간을 찾아갔다.

"마님, 란슬롯은 벌써 곯아떨어졌답니다."

"그래…… 잘되었다."

모르간은 장롱에서 조그만 상자를 하나 꺼냈다. 상자 안에는 그녀가 란슬롯을 위해 준비해 둔 가루가 들어 있었다. 그녀는 란슬롯의 침대 머리맡에 가서 섰다. 란슬롯은 세상모르고 자고 있었다. 모르간은 은으로 된 관에 가루를 채워 넣고는 란슬롯의 코에 대고 불었다. 가루는 뇌 속으로 퍼져 들어갔다.

모르간은 아가씨에게 말했다.

"멋지게 복수했다. 이 가루가 효력을 발휘하는 동안, 란슬롯의 정신은 돌아오지 않을 거야."

모르간은 남은 가루를 정성스럽게 상자 안에 다시 털어 넣었다.

"또 쓸 데가 있을 거다."

"어디에 쓰실 건데요?"

"미래를 준비해야 한다. 란슬롯이 오랫동안 돌아오지 않고 그에 대한 소식도 들려오지 않으면, 원탁의 기사들이 그를 찾아 왕국 전체로 떠날 거야. 게다가 리오넬과 보호트라고 하는 아주 용감한 기사들이 있는데, 란슬롯의 사촌이지. 나는 그들이 밉기도 하지만 무섭기도 해. 그들이 우연히 이곳에 온다면 그들이 내 말에 복종하게 만드는 방법을 미리 생각해 두어야 해. 필요할 때 그들에게 써먹기 위해서 이 가루를 소중하게 보관해 두는 게다."

모르간은 란슬롯을 커다란 방으로 옮기게 했다. 창문에 쇠창살이 달려 있고 정원으로 면해 있는 방이었다. 그녀는 그곳에 아주 아름다운 침대를 준비시켜 두었다. 아더 왕의 침대만큼 아름다운 침대였다.

모르간이 말했다.

"이제 이곳에서 란슬롯은 평생 썩을 거다."

모르간은 생각만 해도 즐겁다는 표정을 지었다. 그녀는 란슬롯을 혼자 내버려 두고 방을 나왔다. 그는 밤새 정신없이 잤다.

아침이 되어 눈을 떴을 때, 란슬롯은 어젯밤 잠자리에 들었던 방이 아닌 다른 방에 있다는 것을 알아차리고 당황했다.

'어떻게 이곳으로 오게 된 거지?'

게다가 몸이 아팠다. 집이 빙빙 돌아가는 것처럼 어지러웠다. 란슬롯은 이런 상태로는 말을 탈 수 없을 것이라고 생각했다. 더구나 아무도 오지 않자 불안해지기 시작했다. 그는 겨우 일어나서 비틀거리며 문을 향해 갔다. 문은 닫혀 있었다. 그는 침대로 돌아와 다시 누웠다. 그는 정오가 될 때까지 힘없이 침대 위에 늘어져 있었다. 그때 모르간이 창문을 통해 안을 들여다보았다. 그가 아픈 것을 보고 같이 있던 젊은 여자에게 말했다.

"내가 만든 술이 효력을 발휘한 거야. 언젠가는 일어날 거다. 그러면 그를 찾아가서 몸이 어떠냐고 물어보아라. 감옥에 갇혀 있다는 걸 눈치 채게 해서는 안 된다. 그걸 알게 되면 괴로워서 죽으려 할 거다."

그 젊은 여자는 란슬롯이 갇혀 있는 방으로 들어갔다. 얼굴에 핏기가 하나도 없고 지쳐 보였다. 그녀는 몸이 어떠냐고 물어보았다.

"아주 나빠요. 말을 탈 수 없을 것 같소."

"침대에 좀더 누워 계세요. 이 상태로는 떠나실 수 없어요."

"그래요. 떠나려고 해도 말을 탈 기운이 없을 것 같소."

란슬롯은 그렇게 감옥에 갇혀 있다는 것도 모르고 꼬박 한 달을 누워 있었다. 그는 너무 큰 충격을 받은 뒤라 병이 단단히 난 모양이라고만 생각했다. 모르간은 란슬롯의 병이 나았다는 이야기를 듣고 젊은 여자에게 란슬롯의 처지를 알려 주라고 말했다. 아가씨가 방으로 들어가자 란슬롯은 언제 모험이 있다는 장소로 데려다 줄 거냐고 물었다.

아가씨의 얼굴이 빨개졌다. 어쨌든 그녀는 솔직하게 말했다.

"이 방에서 나갈 수 없어요. 이 감옥에 머물러 계셔야 합니다."

란슬롯이 분노를 터뜨렸다.

"뭐요? 이건 무슨 수작이요? 나는 아가씨를 신뢰했건만, 왜 나를 배신한 거요?"

여자가 더듬거리며 대답했다.

"그건…… 시키셔서 어쩔 수 없이……."

"누가 시켰단 말이오?"

"마님이……."

"당신 마님이 누구요?"

"아더 왕의 누이이신 모르간 님이세요."

란슬롯이 웃음을 터뜨렸다. 신랄함이 가득 찬 웃음이었다.

"또 그 여자로군! 그럴 줄 알았어. 그래, 당신 마님이 왜 나를 여기 가두어 두겠다는 거요?"

"그걸 저에게 물으시면 어떻게 해요?"

그녀는 조금 혼란스러운 표정으로 일어나 나왔다.

란슬롯은 구월부터 성탄절까지 갇혀 있었다.★ 성탄절이 지나고 추위가 한풀 꺾였을 때, 그는 창문가에 팔꿈치를 괴고 바깥을 내다보았다. 그곳에서 정원 맞은편의 궁전이 보였다. 고대 역사를 그림으로 그리고 있는 노인의 모습이 보였다. 그림 하나하나 아래에는 기록이 씌어 있었다. 란슬롯은 그것이 아이네이아스와 그의 트로이아 탈출에 대한 이야기라는 것을 알 수 있었다. 란슬롯의 머릿속에, 갇혀 있는 방의 벽 위에 자신의 행적을 그림으로 그려 보면 어떨까 하는 생각이 떠올랐다. 귀네비어의 영상을 볼 수 있다면 얼마나 즐거울까. 그림을 그리다 보면 지금 겪고 있는 고통도 많이 가벼워지지 않을까.

그는 노인에게 방에 그림을 그려 보고 싶으니 물감을 좀 나누어 주지 않겠느냐고 부탁했다. 노인은 란슬롯의 부탁에서 어떤 나쁜 점도

발견할 수 없었으므로 그림 그리는 데 필요한 도구들을 마련해 주었다. 란슬롯은 물건을 받은 뒤 아무도 자기 모습을 보지 못하도록 다시 창문을 닫았다.

그는 제일 먼저 호수의 부인이 그를 아더 왕의 궁전으로 보냈던 장면을 그렸다. 다음에는 귀네비어의 아름다움에 눈부셔했던 장면과 노앙 부인을 구하기 위해 떠났던 장면을 그렸다. 그는 그렇게 매일매일 그림 그리는 일에 매달렸다. 그림은 아름답고 완벽했다. 평생 그림만 그린 화가의 그림처럼 뛰어난 솜씨였다.

란슬롯은 매일 밤 자정 무렵 그가 잠들고 나면 모르간이 몰래 그를 보러 온다는 사실은 모르고 있었다. 그녀는 그를 격렬하게 사랑하고 있었다. 이 세상 어떤 여자도 한 남자를 그녀처럼 사랑할 수는 없을 것이다. 그녀는 란슬롯의 거절 때문에 고통스러워했다. 그를 가두어 둔 것은 그에 대한 증오 때문이 아니라, 혹시 언젠가 그가 그녀에 대한 미움을 거두고 사랑하게 되지는 않을까 하는 기대 때문이었다. 란슬롯은 그녀가 깊고 절대적인 애정으로 사랑했던 유일한 남자였다.

란슬롯이 그려 놓은 그림을 보고 있자니 모르간의 마음이 슬퍼졌다. 그림이 온통 귀네비어의 모습으로 가득 차 있었기 때문이다. 란슬롯이 귀네비어

✤ 우리는 이 일화를 통해 란슬롯의 감금이 단순히 모르간의 사랑의 변덕에 의한 감금이 아니라, 자연적 순환 상징이라는 것을 알게 된다. 란슬롯의 탈출은 죽음을 이긴 생명력의 승리라는 신화적 주제에 근거를 두고 있다. 그렇지 않다면, 란슬롯이 계속 감금 상태를 견디다가 봄의 어느 순간 갑자기 철창을 부순다는 것은 설명되지 않는다. 란슬롯은 순환의 영웅이다. 이 일화는 귀네비어를 놓고 겨울의 영웅 멜레아간트와 싸우는 행동과 상징적으로 조금도 다를 바 없다. 그는 겨울 동안 모르간의 성에 갇혀 있었다. 즉, 일시적으로 죽어 있었다. ─역주

를 사랑하고 있는 한 그는 모르간에게 눈길을 주지 않을 것이다. 그리고 모르간의 마법은 힘을 발휘하지 못할 것이다. 기껏해야 모르간은 귀네비어의 모습을 하고 하룻밤 란슬롯과 보낼 수 있을 뿐이다. 그 마법은 지속될 수 없다. 게다가 그녀는 란슬롯이 다른 여자가 아닌 그녀를 욕망해 주기를 원했다. 다른 여자의 모습을 하고 다른 여자로서 그의 사랑을 받고 싶지 않았다.

매일 밤, 모르간은 잠든 란슬롯을 보러 와서 란슬롯이 낮 동안에 그린 그림을 보았다. 어느 날 밤, 그녀는 함께 지내는 아가씨와 함께 란슬롯의 방으로 가서 그가 그린 그림을 보여 주었다.

"이 기사는 정말로 놀랍지 않니! 그는 무술에만 능한 것이 아니라 모든 분야에 걸쳐 재능이 있어.✢ 정말이지, 사랑은 거친 남자를 지적이고 재능 있는 사람으로 바꾸어 놓는다는 걸 알겠어. 사랑의 슬픔이 아니었다면 란슬롯은 이렇게 아름다운 그림을 그릴 수 없었을 거야. 이런 재능을 가진 남자, 그런 남자야말로 부끄러움 없이 사랑할 수 있는 남자가 아니겠니?"

모르간은 그림들을 보여 주면서 그 의미를 설명해 주었다.

"나는 이 사람의 생애를 아주 잘 알지. 다른 사람들은 그렇지 못해. 그들은 이 남자가 정숙하다고 생각하지. 이 그림들은 그의 모든 행적

✢ 란슬롯은 아일랜드의 다재다능한 대장장이 신 루의 신화적 계승자이다. 원탁의 기사들 중에서 란슬롯은 예술적 재능을 지닌 유일한 인물이다. 그러나 루가 아일랜드의 만신전에 합류할 수 없었듯, 란슬롯 또한 성배의 영광에서 쫓겨난다. —역주

과 영혼을 반영하고 있어. 나는 란슬롯이 이 방의 벽을 전부 그림으로 뒤덮기 전에는 놓아 주지 않을 생각이야. 나는 란슬롯이 그림에다가 귀네비어와의 관계를 아주 자세히 묘사해 놓을 거라는 걸 알고 있어. 그를 압박할 수단이 하나 생기는 거지. 내가 원한다면 아더 왕을 이곳으로 데리고 와서 이 그림들을 보여 줄 수 있으니까. 그러면 아더 왕이 귀네비어에 대해 품고 있는 정숙하고 다정한 아내라는 환상은 깨어지겠지."

그렇게 말하면서 모르간이 미소를 지었다. 아가씨가 맞장구를 쳤다.

"그야말로 성공 가능성이 높은 계획이네요."

란슬롯은 봄까지 그렇게 지냈다. 란슬롯이 갇혀 있는 창문 밖으로 내다보이는 정원에 꽃이 다시 피었을 때는 부활절이 지난 어느 날이었다. 나무들은 벌써 향내 나는 꽃을 피우고 있었다. 장미는 매일 화려하게 피어났다. 모르간은 란슬롯이 바라볼 수 있도록 정원을 아름답게 꾸미라고 시종들에게 명했다.

란슬롯에게 지난겨울은 혹독했다. 그가 방에 그린 그림과 초상화들이 아니었다면 더 힘든 겨울이 되었을 것이다. 그는 아무것도 잊지 않고 모든 것을 생생하게 그려 놓았다. 매일 아침 눈을 뜨면, 그는 왕비의 그림들 앞으로 다가가 그것이 마치 살아 있는 존재이기라도 한 것처럼 눈과 입술에 입을 맞추었다. 황홀한 순간이 지나가면 영혼이 찢어지는 것처럼 고통스러워하며 눈물을 흘렸다. 그렇게 한참 슬퍼하다가 다시 가장 마음에 드는 그림들 앞으로 다가가 입을 맞추고 경배한 뒤, 또 하루를 살아갈 힘을 얻는 것이었다. 그것이 란슬롯에게 고독과 오랜 유폐를 견디게 해 주는 유일한 위안이었다.

나무가 초록색 잎과 꽃으로 뒤덮이고 장미가 매일 피어나는 오월 초에, 귀네비어의 추억은 더욱 생생해졌다. 장미는 란슬롯이 온 힘을 다해 사랑하는 여인의 얼굴이었다. 장미와 귀네비어의 얼굴 중에서 란슬롯은 무엇을 더 좋아했을까? 장미와 귀네비어 중에서 누가 더 빛나는 광채를 가지고 있는 걸까? 그렇게 끊임없이 꽃과 연인을 비교하면서 란슬롯은 바깥세상의 존재를 잊을 정도로 매혹의 상태에 머물러 있었다.

어느 날 아침, 란슬롯은 새소리에 잠에서 깨어났다. 그는 쇠창살이 달린 창문으로 다가가 팔꿈치를 고이고 태양이 정원을 비출 때까지 가만히 서 있었다. 그는 장미를 바라보다가 새로 핀 장미꽃 한 송이를 발견했다. 다른 장미보다 더 아름다운 장미였다.

그는 가만히 생각에 잠겼다.

'내가 귀네비어를 처음 보던 날도 그랬어. 다른 어떤 여자보다 더 아름다웠지. 그래, 이제 귀네비어를 품에 안을 수 없으니 내게는 저 장미꽃이 필요해!'

그는 장미꽃을 따려고 쇠창살 사이로 손을 뻗었지만 너무 멀리 있어서 손이 닿지 않았다. 그는 손을 거두어들이고 창살을 보았다. 아주 단단해 보였다. 그런데 갑자기, 고르 성에서 그와 귀네비어를 나누어 놓고 있던 창살을 구부러뜨렸던 일이 생각났다. 그는 무엇인가에 홀린 사람처럼 큰 소리로 외쳤다.

"이 쇠창살이 내 욕망을 막는다고? 그럴 수는 없지!"

그는 창살 두 개를 두 손으로 잡고 있는 힘을 다해 잡아당겨 부러뜨렸다. 그는 부러진 쇠창살을 방 한가운데에 던졌다. 손바닥이 다 까져서 피가 바닥에 뚝뚝 떨어졌다. 그러나 그런 것 따위는 아무래도 좋았다. 그는 창밖으로 나와 장미를 향해 다가갔다. 귀네비어에 대한 사랑을 위하여 그는 장미에 오랫동안 입을 맞추었다. 눈과 입에 가져다 대어 보고 가슴에 꼭 끌어안았다.

그는 이제 자유의 몸이 되었다. 그는 아성을 향해 다가갔다. 문이 열려 있었으므로 안으로 들어가 보았더니, 투구며 사슬 갑옷, 무기들이 가득 쌓여 있었다. 그는 가능한 한 가장 좋은 것들로 골라 무장하고 상자 위에 놓여 있던 검을 집어 들었다. 그러고는 마구간에 매여 있는 튼튼한 두 마리 말까지 찾아냈다. 두 놈 중에서 더 나아 보이는 놈 위에 안장을 올리고 즉시 올라타 문으로 향했다. 아직 이른 아침이었기 때문에 성문을 지키는 문지기를 제외한 다른 사람들이 일어나기 전이었다. 문지기는 낯선 기사가 문을 열라고 소리치는 것을 보고 놀랐지만, 군말 없이 순순히 열어 주었다. 낯선 기사의 태도가 너무나 단호해서 거절했다가는 무슨 일이 날지 알 수 없다는 생각이 들었기 때문이다. 또 들어오겠다는 것이 아니라 나가겠다는데 무슨 큰일이 있으랴 싶기도 했다. 문이 열리자 란슬롯은 기쁨에 가득 차서 가능하면 빨리 그 고통스러웠던 성에서 멀어지기 위해 빠른 속도로 달려 나갔다. 골짜기 근처까지 왔을 때 그는 갑자기 말을 세웠다. 성으로 돌아가 모르간에게 벌을 주어야 한다는 생각이 들었기 때문이다. 그렇게 혹독한 고통을 겪게 했는데, 그녀의 생명을 빼앗을 권리가 나에게 없단 말인가? 그러나 천천히 말을 몰아 성으로 돌아가면서 그는 혼자 생각했다.

'아니다, 아서라. 그래도 여자이고, 또 주군의 누이가 아니냐.'

성문 앞으로 돌아간 그는 문지기를 향해 외쳤다.

"친구여, 가서 네 마님에게 전해라. 호수의 기사 란슬롯은 이 성에서 탈출했다. 세상 모든 여인 중에서 가장 사악한 여인이기는 하지만, 그래도 란슬롯은 왕녀에게 합당한 예를 그녀에게 올린다. 내가 아더 왕에게 느끼는 지극한 사랑이 아니었더라면 그녀에게 배반자가 받아 마땅한 벌을 내렸을 것이다. 가서 들은 대로 전하라."

말을 끝낸 란슬롯은 말을 돌려 계곡으로 달려갔다.

문지기는 그가 하는 말이 무슨 뜻인지 이해하기 힘들었지만 어쨌든 모르간에게 달려가 기사가 들려준 말을 그대로 전했다. 모르간은 분노로 떨며 란슬롯을 가두어 두었던 방으로 달려갔다. 방이 비어 있는 것을 보고 모르간은 미친 듯이 화를 냈다.

"아주 멋지게 당했군!"

그때 그녀의 눈이 부서진 창살과 땅바닥에 얼룩져 있는 핏방울에 머물렀다. 그녀는 시종들을 돌아보면서 말했다.

"눈을 믿을 수가 없다! 여기 와서 이 악마가 해 놓은 짓을 좀 봐. 손으로 창살을 부수고 도망쳤어. 이런 엄청난 일을 해낸 사람은 아무도 없었어!"

모르간이 겉으로 소리 내어 말하지 않은 것이 있었다. 그것은 그날 이후로 모르간이 호수의 란슬롯을 더더욱 사랑하게 되었다는 사실이었다.

란슬롯은 길을 따라갔다. 계곡과 아름다운 숲을 지나 어떤 탑 앞에 있는 푸르른 초원에 도착했다. 그곳에는 그늘 아래에 하늘 높이 솟아 있는 세 그루 소나무, 서른 개 정도 되는 아름다운 색깔의 화려한 천막들이 서 있었다. 일정한 간격을 두고 심어진 소나무 세 그루는 삼각형을 이루고 있었다. 그 한가운데에 붉은 비단을 덮어 놓은 상아 옥좌

위에는 위풍당당한 금관이 놓여 있었다. 귀부인들과 갑옷 입은 기사들, 또는 수놓인 비단 저고리를 입은 남자들이 옥좌를 둘러싸고 눈에 보이지 않는 악사들이 연주하는 음악에 맞추어 이상한 원무를 추고 있었다. 란슬롯은 그 광경에 매혹되어 숲속의 빈터가 내려다보이는 조그만 언덕 위에서 말을 멈추었다. 춤추는 사람들은 춤을 매우 즐기고 있는 것처럼 보였다. 원무는 멈추지 않았고, 춤을 추는 사람들은 피곤한 기색이 전혀 없었다. 여자들보다 남자들이 더 많았고, 여자들은 젊고 명랑해 보였다.

란슬롯은 생각했다.

'정말로 놀라운 광경이다! 이렇게 이른 아침에 한시도 쉬지 않고 춤을 추다니 참으로 이상한 일이다! 이 사람들은 어쩌면 저렇게 행복해 보일까! 왜 저렇게 축제를 벌이고 있는지 그 이유를 알아내고야 말겠어!'

란슬롯은 그들이 있는 방향으로 말을 달려 내려갔다. 그런데 그들 가까이 다가가자 저절로 어떤 큰 기쁨이 느껴지는 것이었다. 그들 사이에 있는 것이 행복해서 란슬롯은 그들의 행복한 놀이에 끼어들고 싶다는 바람 외에는 아무 생각도 들지 않았다. 모르간의 감옥에서 보냈던 오랫동안의 힘든 세월도, 귀네비어에 대한 사랑도 흐릿하게 지워져 버렸다. 춤추는 사람들이 부르는 노래의 후렴만이 귀네비어에 대한 사랑을 암시하고 있을 뿐이었다.

"진실로, 진실로, 우리 여왕님은 모든 여왕님 중에서 가장 아름다운 분! 세상에서 가장 아름다운 우리 여왕님!"

란슬롯은 땅에 내려섰다. 그는 말을 나무줄기에 매어 놓고 창과 방패는 던져 버린 다음, 앞으로 지나가는 첫 번째 아가씨의 손을 잡고 원무 안에 끼어들었다. 란슬롯은 다른 사람들처럼 노래를 부르고 발을 구르기 시작했다. 그도 다른 사람들처럼 거리낌 없이 즐거워했다. 친구들과 고래고래 소리치면서 마법의 원무를 끝도 없이 출 준비가 되어 있었다.

"진실로, 진실로, 우리 여왕님은 모든 여왕님 중에서 가장 아름다운 분!"

작은 언덕 위에서 이 광경을 굽어보고 있는 사람이 있었다. 모르간이었다. 그녀는 석상처럼 그녀의 흰말 위에 꼿꼿하게 앉아 있었다. 그녀는 란슬롯처럼 눈앞의 광경을 궁금해하지 않았다. 그녀는 갑자기 석상 같던 태도를 버리고 큰 소리로 깔깔대며 웃었다. 그러곤 말 머리를 돌렸다. 막 돌아가려고 하는 순간에 숲속의 빈터로 걸어 들어가는 노인 한 사람이 눈에 띄었다. 궁금해진 그녀는 말을 멈추고 꿰뚫는 듯한 눈초리로 낯선 노인을 살펴보았다. 흰색과 검은색으로 된 커다란 망토로 몸을 감싼 노인은 숱이 많은 흰 머리카락을 어깨까지 드리우고 있었다. 그는 끝이 두 갈래로 갈라진 지팡이를 짚고 천천히 걸었다. 그는 지금 춤추는 사람들 사이를 헤치고 지나가는 중이었다. 그는 그들에게는 전혀 관심이 없는 것처럼 보였다. 그는 란슬롯을 향해 곧장 다가가 사슬 갑옷 자락을 잡아당기며 말했다.

"나리, 이제 춤은 그만 추시고 떠나실 때가 되었습니다!"

란슬롯은 화가 난 얼굴로 노인을 돌아보면서 버럭 소리를 질렀다.

"늙은이, 웬 참견이요? 춤출 나이가 지났다고 해서 춤추며 즐길 수 있는 사람들을 방해해도 되는 거요? 나는 내버려두고 저기 숲에 가서 한숨 주무시구려!"

노인은 고집을 피우지 않았다. 그는 뒤뚱뒤뚱 춤추는 사람들의 원을 지나 다시 숲속의 빈터를 가로질러 숲속으로 사라져 버렸다.

호기심에 이끌려, 모르간은 땅에 내려섰다. 그녀는 말고삐를 잡고 한쪽으로 끌고 가 자작나무 가지에 묶어 놓았다. 그리고는 나뭇가지 뒤에 몸을 숨기고 광경을 지켜보았다. 란슬롯은 여전히 몸을 흔들어 대며 발을 구르고 있었다. 가벼운 웃음을 입가에 띤 그녀는 용맹스러운 호수의 기사 란슬롯이 어머니 치마폭을 처음 빠져나온 사내아이처럼 행동하는 걸 구경하는 재미도 나쁘지는 않다고 생각하고 있었다. 시간이 지나가고 태양이 저물기 시작하자 모르간의 비웃음은 조금씩 짜증과 불안으로 바뀌기 시작했다. 아까 그 노인이 다시 모습을 나타냈다. 그는 예의 느릿느릿한 걸음으로 숲속의 빈터를 가로질러 갔다. 그는 란슬롯에게 다가가 지팡이로 어깨를 후려갈겼다.

란슬롯이 격분한 모습으로 뒤돌아보았다.

"또 당신이오, 늙은이? 날 가만히 내버려두라고 말했잖소!"

란슬롯은 다시 목청이 터져라 "우리 여왕님, 우리 여왕님" 하고 소리치면서 춤추기 시작했다.

그때 젊은 여자가 다가와 란슬롯에게 말했다.

"이제 곧 저녁 드실 시간이 됩니다. 이 왕좌에 앉으세요. 머리에 왕관을 씌워 드릴게요."

란슬롯은 옥좌에 앉을 생각은 전혀 없으며, 왕관을 쓸 생각은 더더욱 없다고 단호하게 거절했다. 게다가 배도 고프지 않았고 웃으며 놀고 싶은 생각밖에는 없었다. 그는 벌써 원무를 추는 사람들에게 돌아가 고래고래 노래를 불러 제끼고 있었다.

노인이 란슬롯의 어깨를 손으로 움켜잡았다. 란슬롯은 저항할 수 없는 힘으로 왕좌 앞까지 끌려나와 의자 위에 앉혀졌다. 젊은 여자가 그 틈에 얼른 란슬롯의 머리 위에 왕관을 씌우며 큰 소리로 외쳤다.

"이제 경께서는 부왕께서 머리에 쓰셨던 왕관을 쓰신 것입니다!"

그녀가 그 말을 외치기도 전에, 숲속의 빈터 위에 우뚝 선 탑 꼭대기에 있던 왕의 기마상이 갑자기 우지끈 하고 무너지더니 땅바닥에 떨어져 산산조각이 났다. 모르간이 분노에 가득 찬 외마디 비명을 질렀다. 모든 춤과 음악이 일순간에 멎었다. 춤추던 사람들이 란슬롯을 향해 달려와 그의 발아래 꿇어 엎드리며 한 목소리로 외쳤다.

"전하, 축복받으소서. 전하께서는 우리를 마법에서 해방시켜 주셨습니다."

란슬롯은 무슨 일이 일어났는지 몰라 어안이 벙벙한 얼굴로 일어났다. 그는 머리 위에 금관이 씌워져 있다는 것을 깨닫고 그것을 땅바닥에 거칠게 내동댕이치며 항의했다.

"나는 왕이 아니오! 따라서 이 왕관에 대해 아무 권리도 가지고 있지 않소!"

그를 억지로 왕좌에 앉혔던 노인이 말을 받았다.

"물론, 그대는 왕이 아니오. 그러나 그대의 아버지는 왕이었소."

노인은 그렇게 말하고 입을 다물었다. 그는 세상에서 으뜸가는 기사 옆으로 몰려드는 사람들을 내버려두고 언덕 위로 올라갔다.

노인이 옆으로 지나갈 때, 모르간이 작은 목소리로 그를 불러 세웠다.

"이유가 뭐지요? 왜 끼어드는 거예요? 저들은 모두 광기 안에서 행복하다고 생각하고 있었어요. 무엇 때문에 그들의 일에 끼어드는 건가요?"

노인은 발길을 멈추고 모르간을 바라보며 대답했다.

"글쎄……. 그 말이 맞는지도 모르지……. 하지만 인간은 때로 길을 찾아 낼 능력을 잃어버린다오. 그러면 운명의 갈림길에서 그들에게 길을 가리켜 보여 주는 것도 필요하다오."

"당신은 누구신가요? 어디서 왔나요? 그리고 어디로 가는 길이죠?"

"내 나이쯤 되면 이름이 필요 없지. 도처에서 와서 아무 데도 아닌 곳으로 간다오."

그는 끝이 둘로 갈라진 지팡이를 짚고 다시 길을 떠났다. 모르간은 천천히 걸어 말을 세워 놓은 곳으로 갔다. 그녀는 묶어 놓은 줄을 풀고 말 등에 올라 탔다. 한없는 슬픔과 고뇌가 그녀의 가슴을 짓누르고 있었다.

이제 그녀는 란슬롯을 잃었다. 영원히 잃어버린 것이다. 그는 이제 다시는 그녀의 함정에 빠지지 않을 것이다. 사실, 란슬롯을 운명의 갈림길로 데리고 온 것은 그녀였다. 그녀는 란슬롯이 따라가야 한다고 생각하는 길을 선택하 게 만들었던 것이다. 그녀가 원했던 것은 아니지만 결과적으로 그렇게 되어 버린 것이다. 란슬롯의 운명은 참으로 기이했다. 너무나 모호하고, 너무나 역 설적인 운명……. 모르간은 눈물이 가득 차오른 눈으로 숲의 어둠 속으로 천 천히 사라져 가는 노인의 뒷모습을 지켜보았다. 그러곤 몸을 떨며 아주 조그 만 목소리로 속삭였다.

"멀린……. 아, 멀린……."

출전

1. 불귀의 계곡
고티에 맙이 썼다고 (잘못) 알려진 산문 『랑슬로』와 모르비앙 지방 전설.

2. 밤의 노트르담
「디베드의 왕자 프월」(웨일즈어 문헌 『마비노기』의 첫 번째 가지).

3. 샘물의 부인
웨일즈어 문헌 『오웨인 또는 샘물의 부인』, 크레티엥 드 트르와의 프랑스어 로망 『이뱅 또는 사자의 기사』(12세기).

4. 꽃의 여자
웨일즈어 이야기 「마톤위의 아들 마트」(『마비노기 네 번째 가지』).

5. 사자의 기사
웨일즈어 문헌 『오웨인 또는 샘물의 부인』, 크레티엥의 『이뱅 또는 사자의 기사』(12세기).

6. 먼 곳의 그대
마리 드 프랑스의 프랑스어 로망 『기주메르』(12세기).

7. 불길한 예언
8. 모험의 궁전
고티에 맙의 판본.

9. 불행한 음모
토마스 말로리의 『아더 왕의 죽음』(15세기).

10. 위험한 자리
11. 모르간의 성
고티에 맙의 판본

오늘 아침 산의 여자가 무릎 위에 하얀 생쥐의 아코디언을 올려놓고 있다
— 앙드레 브르통, 「파타 모르가나」

1940년 12월, 마르세이유의 자유구역으로 피신한 앙드레 브르통은 「파타 모르가나」라는 라틴어 제목이 붙은 긴 사랑시를 쓴다. 그는 자신이 무엇을 하고 있는지 무의식적으로 아주 잘 알고 있었다. 2차 대전의 폭풍우를 맞으며 절대적인 공허 속으로 빠져 들지 않기 위해서, 인간의 상상력 깊은 곳에서 솟아 나온 신화적 인물이 아닌 그 누구에게, 그 무엇에게 매달릴 수 있었겠는가?

영원한 여마법사인 **파타 모르가나**, 즉 요정 모르간은 어쩌면 유럽과 세계를 강타한 저주를 물리치게 할 수 있는 유일한 존재는 아니었을까?

우리는 요정 모르간이 특별한 매혹을 행사한다는 것을 인정하지 않을 수 없다. 그것은 아마도 그녀가 아더 왕 전설 안에서 가장 신비롭고 수수께끼 같은 인물이기 때문인지도 모른다. 우선 모르간은 제대로 알려져 있지 않다. 그녀가 "유황 냄새를 풍기는"sulfureuse(서구인들에게 유황은 지옥의 상징이었다. 모르간의 악마적 성격은 뚜렷하다—역주) 여자이며, 기독교화한 중세 이야기 안에서 자주 숨겨지는 여자이기 때문이다. 그녀는 이렇다 할 이유 없이 '호수의 부인'과 혼동되기도 하고, 아더 사회를 파괴하는 모드레드의 어머니가 되어 버리기도 한다. 그러나 이러한 사실은 어느 문헌에도 나타나지 않는다. 모든 것은 모르가우제(어떤 문헌 안에서는 아더의 다른 누이인 오카니의 로트 왕의 아내 안나로 나타난다)와, 처음에는 대륙 문헌들 안에서만 나타났던 모르간, 또는 모르구의 이름을 혼동한데서 생겨난 것이다.

요정 모르간은 아더 신화나 성배 전설과 관련된 초기의 웨일즈 이야기에는 일절 나타나지 않는다. 우리는 크레티엥 드 트르와의 『에렉과 에니드』 웨일즈어 판본에서 이 존재를 처음으로 만나게 되는데, 그것도 여성이 아니라 남성의 모습으로 만나게 된다. 그는 모르강 튀Morgan Tut라는 이름을 가진 아더 왕의 수석 의사이다. 그는 물론 당연히 드루이드들에게서 물려받은 마법을 알고 있다. 프랑스 문헌들이 기꺼이 세상의 온갖 죄악을 가져다 붙이고 있는 이 모르간이란 존재는 누구일까?

보다 분명한 켈트어원을 살펴보면, 모르간Morgan이라는 이름은 모리게나Morigena('바다에서 태어난 여자'라는 뜻)에서 유래했는데, 메르겐Muirgen은 아일랜드판版 모리게나이다. 이러한 해설을 따라가 보면 모르간이 물의 요정이 되어야 마땅하지만 모르간은 물의 요정의 속성은 가지고 있지 않다. 아르모리크 브르타뉴의 민담에는 바다에 살고 있는 신비한 요정 마리모르강 marymorgan에 대한 이야기들이 많이 있다. 또 프랑스에는 무르그, 모르그, 모르공 등의 이름이 붙여진 강이나 샘들도 많다. 하지만 그 경우에도 민물과 관계되어 있지, 바다와는 상관이 없다. 또한 이러한 특성은 요정이며, 용어의 대중적 의미에서의 마녀에다가 약간은 색녀의 이미지도 가지고 있는 『아발론 연대기』의 모르간이라는 인물과는 아무 상관도 없다. 이러한 사실은 모순되는 것이 아니라 오히려 그녀를 불길한 인물로 그리는 데 도움을 준다.

이상하게도 우리는 모르간을 초기의 아더 신화 판본에서는 전혀 만날 수 없다. 모르강 뒤라는 남성으로 나타나는 것이 전부이다. 우리는 모르간이 옛날에는 드루이드 계급에 속했던 여러 마법에 통달한 남성 의사이며 마법사인 존재가 여성화된 경우라고 생각할 수도 있다. 그렇긴 해도 대륙 전승 안에 모르강Morgant이라는 이름을 가진 거인이 존재한다는 사실을 염두에 두면 문제가 복잡해진다. 이 거인은 라블레의 가르강튀아와는 아무 상관도 없다. 전설을 아주 잘 알고 있었던 라블레는 『두 번째 책』에서 그 자신이 작성해 놓은 재미있는 계보 안에서 가르강튀아를 팡타그뤼엘의 조상으로 만들어 놓았다.

우리는 플로렌스 사람 루이기 풀치가 1466년에 쓴 매우 문학적인 이야기 안에서 이 거인 모르강을 만나게 된다. 이 책은 곧 프랑스어로 번역되어 16세기 내내 프랑스 사회에서 성공을 구가했다. 그것은 "그의 형제들과 함께 언제나 기독교인들과 신의 종들을 박해하는 거

요정 모르간

384 – 385

멀린의 그림자

인 모르강"에 관계된 이야기이다. 그는 여러 가지 우여곡절 끝에 샤를마뉴의 조카인 롤랑에게 죽임을 당한다. 이야기에 따르면 그 거인은 큰 산(알프스가 틀림없다)에 살고 있는데, 그 행동반경은 이탈리아 남쪽에 있는 푸일레스 산맥(가르강튀아의 이름이 포함되어 있는 유명한 가라노 산이 이 산맥에 있다)까지 이르렀다.

민간 전승에서 영감을 얻었다고 주장하는 르네상스 시대의 이야기들은 분명히 조심스럽게 읽어야 한다. 당시의 경향은 신화를 '가공'하는 것이었기 때문이다. 그러나 우연은 없다. 아르모리크 브르타뉴의 『에켕의 노래』라는 제목을 가지고 있는 무훈시에 나오는 거인 '늙은 오헤스'는 구비 전승에서는 여자인 아헤스가 되는데, 그녀는 곧 유명한 이스 시市의 그라들론 왕의 딸 다후드(착한 여마법사)와 혼동된다. 브르타뉴의 로마 도로들은 '아헤스의 길'이라는 이름으로 불리기도 했다.

어쨌든 라블레가 거인 모르강을 요정 모르간과 혼동한 적은 없다. 그의 『두 번째 책』에서 우리는 다음과 같은 대목을 읽을 수 있다.

"팡타그뤼엘은 모르그가 아버지 가르강튀아를 요정의 섬으로 옮겨 갔다는 소식을 들었다. 옛날에 오지에와 아더도 요정의 섬으로 옮겨졌다."

라블레는 당대의 작가들에게 친숙했던 주제를 다시 택한 것에 불과하다. 라블레의 『팡타그뤼엘』과 같은 해(1532)에 『위대한 연대기』라는 작자 미상의 작품이 발표되었는데, 그 작품에 멀린이 마법으로 창조한 그랑구지에의 가르강튀아와 가르가멜의 탄생에 대한 이야기가 나온다. 그 후에 가르강튀아는 아더 왕을 섬기게 된다.

"가르강튀아는 경외의 대상이었던 강력한 아더 왕의 궁에서 정확하게 삼백 년 넉 달 닷새 반을 살았다. 그 후에 그는 다른 여러 사람들과 함께 요정 모르게인과 멜루지네에 의해 요정의 나라로 옮겨졌다. 그중 어떤 사람들은 아직도 그곳에서 살고 있다."

이것은 르네상스 초기에 기사도 로망과 요정 이야기, 그리고 아더 전설이 프랑스에서 가지고 있었던 중요성을 보여 주고 있다. 모르그와 모르게인의 이름이 다른 이유는 완벽하게 설명된다. 프랑스어 고어에서 모르그는 주어(주격)였고, 모르게인은 목적격(라틴어의 옛날 대격對格)이다. 모르게인에서 현대의 모르간이라는 형태가 생겨났다.

이 요정 같은 여주인공에 관한 또 한 가지 혼란스러운 사실은 모르간식 결혼marriage morganatique(귀천상혼貴賤相婚, 왕족이나 귀족이 신분이 낮은 여자와 하는 결혼. 일반적으로는 내연 관계라는 뜻—역주)이라는 표현이 존재한다는 사실이다. 가장 전형적인 경우는 홀아비였던 17세기의 루이 14세와 그의 연인 맹트농 부인 사이의 계약 관계이다. 그것은 종교적인 차원의 비밀 결혼이었다. 따라서 정신적인 차원에서는 유효하지만, '법적으로는' 아무런 구속력도 가지지 못하는 결혼이었다. 어떤 점에서 소위 '모르간식' 결혼이 요정 모르간과 관계가 있는 것일까?

프랑스 민간 전승의 중요한 전문가 앙리 동탕빌은 이 점에 관해 가볍게 여겨서는 안 되는 언급을 하고 있다. 동탕빌은 샤를 페로의 유명한 동화 「잠자는 숲속의 미녀」에서 출발하고 있다. 이 동화는 민담을 시대의 감수성에 맞게 재구성한 것이다. 이 이야기의 주제는 분명히 통과제의적이다. 매력적인('마법을 행사하는'이라는 어원적 의미로) 젊은 왕자는 잠들어 있는(즉, 마법에 걸려 있는) 아름다운 공주를 깨워 몰래 결혼한다. 그런데 이 결혼에서 새벽이라는 딸과 낮이라는 아들이 태어난다. 이에 관해서 동탕빌은 이렇게 언급한다.

"새벽의 요정은 날이 밝을 무렵에 샘물 속에서 반짝이는 모르간 또는 모르그일 수밖에 없다.✚ 모르간은 독일어 모르겐('아침')에 상응하는 말일지도 모른다……. 우리는 시칠리아의 해안으로 껑충 건너 뛰어 아득한 옛날의 파타 모르가나를 만나게 되지 않을까? 시칠리 섬에 있는 고대 시칠리아인의 옛 종교 기관이었던 모르간티움은 모르간과 무슨 관계가 있는 것은 아닐까?"

시칠리아가 속해 있었던 그리스와 게르만 전통을 동시에 비교하는 이상한 접근 방식이다. 그러나 켈트의 이졸데는 게르만—스칸디나비아의 이실드 Ischild에서 파생된 이름이다. 그렇다면 모르간이 '아침의 요정'이 되지 못할 이유는 없다. 모르간은 후대의 전설에서 상징적으로 서쪽에(즉, 새로운 동쪽일 수 있는) 자리 잡고 있는 신비한 아발론 섬으로 아더 왕을 데려가 그에게 새로운 새벽을 주어야 할 책임을 진다. 모르간이라는 이름은 그 이름 안에 많은 질문을 내포하고 있는 것처럼 보인다.

'모르간식' morganatique이라는 용어가 요정 모르간과 아무런 의미론적 관계도 가지고 있지 않은 것은 분명하다. 그러나 전승은 언어학 규칙을 무시하며 어떤 이름의 상징적 가치는 종종 유추 또는 단순한 동음이의어에서 비롯되기도 한다.

순수하게 어원만 따진다면, '모르간식'이라는 말은 그레구아르 드 투르에

✚ 팽퐁—브로셀리앙드 숲에 위치하고 있는 '불귀의 계곡'에 관한 전설을 환기시킨다. 모르간에 의해 '마법에 걸린' 이 골짜기 아래에는 전승에서 '요정들의 거울'이라고 불리는 연못이 있는데 매일 아침 요정들이 안개에 휩싸여 이곳에 와서 얼굴을 비추어 본다고 한다.

게서 나타나는 중세 라틴어(로마 제국 분열 후에 중세에 통용되던 라틴어—역주) 단어인 morganaticus에서 온 말이다. 이 단어는 프랑크어 morgan-geba(문자 그대로는 '아침의 선물'이라는 뜻이지만 신랑이 신부에게 주는 재산을 나타낸다)에서 유래했다. 켈트와 게르만 사회에서 이 재산은 첫날밤을 지낸 후에, 즉 신랑이 아내의 순결을 확인하고 난 다음에야 지불하게 되어 있었다. 그야말로 '순결의 피 값'이었던 셈이다. 그런데, 시토 수도회 판본에 따르면 "브리튼 전체에서 가장 뜨겁고 가장 관능적인" 모르간에 관한 한, 순결성의 피에 관해 이야기하기는 어렵다. 우리는 그녀가 영원한 처녀, 즉 끊임없이 새로 태어나며, 다시 자유로워질 뿐만 아니라 강해지는 여성의 완벽한 이미지의 화신이라고 생각할 수 있다. '강하다'는 것은 '처녀' vierge, 라틴어 virgo(이 말에서 우리는 vis[속격 viris, '힘']나, 고대 켈트어 wraka를 알아볼 수 있다. wraka는 '마녀'를 의미하는 브리튼어 groac'h의 어원이다)와 프랑스어 virago의 어원적인 의미이다. 이 모든 것은 모르간이 우주적인 처녀, 생명과 죽음, 사랑과 증오의 여주인의 강력한 이미지라는 것을 뒷받침한다. 그녀는 여자가 된 모호함이다.

아일랜드로 시선을 돌리면 이러한 가정을 확인할 수 있다. 아일랜드는 켈트 신화의 가장 고대적인 주제와 형태가 보존되어 있는 곳이다. 그것은 기독교 수도사들이 남긴 필사본 안에 보존되어 있다. 우리는 우주 여신의 가장 흥미로운 재현 중 하나인 환상적 인물에 주목하지 않을 수 없다. 그녀는 원초의 여신 다나(웨일즈 전승에서는 돈)에게

서 태어난 신족 투아하 데 다난 가문에 속해 있는데, 전형적으로 모호한 존재이다.

그녀는 사랑, 전쟁, 예언과 마법을 관장한다. 그녀는 관능적으로 전사들을 도발하고(모르간이 란슬롯에게 하듯이), 서로 싸우도록 사납게 부추기고, 이상한 예언을 울부짖으며, 이해하기 힘든 괴상한 예식에 몰두한다. 켈트 전승에서 신들은 적어도 세 개의 얼굴이나 세 개의 이름을 가지고 있기 때문에 그녀는 '삼중三重 브리기트' 이다. 그녀는 율리우스 카이사르가 『회고록』에서 갈리아의 미네르바라고 불렀던 시와 예술과 기술, 일반적인 의미의 지식의 여신이다. 그녀는 아일랜드의 신화 서사시에서 '모리간-보브-마하' 라는 이름을 가진 여성 삼위일체로 종종 모습을 드러낸다. 성배 전설 안에서 모르간의 존재가 의미하고 있는 것을 이해하기 위해서는 이 이름들을 살피는 것이 대단히 중요하다.

마하는 약간은 숨겨져 있다. 그녀는 '멜루지네' 같은 여성으로 나타난다. 그녀는 어떤 농부에게 결혼을 제안하면서, 그녀에 대해 절대로 말하지 않는다는 조건으로 부와 행복을 약속한다. 그 농부는 당연히 프와티에의 레이몽댕처럼 금기를 위반했고, 마하는 어쩔 수 없이 임신한 몸으로 울스터 왕의 말들과 경주를 벌인다. 경주에서 승리한 마하는 쌍둥이를 낳은 다음 울스터의 모든 남자들을 저주하고 사라진다.

아일랜드의 마하는 갈리아 전승 안에서는 리아논이라는 이름으로, 갈리아-로마 조각 안에서는 '말을 탄 여신' 또는 '암말 여신' 에포나라는 이름으로 다시 등장한다. 보브는 '작은 까마귀' 라는 뜻을 가진 게일어이다. 아일랜드의 가장 오래된 서사시인 유명한 『쿨리의 황소 약탈』에서 보브는 무사들을 괴롭히는 까마귀의 모습으로 전장에 등장한다. 우리는 아더 이야기의 많은 일화에서 똑같은 역할을 수행하는 까마귀를 만나게 된다. 몬머스의 제프리는 『멀린의 생애』에서, 사과나무 섬에 살고 있는 보브와 그녀의 여동생들은 새로 변신하는 능력을 가지고 있다고 주장한다. 그런데 제프리의 문헌에 나오는 아발론 섬의 여왕, 바람과 폭풍과 야생 동물의 여주인은 모르간이다.

모리간이라는 이름은 많은 해석을 촉발시켰다. 게일어 모리간을 아더 로망의 모르간과 동일시하는 것은 너무 안이한 것처럼 보일 수도 있다. 아르브와 드 쥐뱅빌 같은 사람은 '악몽의 여왕'을 이 이름의 의미로 제안하기도 한다. 그것은 그녀가 무섭게 만드는 존재이며 밤의 모든 환상의 한가운데에 있다는 것을 인정하는 것이다. 그러나 모리간이라는 이름은 아주 간단하게 설명된다.

그녀는 '위대한 여왕' 또는 좀더 정확하게 말하면 '위대한 왕녀'이다. 그런데 고대 브리튼어 **리간토나**Rigantona에서 온 웨일즈어 리아논Rhiannon(아르모리크 브르타뉴어로는 리바논Rivanone) 역시 이와 똑같은 의미를 가지고 있다. 이 점은 분명한 사실이다. 모르간은 '바다에서 태어난 여자'가 아니라 '위대한 여왕'이며, 아일랜드의 모리간과 완전히 같은 존재이다.

그녀는 우주적인 처녀가 영웅화한―약간은 '악마화한'―이미지이다. 『아발론 연대기』의 여러 가지 일화들의 전개 안에서 그녀가 가지고 있는 중요성은 이러한 사실에서 유래한 것이다. 그녀는 멀린처럼 거의 어디에나 있다. 그렇지만 그녀는 대부분의 경우 가면을 쓰고 위장을 하고 있거나 숨어 있다. 왜냐하면 그녀는 무섭게 만드는 여자이기 때문이다.

마법사이며 예언자인 멀린에게는 두 명의 여제자밖에 없었다. 하나는 '호수의 부인' 비비안이며, 다른 하나는 사과나무 섬의 여왕 모르간이다. 멀린이 자신의 의지로 세계 표면에서 사라졌기 때문에, 멀린이 설치한 섬세한 톱니바퀴의 작동을 감시하는 것은 두 여성의 책임이다.

비비안은 원탁이라고 하는 평등 사회에 필요한 존재인 란슬롯의 교육을 책임진다. 그녀는 그렇게 해서 세상에서 으뜸가는 기사의 양어머니이자 입문을 주재하는 자가 된다. 그러나 만일 그에게 뛰어넘을 장애물이 없다면 어떻게 으뜸가는 기사가 될 수 있겠는가? 영웅이 가는 길에 장애물을 설치하는 일은 모르간이 맡는다.

그녀는 선동자이며 도발자이다. 모르간이 없다면 성배를 향한 고통스러운 편력 안에서 어떤 진전도 이루어질 수 없을 것이다. 이러한 사실은 아더 왕 서사시 안에서 이 두 명의 여성이 가지고 있는 중요성을 이야기해 준다. 겉모습만 보면 모순되어 보일지 모르지만 두 여성은 모두 본질적인 존재이다. 비비안은 건설하고 모르간은 파괴한다고 말할 수 있다. 이러한 초보적인 시각은 맞는 것도 그른 것도 아니다. 낮은 수준의 마니교적('극단적으로 이원론적'이라는 일반적 의미로 사용되는 형용사—역주) 입장을 물리쳐야 한다.

성배 전설 안에서 아더의 기사들은 어둠의 세력과 전투를 벌이지만 절대 선이라든지 절대악 같은 개념은 없다. 란슬롯과 귀네비어의 사랑은 불륜이므로 란슬롯은 벌을 받아야 한다. 그러나 그 사랑은 무훈의 한 요소로서, 그 사랑 안에서만 그는 고양될 수 있다. 멀린은 우터 펜드라곤에게 불륜의 사랑을 허용하지만 아더를 탄생시키기 위해서였을 뿐이다. 반면에 아더는 아무것도 모르는 상태에서 근친상간을 저질러 결과적으로 원탁을 파괴하는 모드레드를 낳는다. 선은 어디에 있는가? 악은 어디에 있는가? 란슬롯은 브리잔에게 속아 귀네비어를 한 번 이상 배반한다. 란슬롯을 속인 여자는 순결하고 다정한 성배의 운반자였다. 그 배반은 필요했다. 그것은 신이 원했던 것이다. 갈라하드가 란슬롯의 가문에서 태어나야 했기 때문이다. 그러한 점에 있어서, 아더 왕 전설은 부도덕함의 대표작이라고 말할 수 있다. 왜냐하면 전통적인 도덕은 사회-문화적인 금기의 종합에 불과하기 때문이다. 그 도덕은 성배와 원탁의 영웅들이 움직이고 있는 마법의 세계 안에서는 통용되지 않는다.

따라서 도덕의 잣대로 비비안과 모르간의 대립을 강조하는 것은 의미 없는 일이다. 절망으로 울부짖는 어머니를 모르는 체하고 물속으로 반 왕의 아들을 납치하는 장면에서 비비안은 모르간보다 더 훌륭할 것도 없다. 아더의 세계는 냉혹하다. 때로 사람들은 다정함과 절망감으로 눈물을 흘리기도 하지만 가볍게 살인을 저지른다. 이 이야기 안에는 착한 사람도 악한 사람도 없다. 각기 다른 방식으로 이상 사회의 구조를 구축하려 하는 존재들이 있을 뿐이다. 모든 서사시에서처럼 과장은 어김없이 나타난다. 모든 행위들은 과장이 심하고 초자연적인 힘들에 의해 촉발된다.

신들은 『일리아스』나 『오뒤세이아』에서처럼 직접 개입하지는 않지만 우리는 영웅들의 특징을 통해 신들의 모습을 알아볼 수 있다. 아더는 고대 농업신의 이미지로서, 환상적인 황금시대의 복원을 꿈꾸며 철기시대의 폭력적 세계 안에서 헤매는 사투르누스 같은 존재이다. 따라서 모르간에게서 위대한 여신의 개념을 이루고 있는 중요한 요소를 발견하는 것은 놀라운 일이 아니다. 그녀는 모든 수단을 이용하여 인간 행위를 촉발시킨다. 그렇게 하여 영웅들이 모든 시련을 이겨내고, 입문의 모든 단계를 점차로 극복해 나가도록 해 준다.

그러한 의미에서 모르간은 고대의 전통이 상상했던 켈트 여성의 가장 완결된 유형이다. 그녀는 여전사이며 여사제이고 여마법사이며 여성 드루이드이다. 그녀는 약간은, 문헌에 나타나 있는 표현에 따르면 "원정의 성공을 확보하기 위해서 필요한 모든 전사들에게 넓적다리의 우정을 베풀어 주는" 아일랜드 서사시의 메이브 여왕을 닮아 있다.

어쨌든, 전사의 힘은 성적인 힘과 관련되어 있다. 정신분석학은 전쟁에서 전사들이 여자를 정복하듯이 도시를 정복한다는 것을 충분히 증명했다. 그러나 모르간은 '지식'을 소유한 여자이기 때문에 쉽게 정복당하지 않는다. 그녀를 '유혹자'로만 보는 것은 옳지 않다. 그녀는 오히려 '계시자'의 범주에 분류해 넣어야 할 여성이다.

사실 모르간은 자신의 고유한 특징을 가지고 있는데도 멀린의 행위를 계승한 자이다. 적어도 촉발이라는 방향에서는 그러하다. 마법사는 '악마의 아들'로 전사들의 무훈을 부추기기 위하여 끊임없이 사건에 끼어든다. 그는 그에게 다가오는 사람들을 악마적으로 도발하며 질문을 받으면 웃기부터 하고 종종 요구받은 것과 정반대로 행동한다. 비비안이 멀린이 수행했던 보호자(특히 아더와 란슬롯의 보호자)의 역할을 계승하고 있다면, 모르간은 마법사의 창조적 에너지를 연장하고 있다. 멀린은 비록 사람들의 눈에서 사라졌지만 부재하는 신으로 존재한다. 그가 신이 정한 계획에 따라 세계를 다시 만든다는 야심만만한 시도 안에서, 그의 메시지를 해독할 줄 아는 두 명의 여제자를 통해 그림자처럼 현존하고 있다.

아무리 높은 수준의 초자연적 입문 과정을 거쳤다고 해도 모르간과 비비안, 멀린은 인간들과 똑같은 운명에 매인 존재이기도 하다. 그들은 그들 곁에 있는 여자나 남자와 똑같이 연약함의 희생자가 된다. 그것이 그들을 매력적인 존재로, 때로는 감동적이기까지 한 존재로 만든다. 그들 역시 슬픔과 고통, 온갖 정념, 숭고한 감정, 때로는 가장 천박한 감정의 희생자가 된다. 드높은 지혜를 가졌는데도 멀린은 스스로 사랑의 덫에 갇힌다. 모르간도 마찬가지이다. 그녀의 채워지지 않는 관능은 때로 멀린이 짜 놓은 구조를 뒤집어엎는 행동으로 이어진다. 그 때문에 그녀는 란슬롯에 대한 사랑에 빠져 그를 잡아 가둔다. 그녀는 란슬롯이 귀네비어에 대해 품는 절대적인 사랑을 질투하여, 두 연인을 모략하고 고발한다. 또한 아더가 가진 권력이 부러워서 자신의 권력을 강화하기 위해 아더의 권력을 약화시키려고 한다. 페미니스트적 권리 주장일까? 그럴지도 모른다. 그녀는 권력에서 소외되었다고 느끼며, 자신을 둘러싸고 있는 빛나는 남성 세계에 의해 거부당했다고 느낀다. 그런데 그녀는 자신이 어떤 의미에서는 시간의 새벽에 세계를 지배했던 우주 여신의 이미지이며 고대 왕

권의 화신이라는 사실을 잊지 않는다.

중세기 작가들은, 아더 전설의 주제를 전혀 다루지 않은 작가조차 이러한 사실을 완벽하게 알고 있었다. 『보르도의 위옹』이라고 하는 이상한 무훈시의 익명의 저자는 마법사이며 예언자인 난쟁이 오베롱을 모르간과 율리우스 카이사르의 아들로 만들고 있다.✦ 문학적 익살에 불과하기는 하지만 어쨌든 이것은 모르간이 중세의 집단 상상에 속해 있었으며, 그 안에서 상당히 중요한 역할을 수행했다는 것을 증명하고 있다.

우리는 여러 문헌들, 특히 초기의 웨일즈어 문헌에서 모르간을 모르그, 모르게인, 모르간 등의 이름으로, 또 때로는 전혀 다른 이름으로 만나게 된다. 웨일즈의 『마비노기』 첫 번째 가지에서는 사납고 독립적인 여자 기수騎手 여신인 '위대한 여왕' 리아논의 모습으로 쉽게 알아볼 수 있다. 도버 해협을 넘어가면 시인과 음악가의 수호 성인인 장님 에르베의 어머니 리바논이 된다. 그녀는 약간은 자격 없는 부도덕한 어머니이다. 모르간의 부정적 면모가 강화된 경우이다.

아더 로망 여기저기에 출몰하는 이름 없는 요정이나 신비한 '처녀' 모르간은 눈에 보이지 않는 공기의 탑을 잠깐 빠져나와 편력 기사를 도와주거나

✦ "율리우스 카이사르는 나를 아주 다정하게 길러 주셨고, 아름다운 요정 모르그는 나의 어머니셨소. 두 분이 나를 낳으셨고 나 외의 다른 자식은 없었다오. 내가 태어났을 때 큰 잔치가 열렸지요. 부모님은 왕국의 모든 제후들을 부르셨고 요정들도 어머니를 방문하러 왔지요. 불만을 품은 요정이 하나 있었는데, 그 요정의 저주로 여러분이 보시다시피 난쟁이 꼽추가 된 것이라오." (『보르드의 위옹』, 장 오디오 번역, 파리, 1926, P.55.)

혼란에 빠뜨리는 멀린에 대한 이야기만큼이나 많다. 볼프람 폰 에셴바흐가 쓴 퍼시벌의 성배 탐색 독일어 판본에서 유명한 '마녀 쿤드리'는 매우 중요한 위치를 차지하고 있는데, 쿤드리의 모호한 성격과 마법사 클링소르의 환상의 정원 여주인 역할은 그녀를 모르간의 또 다른 화신으로 만들어 준다. 리하르트 바그너는 그의 매혹적인 음악 안에서 쿤드리를 멋지게 표현하고 있다.

모르간은 결코 혼자 있지 않다. 1235년경에 모르간을 처음으로 인용하고 있는 몬머스의 제프리는 천국 같은 사과나무 섬을 보여 주고 있다.

"아홉 명의 누이가 부드러운 법으로 섬을 다스린다. 그들은 우리가 사는 곳에서 그곳으로 가는 사람에게 법을 가르쳐 준다. 아홉 명의 누이 중에서 아름다움과 힘이 다른 누이보다 출중한 여자가 있었는데, 그녀의 이름은 모르간이었다. 그녀는 약초를 이용하는 방법, 아픈 사람을 치료하는 방법 등을 가르쳤다. 그녀는 얼굴 모습을 바꾸거나 다이달로스처럼 날개를 달고 하늘을 나는 방법을 알고 있었다."

그 작품에서 모르간은 위대한 가문에 속해 있는 것으로 되어 있는데, 몬머스의 제프리가 창작해 낸 것으로 보이지는 않는다. 1세기에 살았던 스페인계 로마인이었던 지리학자 폼포니우스 멜라는 다음과 같이 말하고 있다.

"켈트 해안 맞은편에는 주석이 풍부해서 카시테리데스 군도라고 불리는 섬들이 있다. 세나 섬('꽃가슴의 섬')은 오시스미 해안을 마주 보며 브리튼 해안에 떠 있는데, 갈리아적 신탁으로 유명하다. 영원한 처녀성에 헌신하고 있는 그 섬의 여사제들은 아홉 명이며, '갈리세느'라고 불린다. 그 여사제들은 마법의 힘으로 바람과 폭풍을 일으키고, 원하는 대로 모습을 바꾸고, 불치병을 고치며, 미래를 예언하는 비범한 능력의 소유자로 알려져 있다."(『폼포니우스 멜라』 III, 6)

이 신화는 아더 왕이 없었던 아주 오래된 시대에서 유래한 것이다. 모르간의 뮤즈들처럼 상징적으로 아홉 명이라고 하는 '누이들'이 실제로 누구인가를 규명하는 일이 남아 있다. 그녀들은 분명히 모르간의 동료이지만 그녀의 제자이기도 하다. 모르간은 그녀들에게 자신의 마법을 가르쳐 주고 세계 이곳저곳으로 보내어 이 거대한 서사시의 주인공들이 기꺼이 걸려들 그물을 펼쳐 놓게 한다.

이 여자들은 '처녀들'이다. 즉 남편의 힘에 종속되어 있지 않은 독립적인 여자라는 뜻이다. 그들은 영웅이 지나가는 숲이나, 밤을 보내는 성에서 살고 있다. 어떤 여자들은 조프레에 관한 오크어 로망에서처럼 브루니센이라는 이름을 가지고 있기도 하고 웨일즈의 『마비노기』 네 번째 가지에 나오는 그 위디온과 수수께끼 같은 길바이트위(프랑스어 아더 이야기 안에서는 돈의 아들 지르플레로 나타나는 인물로 오크어 문헌의 조프레와 같은 인물)의 누이 아리안로드라는 이름을 가지고 있기도 하다. '샘물의 부인'의 나라에서 이베인의 모험을 도와 주고 이베인을 보호해 주는 '시녀', 그러나 실제로는 무서운 힘을 가지고 있는 요정인 루네드도 떠올릴 수 있다. 또는 인적이 닿지 않는 깊은 브로셀리앙드 숲에서 아더 왕을 유혹하여 헤매고 다니게 만들었던 여마법사 카미유도 이 여자들 중 한 사람일 수 있다. 이름 없는 다른 여자들도 있다. 무수히 많은 여자들은 모두 그들이 섬기는 여주인의 특징을 가지고 있다. 비비안은 호수 아래에 있는 그녀의 성에서 다른 여자들에게 자신의 지식을 전수해 주며, 란슬롯의 흔적을 따라 그 여자들을 세계 이곳저곳으로 파견한다.

모든 것을 글자 그대로 받아들이고, 일이 잘못될 경우에 뒤로 돌아와 실제로 일어나고 있는 일에 객관적인 시선을 던질 수 있게 해 줄 기호들을 개발하지 않은 채, 영웅들이 벌이는 끊임없는 모험을 수동적으로 따라다니다 보면, 자기 자신을 잃을 위험이 있다. 성배 전설은 마술적이고 동화적이며 탈시간적인 나라에서 펼쳐진다. 그 나라에는 불안한 인물들이 어슬렁거리는 어두운 영역을 잊게 만드는 찬란한 빛이 어른거리고 있다. 매혹적인 모르간은 그 어두운 영역에서 먹이를 기다린다. 그러나 안심하시라. 모르간이 운명의 위대한 책에 예언되어 있는 것보다 더 멀리 나갈 때에는 개입할 준비를 하고 있는 멀린의 그림자가 그녀의 머리 위를 떠돌고 있을 테니까.

풀 페탕에서, 1994.

아발론 연대기 4
요정 모르간

초판 2쇄 발행 2006년 2월 13일

지은이	장 마르칼
옮긴이	김정란

발행 편집인	김홍민 최내현
편집장	임지호
표지 디자인	이혜경디자인
본문 디자인	이혜경디자인 차동환
용지	청운지류
출력	경운출력
인쇄	청아문화사
제본	정민제책

펴낸곳	도서출판 북스피어
출판등록	2005년 6월 18일 제105-90-91700호
주소	121-130 서울특별시 구수동 21-1 범우사 3층
전화	02) 701-0427
팩스	02) 701-0428
홈페이지	www.booksfear.com
전자우편	editor@booksfear.com

ISBN 89-91931-05-7 (04860)
ISBN 89-91931-01-4 (전8권)

≫값은 뒤표지에 있습니다.